Fritz Stiegler

Hei ner

Roman

Volk Verlag München

Heiner entstand unter Mitarbeit von
Marion Voigt, folio · Lektorat | Texte | Agentur

Die Deutsche Bibliothek verzeichnet diese Publikation in der
Deutschen Nationalbibliografie; detaillierte bibliografische Daten
sind im Internet über https://portal.dnb.de/ abrufbar.
2. Auflage 2022
© 2021 by Volk Verlag München
Neumarkter Straße 23; 81673 München
Tel. 089 / 420 79 69 80; Fax: 089 / 420 79 69 86
Druck: Pustet, Regensburg
Bei der Produktion dieses Titels wurde auf umwelt-, wasser-
und gesundheitsgefährdende Chemikalien bei den Druckplatten,
auf mineralölhaltige bzw. schadstoffreiche Druckfarben sowie
auf umwelt-, wasser- und gesundheitsgefährdende Chemikalien
bei den Klebe- und Bindestoffen verzichtet.
Titelmotiv: Matthias Schäfer; mauritius images / Bernd Ritschel
Alle Rechte, einschließlich derjenigen des auszugsweisen Abdrucks
sowie der photomechanischen Wiedergabe, vorbehalten.
ISBN 978-3-86222-401-2
www.volkverlag.de

»Unerfüllte Liebe ist schlimmer
als ein eitriger Zahn.«

UNGENÜGEND

Regen prasselt auf das Dach des Bauernhauses. Die verwitterten Ziegel leiten das Wasser in die Rinne. Zwischen vermoosten Biberschwänzen dringt es in die Hohlräume und sammelt sich unter der Schräge der Schlafkammer. Kleine und große Tropfen reihen sich wie Perlen aneinander, lösen sich abwechselnd von den Brettern und tropfen in den steinernen Krug, den blechernen Teller, die giftgrüne Vase.

Heiner beobachtet die Tropfen. Er stellt den Plastikeimer zwischen Krug und Teller. Er wartet. Als der erste Tropfen am Boden des Eimers aufschlägt, schnauft er zufrieden. »Erwischt, erwischt, erwischt …«

Neben dem Blechteller bildet sich ein Rinnsal. Mit dem Fuß schiebt Heiner das Gefäß eine Weile hin und her, da wischt ein Schatten durch die offene Tür herein.

»Ja, Katz, bist auch schon da! Deine Bemberli warten auf dich.«

Das magere Tier schmiegt sich an sein Bein. Er streicht über das rot-weiß gescheckte Fell. »Musst mehr fressen.« Die Katze schnurrt, läuft zum Bett, springt hinein und rollt sich in die Kuhle zu ihren vier Jungen.

Heiner zieht den Stuhl an die Bettstatt und setzt sich. Am liebsten würde er sich zu den Katzen in die Kissen legen, müde, wie er ist.

Der Regen nimmt zu. Donner grollt und kracht und Wasser peitscht gegen das Sprossenfenster am Giebel. Heiner steht auf und geht an die Scheibe. Eine Wand aus grauer Gischt versperrt den Blick auf den nahen Waldrand. Er schlurft zurück und sinkt wieder auf den Stuhl, dann faltet er die Hände und betet das Vaterunser. Sein Blick wandert zur Katzenmutter, die mit ihren Kleinen spielt. Er bittet den Herrgott um Beistand für seine Katzen, die Hühner, Tauben und Schwalben und schließlich für seinen Acker und seinen Wald.

Die ersten dicken Tropfen landen auf dem Kopfkissen. Seufzend steigt er die Treppe hinab, zieht sich den Mantel über den Kopf und tritt auf den mit Feldsteinen gepflasterten Hof. Umständlich lockert er ein Stück Dachrinne über dem Wasserfass und nimmt es mit ins Haus.

Heiner lehnt die zwei Meter lange Rinne ans Treppengeländer und geht in den angrenzenden Kuhstall. Ständer aus Metall ragen aus dem Betonboden, daneben liegen rostige Ketten. Kälberstricke hängen an der Wand, von Spinnweben überzogen, die Mistgabel lehnt unter dem Stallfenster.

Er nimmt die Gabel, einen Kälberstrick und die Rinne mit hinauf in die Schlafkammer, öffnet das wetterabgewandte Fenster in der Gaube, legt die Rinne auf den Sims. Dann schiebt er den Stuhl unter die Lampe, wickelt den Strick zweimal um die Halterung und befestigt die Rinne am Seil. Zwischen die Zinken der Mistgabel legt er das gewölbte Blech, fixiert den Holzstiel und schließt mit dem anderen Ende des Stricks das Fensterchen bis zum Anschlag.

Ping, ping, ping … Blechern schlagen die Tropfen in der Rinne auf. Artig vereinen sie sich und folgen dem Weg durch das Fenster nach draußen.

Heiner blickt sich um. Der Dielenboden ist blank gescheuert. Die leichte Unebenheit bei der Tür fällt kaum auf. Er geht daneben in die Hocke und sackt auf die Knie.

Mit zittrigen Fingern zieht er sein Taschenmesser aus der Hosentasche, klappt die Schneide auf und setzt sie an dem breiten Spalt an. Er hebt das Brett aus dem Boden und greift in die Lücke neben dem Balken. Die Blechschachtel findet den Weg heraus von allein. Er nimmt sie mit dem Bauernbuch und der

Bibel in beide Hände und rappelt sich mühsam hoch. Am Tisch holt er aus der Schachtel sein Arbeitsheft und den Musterungs-bescheid, dann das Bündel Briefe, er streift den Gummiring ab, öffnet die Umschläge und entfaltet jedes einzelne Blatt. Neben- und übereinander breitet er sie auf der Tischplatte aus.

Heiner verschränkt die Arme vor der Brust und schaut. Sein halbes Leben liegt da vor ihm, und für so manches würde ihm der Herrgott wohl ein Ungenügend geben.

FORT

Heiner legte den Kopf in den Nacken. Ein letztes Mal studierte er die Kühe auf dem Bild an der Wand, wie sie auf ihren fetten Wiesen weideten, umrahmt von Graten und Klüften, die sich vom Kar bis zur höchsten Spitze in den wolkigen Himmel reckten. Er dachte an den Verrückten aus Fürth, der ihn und seinen Bruder ein paar Mal in den Stadtwald zu den Steinbrüchen mitgenommen hatte. Alle paar Wochen kam der spindeldürre Mann mit dem Fahrrad nach Steinbach und deckte sich bei der Nachbarin ein, mit ein paar geräucherten Blut- und Leberwürsten, einem Kännchen Buttermilch, mit Äpfeln und Sauerkraut im Herbst und mit Kirschen im Frühsommer, wenn die Städter scharenweise heraus in die Cadolzburger Obstgärten strömten. Heiner und Peter halfen ihm beim Pflücken und er erzählte den Buben von den Bergsteigern, die durch die Alpenwände stiegen, todesmutig, Helden gleich.

Gespannt hatten sie ihm zugesehen, als er wie eine Katze die Sandsteinwände nahe dem Felsenkeller hochgeklettert war. Bald werde auch er zu den Helden gehören, hatte er gemeint, denn die schwierigen Routen seien noch längst nicht alle erobert.

In der Stube war es kalt. Das Kanapee und der Eichentisch mit den schlichten Stühlen waren festlichen Anlässen vorbehalten, dem Besuch am Sonntagnachmittag, der Hochzeitsgesellschaft, den Taufpaten. Aber seit der Vater im Krieg geblieben war, wurde nicht mehr gefeiert.

Heiners Mutter kramte zwei lange Unterhosen aus dem Schrank, Unterwäsche für den Sommer, zwei Paar wollene Strümpfe, eine Arbeitshose, einen Wollpullover, zwei blaue Schürzen, drei

Taschentücher, ein Sonntagshemd, Vaters braunen Anzug. Zusammen mit den Schnürschuhen steckte sie alles in den Getreidesack. Sein Gesangbuch und die Bibel mit dem festen schwarzen Einband, die ihm der Pate zur Konfirmation geschenkt hatte, legte sie obendrauf, dazu ein leeres Schulheft und einen Bleistift.

»Hose und Schürze sind am Saum eingerissen«, sagte Mutter. »Das wird dir die Bäuerin nachsehen. Ich bringe den Faden einfach nicht mehr durchs Öhr.«

»Wie alt war die Großmutter, als ihre Augen nachgelassen haben?«, fragte Heiner.

»Ende fünfzig«, antwortete sie. »Ist schlimm, wenn dir der graue Nebel das Licht stiehlt. Aber der Herrgott wird schon wissen, was er den Menschen aufbürdet.« Sie richtete sich auf. »Merk dir eines«, sagte sie nun streng und faltete die Hände. »Fang den Tag mit dem Herrgott an und hör den Tag mit dem Herrgott auf.«

Dann zog sie aus dem oberen Fach ein Handtuch heraus und stopfte es zu den Kleidern. »Und noch was, Bub«, sagte sie. »Zu Lichtmess kommen die Knechte, zu Lichtmess gehen die Knechte. Dazwischen gibt es nichts, so hart es auch sein mag. Ich will nichts Schlechtes hören.«

Mutter drückte ihm den Sack in die Hand, dabei suchte sie seinen Blick. Er wich ihr aus, senkte den Kopf. Würde sie ihn noch erkennen, wenn er das nächste Mal vor ihr stand?

»Jetzt musst los«, sagte sie. »Sonst kommst in die Nacht. Also, sei fleißig und spare.«

An der Tür reichten sie sich die Hand, Mutter verzog keine Miene. Er schulterte den Sack und ging die sandsteinernen Stufen hinab.

Im Hof wartete Peter. »Na, Kleiner, jetzt wird's ernst.«

Der Tabakbeutel ragte aus der Brusttasche seines blauen Kittels. In die Manchesterhose passte der Bruder zweimal rein, Hosenträger hielten sie am schlaksigen Körper. Die knöchelhohen Schuhe hatten anständige Schnürsenkel, Heiners Latschen wurden dagegen von Hanfschnüren zusammengehalten. Mit seinem Seitenscheitel und dem Schnurrbart sah Peter stattlich aus, gar nicht wie ein Bauer. Aber beim Armdrücken hatte er gegen Heiner keine Chance.

Der Bruder war also wieder da, und er selbst musste fort. So hatte es Mutter mit Peter abgesprochen, als sie ihn vor drei Jahren ins Sägewerk schickte, er war eben der Ältere.

»Ich schreibe dir«, rief er, als Heiner zur Straße schlenderte. »Warte!«

Der Bruder eilte die Stufen hoch ins Haus, kam kurz darauf mit seinem Bauernbuch zurück und überreichte es Heiner. »Halte es in Ehren«, sagte er. »Da steht alles drin, was ein gescheiter Bauer wissen muss.«

Heiner sah zur Mutter hin. Nun hatte sie einen Nimmersatt weniger.

Weiße Flocken mischten sich unter die Regentropfen, die wie von einer Schnur gezogen auf die Erde fielen. Der Wind frischte auf, nasser Schnee sammelte sich auf den Ästen der Kiefer zwischen Misthaufen und Scheune.

Heiner ging die Dorfstraße hoch, die Zipfelmütze über die Ohren gezogen. Vaters Sonntagsmantel reichte ihm fast bis zu den Knöcheln, er taugte nicht für solches Wetter und ließ schon die Feuchte an den Schultern durch.

In Cadolzburg marschierte er über den verschneiten Marktplatz. Vor einem der Wirtshäuser erleichterte sich ein Mann an der Linde. Aus den Gaststuben drangen Licht und Wortfetzen nach draußen, ansonsten wirkte der Ort verlassen. Das Gesinde feierte Lichtmess, der zweite Februar war der wichtigste Tag im Jahr, der Tag des Kommens und Gehens.

Heiner folgte dem Weg an der Burg vorbei und durch den Wald in Richtung Langenzenn. Er hatte die Handschuhe vergessen. Die Finger, die den Sack über der Schulter festhielten, wurden klamm. Immer wieder wechselte er und steckte die freie Hand in die Manteltasche. Der nasse Wind strich ihm über die Wangen und Heiner dachte an den rauen Waschlappen der Mutter, mit dem sie ihm einst Gesicht und Ohren geputzt hatte.

Unablässig wehten die Flocken zur Erde. Äcker, Wiesen, Wege wurden eins. An den Böschungen teilten Böen den Schnee und formten ihn zu Stromlinien.

Jetzt kannst ein Großer werden, ein richtiger Bauer, hatte Peter gestern gesagt. Und der Viehhändler hatte gemeint, dass Heiner auf seinem neuen Hof viel lernen und gutes Geld verdienen werde. Der Lohn müsse locker reichen für die Landwirtschaftsschule.

Ein Windstoß peitschte die Kiefern, eine Ladung Schnee platschte ihm in den Nacken. Heiner bückte sich und schüttelte sich wie ein Hund.

Studieren war laut Peter nur etwas für Gescheite und solche mit dem nötigen Kleingeld. Immerhin hatte der Lehrer zur Mutter gesagt, als er sich beim Saustechen ein Paar Bratwürste und einen Tiegel Metzelsuppe abholte: »Gute Frau. Euer Bub ist bei Weitem nicht so dumm, wie er aussieht.«

Der schneeverwehte Weg führte hinab zum Langenzenner Kloster. Es dämmerte bereits, als Heiner die Sandsteinbrücke über die Zenn passierte. Wieder dachte er an die Schule und ans Studieren. Landwirtschaftlicher Missionar könne er werden, hatte der Pfarrer zu ihm gesagt und versichert, solche Leute suchten sie in Afrika. Die Menschen dort bräuchten jemanden, der ihnen das Ackern und Säen zeige, dann müssten sie keinen Hunger mehr leiden, es sei ja auch im Winter warm im Urwald.

Eine stattliche Kirche und viele Gehöfte: Endlich erreichte Heiner das Dorf, von dem er noch nie vorher in seinem Leben gehört hatte. Dürrnbuch. Die Bauern schafften in den Ställen. Eine alte Frau, die gerade die Schweine fütterte, wies ihm den Weg am Milchhaus vorbei zum Hussnätterhof.

Die Hofstelle war eng und abschüssig, spärliches Licht fiel aus den Fenstern hinter dem Misthaufen. Ans Wohnhaus grenzte der Stall, gegenüber befand sich ein windschiefer Stadel. Ein Paradehof, hatte der Viehhändler geprahlt, wo man was lernen könne. Heiner spürte, wie es ihm den Magen zusammenzog.

Die Stalltür schwang auf, eine füllige junge Frau schob den voll beladenen Mistkarren die schmale Rampe hoch und kippte den Inhalt auf den dampfenden Haufen. Misstrauisch blickte sie auf. »Was willst denn du, mitten in der Nacht?«

»Ich soll zum Hussnätter«, antwortete Heiner mit klappernden Zähnen.

Ohne ihn weiter zu beachten, ging die Frau zurück in den Stall. »Mutter, da ist einer draußen.«

Mit großen Schritten kam die Bäuerin heraus, das Kopftuch in die Stirn gerutscht, den Mantel zugeknöpft bis zum Hals. »Was willst, Bub?«, rief sie. »Die Leute bei der Arbeit aufhalten?«

»Bin der neue Knecht.«

»Hat dich der Viehhändler geschickt?«

Heiner nickte.

»Wenn das so ist«, meinte sie nun etwas freundlicher. »Hab nur gedacht, der Viehtreiber besorgt uns einen kräftigen Burschen und keinen Zwerg. Geht ja gut los.«

Sie winkte ihn zu sich und ließ ihn den Stall anschauen. Fünf magere Kühe standen da, dazu drei Kalbinnen und zwei Kälber. In einem Bretterverschlag grunzte eine Muttersau. Es roch nach Ammoniak. Die Fensterluken zwischen den Sandsteinquadern waren mit gräulichem Stroh zugestopft. An der Wand klebten feine Wassertropfen. Der hölzerne Barren wurde mit Helmkörben umständlich von hinten befüllt. Eine Treppe führte in die Futterkammer, eine Leiter zum angrenzenden Heuboden. Am Balken war eine elektrische Lampe befestigt.

Selbst wenn ihm der Schnee bis an die Brust gereicht hätte, Heiner wäre am liebsten gleich wieder auf und davon, so groß war die Enttäuschung. Doch stattdessen folgte er der Frau über den Hof ins Haus. Ihre Schritte knirschten im Schnee, vom Misthaufen stieg eine Dunstwolke auf.

Ein breiter Gang führte zur Küche, zur guten Stube, zum Waschhaus. Weiter hinten standen am Boden Schuhe ordentlich nebeneinander, darüber hingen Schürzen und blaue Kittel, auf der Ablage ein Hut. Es roch wie bei den Kühen.

Am Ende des Gangs öffnete die Bäuerin die Tür zum Stall. »Die Wärme vom Vieh tut uns gut«, meinte sie, »und wenn es im Haus wärmer ist, freut es auch das Vieh.«

Heiner ging hinter der Frau die Stiege hoch in den oberen Stock. »Da kannst schlafen. Unterm Bett steht der Nachttopf.« Sie zeigte ihm seinen Schrank und mahnte: »Vergiss das Licht nicht, Strom ist teuer.«

Leise schloss die Bäuerin die Tür. Ihre Schritte auf der Treppe knarzten bis zur untersten Stufe, dann hörte Heiner nur noch die rasselnden Ketten der Kühe unter ihm.

Nach einer Weile kam die Hussnätterin zurück. Sie stellte ihm eine Kanne Tee samt Becher, dazu einen Teller mit Brot und einer Scheibe Presssack auf den Tisch und ging wieder. Fremdartig breitete sich der Duft von Pfefferminze in der miefigen Kammer aus. Heiner trank den Tee gerade so heiß, dass die Lippen nicht rebellierten, dankbar spürte er die Wärme im Bauch. Das Essen schlang er gierig hinunter.

Das kleine Fenster zum Hof war blind von Eiskristallen, durch die Ritzen zwischen den Dachziegeln hatte es Schneestaub hereingeweht, der Bretterboden war an manchen Stellen überzuckert.

Heiner kniete sich hin und betete. Beginne deinen Tag mit dem Herrgott und höre ihn mit dem Herrgott auf, hatte ihm Mutter aufgetragen.

Es wurde ein kurzes Gebet. Todmüde krabbelte er unter das Bettzeug auf die mit Stroh gefüllte Matratze, aber leises Knistern hielt ihn wach. Er schaltete das Licht ein und lauschte eine Weile. Eine Maus huschte aus dem Bettzeug und verschwand in einem Spalt am Boden. Eine zweite folgte ihr, dann war endlich Ruhe.

Am nächsten Morgen war der Urin im Topf gefroren, das Leder der Schnürschuhe steif, draußen war es noch finster wie Ruß.

Die Kühe brummten bei seinem Eintreten. Heiner mistete aus und verteilte Futter. Immer wieder hielt er den Atem an, denn das Heu roch widerlich nach Schimmel. Auf einem Mauervorsprung entdeckte er einen Striegel. Über die gescheckte Kuh hinweg nahm er den Holzgriff mit dem gerippten Blech und begann, ihr schmutziges Fell zu bearbeiten. Genüsslich streckte die Kuh den Schwanz und reckte ihm den Hintern zu. Eine fingerdicke Kruste schälte sich ab, und je mehr Heiner das Tier striegelte, desto lustvoller wurde es. Die Kuh schnalzte mit der Zunge und blickte ihn erwartungsvoll an, sobald er innehielt.

Freilich, wie gut tat es, wenn ihn selbst beim Haferdreschen der Rücken juckte, die Arme aber zu kurz und ungelenk waren und er sich am Sandstein rieb. Die Kühe hingen an ihren Ketten, verdammt dazu, das Übel zu ertragen. Heiner zerbrach die Eisschicht im Wassereimer und tauchte den zotteligen Schwanz der Gescheckten in den Behälter. Mit der Hand streifte er die harten Kotkugeln von den Haaren, das Wasser färbte sich braun.

Als die Kirchenglocke das sechste Mal schlug, stand die Bäuerin mit kleinen Augen an der Türschwelle. »Haben ja noch nicht mal die Hühner ausgeschlafen«, sagte sie statt eines Grußes. »Gemolken hast auch schon?«

»Nein, aber die Kühe hab ich geputzt.«

»Werden eh wieder dreckig.«

Er schluckte den Ärger hinunter und schnappte sich den Melkschemel. Mit jedem Sprutz aus dem Euter, jedem Aufschäumen im Milcheimer ließ seine Anspannung nach. War das Heimweh, was ihn so schmerzte? Wenn Vater auf Fronturlaub gekommen war, hatte er oft von dieser Krankheit gesprochen. Sie fresse den Menschen von innen her auf. Heiner wollte ihn damals nicht verstehen. Eine Krankheit, die sich nicht zeigte, war auch keine. Aber nun wusste er es besser, und das bereits nach so kurzer Zeit in der Fremde.

Missmutig ging er nach dem Melken hinüber zur Küche.

»Komm rein und mach die Tür zu«, sagte die Bäuerin. Sie zog einen Hocker unter dem Tisch vor und wies ihn auf seinen Platz.

Heiner schaute sich ungeniert um. Auf dem Schürherd stand eine verrußte Wasserkanne, daneben ein Topf. An der Wand hingen Pfannen, Töpfe und ein paar Handtücher. Stickige Luft hing unter der Decke. Der Kamin zog schlecht, die Holzprügel am Boden waren nicht gespalten, gaben keine Hitze. Heiner fröstelte.

Die Frau stellte den Topf mit Milch und eingebrockten Brotstücken auf den Tisch. Ihr Blick fiel auf seine Hände. »Solche Pratzen und so ein kleiner Kerl«, staunte sie. »Wie passt denn das zusammen?«

Heiner schwieg.

»Das Besteck hängt neben dir.«

»Wo?«

Die Bäuerin langte an die Tischkante und drückte ihm eine Gabel und ein Messer mit je einer dünnen Lederschlaufe am Griff in die Hand. Den Löffel wischte sie noch an ihrer Schürze ab. »Wenn du fertig bist, nimmst deinen Kittel, machst dein Werkzeug sauber und hängst es zurück an den Nagel.« Sie tauchte den Zeigefinger in die Suppe. »Jetzt verbrennst dir auch nicht mehr das Maul.«

Die Tochter kam gähnend zur Tür herein. Sie setzte sich auf die Bank, holte ihr Besteck hervor und schlenkerte ihre schwarzen Zöpfe auf den Rücken. »Wieder Milchsuppe«, meckerte sie, ohne Heiner oder die Mutter anzusehen.

Die Köpfe berührten sich, als sie sich über die Schüssel neigten und die Löffel in die Milch senkten. Dann schmatzten die Mäuler und der Tisch ächzte unter dem Druck der Arme, die sich auf ihn stützten.

»Bist satt, Bub?«, fragte die Bäuerin.

Heiner konnte kaum antworten, schon hatte sie die Schüssel abgeräumt. »Vater braucht auch noch was.«

»Welcher Vater?«, fragte Heiner.

»Den lässt lieber in Ruhe«, meinte die Bäuerin barsch. »Der ist in seiner Kammer gut aufgehoben. Er wird bös, wenn sich Fremde um ihn scheren.« Sie deutete zur Tür und sah Heiner mit strengem Blick an.

Heiner schluckte, dann legte er die Hände gefaltet in den Schoß, der Blick streifte die junge Frau neben ihm, die zum Fenster hinausstarrte und an ihren Haaren zupfte.

Nun wandte sie sich ihm zu.

Heiner spürte, wie das Blut seine Wangen wärmte. Ihr rundlicher Kopf saß fast auf den Schultern, die Zöpfe zierten das hellblaue Kleid über der fülligen Brust, die Augen funkelten.

»Wie alt bist denn?«, fragte sie, nachdem die Mutter mit einem Teller Suppe hinausgegangen war.

»Achtzehn.«

»Ich werde bald neunzehn.«

»Ich auch«, sagte Heiner. Beide lachten.

Heiner deutete zur Tür und verzog das Gesicht. »Ist dort wirklich einer drinnen?«

Annelie nickte. »Mein Großvater. Mir zittern jedesmal die Beine, wenn ich rein muss. Wir müssen ihn einsperren, weil er alles durcheinander bringt und sich überhaupt nichts merken kann.« Sie flüsterte nun.

»Da kann man gar nix machen?«

Annelie schüttelte den Kopf. »Krank ist er halt. Wenn er ruhig bleibt, kann man es aushalten, aber oft wird er unleidlich.«

Die Bäuerin kam zurück, einen Korb Wäsche unterm Arm. »Annelie, halt den Burschen nicht auf, der will was arbeiten.«

Mit dem Zeigefinger tippte sie Heiner auf die Schulter. »Kannst mit der Axt umgehen?« Sie deutete zuerst auf den Herd, dann auf die leere Kiste daneben.

Heiners Magen knurrte schon wieder, als er hinter der baufälligen Scheune Brennholz machte. Er holte die meterlangen Stücke unter einer dicken Schneeschicht hervor und trieb die Klötze mit dem Spaltkeil auseinander. Das Kleinholz, das er in die Küche schaffte, war feucht und brannte schlecht.

Zu Hefeklößen mit eingeweckten Kürbisstücken reichte das Feuer am Mittag, am Abend blieb der Herd kalt. Eine dünne Scheibe Presssack und ein steinharter Kanten Brot lagen auf dem Tisch. Sauerkraut gab es nicht. Auch keine Essiggurken, kein Gemüse, keine gedörrten Zwetschgen und Birnen, keine getrockneten Haselnüsse wie zu Hause bei Mutter.

Nach dem kargen Mahl saß er im Aborthäuschen neben dem Misthaufen und plagte sich. Der gehobelte Balken unter seinem Hinterteil war eiskalt, der Wind blies durch die Bretterritzen, die Luft strömte aus dem offenen Kanal, der in die Jauchegrube führte. Heiner hasste diesen Ort.

Mit der Zeit wurde die Bäuerin redseliger und neugieriger. Beim Mittagessen fragte sie ihn oft aus und Heiner erzählte vom Hof daheim. Bereitwillig blieb er dann in der warmen Küche länger sitzen als nötig, doch ständig wanderte sein Blick zur verbotenen Tür und immer wieder ertappte er sich dabei, wie er nach unheimlichen Geräuschen lauschte, und ihm war, als triebe hinter der Wand der Teufel sein Unwesen.

Draußen herrschte eine schneidende Kälte, die der Wind aus dem Osten noch verstärkte. Der Frost kroch in den Boden, bald waren die Wasserleitungen zugefroren und die tiefen Brunnen auf den Höfen wieder in Gebrauch. Heiner reparierte den abgebrochenen Kipphebel der Handpumpe und kümmerte sich ums Wasser für das Vieh und für den Haushalt.

Eine geschlagene Woche gingen sie zusammen in den Wald, schafften dürre Bäume aus dem vernachlässigten Bestand und karrten sie mit dem Wagen und einer eingespannten Kuh nach Hause.

An einem trüben, feuchtkalten Tag kam die Bäuerin aus der Futterkammer gelaufen und gestikulierte aufgeregt mit den Armen. »Das Licht«, rief sie. »Das Licht fängt an zu rauchen.«

Heiner ließ Triebschlegel und Spaltkeil fallen und rannte in den Stall.

»Dort«, schrie die Frau und deutete auf das Kabel, das zur Lampe führte.

Heiner sah kleine Funken auf der mit einer Stoffbahn ummantelten Leitung. Er schnappte sich einen Eimer mit Wasser, schüttete ihn über die defekte Stelle. Plötzlich war es stockfinster. Im fensterlosen Raum hatte die Lampe, die einem umgestülpten Einweckglas ähnelte, das einzige Licht gegeben.

»Das hast gekonnt«, schimpfte die Bäuerin. Sie überlegte kurz, murmelte ein paar unverständliche Worte und tastete sich zur Stalltüre vor. Dort schraubte sie mühselig den schwarzen Kasten neben der Türe auf. Heiner kam ihr nach, seine Augen gewöhnten sich ans Dämmergrau. Die Frau drehte eine kaputte Sicherung aus dem Kasten, hielt sie Heiner unter die Nase und deutete auf das silberfarbene Sichtplättchen, das sich von der Porzellanfassung gelöst hatte. »Zehn Pfennig sind kaputt – nur wegen dir.« Sie ließ ihn stehen.

Eine Minute später kam sie mit einem Karton zurück, aus dem sie eine neue Sicherung kramte. Sie schraubte sie in die Fassung und wieder begann das Licht zu flattern.

»Die Dinger, wo der Strom fließt, die kommen zusammen«, rief ihr Heiner zu. »Die Mäuse haben den Stoff gefressen. Schau, da.« Er zog sein Taschenmesser aus der Hosentasche und fuhr mit der Schneide zwischen die Drähte.

Ehe er sichs versah, landete er unsanft am Boden, dabei hatte der heftige Schmerz so schnell nachgelassen, wie er gekommen war. Heiners Herz pochte genauso heftig wie damals als kleiner Bub, als ihn Nachbars Spitz ins Bein gebissen hatte.

»Los, auf.« Die Bäuerin zog ihn hoch.

Ratlos standen beide neben der Stalltüre im Finstern.

Die Bäuerin schickte schließlich Annelie zum Bader, einem quirligen kleinen Mann, der mitten im Dorf neben der Kirche sein Geschäft betrieb und dafür bekannt war, in kniffligen Situationen, etwa bei einer schwierigen Geburt im Stall oder einem vereiterten Zahn, weiterhelfen zu können.

Heiner staunte, mit welcher Gewandtheit der Bader alle Sicherungen herausdrehte und dann bei Kerzenlicht die verrußten Leitungen mit Heiners Messerschneide vorsichtig trennte, damit sie sich nicht mehr berühren konnten. »Das lasst ihr jetzt mal schön offen«, meinte er, »dann wird den Mäusen der Appetit schon vergehen.«

Die Bäuerin bezahlte mit einer Bratwurst und Heiner entdeckte an seinem Zeigefinger eine klitzekleine verkohlte Stelle.

Ende Februar drehte der Wind, die Wolken kamen von Westen, es wurde milder. In der Früh erwachte Heiner vom Zwitschern der Amseln und beim Gang über die Felder sah er die ersten braunen Kämme durch die Schneedecke spitzen. Alles hungerte nach Wärme, nach Licht. Heiner zog es hinaus, endlich mit der Natur hantieren, mit seinen Händen den Boden bearbeiten, den feinen Duft der Erde atmen. Er feuerte die Tage an, schneller zu vergehen, er wollte seinen Wünschen und Zielen nicht weiter hinterherhecheln wie seinem eigenen Schatten, sondern sie endlich einholen und packen. Hier am Hof hatte er das Gefühl, dass die Zeit für ihn stehengeblieben war, und immer wenn sich die Zeiger seiner Uhr vorsichtig in Bewegung setzten, trieb die Bäuerin einen neuen Keil ins Getriebe.

Zuhause hatte er im Winter die wenigen Maschinen herge-richtet, Zinken geschnitzt für den Holzrechen und undichte Stellen am Scheunendach ausgebessert. Aber hier hielt das Moos die verfaulten Ziegel zusammen, die verfaulten Ziegel hielten die morschen Latten fest, auf denen sie lagen, und die morschen Latten versteiften die wurmstichigen Balken, mit denen sie vernagelt waren. Heiner fürchtete, das Gebäude würde in sich zusammen-stürzen, wenn er auch nur einen Biberschwanz austauschte. Er redete sich also ein, dass Moos auch ein Recht auf Leben habe, und hielt sich allein an die ihm aufgetragenen Arbeiten.

Was die Hussnätterin anschaffte, erledigte er gewissenhaft, kümmerte sich ums Brennholz und verbrachte einen großen Teil der dunklen Jahreszeit im noch dunkleren Stall. Heiner unter-hielt sich mit den Kühen, pflegte ihnen das Fell und schaufelte so oft wie nötig die Fladen vom Beton, damit das Vieh nicht im eigenen Dreck liegen musste, denn mit der Einstreu sparte die Bäuerin; das wenige Heu war bald verbraucht, also bekamen die Kühe Stroh zum Fressen. Bei den Tieren war es warm. Und warum sollte er sich draußen in der Kälte plagen, während die beiden feinen Damen in der Küche den Faden durchs Nadelöhr schoben?

Am ersten Sonntag im März tischte die Bäuerin einen Happen ge-kochtes Fleisch mit Klößen auf, dazu gab es eine dampfende Schüssel Blaukraut. Heiner wunderte sich, wo das Grünzeug plötzlich herkam.

»Wie groß ist euer Hof?«, fragte die Hussnätterin mit vollem Mund, obwohl Heiner ihr das schon zweimal erzählt hatte.

»Sieben Tagwerk Acker, vier Tagwerk Wiesen, drei Tagwerk Wald.«

»Wie viel Kühe?«

»Vier.« Heiner räumte sich zwei Schöpfer Blaukraut auf den Teller.

»Gäule habt ihr keine?«

Heiner schüttelte den Kopf. »Dafür einen Ochsen«, sagte er stolz. »Den habe ich angelernt.«

»Wir schaffen mit den Kühen«, mischte sich Annelie ein. »Kühe sind gescheiter als Ochsen.«

Ihre Mutter stand auf, zwickte den Brotlaib mit einem Arm zwischen Bauch und Brust und hobelte mit dem großen Messer eine Scheibe davon ab. Dann richtete sie aus den Essensresten einen Teller her und schob ihn zu Annelie. »Trägst es dem Vater rüber. Was er heute Morgen nicht gefressen hat, gibst den Säuen.«

Annelie protestierte: »Warum immer ich?«

»Du gehst«, bestimmte die Mutter.

Widerwillig schnappte sich die Tochter den Teller, die Tür fiel laut hinter ihr ins Schloss.

»Vergiss nicht, abzusperren«, schrie die Bäuerin ihr nach. »Weißt«, sagte sie zu Heiner. »Der ist nicht mehr dicht. Zuerst hat er sich nichts mehr merken können und jetzt macht er überall hin.« An der Schürze putzte sie ihr Besteck ab und hängte es zurück an den Nagel.

Heiner nickte. Er wollte nicht weiter fragen, das Geschehen hinter der Tür war ihm unheimlich.

»Den Hof kriegt dein Bruder?«, wollte sie nun wissen.

Heiner nickte.

»Du bist also der Jüngere. Müsst sparen daheim, gell?«

Heiner senkte den Kopf. »Vater ist nicht zurückgekommen.«

Die Frau seufzte. »Der ist nicht der Einzige.« Sie räumte die Schüsseln ab. »Und wir stehen jetzt da und werfen Hosenknöpfe in den Klingelbeutel.«

Heiner wartete noch immer auf seinen ersten Lohn. Er faltete die Hände, rieb die Daumen aneinander und fragte sich zum x-ten Mal, wie er mit der Hussnätterin dran war.

»Am Montag wird Hafer gesät«, gab sie an. »Nach dem langen Frost fällt das Erdreich auseinander wie Puderzucker.«

Heiner leckte sich die Lippen. Er schmeckte augenblicklich die Küchle, die Mutter zu seiner Konfirmation gebacken und mit Puderzucker überzogen hatte. Ein seltener Gaumenschmaus.

Die Bäuerin riss ihn aus den wohligen Erinnerungen: »Heute Nachmittag bist allein im Haus. Sind zu Besuch bei meiner Schwester.«

Er sah den beiden eine Weile nach, als sie die Dorfstraße hochmarschierten. Die Mutter mit dem Sonntagsmantel und der braunen Handtasche, die Tochter bummelte hinterher. Und er wunderte sich, dass die beiden nicht den Weg durch den Garten wählten, der hinter den Gehöften vorbeiführte. Gewöhnlich ging die Bäuerin den Leuten aus dem Dorf aus dem Weg, grüßte nur, wenn es gar nicht anders ging, und auch am Milchhaus stellte sie ihre Kanne auf die Rampe, sah dem Milchhauswart über die Schulter, ob er die richtigen Zahlen in sein Ringbuch eintrug, und verschwand so schnell wie sie gekommen war.

Der Scheuenstuhl, ein kräftiger Mann mit Schnurrbart, der seinen Hof schräg gegenüber zusammen mit seiner tüchtigen Frau bewirtschaftete, hatte Heiner neulich auf dem Weg in den Wald angesprochen: Ob er sich in den Weiberhaushalt schon eingewöhnt hätte.

»Na ja«, hatte Heiner gemeint. »Daheim war's ja zuletzt auch nur die Mutter.«

Heiner ging in seine Kammer, holte Bleistift und Papier aus dem Schrank und setzte sich an den Tisch am Fenster. Er stützte den Kopf auf die linke Hand, dann schrieb er.

Werter Bruder

Bald zwei Monate bin ich schon fort und genauso gescheit wie zuvor. Die Bäuerin zahlt mich nicht aus, wie soll ich da studieren. Aber die Bäuerin hat glaub ich selber nichts. Vielleicht tue ich ihr auch Unrecht, weil das Geld nichts mehr wert ist. Zahlt sie heute 100 Mark, sind es morgen tausend und bald schon eine Million. Was willst da viel verlangen.

Wie geht es daheim? Mir geht es nicht gut und auch nicht ganz schlecht. Man wird grad so satt, weil ich beim Melken früh und abends vom Eimer trinke. Da bring ich schon gleich einen Liter zusammen, und die Milch ist gut fürs Wachsen, das siehst bei den Kälbern, wie schnell die größer werden, wenn sie lang genug am Euter dranhängen. Ich schau, dass ich so viel wie möglich erwisch. Die Bäuerin hat noch nichts gemerkt.

Kannst dir vorstellen, dass es jeden Abend bloß eine dünne Scheibe Pressack gibt? Aber irgendwann muss doch der mal gar sein und dann müssen doch auch die Bratwürste und der Schinken kommen.

Lieber Peter. Daheim ist es am allerschönsten und fort ist es nicht schön. Aber der Herrgott wird schon sorgen, dass ich mein Geld krieg. Ich lese jeden Abend im Bauernbuch, dann ist die Zeit nicht ganz für die Katz. Ich freu mich auf die Landwirtschaftsschule und auf die Mission in Afrika.

Grüß die Mutter von mir und sag, dass es mir gut geht. Sonst macht sie sich Sorgen, und jetzt muss ich aufhören, weil sonst der Bleistift zu kurz wird.

Hochachtungsvoll dein lieber Bruder Heiner

Heiner faltete das Blatt und steckte es in ein Kuvert. Er überlegte einen Moment, zog es wieder heraus und las sich den Inhalt laut vor. Dabei streifte er sich zufrieden mit den Fingern durch die Locken. Schließlich zog es ihn ins Bett. Müde war er zwar nicht und schlafen, sagte er sich, konnte er genug, wenn er mal gestorben war. Aber kaum hatte er sich hingelegt, schlief er doch ein.

Plötzlich schreckte er hoch. Im Erdgeschoss polterte etwas laut gegen die Wand. Das Poltern wiederholte sich in kurzen Abständen.

Heiner schlich die Stufen hinab, lauschte, schlich sich in die Küche, wartete eine Weile, wagte sich in die Stube und lauschte wieder. Vor der abgeschlossenen Tür im Gang blieb er stehen. Der Schlüssel steckte. Heiner starrte auf die Klinke. Er hörte lautes Schnaufen, ein röchelndes Geräusch, dann polterte es erneut. Die Neugierde besiegte die Angst. Langsam drehte er den Schlüssel zweimal um, dann drückte er die Tür auf. Verbrauchte Luft stieg ihm in die Nase. Es roch nach Schweiß, Kot, säuerlichem Urin. Durch das von innen mit Brettern vernagelte Fenster drang wenig Licht in den Raum. Vor einem Kanapee lag ein umgekippter Nachttopf, eine Lache versickerte zwischen den Dielen.

Ein unrasierter Greis mit zerzausten Haaren, oben mit einem gestreiften Schlafanzugoberteil, untenherum nackt, musterte den Eindringling, in der einen Hand hielt er seinen Pantoffel, in der anderen einen Löffel, dabei stand er stockstei auf seinen dürren Beinen und rührte sich nicht.

Heiner hielt den Atem an, klammerte sich an den Türgriff.

Der Alte wandte sich zum Fenster und schlug mit dem Pantoffel gegen die Bretter. Dann ließ er den Schuh fallen, drehte sich um, kam mit Trippelschritten auf Heiner zu. Der sprang panisch vor die Tür, knallte sie zu und drehte den Schlüssel um bis zum Anschlag.

Er lief zurück in die Küche und geradewegs der zurückkehrenden Bäuerin in die Arme. »Wo kommst denn du her, Bursche?«, rief sie unwirsch.

Heiner stutzte. »Da hinten …«

»Warst drinnen?«

Heiner nickte.

Die Frau schlug sich die Hände vors Gesicht, fasste sich aber schnell wieder. »Erst war er wenigstens noch friedlich, aber jetzt wird er böse.«

»Und was sagt der Doktor?«

»Der Doktor.« Die Frau winkte ab. »Schwindsucht, hat er gemeint. Zwei Bratwürste hätte der jedes Mal verlangt, für nichts und wieder nichts.«

VERLIEBT

Zwischen kaputten Speichenrädern im Stadel suchte die Bäuerin das Kummet, die Halteriemen und das Pendel. Ketten und Lederzeug legte sie vor die Stalltür. Gemeinsam spannten sie die gescheckte Kuh ein, zogen den Leiterwagen aus der Scheune, luden Eggenfelder und Zubehör auf die Plattform, dazu ein Fass mit Wasser und eine Portion Heu aus dem Stall. Ein paar Hafersäcke und die Streuwanne holte Heiner aus der Futterkammer und verstaute alles im Wagen.

»Hast du eine Kraft«, staunte die Bäuerin. »Stemmst die Säcke umher als wären Gänsefedern drinnen. Annelie«, rief sie. »Wir sind so weit.«

Die junge Frau lehnte an der Hauswand, vor ihren Füßen stand ein Weidenkorb.

»Vesper hast dabei?«

Annelie nickte. Ihr Blick streifte Heiner, der das Halfter der Gescheckten in der Hand hielt.

»Hast zugesperrt?«, fragte die Mutter.

»Freilich.«

Die Kuh plagte sich an der ersten Steigung im Dorf, aufmerksam beobachteten die Leute von ihren Höfen aus das Gespann. Heiner dachte an daheim. Wegen ihrer sandigen Böden hatten sie immer zu den Ersten gehört, die sich aufs Feld wagten. Und dann war das Gleiche passiert wie im Spätherbst, wenn der Schäfer mit seiner Herde über die Wiesen zog. Fand ein Schaf eine besonders saftige Stelle, folgten alle anderen dem Leithammel. Lange würde es nicht mehr dauern, bis auch hier die Bauern ihre Zugtiere einspannen und mit der Feldarbeit beginnen würden.

»Kurz bevor du gekommen bist, ist er abgehauen«, sagte Annelie. Den ganzen Tag haben wir gesucht.« Kichernd drehte sie sich zu Heiner. »Weißt, wo er war?«

»Wer denn?«

»Der Großvater! Im Stall ist er gewesen und …«

»Im Barren ist er gelegen«, fiel ihr die Mutter ins Wort. »Ist nicht mehr aufgekommen. Die Kühe haben ihm mit ihrer rauen Zunge den Schädel abgeschleckt.«

»Geschrien hat der«, sagte Annelie. »Der Kopf war ganz rot.«

Ihre Mutter hob den Zeigefinger. »Was da alles hätte passieren können. Hätten wir die Kriminaler auch noch im Haus gehabt.«

Der holprige Weg führte sie an Feldstücken vorbei zu einem Acker, den an zwei Seiten eine dichte Hecke umgab.

Nachdenklich blickte Heiner auf den Boden. »Schaut nass aus.«

Die Bäuerin machte ein paar Schritte in den Acker, wippte mit den Füßen auf und ab. »Passt schon«, sagte sie.

Kopfschüttelnd holte Heiner die Eggenfelder vom Wagen, fädelte die Ketten durch die Ösen und spannte die Kuh in die Riemen. Annelie führte das Tier am Halfter, ihre Mutter hielt die Zügel. Stellenweise sumpften die Klauen ein. Die Eisenzinken kratzten dünne Striche in das lehmige Erdreich. Nur stockend kamen sie voran.

»Daheim haben wir so ein lehmiges Feld in Ruhe gelassen«, rief Heiner.

»Bist aber nicht daheim.« Die Bäuerin wendete das Gespann und reichte ihm die Zügel. »Kannst das?«

Heiner übernahm die Riemen. »Hüh.«

Das Tier setzte sich in Bewegung, Annelie ging mit dem Führstrick in der Hand voraus, während ihre Mutter das Saatgut über dem Erdreich ausstreute.

»Schau, eine Lerche.« Heiner deutete nach oben.

Annelie blickte sich um. »Wo?«

»Dort, hörst sie nicht singen?«

Annelie kniff die Augen zusammen und suchte den Vogel im weiten Blau.

»Lerchen können in der Luft stehenbleiben und am Boden bauen sie ihr Nest«, erklärte Heiner.

Gemächlich zog die Kuh die Egge hinter sich her.

»Was willst eigentlich werden, wenn du mal groß bist?«, fragte Annelie.

»Bin groß genug.« Die Zügel klatschten hart auf das Hinterteil der Kuh.

»Du weißt schon, was ich meine.« Ihre Stimme klang plötzlich warm.

Heiner atmete langsam aus. »Bauer will ich werden, studieren auf der Landwirtschaftsschule.« Dann setzte er feierlich an: »Die Erde, auf der wir wandeln, ist die Mutter, die uns alle nährt und kleidet und in unermesslicher Fülle darbietet, was zur Notdurft und zum Genusse des Lebens gehört.«

»Das ist philosophisch«, sagte Annelie.

»Steht in meinem Buch.« Heiner fuhr fort: »Der Mutter Erde ihren Segen abgewinnen und sie so pflegen, dass sich dieser ununterbrochen erneuert, das will ich lernen.«

»Hast aber noch viel vor.«

»Und später will ich zur Mission nach Afrika.«

Annelie blickte ihn unsicher an.

»Dann gebe ich alles weiter, was ich gelernt habe. – Hüh.«

Schweigend bearbeiteten sie den Boden Bahn um Bahn. Annelie trottete voraus, die Kuh hinterher und Heiner hintennach. Als die Bäuerin fertig gesät hatte, eggten sie ein zweites Mal, um den Samen mit Erdreich zuzudecken. Ein lauer Südwind strich über den Acker.

»Haben viel geschafft heute.« Die Hussnätterin legte eine Leberwurst auf Heiners Teller, da polterte es in der hinteren Kammer an die Wand.

Sie lauschten. Es blieb still. Die Bäuerin faltete die Hände und sprach ein leises Stoßgebet.

Nach dem Abendbrot ging Heiner in den Hof, mit der Hand streifte er am rauen Sandsteinsims entlang. Der Mist dampfte wie der Schlot einer Fabrik. Heiner holte tief Luft. Es war ein guter, ein fruchtbarer Duft. In den kahlen Baumkronen und unter den Wetterbrettern der Scheunen nutzten die Spatzen laut zwitschernd das Dämmerlicht für eine letzte Mahlzeit.

Von weither hörte er Stimmen, Gesangsfetzen. Neugierig schlenderte Heiner die Straße hoch zum Wirtshaus. Durch das offene Fenster sah er Männer aus dem Dorf um den gekachelten Ofen sitzen. »Im schönsten Wiesengrunde« sangen sie zweistimmig, geführt vom Chorleiter. Mutters Lieblingslied, der reinste Engelsgesang. Wenn sie das hören könnte, dachte Heiner.

Die meisten Sänger kannte er dem Namen nach, aber richtig geplaudert hatte er bisher mit den wenigsten. Am Milchhaus, wenn die Bäuerin ihn schickte, stellte er sich ein wenig abseits und hörte den Männern gerne zu, wenn sie vom Vieh erzählten, vom Ärger mit ihren Frauen, wenn sie über andere herzogen oder über die schlechten Preise schimpften. Kam er mit den Kannen dann etwas später nach Hause, wurde die Bäuerin unpässlich und mahnte, dass er seine Zeit lieber mit der Arbeit am Hof zubringen solle und nicht mit dem dummen Gerede der Mannsbilder, die doch nur auf ihren Frauen herumhacken konnten.

Das Fensterbrett, an dem Heiner sich festhielt, war glatt und der Mauervorsprung, auf dem er stand, schmal. Eine Weile hörte er noch zu, dann ging er zurück zum Hussnätterhof. Aber er fand die Haustür verschlossen. Auch der Hintereingang durch den Stall war verriegelt, alle Lampen erloschen. Also machte er es sich im Heuhaufen bei den Tieren bequem. Das Rasseln der Ketten störte ihn nicht, doch statt zu schlafen, malte er sich aus, wie er Annelie erklärte, warum gegorener Mist ein Festschmaus für Regenwürmer und ein Segen für das Erdreich war, und während er für sie »Im schönsten Wiesengrunde« summte, fiel er in den schönsten Schlummer.

Am Sonntagnachmittag wanderte Heiner durch Dürrnbuch und dann in die Flur. Er freute sich an den Hausgärten, die bis an die geschotterte Straße reichten und bald mit den schönsten Blumen blühen würden, mit Rosen, Dahlien und Veilchen. Längst hatten die Bäuerinnen ihre Mistbeete angelegt, damit sie ihren Männern frühzeitig Rettiche und Radieschen auftischen konnten. Der erste Schnittlauch fand sich in den Nischen, eingegrenzt von akkurat markierten Kräuterbeeten, Bohnen und Frühkartoffeln.

Ein paar der Frauen schlenderten über ihre Höfe, einen Korb in der Hand und eine Weste um die Schultern gelegt, denn der frische Märzenwind sorgte rasch für einen rauhen Hals. Heiner blieb dann stehen und wechselte einen Gruß mit ihnen, machmal kam er sogar ins Plaudern. Alle wussten, dass er der Knecht der Hussnätterin war, und alle fragten durch die Blume, wie es ihm bei den beiden Frauenzimmern gefalle. Er antwortete, dass die Arbeit als Knecht eben kein Zuckerschlecken sei, und die Bäuerinnen nickten dazu.

Am Ende des Dorfes schlängelte sich der Weg in die kleinräumige Landschaft, durchsetzt von Hecken und noch kahlen Laubbäumen. Heiner beobachtete die Lerchen hoch über ihm. Er schlug sein Buch auf und bestimmte die Unkräuter auf dem Feld der Hussnätterin. Vogelmiere, Melde, Klettenlabkraut, Ackerfuchsschwanz, Ackerschachtelhalm. Zu Hause hätte er jedes einzelne Kräutlein suchen müssen. Hier standen sie dicht an dicht.

Auch an den folgenden Sonntagnachmittagen zog es ihn hinaus. Er verglich den Weizen und den Hafer der Nachbarn mit den Ackerfrüchten der Hussnätterin. Mit dem mitgebrachten Zollstock maß er einen Quadratmeter auf dem guten und einen auf dem schlechten Feld ab. Er zählte die Halme des Weizens, die Hafertriebe, die Unkräuter und trug die Anzahl in sein Heft ein. Dabei ging er sparsam um mit seinem Stift, er drückte kaum auf. Doch das Stück Holz mit der Bleimine wurde zusehends kürzer und die leeren Seiten in seinem Heft wurden weniger.

Im Gras sitzend dachte er an Annelie, beobachtete die kleinen Mücken, wie sie um die Halme schwirrten, in der Luft tanzten und sich auf seine Beine setzten. Annelie. Sie war wechselhaft wie das Aprilwetter, abwesend, hochnäsig, grob. Einmal gab sie die Bauerntochter und er war der Knecht. Dann wieder lachte sie und scherzte mit ihm. Sie half ihm bei der Arbeit und wie zufällig berührten sich ihre Hände, Schultern, Knie.

Was, wenn sie seine Bäuerin wäre? Die Hochzeit würde nicht viel kosten. Annelies Verwandtschaft war spärlich, seine noch spärlicher. Genug Geld müsste übrig bleiben, um die Felder zu bestellen, den Stall zu richten, das Haus zu verschönern, eine gescheite Wasserleitung zu installieren, den schwindsüchtigen Großvater in ein helleres Zimmer zu stecken. Wenn er erst Bauer wäre, könnte er sich auch die Landwirtschaftsschule leisten. Die Mission müsste dann allerdings warten.

Heiner taxierte den Hafer, den sie gesät hatten. Die Halme waren ebenso mager wie der Beutel mit seinem Ersparten.

Der Durst und das Blöken der Kühe lockten ihn zurück zum Hof und er verwarf alle Gedanken an die ungewisse Zukunft.

Beim Abendessen streifte Annelies Fuß sein Bein. Heiner hielt still, vor Anspannung wurde ihm heiß und kalt, das Herz pochte schnell, der Druck nahm zu.

»Schmeckt es nicht?«, fragte die Bäuerin.

Heiner verschluckte sich. Er musste husten. Annelies Fuß war weg. Millimeter für Millimeter bewegte sich sein Schenkel zu ihrem. Erst fühlte er die Falten ihres Kleids, dann ihre Wade. Seine Augen fixierten den Fensterrahmen gegenüber.

»Fehlt dir was, Bub?« Die Bäuerin machte ein besorgtes Gesicht.

»Ich geh dann mal in meine Kammer.« Annelie stand auf. Bevor sie die Tür schloss, warf sie Heiner einen vielsagenden Blick zu.

Die Bäuerin räumte das Brot weg, dann setzte sie sich wieder. »Gefällt es dir bei uns?«, fragte sie beiläufig.

Heiner nickte höflich.

Sie schob die Gabel unter einen Teller, hob ihn an, ließ ihn ein paar Mal wippen. Die Gabel rutschte ab, der Teller sackte auf die Tischplatte. »Du willst in die Landwirtschaftsschule?« Sie ließ ihn nicht aus den Augen.

»Wenn das Geld reicht.«

»Deine Mutter wird dir was geben?«

»Mutter muss sparen.«

Die Bäuerin strich sich mit der Handfläche über den Hals. »Sie gibt dir also gar nichts?«

»Ich verdiene es mir selbst.«

»Man muss froh sein, wenn man nicht verhungert«, sagte sie mit frostiger Miene. Ihre Hand griff nun nach dem Teller und drehte ihn langsam im Uhrzeigersinn.

Heiner räusperte sich. »Ein guter Bauer verhungert nicht«, sagte er. »Wenn die Mutter Erde was Gescheites kriegt, gibt sie auch was Gescheites her.«

Die Hussnätterin blickte auf. »So was wissen doch nur Studierte.«

Heiner schob sich ein Stück Brot in den Mund. »Der Boden braucht Stickstoff, Phosphor und Kali. Fehlt eines davon, richtet sich die Frucht nach dem Fehlenden, auch wenn das andere im Überfluss da ist.«

»Lauter Siebengescheite«, meinte sie abfällig. »Ein Bauer gilt nur was, wenn er was hat.« Sie zog den Zipfel ihrer Schürze hoch und putzte sich damit die Nase. »Du bist ein kleiner Knecht und wirst es für immer bleiben.« Ihre Augen starrten ins Leere. »Was sein tut nur, wer hat. Aus, fertig.«

Wortlos stand Heiner vom Tisch auf und ging in seine Kammer, dabei hielt er sich so aufrecht wie nur möglich. Er holte sein Schreibpapier hervor, zögerte, dann legte er es zurück.

Er kämmte sich, ging hinaus. Von der Straße aus blickte er zu Annelies Stubenfenster, seufzte, dann spazierte er zur Wirtschaft. Heute war Samstag. Schon von Weitem hörte er den Gesang. Er stieg auf den Sockel, zog sich hoch und spitzte durch das offene Fenster.

Diesmal standen die Sänger auf einem Podest, einheitlich gekleidet in schwarze Hosen und weiße Hemden, einen braunen Janker darüber, ein rotes Tuch um den Hals. Die Frauen in ihrer Festtagskluft saßen dabei und hörten zu. Der Vorstand trat vor die Sänger und heftete einem älteren Mann einen Orden an die Brust. Zu seinen Ehren erklang wieder das Lied vom schönsten Wiesengrunde.

Als Heiner der Fuß eingeschlafen war und er seine Arme nicht mehr spürte, ging er heim. Noch eine Weile verfolgte ihn die wehmütige Melodie.

Abends saß er oft in seiner Kammer auf seinem Stuhl und grübelte. Er war nicht zufrieden mit seinem Los. Hier war er nur der Knecht, der alles besser wusste. Er machte sich so viele Gedanken, wie sich der harte Alltag am Hof erleichtern ließe, wie man den Mist leichter auf den Haufen bekäme. Mit einer Luke direkt über dem Futtergang könnte man die Fütterung erleichtern. Die Kühe bräuchten besseres Futter und nicht diesen verstaubten Dreck. Aber die Bäuerin ließ sich nichts sagen, sie blieb stur wie ein Esel. Den ganzen Tag hieß es: Heiner, mach das. Heiner, du *musst* das machen und weil du's so gut kannst, darfst es jetzt *immer* machen. Als er gekommen war, hatte die Bäuerin noch gemolken, nun musste er die Kühe allein versorgen.

Letztens hatte ihn der Milchwart angesprochen und ihm auf die Schulter geklopft: Seit er am Hof sei, werde die Milch stetig ein bisschen mehr. Solches Lob gab ihm Kraft und spornte ihn an, sich immer wieder in sein Bauernbuch zu vertiefen. Er rechnete durch, wie viel Gras eine gute Kuh fressen musste, damit sie ordentlich Milch geben konnte, und er fand heraus, dass der Stier die Milchleistung genauso vererbte wie die Kuh.

Jetzt, wo das Frühjahr die ersten warmen Tage spendete und auch der Regen nicht ausgeblieben war, färbten sich die Wiesen dunkelgrün und die Luzerne fing an zu sprießen. Täglich spannte Heiner eine der Kühe vor den Wagen und fuhr mit den beiden Frauen aufs Feld, um mit der Sense frisches Gras zu mähen. Mit der Gabel hob er es auf den Wagen und in der Graskammer neben dem Stall wieder herunter. Schaffte die Bäuerin später am Tag im Haus, schlich er sich heimlich in den Stall, gabelte das alte Futter, das die wählerischen Kühe verschmähten, zu den Kalbinnen und gab den Kühen das frische Gras.

Der Milchwart hatte recht: Die Kannen vom Hussnätterhof wurden voller. Mit sichtlichem Stolz lieferte die Bäuerin die Milch wieder selbst ans Milchhaus. Im Dorf hatte es sich da längst herumgesprochen, dass der neue Knecht was von der Viehzucht verstand, und Heiner spürte, dass die Menschen ihn achteten.

Aber was nützte es, wenn die Tiere nur im Sommer, wenn sie Grünfutter bekamen, Milch gaben und im Winter das schimmlige Heu fressen mussten. Dann war es mit der neu gewonnenen Achtung schnell wieder vorbei. Heiner fieberte den heißen Erntetagen entgegen und überlegte, wann das Wetter passen würde für gutes Heu.

Er erschrak und sein Herz klopfte bis zum Hals, als die Bäuerin in aller Herrgottsfrüh an die Tür klopfte. »Aufstehen. Heu wird gemäht.«

Heiner ging ans Fenster und sah hinaus. Die Sonne war noch nicht aufgegangen, aber es war bereits taghell und schwül. Als die Schwalben hoch geflogen waren und der frische Wind aus dem Osten geblasen hatte, hatten die anderen Bauern ihr Gras gemäht und auch Heiner hatte ihr ins Gewissen geredet, dass der richtige Zeitpunkt für ein gutes Heu gekommen sei. Das war der Bäuerin zu früh gewesen. Das Futter sollte noch wachsen. Und jetzt, wo das Heu der anderen zu trocknen begann, jetzt, wo sich der Ostwind gelegt hatte, pressierte es der Bäuerin.

Nach der Stallarbeit machten sie sich auf den Weg.

Das Gras war sperrig, die Sensen rupften. Die Bäuerin versuchte vergeblich, die Scharten am Sensenblatt mit dem Wetzstein zu glätten. Schweigend mühten sie sich ab.

Mittags rasteten sie am Rain unter der alten Eiche. Sie aßen ein paar Scheiben Brot und weichen Käse, dem die Wärme zugesetzt hatte. Das Brunnenwasser aus der blechernen Milchkanne schmeckte schal. Annelie lehnte am Stamm, träge schlug sie nach einer Mücke, die sich ihr auf die Nase gesetzt hatte.

»Wie alt ist der wohl?« Heiners Blick wanderte den mächtigen Stamm hinauf.

Annelie gähnte. »Weiß nicht.«

»Dreihundert ist der gewiss.«

»Woher willst das wissen?«

Die Bäuerin sagte schläfrig: »Von der Eiche hat angeblich schon Vaters Großvater erzählt.«

Annelie reckte den Kopf. »Wie hoch ist sie wohl?«

Heiner kratzte sich in den Haaren. »Dreißig Meter?«

»Musst halt rauf und von oben schauen. Traust dich eh nicht.« Sie blinzelte ihn an.

»War schon auf höheren Bäumen.«

Die Bäuerin schlief nun tief. Ihr rasselnder Atem strömte leise durch den halb geöffneten Mund.

»Wetten, dass ich raufkomme«, sagte Heiner übermütig.

»Was willst denn wetten?«

»Einen Kuss?«, flüsterte er ihr ins Ohr.

»Aber nur auf die Backe«, kicherte sie.

Heiner spuckte in die Hände und rieb sie aneinander. »In den Alpen klettern die Leute die steilsten Felswände hoch wie nichts.« Er griff mit den Fingern in die raue Rinde, presste den linken Fuß in ein Astloch, zog sich langsam hoch. Nach zwei Metern rutschte er ab und landete auf dem Hinterteil.

Annelie lächelte mitleidig. »So kommst nie zu was.«

»Weitermachen.« Die Bäuerin war aufgestanden. Sie gähnte und streckte den Körper durch. Dann nahm sie die Sense in die Hand, ging zurück ins hoch stehende Gras und holte kraftvoll aus. Knirschend arbeitete sich das dünne Blech durch die trockenen Halme.

Am frühen Nachmittag war die Wiese gemäht. Mit dem Rechen wendeten sie das welke Gras, sie redeten kaum, in den wenigen Pausen teilten sie sich das lauwarme Brunnenwasser.

In der Nacht erhellte heftiges Wetterleuchten den Himmel. Heiner schälte sich aus seiner Decke und blickte aus dem Fenster, dabei betete er: »Lieber Gott, lass es doch noch zwei Tag trocken bleiben und lass mich bitte, bitte auf die Eiche raufkommen.« Eine Weile sah er dem Schauspiel am Himmel zu, dann gab er der Müdigkeit nach und schlief bis zum Morgen durch.

Die Luft war dampfig wie in einem Wurstkessel, als der weiße Hahn auf dem Misthaufen krähte und die Hennen aus dem Stall lockte. Die Blätter am Hofbaum bewegten sich keinen Millimeter. Mit nacktem Oberkörper mistete Heiner die Kühe aus, dabei rieben die Hosenträger unangenehm auf seinen Schultern.

Bereits am Vormittag ratterten die Bauern mit den Fuhrwerken über die Feldwege zu ihren Wiesen. Die Helfer rechten das dürre Heu auf Rangen und gabelten es auf die Gatterwägen. Frauen und Kinder stapelten das Futter, Ochsen, Kühe und Pferde transportierten es in die Tennen, von wo es die Männer durch große Luken auf die Heuböden schafften.

Die Menschen beeilten sich, erste Wolkenberge türmten sich im Westen auf, die Schwalben flogen nicht höher als bis zu den Dachfirsten.

Das Futter der Hussnätterin war noch feucht. Mit den Rechen wendeten sie das Heu, damit die Sonne es von der anderen Seite trocknen konnte. Die Schleierwolken aber verschluckten die Strahlen, die drückende Luft stand wie eine Decke über den Feldern.

»Heute kommt noch was«, sagte Heiner sorgenvoll.

»Heut kommt nichts«, brummte die Alte, »weil wir unser Heu noch nicht daheim haben.« Trotzdem hielt sie inne und beschloss: »Ich hol mit der Annelie die Böcke, wir hängen das Zeug auf. Mach schon mal die Rangen fertig.«

Annelies Brust wogte auf und ab, als sie der Mutter hinterherrannte. Heiner stützte sich auf den Rechen und sah ihr nach, bis sie hinter der Hecke verschwunden war. Dann schmiss er den Stiel ins Heu und lief hinüber zur Eiche. Die Rinde war rau und trocken. Die Finger krallten sich in den Riefen, der linke Schuh fand in einer Wölbung Halt. Rasch gewann Heiner an Höhe. Ast um Ast gelangte er weiter hinauf. Das schwierigste Stück war gemeistert und bald auch der höchste Punkt erreicht.

Ein ängstlicher Blick nach unten, die Waden zitterten. Heiner schloss einen Moment die Augen und schnaufte durch. Durch das Laub erkannte er die Dächer im Dorf, die Ackerstreifen, die Feldwege. In der Ferne, irgendwo dort drüben, stellte er sich die Alpengipfel vor. Und er dachte an den Kuss, der ihm nun gewiss war.

Der Kletterer aus Fürth hatte gesagt, in großer Höhe werde die Luft dünn. Heiner fand, dass die Luft zum Atmen gut reiche, aber nun war es an der Zeit, wieder hinunterzusteigen. An der Hohlgasse nahe dem Dorf entdeckte er die beiden Frauen mit dem Wagen und der Kuh davor.

Heiner beeilte sich und wagte vom untersten Ast einen Sprung, kam unsanft am Boden auf und schnappte sich den Rechen. Die Hussnätterin schüttelte den Kopf. »Kindskopf«, brummte sie und warf Heiner einen verächtlichen Blick zu.

Schnell waren die Heuböcke aufgerichtet, die Bäuerin legte die Zwischenhölzer ein und platzierte das Firstholz in der Mitte. Annelie rechte das Heu auf Rangen. Heiner stapelte mit der Gabel eine Schicht nach der anderen auf die Gestelle.

Das Grollen kam unerbittlich näher, begleitet von heftigen Blitzen. Als dicke Tropfen auf die Blätter der Eiche platschten, war erst ein kleiner Teil geschafft. Der Wind frischte auf, der Schauer ließ nach. Heiners flehender Blick zum Himmel schien die dunklen Wolken aufzuhalten, die sich über dem Wald zu riesigen Ambossen formten, in Richtung Stadt vorbeizogen und der Sonne wieder Platz machten.

Mücken tanzten in der Luft, Schnaken und Bremsen stürzten sich auf die schweißnassen Leiber. Heiners Hände schmerzten, aber er biss die Zähne zusammen, dabei rackerte er, als wäre es seine Wiese, und die Bäuerin staunte, wie geschickt er die Büschel auf die Holzgestelle setzte und die Böcke formte, damit das Futter nur oberflächlich nass wurde.

Am frühen Abend waren sie fast fertig, als das Unwetter sie erreichte. Die Bäuerin, Heiner und Annelie flüchteten sich unter die Plattform des Wagens. Schweigend saßen sie im Gras und wussten nicht, sollten sie sich freuen, dass sie den größten Teil geschafft hatten, oder sich ärgern, dass ein kleiner Teil wahrscheinlich verloren war.

Es tropfte durch die Ritzen. Annelie zog sich die Schürze über den Kopf. Ihre Brust wölbte sich über die angewinkelten Beine. Heiner saß neben ihr, die Mutter auf der anderen Seite.

»Arbeiten kannst tüchtig«, lobte ihn die Bäuerin.

Annelie ließ die Schürze sinken und suchte sich ein trockeneres Plätzchen. Ihre Mutter blickte über die Wiese, die aufgereihten Rangen sackten in sich zusammen wie Blutwürste, die im Wurstkessel platzten. »Schade um das gute Futter. Das passiert halt, wenn man seine wertvolle Zeit auf Bäumen verbringt.«

Das Gewitter verzog sich, die grauen Wolken aber blieben, der Regen prasselte herab.

»Zweiundzwanzig Tagwerk hat unser Hof«, sagte die Bäuerin nachdenklich. Mit der rechten Hand schlug sie nach einer Bremse, die an ihrem Hals klebte. »Sind gute Böden, nur der Sandacker oben auf der Höhe taugt nichts.« Die Bremse fiel in ihren Schoß. »Aber wenn es genug regnet, wächst auch da gutes Korn.« Sie nahm die Bremse zwischen Zeigefinger und Daumen. Mit den Fingernägeln zwickte sie ihr den Stachel ab. »So, jetzt kannst weiter«, sagte sie zu dem Insekt.

Die Bremse summte auf der Schürze und tanzte im Kreis.

»Mein Mann hätte halt wieder heimkommen sollen … Ohne Mannsbild geht's schwer auf so einem großen Hof.« Die Bäuerin fing das Insekt wieder und hielt es in der hohlen Hand. »Geht ganz langsam, das Verderben.« Sie öffnete die Hand, nahm die Bremse zwischen die Fingernägel und riss ihr einen Flügel ab. »Zuerst kriegst für dein Zeug nichts mehr. Dann kannst dir kein Saatgut kaufen. So nimmst halt dein altes Saatgut. Und wenn nichts Gescheites wächst, kannst deine Kühe nicht mehr füttern. Kein Futter, kein guter Mist für deinen Acker, dann verreckst.« Mit Zeigefinger und Daumen zermalmte sie die Bremse. Den Kadaver streifte sie am Rock ab.

Heiner spitzte unter der Plattform hervor zum Himmel. »Glaub nicht, dass es aufhört.«

Annelie zog die Augenbrauen hoch. »Müssen heim zum Großvater. Der fürchtet sich vor Gewittern, das letzte Mal hat er mit dem Besenstiel wie mit dem Gewehr auf mich gezielt und geschrien: Die Russen kommen, die Russen kommen.«

»Schade um das gute Futter«, wiederholte die Bäuerin. Dann eilten sie mit der Kuh am Strick nach Hause.

Am nächsten Tag schien wieder die Sonne, der Himmel war wolkenlos, die Hitze war kaum auszuhalten und das nasse Heu konnte wieder trocknen. Doch nachdem in der Nacht ein zweiter Gewitterregen niedergegangen war, roch es am anderen Tag modrig. Die Bäuerin schickte die beiden jungen Leute mit der Kuh und dem Wagen auf die Wiese, um das verdorbene Heu aufzuladen und an den Ackerrand zu fahren.

Annelie führte das Tier. »Wie hoch war er denn nun?«

»Wer?«

Sie rollte mit den Augen. »Der Baum. Du warst doch ganz oben, oder?«

»Woher willst das wissen?«

»Etwa nicht?«

Heiner überlegte. »Fünfzig Meter.«

Annelie lachte. »Das glaubst doch selber nicht.«

»Dreißig waren es bestimmt. – Du hast mir was versprochen, weißt noch?«

Annelie blieb stehen. »Aber nur auf die Backe.«

»Rechts oder links?«

»Links.«

»Lieber rechts.« – Heiner grinste. »War die Mitte, oder?« Mit dem Unterarm wischte er sich die Feuchte vom Mund.

Annelie zerrte erbost am Halfter und führte die Kuh zu den ersten Rangen. Schweigend luden sie das nasse Heu auf den Wagen.

»Der Kuss war schön«, sagte sie nach einer Weile und hielt inne.

»Magst noch einen?«

»Nein.«

Annelie ging in die Knie, Heiner hockte sich hin, sie umarmten sich und ließen einander nicht mehr los.

Heiner wunderte sich, dass ein Kuss so schön sein konnte, obwohl sich doch nur zwei Körperteile berührten, die den ganzen Tag nichts anderes machten, als Brotkeile zu zerkleinern, Milchsuppe zu essen, dummes Zeug zu reden, den Speichel zu sammeln, damit er nicht über das Kinn hinunterlief, und die Zähne zusammenzuhalten.

Nun hingen diese zwei Mundwerke wie Kletten aneinander.

Erst nachdem die Kirchenglocke drei Mal geläutet hatte, nahmen die beiden ihre Arbeit wieder auf. Doch die Schufterei war eintönig und schwer, das Heu nass und zäh, die Kuh störrisch,

Gabel und Rechen unhandlich, deren Stiele rau, sogar widerspenstig, das Wetter schwül und schweißtreibend, jeder Schritt schmerzhaft und ein Kuss so entspannend. Auf den nächsten Kuss folgte ein übernächster und dann noch einer und noch mal einer. Die Hände entdeckten den fremden Körper. Sie streichelten, suchten, tasteten, fühlten, und die Lippen berührten sich, als wären es die eigenen.

Die Glocken hatten zum fünften Mal geläutet. Die Kuh stand beim zweiten Rangen und döste. Ab und zu schnupperte sie an einem Halm. Der Wagen war halb voll.

Die Schritte der Bäuerin aber wurden immer schneller, als sie heraneilte. »Was macht ihr da?«, rief sie von Weitem.

Sie stieß die Gabel ins Gras und spreizte die Arme in die Hüfte. »Annelie, du gehst heim zum Vater und mistest ihn aus. Und du«, ihr zorniger Blick streifte Heiner, »du lässt meine Tochter in Ruhe!« Eindringlich fügte sie hinzu: »Hast nichts, bist nichts, mehr brauch ich nicht zu sagen. Und jetzt gabelst den Dreck da rauf und stehst nicht herum wie eine angewachsene Brennnesselstaude.«

Es war längst Futterzeit, als sie den voll beladenen Wagen den Hohlweg hoch zum Haferfeld führten. An einer unfruchtbaren Stelle neben der Hecke räumten sie das Gras von der Plattform, damit es verfaulen konnte. Keiner redete ein Wort. Heimwärts drückte die Bäuerin aufs Tempo. Heiner ging hinter dem Wagen her. Der Abstand wurde größer.

Im Stall sah die Hussnätterin kurz auf, als der Knecht durch die Tür kam. »Brauchst nicht glauben, dass ich alles allein mache.« Ihre Stimme war scharf wie die Schneide eines Messers. »Und rühr mein Mädel nie mehr an.«

Nach ein paar sprachlosen Tagen wurde Annelie aufmüpfig. Durch das offene Küchenfenster hörte Heiner Wortfetzen, Annelie zankte sich mit ihrer Mutter. Die beiden Frauen schrien sich an, das letzte Wort behielt die Alte.

Egal ob Heiner mit der Sense den Hafer mähte oder dem Pflug folgte, mitten im Sommer war ihm, als hätten die Bäume ihre Blätter verloren und die Blumen ihre Farbe.

Die Bäuerin überwachte jeden Schritt und Annelie gehorchte ihr wie ein Hündchen.

Eines Tages kam die Nachbarstochter ans Feld gerannt. »Hussnätterin«, rief sie außer Atem, »sollst schnell heim. Der Viehhändler ist da, soll ich ausrichten.«

Die Bäuerin lief zurück ins Dorf.

Heiner gabelte die Garben auf den Wagen, Annelie schichtete sie auf.

»Und, was denkst jetzt?«, fragte er.

Scheu lächelte sie. »Was soll ich denken?«

Ratlos zuckte der Knecht mit den Schultern. Statt einer Antwort stieg er auf den Wagen und fasste nach ihrer Hand. Annelie zog sie weg, blickte sich um. Dann streckte sie die Hand wieder aus.

Heiner nahm sie zwischen seine beiden Hände. »Was hat deine Mutter gegen mich?«

»Pschd, wenn sie kommt.«

»Wenn der Viehhändler da ist, hat sie eine gute Unterhaltung.«

»Woher willst das wissen?«

»Kann man sich doch denken, oder?« Heiner kratzte sich an der Wange. »Darf ich dir einen Kuss geben?«

Annelie schüttelte den Kopf. Dann schmiegte sie sich an ihn, und es war noch schöner als beim letzten Mal.

Die beiden hatten den Wagen fast vollgeladen, als die Bäuerin wieder auftauchte und sie argwöhnisch beobachtete. »Der verdammte Viehhändler soll am Abend kommen«, raunzte sie. »Wenn die Leute Zeit haben.«

LUMPIGER KNECHT

Das Haferfeld brachte eine magere Ernte. Heiner würde diesen Monat wieder kein Taschengeld bekommen. Es war ja nicht einmal genügend Geld da für frisches Saatgut.

Müde von der Arbeit saßen sie beim Abendessen, da klopfte es an der Haustür. Die Bäuerin öffnete. »Bin so frei«, hörte Heiner den Viehhändler sagen. Hut und Spazierstock legte der Besucher neben die Treppe, bevor er in die Küche trat.

Ging er mit Anzug und Krawatte auf die Kirchweih, stellte der große Mann mit dem Bauchansatz und der markanten Nase durchaus etwas dar. Kam er mit den von Mist verkrusteten Schaftstiefeln, seinem Mäntelchen und der braunen Strickjacke darunter, verwechselten ihn die Leute manchmal mit dem Totengräber. Obwohl ihm keiner über den Weg traute, war er angesehen. Brannte ein Hof ab oder raffte eine Seuche den Viehbestand dahin, wusste er, wo gerade Überfluss herrschte. Er kaufte und verkaufte Kühe, vermittelte Heu. Nur mit Pferden hatte er nichts am Hut, die handelte man beim Juden in Fürth. Ihm entging auch nicht, wo es kriselte, welche Bauern welche Mägde geschwängert hatten und welche Bäuerin sich mit dem Knecht einließ.

Wer Gesinde suchte, wandte sich an ihn, seine liebste Nebenbeschäftigung aber war das Verkuppeln von Weiblein und Männlein, von Bäuerinnen und Bauern, ungern von Mägden und Knechten. Das brachte kein Geld und meist nur Ärger. Hinweise gab er schon, aber nur denen, die er mochte.

Verderben wollte es sich keiner mit ihm, auch die Hussnätterin nicht. »Willst einen Bissen?«, fragte sie.

»Hast was Gescheites?«

»Annelie, hol noch ein Besteck und eine Bratwurst«, rief die Alte geschäftig.

Heiner gingen die Augen über, als er die verrunzelte Räucherwurst sah.

»Passt alles?«, fragte ihn der Viehhändler.

Heiner nickte.

»Siehst«, meinte der Mann zufrieden, »weiß schon, wer wohin gehört.«

»Geh in deine Kammer, Kind«, sagte die Bäuerin zu Annelie. »Und bring dem Vater vorher noch einen Eimer Wasser. Auch für dich ist jetzt Feierabend, Heiner.« Ihre Stimme klang ungewohnt verbindlich.

Annelie verdrückte sich nach oben. Heiner aber versteckte sich an der Luke im Heuboden neben dem Stall.

Kurz bevor es dämmerte, schlichen sich die Bäuerin und der Viehhändler durch die angelehnte Stalltür, verschlossen sie von innen und verschwanden in der Graskammer. Erst belauschte Heiner, wie sie es miteinander trieben, dann war eine Weile kein Mucks zu hören.

»Bist noch immer wie eine Junge«, sagte der Viehhändler.

»Und du wie ein alter Bock.«

Beide lachten.

»Weißt«, sagte die Frau, »ich tät es der Annelie ja vergönnen. Aber der Zwerg hat keinen Pfennig. Dann haben wir noch einen mehr zum Durchfüttern.«

Der Viehhändler zog die Hose hoch, seine Stimme klang abfällig: »So eine stattliche Bauerntochter wie die deine«, sagte er, »und so ein lumpiger Knecht passen nicht zusammen. Das hat die Natur so nicht eingerichtet.«

»Und du meinst, der Kleinschroth wär was?« Die Bäuerin zögerte. »Der ist ja fast so alt wie du.«

Heiner sah von seinem Spähposten aus, wie der Viehhändler in den Stall kam, sich das Hemd in den Hosenbund stopfte, die

Hosenträger über die Schultern streifte und umständlich das Hosentürchen zuknöpfte. »Als ob das eine Rolle spielt. Vor zwei Jahren ist seine Frau gestorben. Kein Weib, kein Kind, aber ein Hof.«

Die Bäuerin folgte ihm. »Mit wie viel kann man da rechnen?«

»Wirst staunen«, lachte er.

Sie klopfte ihm auf den Oberschenkel und lachte nun auch. »Bist schon ein Schlawiner.«

Es war spät, als sich der Viehhändler davonschlich. Die Bäuerin versperrte die Haustür, Heiner blieb, wo er war. Er versuchte zu beten, aber Wut und Gebet vertrugen sich schlecht. Ohne einen versöhnlichen Gedanken richtete er sich sein Nachtlager im Heu.

Am nächsten Tag wurden die getrockneten Hafergarben gedroschen. Annelie hatte bereits in der Früh die Tenne mit dem Reisigbesen gekehrt. Dunkelbraun glänzte der Lehmboden in der Morgensonne. Die Dreschflegel hatte der Schuster in Langenzenn gegen zehn Eier repariert, nachdem letztes Jahr ein Holzzylinder vom Riemen abgerissen und der Bäuerin an den Schädel geflogen war. Tagelang war sie mit einer dicken Beule herumgelaufen, erzählte Annelie, während sie die ersten Garben auf dem Boden auslegten.

Beim Vespern sagte die Bäuerin, dass sie übermorgen Besuch erwartete.

»Wer?«, fragte Annelie.

»Der Kleinschroth aus Hörleinsdorf.« Die Mutter flunkerte mit den Augen. »Den Bauernhof hätte er gern angeschaut.«

»Was will der mit unserm Hof?«

Sie drehte der Tochter den Rücken zu. »Wirst dann schon sehen.«

Annelie ließ alles stehen und liegen, wütend verschwand sie für den Rest des Tages in ihrer Kammer.

Am andern Morgen hatten es die Bauern im Dorf eilig, die Gespräche am Milchhaus waren kurz. Die Grummeternte stand an.

Auf dem Hussnätterhof musste Heiner stattdessen die Scheune aufräumen, das herumliegende Holz hinter dem Stadel aufstapeln, den Stall saubermachen, die Kuhschwänze putzen und sogar die Spinnweben von der Stalldecke und den Fensterrahmen abkehren. Die Bäuerin putzte die Scheiben, und am Nachmittag drangen seit langer Zeit wieder Sonnenstrahlen in den düsteren Raum, die Kühe wunderten sich über das grelle Licht.

Annelie kehrte die gute Stube aus und streute frischen gesiebten Sand auf den Boden. Mit einem Lumpen wischte sie den Backsteinboden in der Küche, dann den Küchentisch und zuletzt den Schürherd. Sie lehnte sich weit aus dem Küchenfenster und winkte Heiner heran.

»Was will der aus Hörleinsdorf?«, fragte sie flüsternd.

»Wirst dann schon sehen«, sagte er.

»Mutter ist komisch«, bemerkte sie.

»Alle Weiber sind komisch.«

»Annelie!«, plärrte die Bäuerin herüber. »Schau, dass du weitermachst, aber gleich.« Mit großen Schritten kam sie an den Misthaufen, stützte die Hände in die Taille und baute sich vor Heiner auf wie ein Pfau. »Ich sag's das letzte Mal«, fuhr sie ihn an. »Lass das Mädel in Ruhe … Knecht!« Das letzte Wort sprach sie besonders gehässig aus.

Er rührte sich nicht vom Fleck. »Soll ich gehen?«

Die Frau stutzte. »Das wär ja noch schöner. Du bleibst.«

Zum Abendbrot schlürften sie ihre Brotsuppe aus der blechernen Schüssel. Die Bäuerin brach das Schweigen, ohne ihn anzusehen. »Morgen kannst die hintere Wiese mähen.«

Heiner verzog das Gesicht. »Die anderen haben heute gemäht.«

»Was gehen uns die anderen an«, meinte sie barsch. »Nimm dir ein Vesper mit, morgen bist allein.«

Dann trug sie den Rest der Suppe hinaus.

Der Alte stand am zugenagelten Fenster, als sie die Tür öffnete, teilnahmslos drehte er Daumen.

»Hab eine Scheibe Brot dabei«, sagte sie. »Und frische Brotsuppe.«

Der Greis kam näher. Seine Hose war nass. Die Frau wich zurück und stellte Schüssel und Brot auf den Tisch. Er griff nach der Scheibe, biss gierig hinein. Dann setzte er sich und starrte auf die Bretter am Fenster.

»Morgen kommt einer aus Hörleinsdorf.« Flüchtig streifte ihr Blick den Vater. Der Greis zeigte keine Regung. »Der will die Annelie heiraten und den Hof übernehmen.« Einen Schritt trat sie auf ihn zu.

»Welchen Hof?« Die Stimme des Alten klang hölzern.

»Den du von deinem Vater gekriegt hast.«

»Wo ist mein Vater?« Seine trüben Augen sahen sich in der Kammer um. »Hab Blumen gestreut, als die Mutter geheiratet hat. Hat es viel Schnee gehabt. Ist der schon getaut?«

»Ist weg, der Schnee«, sagte sie, dann schloss sie leise die Tür, den Schlüssel drehte sie zweimal um.

Die Bohlen der Eichentreppe knarzten, als sie sich in das Obergeschoss schlich. Sie klopfte an Annelies Kammertür.

»Bist du es, Heiner?«, fragte die Tochter leise.

»Reiß dich endlich zusammen, Kind.« Die Hussnätterin machte die Tür hinter sich zu.

Annelie lag im Bett. Sie drehte sich zur Wand.

Die Mutter setzte sich auf die Bettkante und bändigte ihren Zorn. Nach einer Weile sprach sie leise, dabei strich sie mit den Fingern durch Annelies Haare. »Nicht mal den Knecht können wir zahlen«, sagte sie. »Es macht mich ganz krank.« Seufzend ließ sie die Hand sinken.

Das Mädchen hatte verstanden. Sie sah kurz auf. »Heiner versteht viel von der Bauerei und er ist tüchtig.«

Die Alte versuchte, ruhig zu bleiben. »Er hat nichts und er ist nichts, da kann er noch so tüchtig sein.«

»Woher willst das wissen?«

Auf der Stirn der Mutter bildeten sich tiefe Falten. »Siehst nicht, was ich vom Leben hab? Kummer, nichts als Kummer. Ich will doch nur, dass du es besser hast.«

»Mit dem andern hab ich's dann wohl besser?«

»Der verkauft extra wegen dir seine Sach. Nur damit es dir mal gut geht.« Zärtlich strich sie ihr mit den Händen über den Rücken.

Annelie rutschte ein Stück weg. »Oder dir?«, antwortete sie abfällig. »Kann mir schon denken, was du und der Viehhändler ausgeheckt habt. Den Kuppelpelz kannst dir wohl leisten?«, zischte sie.

»Annelie!«

»Wie es mir geht, ist dir wurscht.«

Die Mutter wurde unsicher. »Wirst dich schon an ihn gewöhnen. Und ich rate dir«, ihr Ton wurde schärfer, »wie du mit ihm umgehst, so hast ihn.« Sie verschränkte die Arme. »Der hat schon eine Frau hinter sich. Der kennt sich aus.«

Die Tochter vergrub den Kopf unterm Kissen und fing an zu schluchzen.

»Mich hat damals auch keiner gefragt«, rechtfertigte sich die Mutter. »Wir haben uns halt zusammengerauft. Und dann der verdammte Krieg …« Sie stand auf und ging ans Fenster. Als sie Heiner in seiner Sonntagsmontur über den Hof laufen sah, verzog sie das Gesicht. »Kind«, sagte sie mit harter Stimme. »Blamier mich nicht.« Kopfschüttelnd legte sie Annelies gutes Kleid bereit, dazu Halbschuhe, die für die künftige Hochzeit reserviert waren, und verließ die Kammer.

In den Ställen im Dorf war Ruhe eingekehrt, als Heiner die Straße vor zum Wirtshaus schlenderte.

Die Bauern hatten sich längst daran gewöhnt, dass er allwöchentlich am offenen Fenster der Singstunde lauschte. Nachdem der Chorleiter die Notenblätter ausgegeben hatte, kam ein stämmiger Mann mit gezwirbeltem Schnurrbart an den Sims. »Na,

Kleiner, musst nicht draußen stehen. Wenn du willst, darfst gern mitmachen.«

»Hast schon mal gesungen?«, fragte der Chorleiter, als er Heiner mit Handschlag begrüßte.

»In der Kirche.«

Die Leute lachten. Der Chorleiter zog eine Mundharmonika aus der Tasche. »Ich spiel einen Ton, den singst nach.«

Der Mann staunte, als Heiner die Töne haargenau traf. »Klingt gar nicht so übel. Von nun an bist ein Tenor.«

Die Sänger klatschten, gaben ihm nacheinander die Hand und stellten sich vor, obwohl Heiner die meisten schon kannte.

»Aufstellen.« Der Chorleiter schob ihn zwischen den alten Schönfeld und den Großknecht vom Schuh. »Jeder, der bei uns aufgenommen wird, darf sich ein Liedlein wünschen.«

»Und er zahlt auch die Zeche heute Abend«, schallte es von hinten. Gelächter.

Heiner stand stocksteif da.

Der alte Schönfeld stupste ihn an. »Keine Angst, ist bloß ein Spaß.«

»Also, welches Lied willst?«, fragte der Chorleiter mit hochgezogenen Brauen.

»›Hans, bleib da, du weißt ja nicht wie's Wetter wird‹«, antwortete Heiner erleichtert.

»Da schau her«, sagte der Mann. Er blätterte in seiner Notenmappe, testete die Stimmlagen. Die Männer begannen zu singen, und Heiner stand nun mittendrin. Seine Unterschenkel zitterten, so groß war die Freude, und sein Kummer war wie weggeblasen.

Nach der Singstunde kehrten die Männer in der Wirtsstube ein. Die Wirtin stellte Maßkrüge mit Bier auf die Tische. Heiner setzte sich zu Schönfeld, der seine Unterhaltung meist auf das Zuhören beschränkte. Seit im letzten Jahr seine Frau gestorben war und er den Hof an den Sohn übergeben hatte, lebte er im Taglöhnerhäuschen.

50

Plötzlich verstummten die Gäste, die Köpfe drehten sich zur Tür. Ein fülliger Mann mit Glatze und Schnurrbart kam herein, begleitet von zwei jungen Kerlen. Sie hatten schwarze Schaftstiefel, braune Hemden und schwarze Hosen an. Der Anführer trug einen Schulterriemen aus Leder, der in der Schlaufe seines Gürtels eingehängt war.

»Sind Nationale«, raunte Schönfeld Heiner zu. »Seit es den Leuten richtig schlecht geht, wacht die Brut wieder auf.«

Die drei Männer setzten sich an einen freien Tisch, bestellten Bier und Bratwürste. Die Bauern führten ihre Gespräche fort, nahmen kaum mehr Notiz von den Leuten.

Als er aufgegessen hatte, erhob sich der Anführer. »Volksgenossen«, rief er in kantiger Sprache und deutete auf Heiner. »Unsere deutsche Jugend hat ein Recht auf völkisches Liedgut, vor allem aber hat sie ein Recht auf Arbeit und Brot.« Er drückte die Brust heraus. »Das deutsche Volk leidet. Es ist befallen von einem Geschwür. Ihr alle kennt das Geschwür, Bauern, Volksgenossen!«

Die Bauern schwiegen.

»Die sozialdemokratischen Nichtsnutze lassen sich ausbeuten von den Siegermächten, und das jüdische Ungeziefer stiehlt uns unser Geld. Es gibt nur eine Lösung und die heißt: Deutschland wieder den Deutschen. Es lebe Adolf Hitler.« Gierig wartete er auf den Applaus, seine Augen wanderten von Tisch zu Tisch, aber nur wenige Bauern spendeten Beifall.

Schleppend kam die Unterhaltung wieder in Gang.

»Der war früher ein einfacher Schalterbeamter«, flüsterte Schönfeld. »Hat angeblich was gedreht, der Sack.« Die Hand des Alten verkrampfte sich am Henkel des Maßkrugs. »Wurde rausgeschmissen und nun hat er sich bei den Nationalen eingenistet zum Wichtigmachen.«

Der Glatzköpfige setzte sich zu den großen Bauern. Die Wirtin stellte ihm einen frisch gefüllten Maßkrug hin. Er prostete den Bauern zu und trank einen kräftigen Schluck.

»Was ist das für einer, der Hitler?«, fragte ein Sänger gegenüber. »Wie will der das alles in Ordnung bringen?«

Der Mann mit der Glatze reckte den Hals. »Hitler räumt auf mit dem Pack. Hab ihn im Hofbräuhaus gehört. Da wär auch dir die Gänsehaut aufgestanden, kannst mir glauben.«

Ein weiterer Sänger wischte sich den Schaum von der Nase. »Die Sozis machen die Bauern kaputt«, schimpfte er. »Bei diesen Preisen gehst ein, lohnt sich kein Anbau mehr.«

»Die Juden wissen schon, wie sie es machen müssen«, schallte es vom hinteren Tisch. »Die sind schlau. Gehört schon mal einer her, der auf den Tisch haut und richtig aufräumt.«

Der Mann mit der Glatze nickte zustimmend. »So ist es recht, endlich einer, der seine Meinung sagt.«

Nun unterhielten sich die Bauern über das Vieh, über die Frauen und über das Grummet, das sie morgen in die Scheunen schaffen wollten. Durch die offenen Fenster drückte die Sommerschwüle herein, die sich wie eine Käseglocke über das Dorf gestülpt hatte.

Der Mann mit der Glatze trank seinen Krug leer, bezahlte für sich und seine Begleiter. Für alle sichtbar drückte er der Bedienung ein üppiges Trinkgeld in die Hand und verabschiedete sich großspurig.

»Hast keinen Durst?«, fragte ein Sänger und zeigte auf Heiners vollen Krug. »So was hab ich ja noch nie erlebt. Sitzt einer zwei Stunden im Wirtshaus und trinkt nicht ein einziges Mal.«

Einige andere sahen kurz auf und schmunzelten. Heiner blickte auf den Boden.

»Ich zahl das«, sagte Schönfeld.

Da ließ Heiner sich nicht bitten. Das unverdünnte Bier schmeckte köstlich, obwohl es längst keinen Schaum mehr hatte.

Mit den Letzten ging er heim und pfiff vor sich hin. Am Hof spähte er hinauf zu Annelies Fenster und sofort verging ihm das Pfeifen.

Am nächsten Morgen schwammen in der Milchsuppe größere Brotstücke als üblich. Ein halber Laib lag auf dem Tisch, dazu Butter und Käse. Annelies Augen waren gerötet, sie aß keinen Bissen und schmollte.

»Heute Mittag gibt's nichts«, sagte die Bäuerin in zackigem Ton zu Heiner. »Hast den ganzen Tag Arbeit auf der Wiese.« Sie schnappte sich den Laib und hobelte mit dem Messer einige Scheiben ab. »Streich dir den Käse gleich aufs Brot und leg's in den Schatten, Knecht!« Sie ließ das Wort nachklingen. »Wenn du das Heu gemäht hast«, fuhr sie fort, »fängst an mit dem Wenden.« Einen Moment überlegte sie. »Und nimm einen zweiten Rechen mit.«

»Warum?«

»Falls der andere abbricht.«

Als Heiner sich auf den Weg machte, waren die Bauern längst auf den Wiesen. Die Menschen waren angespannt und hektisch, denn dem Wetter traute heute keiner. Das Brot aß Heiner bereits unterwegs, zu appetitlich duftete der Käse.

Meter für Meter mähte er die Halme und legte sie ab in einen Schwad. Doch die Wiese war groß und Heiner war klein, das Wetter war unsicher und die Bäuerin, für die er arbeitete, seiner Mühe nicht wert.

Am späten Vormittag hatte er es geschafft, die Halme waren alle abgemäht, es war höchste Zeit für den Schatten unter der alten Eiche.

Heiner erschrak, als plötzlich Schönfeld neben ihm stand.

»Da lässt es sich aushalten«, sagte er und setzte sich. »Ganz allein lassen sie dich mit der Arbeit?«

»Ist eh alles für die Katz«, meinte Heiner mit einer wegwerfenden Handbewegung. »Bald regnet's.«

»Ja, kann schon was kommen.« Der alte Mann deutete zum Wiesengrund hin. »Dort fangen sie schon das Aufladen an.«

»Die Bäuerin mäht immer dann, wenn die anderen zum Aufladen anfangen.«

»Die hat es auch nicht leicht«, seufzte Schönfeld und lehnte sich an den Stamm. »Zuerst kommt der Mann nicht heim«, sagte er, »dann verbrüht sich ihr kleiner Bub beim Saustechen und plötzlich ist sie allein mit dem Mädel.«

Heiner stutzte. »Hat sie nie was gesagt. Vom Bub.«

Schönfeld winkelte seine dünnen Beine an. »Keiner redet drüber. Die Leute sagen, dass sie leichtsinnig war, aber niemand hat was gesehen.« Er zog die Augenbrauen hoch. »War sogar der Kriminaler da. Und der Vater hat die Schwindsucht.« Schönfeld lachte gepresst. »Früher hat er Tag und Nacht gearbeitet. Jetzt macht er Tag und Nacht Arbeit.«

Eine Krähe setzte sich auf den Ast über ihnen. Der Alte beobachtete den schwarzen Vogel. »Die Annelie wär doch was für dich, oder?«

Heiner senkte den Kopf. »Bin nur ein lumpiger Knecht.«

Schönfeld lachte diesmal laut auf. »Ich auch, seit die Schwiegertochter da ist.« Er spitzte die Lippen. »Weißt, so eine mit zwei Gesichtern. Vorn lacht sie dich an, von hinten schneidet sie dir die Ohren ab.«

Pferdehufe klapperten. Ein Bauer kam mit der ersten Fuhre den Weg herunter. Er führte den Gaul am Zügel, die Bäuerin saß auf dem Stoß. Beide winkten freundlich herüber.

»Im Dorf loben dich die Leute«, sagte der Alte.

Heiner schwieg.

»Hast daheim keinen Hof?«

»Kriegt der Bruder.«

»Wirst wohl ein kleiner Knecht bleiben müssen?«

Heiner schüttelte den Kopf. »Ich geh auf die Landwirtschaftsschule. Und dann nach Afrika zur Mission.«

Der alte Mann beugte sich vor. »Du hast aber Pläne. In Afrika fressen sie dich bloß auf.«

Heiner winkte ab. »Zuerst helfe ich denen, die nicht sehen können.«

»Warum denn das?«

»Wegen der Mutter. Die ist bald blind.«

Schönfeld lachte wieder, die unteren Zähne waren schwärzlich verfärbt, einige fehlten. »Du bist halt noch jung«, belehrte er ihn. »Solche Spinnereien hatte ich auch mal, und dann kam der Krieg.«

Ein Käfer krabbelte die Rinde der Eiche hoch. Heiner sah ihm nach, bis er hinter einer Borke verschwand.

»Da ist noch was, was ich dir sagen wollte.« Schönfelds faltige Stirn wurde noch faltiger. »Lass dich nicht von diesen Braunhemden beeindrucken.« Er hob den Zeigefinger. »Solche sind vor dem Krieg auch herumgerannt und haben den Leuten das Blaue vom Himmel versprochen.« Er machte eine Pause. »Weißt, der schlimmste Friede ist allemal gescheiter als der beste Krieg.«

Heiner rieb sich am Hals. Eine Bremse hatte ihn gestochen.

Schönfeld stand auf, kramte ein Bündel Geldscheine aus der Hosentasche und zählte sie. »So, jetzt geh ich in die Wirtschaft und kauf mir ein gescheites Vesper und eine Maß Bier.« Er reichte Heiner die Hand. »Habe die Ehre, kleiner Knecht.«

Heiner sah dem Alten hinterher, wie er gemächlich den Weg zum Dorf nahm. So ganz geheuer war ihm der Schönfeld mit seiner Warnung nicht. Der Glatzköpfige im Wirtshaus hatte auf ihn, den kleinen Knecht, gezeigt, vor allen Bauern. Die Jugend habe ein Recht auf Arbeit und Brot, hatte er gesagt.

Heiner hatte zwar Arbeit und Brot, aber kein Geld, weil die Bäuerin auch keines hatte. Also war in diesem Land doch irgendwo der Wurm drin.

Sein Blick wanderte zu den betriebsamen Bauern. Aber wie er da am Baumstamm lehnte und die Füße ausstreckte, war ihm das Grummet egal. Auf der Straße entdeckte er einen Radfahrer, der sein Fahrzeug die kleine Steigung hoch zum Dorf schob. Immer wieder hielt der Mann an und wischte sich die Stirn. Sicher ein feiner Herr, dachte Heiner. Wer sonst kleidete sich an einem Werktag in ein weißes Hemd?

Bis zum Mittagessen war es noch eine Weile hin, als Hans Kleinschroth aus Hörleinsdorf sein Fahrrad an die Hauswand lehnte. Seinen Anzugkittel, den er zusammengerollt auf den Gepäckständer geschnallt hatte, zog er sich über das schweißnasse Hemd. Die Anzughose reichte nur bis zu den Knöcheln. Mit einem kleinen Kamm brachte er seinen Schnurrbart in Form.

Nachdem er sich umgesehen hatte, klopfte er an die Tür. Die Bäuerin öffnete sofort.

»Der Kleinschroth Hans ist da«, sagte er und verbeugte sich wie ein Zirkusdirektor, dazu machte er eine weitschweifende Handbewegung. »Grüß Gott allerseits.«

Die Bäuerin musterte das ellenlange Mannsbild mit der Glatze und der rot geäderten Nase. Die zu kurz geratene Hose fiel ihr auf, dann blickte sie wieder in das markante Gesicht.

Kleinschroth reichte ihr die Hand.

»Bist zeitig dran«, sagte die Bäuerin. »Willst reinkommen zur Annelie, oder schauen wir uns die Ware zuerst an?«

Kleinschroth blies die Backen auf. »Zuerst die Ware. Man will ja wissen, auf was man sich einlässt.«

Die beiden gingen über den Hof in den Stall. Die Bäuerin mühte sich um ein Gespräch. »Bist mit dem Fahrrad da, hab ich gesehen.«

Kleinschroth zupfte sich am engen Hosenboden. Er sah hierhin und dorthin auf dem verwinkelten Hof. »War schneller als wenn ich gelaufen wäre«, sagte er.

Die Hussnätterin führte den Gast in den Stall, blieb bei der ersten Kuh stehen und strich ihr über das Fell. »Fünf Stück sind es momentan.«

»Sind mager«, sagte Kleinschroth.

»Geben aber viel Milch.«

»Und die Säue?«

»Sind dort drüben.« Die Bäuerin verschränkte die Arme. »Sind noch magerer.«

»Gibt viele Ferkel zum Säugen.«

Kleinschroth griff nach einem Schübel Heu und hielt ihn an die Nase. »Verregnet?«

»Haben ein paar Mal Pech gehabt«, sagte die Bäuerin.

»Ein paar Mal gleich? Aber sauber aufgeräumt ist es bei euch.«

»Meine Annelie putzt Tag und Nacht.«

Kleinschroth verdrehte die Augen. »Einen Putzteufel brauche ich fei nicht.« Er stieg die Treppe hoch in den Heuboden, musterte den Futterstock und die Luke. »Müsst ihr weit herübergabeln. Ist eine ziemliche Plage.«

Die Hussnätterin schwieg.

Nun ging der Mann voran und sie stapfte hinterher. »Das ist die Scheune? Habt ihr keinen Mäher?«, fragte er.

Die Bäuerin trat neben ihn. »Mit der Hand hat es ein besseres Futter.« Dann fasste sie Kleinschroth am Ärmel. »Willst nun endlich das Haus anschauen?«

»Zuerst zeigst mir die Äcker.«

Sie schnaubte, riss sich aber zusammen. »Die Ernte ist längst vorbei.«

Kleinschroth zupfte an seinem Schnurrbart. »Die nächste kommt bestimmt.«

Die Bäuerin nickte ergeben.

Als sie mit dem Besucher durch das Dorf marschierte, wahrte sie ein paar Schritte Abstand.

»Dort ist der Brentlesacker.« Sie blieb am Weg stehen.

Kleinschroth lief ein Stück hinein, ging in die Hocke und grub mit den Händen ein kleines Loch. Die Erde rieselte ihm durch die Finger. »Sandiger Boden?«

»Guter Boden«, korrigierte ihn die Frau. »Gibt alle Jahr eine gute Ernte.«

»Und das andere Feld?«

Die Hussnätterin ballte die Hände zur Faust, stierte auf den Boden. »Müssen weit laufen«, sagte sie.

»Zum Säen und zum Ernten musst dann auch weit laufen, oder?«

Sie schwieg.

Kleinschroth machte große Schritte, die Bäuerin folgte ihm, leise fluchte sie über den Viehhändler. »Da vorn ist der Acker.«

Er lächelte. »Schöner Acker. Was ist mit den Wiesen? Hätte sie gern angeschaut.«

Die Frau schüttelte den Kopf. »Die Klöße verkochen«, sagte sie hart.

Kleinschroth ließ sich nicht aus der Ruhe bringen. »Grummet habt ihr keines gemäht, seid spät dran!«

»Übermorgen kommt das Futter heim«, antwortete sie ihm barsch.

»Da regnet es«, sagte er, dabei zog er an den Hosenträgern und ließ sie schnalzen.

Heimwärts redeten sie kein Wort, nun machte die Bäuerin große Schritte.

Sie führte den Mann in die gute Stube. »Da geht es rein«, sagte sie, dann rief sie nach der Tochter.

Kleinschroth setzte sich, die langen Beine streckte er weit unter den Tisch.

Annelie kam mit einer Schüssel Klößen herein. »Grüß Gott«, sagte sie mit dünner Stimme. Den Kopf hielt sie gesenkt, ihr Gesichtsausdruck war starr wie der einer Sumpfleiche.

»Auch Grüß Gott«, sagte Kleinschroth. Sein Blick blieb an den Klößen haften. »Riechen gut.«

Annelie zwickte ihre Mutter in die Hüfte und sah sie von der Seite böse an.

»Ist noch durcheinander«, meinte die Bäuerin zu Kleinschroth.

»Wird schon«, beruhigte er sie. »Wichtig ist, dass sie rechtschaffen ist und gut kochen kann.« Er fasste sich einen Kloß in den Teller und zerteilte ihn mit Messer und Gabel. »Weißt«, verriet er augenzwinkernd, »eine störrische alte Kuh kannst nicht mehr ziehen, aber bei einem jungen Mädel mach ich mir keine Sorgen.«

Die Bäuerin stimmte ihm zu, Schweißperlen standen ihr im Gesicht. »Soll ich euch allein lassen?«, fragte sie unsicher.

»Ach wo«, meinte der Anwärter gelassen. »Die sehe ich noch oft genug allein.« Die Klöße schmeckten ihm. »Ist nicht übel bei euch«, sagte er mit vollem Mund. »Ist nicht der beste Hof, aber auch nicht der schlechteste. Die Flur passt und das Vieh wird schon wieder, wenn erst mal ein Mannsbild da ist.« Schmunzelnd blickte er auf. »Könnte mir schon vorstellen, dass ich mein Zeug verkaufe und zu euch komme – wenn es recht ist.«

Die Bäuerin versuchte, ihre Freude zu verbergen. »Freilich ist es recht.«

Der Tochter gab sie mit dem Ellbogen einen kleinen Rempler. »Sag's du auch, Annelie.«

Die Tochter verzog das Gesicht und schwieg. Unwillig räumte sie das Geschirr ab und ging in die Küche.

»Die freut sich schon auch«, sagte die Hussnätterin.

Der Gast gab sich kommod: »Freilich, freilich, ist ja auch eine tragende Entscheidung, da muss man mit sich im Reinen sein.« Zwischen die Gabelzinken zwickte er das Messer und lotete die Mitte aus. »Bräuchte aber schon eine Sicherheit. Nicht dass ich mein Zeug verkauf und dann fällt euch was anderes ein. Verstehst mich?«

Die Hussnätterin spitzte die Ohren, so viel Abgebrühtheit hätte sie dem langen Lackel nicht zugetraut. »Willst einen Vertrag machen, einen schriftlichen?«, fragte sie mit scharfer Stimme.

Kleinschroth schüttelte den Kopf. »Den kann man zerreißen. Machen wir Nägel mit Köpfen. Zuerst gehen wir zum Notar, regeln alles gescheit, dann wird geheiratet und dann verkauf ich meine Sach.« Mit der Faust schlug er laut auf den Tisch wie ein Auktionator mit dem Hämmerchen.

Die Bäuerin stutzte. »Moment«, fiel ihr ein. »Dann sind wir die Ausgeschmierten und du hockst da, hast ein junges Weib, einen schönen Bauernhof und deinen verkaufst doch nicht.«

Kleinschroth wurde ungehalten: »Was willst jetzt? Den Bauern oder sein Geld?«

»Beides.«

Ihm fehlten die Worte. Er stocherte mit den Fingernägeln zwischen den Zähnen. Zuerst probierte er den Daumen, dann nahm er den Zeigefinger, dann drehte er ihn. »Also gut«, meinte er diplomatisch. »Wir gehen gemeinsam zum Notar, regeln Übergabe und Hochzeit, und ich lass schreiben, dass ich den Hof verkauf …«

»… und dass das Geld in den unsrigen Hof fließen muss.« Nun klopfte die Bäuerin mit der Faust auf den Tisch. »Und die Notarkosten zahlt der Heiratswillige.«

Kleinschroth staunte. »Du hast es aber faustdick hinter den Ohren. Da muss man wirklich aufpassen, dass man nicht über den Tisch gezogen wird.« Spitzbübisch drohte er mit dem Zeigefinger.

»Magst einen Schnaps?«

»Musst aber auch einen mittrinken und das Fräulein Tochter sowieso.«

Die Hussnätterin rief nach Annelie, bekam aber keine Antwort. Sie eilte die Treppe hoch in ihre Kammer. Das Mädchen stand am Fenster und blickte stur hinaus.

»Du sollst runter«, forderte die Mutter. »Der Bräutigam will einen Schnaps mit der Braut trinken.«

Annelie sagte keinen Ton.

»Dann lässt es eben bleiben.« Wütend schlug die Hussnätterin die Tür zu und eilte die Treppe hinunter, zwei Stufen nahm sie auf einmal. Aus der Speisekammer holte sie eine Flasche Birnenschnaps, dazu die Gläser aus dem Büffet.

Kleinschroth zog die Brauen hoch. »Will das Mädel nicht?«

»Doch, doch«, beruhigte sie ihn. »Der geht es halt nicht gut. Die war heut früh schon so käsig – aber schöne Grüße soll ich ausrichten und dass sie sich ganz arg freut, das hat sie extra noch gesagt.«

»Hmm.«

Sie prosteten sich zu. Kleinschroth trank den Schnaps auf einen Zug, die Bäuerin nippte nur.

Dann legte Kleinschroth die Hände auf den Tisch und faltete sie wie zum Gebet. »Wann soll die Hochzeit sein?«

Die Frau zuckte mit der Schulter. »Im späten Winter hat man am meisten Zeit.«

Er überlegte. »In drei Wochen komm ich noch mal vorbei, dann wird die Annelie schon wieder gesund sein, oder?«

»Ganz bestimmt«, nickte die Bäuerin.

Kleinschroth stand auf, gab ihr die Hand, schnappte sich sein Fahrrad, prüfte die Luft im Reifen und radelte davon.

Es war noch immer ungewöhnlich schwül und der Bräutigam achtete auf dem Heimweg darauf, dass er keinen Durst leiden musste. In Langenzenn kehrte er das erste Mal ein, in Keidenzell das zweite Mal und in Kirchfarrnbach blieb er dann sitzen bis zum späten Abend.

Die Bäuerin aber saß kreidebleich auf ihrem Stuhl, das angetrunkene Schnapsglas hatte sie auf einen Zug geleert, ein zweites auch und ein drittes stand frisch eingeschenkt vor ihr.

Heiner blickte dem Fahrradfahrer mit dem weißen Hemd nach, bis er im Wald verschwunden war. Dann arbeitete er noch ein wenig, obwohl der Himmel sich im Westen dunkel färbte und gewaltige Wolkenberge über dem grauen Dunstschleier standen. Pferdehufe und Ochsenklauen klapperten über die Feldwege, die Räder voll beladener Fuhren drehten sich knarzend, dazu hallten die ersten Donnerschläge und der Wind fuhr in die Blätter der alten Eiche.

Als Heiner daheim durch die Stalltür spähte, winkte ihn die Bäuerin zu sich. »Kannst gleich ausmisten«, ordnete sie an, »und richte den Heuwagen her.«

»Hat schon gedonnert.«

Die Hussnätterin nickte wie abwesend. Dann setzte sie sich auf den Schemel und begann zu melken.

Annelie war in der Graskammer, sie stopfte Grünfutter in den großen Helmkorb, ihr Gesicht war verquollen.

»Geht's dir nicht gut?«, fragte Heiner.

Sie sah kurz auf und deutete zur Mutter. »Frag die.« Lustlos arbeitete sie weiter.

Als die Bäuerin ging, um die Kannen ins Milchhaus zu bringen, nutzte Heiner die Gelegenheit. »Und, seid ihr euch einig geworden?«, fragte er und unterdrückte seine Wut, dabei wusste er nicht einmal, auf wen er seinen Zorn am ehesten richten sollte. Auf die Bäuerin, den Lackel mit seinem Fahrrad oder Annelie selbst, weil sie sich nicht widersetzte.

»Ich muss heiraten.«

»Kriegst ein Kind?«

Annelie schluchzte laut auf.

»Oder magst den Kasper etwa wirklich?«

»Den Witwer!« Annelie schüttelte den Kopf. »Seinen Hof verkauft er.«

Heiner wandte sich von ihr ab. Seinen Hof verkauft er, klang es in ihm nach, seinen Hof verkauft er … Aber die verkauft ihre Seele!

Die Wut wallte erneut auf und Heiner schlug den Gabelstiel mit solcher Wucht auf den Boden, dass er in zwei Teile brach. Dann riss er sich zusammen, die Kühe konnten ja nichts dafür. Der Gabelstiel aber auch nicht. Jetzt musste er die Mistgabel mit den verbogenen Zinken nehmen. Er plagte sich beim Aufschütteln der sperrigen Heuschübel wie ein Hund, was seine Wut wiederum schürte. Glaubte die Bäuerin wohl, ihr Knecht wäre ein

Tier, dem sie nur täglich den Fressnapf mit Milchsuppe füllen bräuchte als Gegenleistung für die schwere Arbeit am Hof?

An diesem Abend schrieb er seinem Bruder:

Lieber Peter

Wenn ich könnte, tät ich heut noch davonlaufen. Die Bäuerin hat mich ausgeschmiert. Bis Lichtmess halt ich durch, das hab ich der Mutter versprochen, aber heimkommen tue ich vorher gar nicht, sonst geh ich nicht mehr fort. Heut hab ich dem Herrgott gesagt, dass er der Bäuerin ihr Grummet vollregnen lassen soll, aber der hat nicht so gewollt wie ich. So weit ist es mit mir schon gekommen, dass ich dem Schöpfer vorschreib, er soll was Unrechtes tun.

Kannst du mal deine Ohren weit aufmachen, du kommst doch viel herum, wo ich eine neue Arbeit kriegen könnte, wo sich vielleicht auch ein liebes und rechtschaffenes Mädel findet.

Und sag der Mutter nicht, dass es mir gar nicht gut geht.

Hochachtungsvoll dein lieber Bruder Heiner

FEUER UND EIS

Früh am Morgen zeigte sich der Himmel tiefblau, wolkenlos. Rasch kehrte die Wärme zurück und geregnet hatte es keinen Tropfen. Heiner spürte die neugierigen Blicke der anderen Bauern, als er mit den beiden Frauen, die Rechen auf den Schultern, durchs Dorf zur Wiese hochschlenderte.

Von Schönfeld wusste er, dass ein Nachbar bereits den Heustock umgabeln musste, weil sich das Futter über Nacht erhitzt hatte. Übereifer schadet nur, dachte er sich. Das Grummet, das die Eifrigen gestern in die Scheunen eingebracht hatten, war längst nicht trocken gewesen.

»Kommt unser Grummet heut heim?«, fragte Heiner während der Arbeit auf der Wiese.

»Morgen passt es«, sagte die Bäuerin.

Annelie sprach kein Wort, den Rechen führte sie in der Hand wie die Städterin die Schreibfeder. Die Mutter ließ sie schmollen.

Zwei Tage später, mitten in der Nacht, bimmelte die Kirchenglocke laut und unregelmäßig. Der Mesner zog am Glockenzug wie ein Schmied. Als die Arme müde wurden, wickelte er das Seil um den Fuß. Als die Füße müde wurden, war das ganze Dorf auf den Beinen.

Schlaftrunken liefen die Leute auf die Straße. Der Feuerwehrkommandant setzte im Laufen seinen Helm auf und fingerte den Riemen unter dem Kinn umständlich durch die Schnalle. Seine Uniformjacke hatte er unter die Achsel gezwickt. An der Einfahrt zum Scheuenstuhlhof blieb er stehen, um zu verschnaufen. »Was ist los?«, fragte er die Umstehenden.

Die Frau vom Scheuenstuhl kam gerannt. »Der Heustock«, rief sie schon von Weitem. »Der Heustock stinkt!« Dann rannte sie zurück. Ein paar Mal blieb sie stehen, holte Luft und schneuzte sich in ihren Rocksaum.

Vor dem Feuerwehrhaus sammelten sich die Männer, zogen den Pumpenwagen aus der Hütte, warfen Hanfschläuche und Strahlrohre auf ein Wägelchen. Im Laufschritt schoben sie das Gerät an den Dorfweiher, begleitet von Laternenträgerinnen, die ein wenig Licht in die stockfinstere Nacht brachten. Die Saugglocke landete im Wasser, die Kupplungen wurden verschlossen. Geschickt rollten die Feuerwehrler die Schläuche bis zum Anwesen und brachten die Strahlrohre in Stellung.

Aber sie sahen kein Feuer, sie rochen nur etwas Scharfes, Stechendes, wie von verbranntem Holz oder Asche. Die Kühe im Stall unter dem Heuboden brüllten und zerrten an den Ketten. Die Schweine irrten an den Wänden entlang und suchten einen Ausgang, das Hühnervolk flog wild gackernd durcheinander.

Einige mutige junge Feuerwehrmänner stiegen mit Laternen in den Händen die Stufen hoch zum Heuboden. Bald tränten ihnen die Augen, die beißende Luft schnürte ihnen die Kehle zu, aber noch immer war kein Feuer zu sehen.

»Heuhaken, schafft Heuhaken herauf, wir müssen den Stock zerteilen«, rief ein Bursche zur Tenne hinunter.

Während sie auf das Werkzeug warteten, redeten die Männer kein Wort. Angstvoll blickten sie auf den Stock, der sich vor ihnen auftürmte wie ein Berg.

Ein Helfer brachte die Werkzeuge nach oben, der Kommandant stand am Treppenfuß. »Seid vorsichtig«, rief er seinen Burschen zu. »Das ist die Ruhe vor dem Sturm, geht nicht zu nah hin. Und wartet, bis die Pumpe läuft, bis wir Wasser in den Schläuchen haben.«

Die jungen Männer achteten nicht auf seine Warnung. Sie fingen an, das Heu von der Spitze abzutragen. Die obersten Schübel waren durchnässt, fest hingen sie zusammen. Etwas tiefer zog ein Bursche ein langes Büschel zur Seite, ein zweiter half ihm. Die Hitze wurde unerträglich, das Atmen wurde zur Qual, dann schier unmöglich. Die beiden gaben auf und gingen zurück, mit ihnen die anderen.

Plötzlich gab es eine Verpuffung. Dachziegel wurden hochgeschleudert als wären sie aus Papier. Schlagartig stand der Stock in Flammen, das Feuer griff auf die Spinnweben über, die die Balken überzogen wie eine künstliche Haut. Im Nu war alles voller Qualm. Mit letzter Kraft stolperten die Männer die Treppe hinab, rußgeschwärzt waren ihre Gesichter, die Haare versengt.

Längst hatten die Bauern begonnen, im Stall die Ketten zu lösen. In Todesangst trat das Vieh um sich. Der Scheuenstuhl wurde vom Hinterlauf eines Ochsen getroffen. Mit einem blutigen Schienbein humpelte er hinaus und setzte sich gekrümmt von Schmerzen ins Gras.

Heiner war bei den Kalbinnen. Mit zittrigen Händen öffnete er zwei Kettenschlösser, die dritte Kette riss von selbst. Die Tiere rannten im Stallgang auf und ab, immer an der offenen Tür vorbei. Rauch versperrte die Sicht, die Augen tränten, aber die Bauern gaben nicht auf. Sie fingen die Tiere ein und führten sie zum Ausgang. Dort gab es kein Halten. Panisch floh das Vieh ins Freie. Die Säue wurden von den Bauern mit Stricken auf den Hof gezogen.

»Ach Gott, ach Gott, die Hühner!« Die Frau vom Scheuenstuhl rannte zur Stalltür. Sie zerrte am Griff und rief nach ihrem Mann.

Der Kommandant folgte ihr, packte sie am Arm und zog sie zurück. »Bäuerin, bist verrückt«, schrie er sie an. »Da kommst nicht mehr raus.«

Selbst die Wagemutigen suchten nun das Weite. Hitze und herabstürzendes Gebälk ließen keine Hilfe mehr zu.

»Der Weiher ist schon halb leer«, rief der Kommandant. »Lasst den Stall abbrennen«, befahl er seinen Leuten. »Versucht, das Haus zu retten!«

Die Frauen bildeten eine Eimerkette, mehrere Männer schütteten das Wasser in den Zwischenbau, der Stall und Haus voneinander trennte. Einige kletterten auf das Dach und deckten die Ziegel ab, damit das Wasser die Balken und Bretter benetzen konnte.

Die Leute löschten bis zur Erschöpfung, der Kampf dauerte bis zum Morgen. Das Wohnhaus wurde gerettet, aber zwei Kälber, eine Kuh, zwei Säue und das gesamte Federvieh kamen in den Flammen um. Die geretteten Kühe, Kalbinnen, Ochsen hatten sich zu zweien, dreien überall im Dorf und auf den angrenzenden Wiesen gesammelt. Das herumstehende Vieh brüllte, die prallen Euter drückten. Und die Frau vom Scheuenstuhl zitterte am ganzen Leib, sie irrte ziellos von einem Eck des Hofs ins andere.

Als nur noch grauer Rauch aufstieg, hörte der Maschinist auf zu pumpen. Schweigend rollten die Feuerwehrler die Schläuche zusammen und warfen sie auf das Wägelchen.

In kleinen Gruppen standen sie nun da, um zu reden, das Unfassbare zu fassen. Die Frauen brachten den Helfern Butterbrote und versorgten sie mit Tee. Die Hussnätterin kam mit einem Kübel Malzkaffee. Den Alten und Erfahrenen drückte es die Sorgenfalten ins Gesicht. Sie wussten genau, die Hauptarbeit folgte erst. Der verkohlte Heustock musste abgetragen und auf die Äcker verteilt werden. Die angeschmorten Balken, die Sparren und Latten lagen verkeilt zwischen Heu, Dachziegeln und Maschinen. Tagelang würde das Aufräumen dauern, bevor der Stall wiederaufgebaut werden konnte.

»Heiner«, rief die Hussnätterin, »fang zwei Kühe ein. Die bringst in unseren Stall.«

»Reicht denn das Futter?«

»Reicht schon«, meinte die Frau. »Kriegen unsere ein bisschen weniger.«

Die Scheuenstuhl waren verzweifelt. Dem Mann hatte das ausschlagende Vieh in der Unglücksnacht den Unterschenkel gebrochen. Sie hatten kein Geld für einen neuen Stall, kein Futter, kein Dach für ihre Tiere. Aber sie besaßen ein Stück Wald mit halbwegs schönen Bäumen. Der Zimmermann streckte trockenes Bauholz vor, er verlangte keinen Lohn für das Abrichten. Die Ziegelei in Langenzenn machte ein günstiges Angebot.

Bis in den späten Herbst hinein half Heiner auf der Baustelle, wann immer die Arbeit bei der Hussnätterin es zuließ. Die war einerseits froh, dass sie ihn an diesen Tagen nicht verköstigen musste, andererseits wollte sie bald das fremde Vieh wieder loswerden, denn die Vorräte für den Winter lichteten sich beizeiten. Die Milch der beiden Kühe brachte sie jeden Morgen zu den Besitzern und die Frau vom Scheuenstuhl dankte es ihr von Herzen.

Annelie schmollte nicht mehr. Der Bräutigam hatte ihr beim letzten Besuch ein goldenes Kettchen mitgebracht, und am Sonntagmorgen glitzerte es in der kalten Dezembersonne. Hochnäsig folgte Annelie der Mutter in die Kirche, tief war der Ausschnitt ihres blauschwarzen Kleids. Heiner gönnte ihr nicht einmal einen versteckten Seitenblick. Er tappte den zwei Frauen hinterher wie der Hund dem Herrn.

Die angesehenen Bürger, die großen Bauern, der Bürgermeister, der Notar, die Begüterten saßen vorn und an der Seite im Kirchenschiff, dem Pfarrer ganz nah. Wer nicht kam, dessen Platz blieb leer. Aber alle kamen, ausgenommen die Schwerkranken und die Verstorbenen.

Die Frauen nahmen auf den hinteren Bänken Platz. Die Töchter saßen neben ihren Müttern und das Gesinde noch weiter hinten oder auf der Empore.

Obwohl sich Heiner dagegen sträubte, wagte er immer wieder einen versteckten Blick zu Annelie. Sonst hatte sie sich kurz umgedreht, sogar gelächelt hatte sie manchmal und gezwinkert. Heute, mit dem Goldkettchen im Ausschnitt, thronte sie wie ein Pfau auf der harten Bank. Sie saß aufrecht, rührte sich nicht, die Schultern ließ sie hängen, damit der Hals besser zur Geltung kam.

Nach der Kirche saß Heiner in seiner Kammer, die Arme auf den Tisch gestützt, den Kopf in den Händen vergraben. Sein schlaues Buch lag aufgeschlagen vor ihm. Er versuchte zu lesen. Die Zeilen verschwammen, sie verschmolzen wie Wachs, das von der Kerze tropfte. »Essen!« Der schrille Ruf der Bäuerin riss ihn aus seinen Gedanken.

Brotsuppe stand auf dem Tisch, ein paar Fleischstücke schwammen in der Brühe, weil Sonntag war. Die Bäuerin betete, dann aßen sie, die Köpfe über den Topf geneigt. Annelies Kettchen baumelte über der Suppe. Rasch aß sie fertig und verdrückte sich in ihre Kammer.

»Im Frühjahr gibt es eine große Hochzeit«, sagte die Hussnätterin. »Bist auch eingeladen, wenn du willst.«

»Wer heiratet denn?«, fragte Heiner spitz.

Die Bäuerin putzte ihren Löffel und hängte ihn mit dem Lederriemen an die Tischkante. »Unsere Annelie hat eine gute Partie gemacht«, sagte sie stolz. Sie streckte die Hand nach ihm aus, doch er wich zurück. »Kommst schon zur Hochzeit, oder?«, fragte sie nun verhalten.

Heiner verschluckte sich. »Kann kein Geschenk kaufen, weil ich keinen Lohn kriege.«

»Sind schwere Zeiten«, sagte die Frau. Ihre Backen färbten sich rot. »Bald wird es besser, dann kriegst auch deinen Lohn.«

Heiner wusste, dass sie log. Er stand auf und ging zur Tür.

»Warte«, rief sie ihm nach.

Heiner drehte sich um.

»Nächste Woche kannst die beiden Kühe wieder rüberbringen, lässt die Frau vom Scheuenstuhl ausrichten.« Sie griff auf die Bank neben sich, stand auf und reichte ihm ein Päckchen. »Soll ich dir geben, weil du so viel geholfen hast.«

In seiner Kammer riss er das Papier auf und eine bunt bedruckte Blechschachtel kam zum Vorschein. Ein Brieflein lag oben drauf. Heiner überflog die Zeilen: »Gott wird dich beschützen«, las er laut. »Bald steht das Christkind vor der Tür – täglich eines gönne dir.«

Die Plätzchen, mit Puderzucker garniert und mit Haselnüssen geschmückt, rochen köstlich. Jedes einzelne hatte eine Nummer aus Zuckerglasur. Heiner legte alle vierundzwanzig auf den Tisch und ordnete sie. Heute war der dritte Dezember, drei Stück durfte er also essen. Er brach die erste Haselnuss aus dem Teig und zerkaute sie, dann schob er das Plätzchen in den Mund. Das Gebäck war noch feiner als Mutters Küchle. Der Teig klebte am Gaumen, der süßliche Geschmack hielt lange an. Er biss kleine Stücke ab und ließ sie auf der Zunge zergehen. Doch je mehr Stückchen er aß, desto größer wurde der Appetit.

Nachdem der dritte Dezember gegessen war, befand sich der vierte gleich zwischen den Zähnen und der fünfte zwischen den Fingern. Am sechsten war Chorprobe im Wirtshaus, da blieb keine Zeit zum Naschen, also verschwand auch der sechste im Mund. Den Tag nach der Chorprobe wollte er nicht mit Plätzchenessen vergeuden. Am achten, fragte er sich, ob er dazu nicht zu müde sein würde. Überhaupt fragte er sich, ob die Plätzchen nach dem neunten Tag noch schmeckten. Mutters Gebäck hielt sich bis nach der Weihnacht, erst dann wurde es steinhart. Aber dieses edle Backwerk war empfindlich. Und dann kamen noch Annelie und die Hussnätterin ins Spiel. Von der Brotsuppe allein konnte die Tochter unmöglich ihre königliche Figur haben.

Heiner dachte nach. Mutter hatte immer gesagt: Lieber die Taube in der Hand als den Spatz auf dem Dach. Also aß er auch die restlichen Plätzchen auf. Danach machte er seinen Daumen feucht und tupfte die Brösel vom Tisch.

Heiner verschloss die Blechschachtel und stellte sie auf den Schrank. Hernach kniete er sich auf den Boden und bat den Herrgott um Vergebung für seine Ungeduld, die dieser ihm aber sicher verzeihen werde, denn Jesus hatte bei der großen Speisung am See Genezareth das Brot ja auch nicht auf vierundzwanzig Tage verteilt.

Später polterte es in Großvaters Kammer. Die Bäuerin ging schimpfend die Treppe hinab, Annelie tappte ihr nach. Eine Tür krachte ins Schloss, dann hörte das Schlagen auf.

Heiner sah zum Fenster hinaus. Ein Schatten. Annelie. Sie tauchte hastig einen Eimer in den Brunnen und trug ihn ins Haus.

Leise kamen die beiden Frauen wieder die Stiege hoch. »Hast den Eimer mit rausgenommen?«, hörte Heiner die Bäuerin fragen.

»Aber wenn er doch Durst hat«, sagte die Tochter.

»Der soll ihn nicht ständig umschütten.«

Im Haus wurde es wieder ruhig. Bevor Heiner ins Bett kroch, schaute er noch einmal aus dem Fenster. Eine Schneedecke hatte sich gebildet, nur der warme Misthaufen wehrte sich gegen die Flocken. Endlich kam der Winter.

Peters Brief öffnete er erst im Bett. Heute wollte Heiner mit schönen Gedanken einschlafen.

Werter Heiner

Endlich kann ich dir was Gescheites schreiben. Wie geht es dir, mir geht es gut, und die Kühe zu Hause geben viel Milch, weil wir heuer ein gutes Heu haben. Mutter sieht immer schlechter, manchmal muss ich sie führen und wenn sie stolpert, muss ich sie aufheben.

Eine neue Stelle hab ich für dich auskundschaftet. In Wintersdorf wird ein neuer Knecht gesucht, weil der Bauer den alten rausgeschmissen hat.

Dort schaffen zwei arbeitswillige Mägde mit einer christlichen Einstellung. Beide sind ledig, und eine ist gar nicht so übel. Ich habe die Sache bereits dingfest gemacht.

Hochachtungsvoll dein lieber Bruder Peter

Ein Schrei gellte über den Hof, es war noch früh am Morgen. Halb weinend, halb jammernd rannte die Hussnätterin zur Straße, eilte von dort in Richtung Stall, rutschte auf dem glatten Kopfsteinpflaster aus, stürzte in den knöcheltiefen Schnee, raffte sich auf und stürzte durch die Stalltür. »Vater ist ausgerissen«, rief sie. »Der alte Narr!«

Annelie zog sich den Mantel über, Heiner blieb bei den Kühen. Die beiden Frauen durchsuchten hektisch jeden Winkel im Haus, im Hof, auf dem Heuboden, in der Scheune. Nichts. Der Alte war fort.

Vom Hauseingang aus sah Heiner die langgezogenen Tritte der Bäuerin, die festgedrückte Kuhle, wo sie gestürzt war. Ein schadenfrohes Grinsen stahl sich auf seine Lippen, doch es verging ihm beim Blick in den dunklen Flur. Großvaters Kammertür stand halb offen.

Heiner überlegte. Wäre er durch die Haustür ins Freie, sähe man Fußspuren im Schnee. Er ging durch die hintere Tür in den Stall, in die Futterkammer, öffnete das Tor zum Garten. Eine Spur führte zur Scheune, zum Nussbaum, zum Holzstoß, hinaus in die Flur und dann schnurgerade den Hohlweg hinauf zur Eiche.

Einen Teil ihrer Blätter hatte sie behalten. Sie waren überzuckert mit Schnee und glänzten von Weitem in den ersten Sonnenstrahlen. Am Stamm lehnte ein Körper, der Kopf zur Seite geneigt, die Augen geschlossen, der Mund leicht geöffnet. Das ausgemergelte Gesicht aschfahl. Heiner wurde übel. Zaghaft zupfte er an der Kleidung des alten Mannes, steifgefroren sank der Körper seitlich auf die blanke Erde. Der Greis hatte seinen braunen Anzug angezogen, schwarze Halbschuhe, das weiße Hemd spitzte hervor, die Krawatte hing wie ein Schal um den Hals.

Heiner rannte zurück so schnell er konnte.

Die Bäuerin erstarrte, als sie ihn kommen sah.

»Er ist oben«, sagte Heiner auf ihre stumme Frage, »an der alten Eiche.«

»Hätte es mir denken können«, schluchzte sie. »Sein Lieblingsplatz. Im Sommer ist er oft dort gesessen, vor seiner Krankheit.«

Annelie schluckte. »Wir müssen ihn heimschaffen.«

Das Gesicht der Bäuerin wurde streng. »Was jetzt kommt, da kann ich keinen gebrauchen«, sagte sie entschlossen und raffte sich auf. Sie zog den Knoten ihres Kopftuchs im Nacken enger, holte die voll beladene Schubkarre aus dem Stall und leerte den Mist auf den Haufen. Ihre Hände verkrampften sich an den Griffen.

Auf dem ganzen Weg zur Eiche betete sie, niemand möge ihr begegnen.

»Du alter Narr«, sprach sie leise, als sie den Vater fand. »Hast es mir so schwer gemacht.« Sie ging in die Hocke und strich ihm mit der Hand zärtlich über die Wange. »Deinen schönen Anzug hast dir noch mal gegönnt, den sollst auch anbehalten dürfen.«

Dann griff sie ihm von hinten unter die Arme und hievte ihn auf die Schubkarre. Er erschien ihr leicht wie eine Feder, trotzdem plagte sie sich, bis sie den Toten auf der hölzernen Ladefläche hatte. Die angewinkelten Beine gaben ein Stück nach, etwas knackte in den Knochen.

Bedächtig schob sie den Karren den Hohlweg hinunter, mehr als einmal fürchtete sie, der Körper könnte wegrutschen und zu Boden fallen. Über die Schwelle der Haustür fuhr sie den alten Mann bis vor seine Kammer, und endlich lag er wieder in seinem Bett, friedlich wie einst. Er nörgelte nicht, redete kein wirres Zeug daher. Jetzt war er ihr wieder zum Vater geworden.

Als sich die Frau gefangen hatte, ging sie zum Pfarrer, der sie ahnungsvoll begrüßte. »Die Hussnätterin besucht mich in aller Herrgottsfrüh.«

Sie nickte ihm zu. »Grüß Gott, Herr Pfarrer, der Vater ist gestorben.«

»Doch so schnell«, sagte der grauhaarige Mann. Sein Blick streifte ihr Gesicht. »Hätte ihn gern noch besucht vor seinem Tod.«

Die Frau schüttelte den Kopf. »Er hätte es nicht haben wollen, er war zu durcheinander.«

»Und nun soll ich ihn vor dem Herrgott vertreten?«

Die Bäuerin schämte sich. »Ist halt, wie es ist«, sagte sie kurz angebunden. Ihre Hände zitterten.

»Willst dich nicht setzen, Frau?«

Sie hockte sich auf den angebotenen Stuhl. »Wenn ich den Sarg machen darf, wäre mir sehr geholfen, und das Loch können wir auch selber graben.«

Der Pfarrer zog die Augenbrauen hoch und rieb Daumen und Zeigefinger aneinander. »Ist gar nichts da?«

»Die Ernte war schlecht.«

Der Pfarrer stand auf, ging ein paar Schritte auf und ab. »Der Totengräber soll also nichts verdienen?«

»Der Totengräber verdient bei den Großen genug.«

Der Pfarrer hielt inne. »Die Predigt hält die Hussnätterin auch selbst? Und die Leichtbeterin braucht sie auch nicht, weil es vom Dorf keiner wissen soll, oder?«

Die Bäuerin zuckte unsicher mit den Schultern.

Der Mann rückte seinen Stuhl nah zu ihr und setzte sich wieder. »Ich mach dir einen Vorschlag«, sagte er leise. »Das Loch und den Sarg machst selbst. Aber so, dass dich keiner sieht. Und das Dorf lädst ein zur Beerdigung. So was gehört sich. Sonst gibt's Gerede.«

Ein Lächeln verkniff sich die Hussnätterin gerade noch. Selbstsicher geworden fragte sie: »Wenn die Leicht um zwölf Uhr Mittag sein dürfte? Dann müsste der Mesner nicht extra läuten …«

»Das Läuten können wir uns schon noch leisten«, sagte der Pfarrer etwas ruppig. »Um zwölf sind die Leute beim Mittagessen. Donnerstagmittag um ein Uhr, bist zufrieden?«

Die Hussnätterin nickte und deutete einen Knicks an, dann ging sie heim.

Am Tag vor der Beerdigung, während die anderen Bauern im Stall schafften, hob die Bäuerin zusammen mit Heiner das Grab aus. Der Totengräber hatte den Platz abgesteckt. Der Boden war sandig und leicht zu graben, weil es immer genug geregnet hatte und der

Frost noch nicht ins Erdreich eingedrungen war. Heiner spürte ein flaues Gefühl im Magen. Vorsichtig arbeitete er sich mit dem Spaten in die Tiefe, darauf bedacht, nicht auf verwitterte Knochen zu stoßen oder gar auf einen abgetrennten Schädel.

Der Zimmermann hatte der Hussnätterin zwei alte Türen geschenkt. »Die Länge könnte passen«, hatte er gesagt. »Sind die einzigen Bretter, die nichts kosten.« Dazu hatte er ihr eine Portion gebrauchte Nägel in die Hand gedrückt, die Heiner am Amboss gerade klopfen musste.

»Bau einen schönen Sarg«, trug ihm die Bäuerin auf. »Der Vater muss sich da drinnen ausstrecken können.« Dann ließ sie ihn allein. Mit der Tochter ging sie nach Bräuersdorf und Wilhermsdorf zur nahen Verwandtschaft, um zur Beerdigung zu laden.

Heiner war wütend. Mit dem Knecht konnten sie es ja machen. Aber nicht mehr lang und er würde den Weibsbildern etwas pfeifen. Widerstrebend begann er, Boden und Seitenwände zusammenzunageln, seine Wut verrauchte.

Als er fast fertig war, kamen ihm Zweifel. Er legte sich selbst in den Sarg, winkelte die Beine an, dann streckte er sie aus, bis die Füße ans Ende stießen. Er nahm die Schultern zurück und legte seine Hände über Kreuz auf den Bauch, dann über den Kopf. Zwischen Scheitel und Brett passten locker zwei Handbreit. Probeweise zog er den Deckel auf die Kiste, es wurde stockfinster. Erschrocken stieß er die Platte zur Seite und schnaufte tief durch.

Immer noch unsicher, ob die Länge ausreichte, ging er ins Haus, die Tür zur Leichenkammer war angelehnt. Annelie hatte das Zimmer aufgeräumt, frischen Sand eingestreut, die Bretter vor dem Fenster abmontiert und das Glas geputzt. Die Leiche war bis zum Hals zugedeckt, der Mund noch immer geöffnet, die Augenlider waren geschlossen. Mit Zeigefinger und Daumen zog Heiner das Betttuch zurück. Die Beine waren gestreckt. Er holte aus der Scheune eine Heubockstange und maß die Länge des Toten vom Kopf bis zu den Füßen.

Zwei Zentimeter blieben noch Platz nach oben und unten im Sarg. Heiner war zufrieden mit seiner Arbeit, und auch die Bäuerin lobte ihn, als sie am Abend die Kiste kontrollierte.

Heftiges Schneegestöber störte die Beerdigung. Viele Leute vom Dorf waren gekommen, die wenigen Verwandten versammelten sich in der Friedhofskapelle und unterhielten sich leise. Die Hussnätterin und ihre Tochter standen etwas abseits vom Sarg mit gesenkten Köpfen. Heiner schloss sich den Männern vom Gesangsverein an. Der Pfarrer sprach von der Schwindsucht des Verstorbenen und vom harten Schicksal der Familie. Er sprach davon, dass der Hussnätterin ihr Mann im Krieg geblieben war, dass sie ein Kind verloren und eines zu versorgen hatte und sich allein um den Bauernhof kümmern musste. Aber jeder wusste, dass das Fenster in der Kammer des alten Mannes zugenagelt gewesen war, und die Träger von der Feuerwehr ahnten, dass er Hunger gelitten hatte, als sie mit ihren dicken Seilen den allzu leichten Sarg ins Grab hinuntergleiten ließen.

Die Trauergäste standen Schlange, als die Mesnerin einen Eimer mit Fichtenwedeln an den Grabrand stellte. Jeder nahm ein Zweiglein und warf es in das Loch. Scheue Blicke streiften den Sarg, dann hefteten sie sich wieder auf die Hussnätterin und ihre Tochter. Jede Regung wurde registriert, jede Träne gezählt.

Kamen viele Tränen, galt die Hussnätterin als Schauspielerin. Blieben die Augen trocken, erwies sie sich als Unperson, die den Vater verwahrlosen und verhungern hatte lassen.

Bis zu seinem Tod hatte das keinen interessiert. Erst nachdem die Nachbarin beobachtet hatte, wie die Hussnätterin die Schubkarre mit der Leiche den Hohlweg herunterschob, als es sich herumsprach, dass der Knecht die Kiste aus alten Brettern hatte zusammennageln müssen, zerrissen sich die Leute das Maul.

Der Pfarrer sprach in seiner Predigt von den Reichen und Angesehenen, denen alles in den Schoß zu fallen schien, und er sprach von den Armen, die sich verzweifelt nach dem Licht streckten. Er zitierte aus dem Evangelium: »Richtet nicht, damit ihr nicht gerichtet werdet.« Die Leute hörten ihm zu, ihr Urteil aber hatten sie schon gefällt. Die Hussnätterin galt als eine Schwarte und Annelie als die Tochter einer Schwarte. Nur das Ehepaar Scheuenstuhl ließ sich nichts anmerken.

Die wenige Milch ihrer hungrigen Kühe schaffte nun Heiner ins Milchhaus, die Hussnätterin ging kaum noch unter die Leute. Sie machte ihre Arbeit, und wenn ab und zu der Viehhändler kam, verzog sie sich mit ihm auf den Heuboden. Sie wurde immer wortkarger, saß oft stundenlang in der Küche und grübelte.

Mitten im Hochwinter, als Heiner und die Bäuerin an einem klirrend kalten Abend am Esstisch darauf warteten, dass die heiße Milchsuppe etwas abkühlte, deutete die Bäuerin auf einen aufgerissenen weißen Briefumschlag an der Stirnseite des Tischs. »Zurückgetreten ist er«, sagte sie mit brüchiger Stimme und schaute Heiner fast flehend an. »Sie sitzt in ihrer Kammer und greint. Hoffentlich tut sie sich nichts an.«

Heiner wich ihrem Blick aus und kratzte sich mit dem Löffel den Dreck unter den Fingernägeln hervor.

Nachdem sie schweigend gegessen hatten, schlich er sich in seine Kammer. Von Annelie war er kuriert, sein Bündel hatte er längst gepackt. Morgen war Lichtmess, da wechselten die Unzufriedenen. Nur die Zufriedenen blieben und solche, die nichts Besseres fanden.

Er rechnete es der Hussnätterin trotzdem hoch an, dass sie ihm zum Abschied ein paar Geldscheine in die Hand drückte. Erst unterwegs zählte Heiner nach, dabei schlug ihm das Herz bis zum Hals. Es war bei Weitem nicht so viel, wie ihm zustand, aber ein Vielfaches von dem, was er erwartet hatte. Vor ein paar Monaten wären es noch wertlose Millionen gewesen, nach der Reform hielt er nun echtes Geld in den Händen. Und er wusste bestimmt, was sie ihm gegeben hatte, war weit mehr als sie entbehren konnte.

WINTERSDORF

Am Morgen, als er von Dürrnbuch losgegangen war hatte der Wind gedreht und wehte von Süden her. Das Thermometer stieg, die nassen Flocken gingen über in Regen, die Schneedecke sackte zusammen und es würde nicht lange dauern, bis die kleinen Gräben Hochwasser führten.

Peter schaffte in der Futterkammer, als Heiner am frühen Nachmittag durch die Stalltür lugte.

»Du bringst ein Sauwetter mit«, meinte der Bruder nüchtern und unterbrach die Arbeit. Sie reichten sich die Hand. »Schaust aus wie ein nasser Hund«, sagte Peter und kam gleich zur Sache. »Und, war es ein gutes Jahr?«

Heiner schüttelte den Kopf.

Peter stützte sich mit dem Kinn auf den Gabelstiel. »Hab mir schon so was gedacht nach deinen Briefen.« Er hob den Kopf und klopfte Heiner aufmunternd auf die Schulter. »Für die Schule wird's wohl reichen, was?«

»Schön wär's.«

Peter blickte betreten und wechselte das Thema. »Willst reinschauen zur Mutter?«

»Wo ist sie?«

»Wo werden Frauen schon sein?« Der Bruder deutete hinüber zur Küche, wandte sich ab und gabelte weiter das Heu in die Halmschneidemaschine.

Im Haus hatte sich nichts verändert, alles war aufgeräumt. Eine alte Frau stand am Herd und versuchte umständlich, ein Scheit Holz ins Schürloch zu stecken.

»Mutter«, sagte Heiner.

Die Frau drehte sich nicht um. »Bist spät dran, Bub«, sagte sie kühl und hantierte weiter am Herd. »Hast was gelernt?«

»Ganz viel«, sagte Heiner.

Dann ging er zu ihr, schob das Holz nach und schloss das Türchen. Er richtete sich neben der Mutter auf. »Willst mir keine Hand geben?«

»Ich seh nur noch die Hälfte, Bub. Die Augen sind schlecht beieinander.« Sie tastete nach einem Stuhl, rückte ihn zurecht und setzte sich.

Heiner hockte sich auf den anderen Stuhl. »Der Doktor kann nicht helfen?«

»Tropfen hat er mir gegeben. Aber die helfen bloß seinem Geldbeutel.« Sie schwieg eine Weile. »Bin nur froh, dass der Peter sich um alles kümmert.«

Heiner verzog das Gesicht.

»Fängst morgen in Wintersdorf an, hat er erzählt.«

Heiner nickte. »Will mal was Neues sehen.«

Für einen Moment lächelte sie. »Peter sagt, du willst noch immer zur Mission. Wärst dann ein Diener des Herrn.«

Heiner winkte ab. »Zuerst müsste der Herrgott einen Batzen Geld runterschicken.«

»Brauchst halt Geduld. Der Herrgott hat die Welt auch nicht an einem Tag erschaffen.«

Heiner sah an seinen klammen Kleidern herab, in der Wärme der Küche dünsteten sie einen strengen Geruch aus. »Ich brauch was Trockenes zum Anziehen, Mutter.«

Die Frau rückte den Stuhl nach hinten, griff nach ihrem Stecken und rappelte sich hoch. »Nimm dir, was du brauchst.« Sie tastete sich hinaus in den Gang, quälte sich die Stiege hoch in Peters Kammer, die vorher Heiner gehört hatte. Der Sohn folgte ihr.

Das Bild mit den grasenden Kühen auf ihren satten Bergweiden zwischen den grauen Felswänden hing über dem Bett, wo es gar nicht hingehörte.

Geschickt suchte Mutter Kleidungsstücke für ihn aus der Kommode heraus. Heiner staunte, wie gut sich schwaches Augenlicht und Ordnung ergänzten. »Ess dich nochmal satt, bevor du gehst«, sagte sie. „Von den Hefeklößen ist genug übrig geblieben.« Dann ging sie zurück in die Küche.

Diesmal drückte sie ihn zum Abschied an sich. »Mach deine Sache gut«, sagte sie. Ihre Stimme klang wehmütig, die hagere Gestalt fühlte sich vertraut an.

Peter kam hastig mit der Gabel in der Hand aus dem Stall, als Heiner mit dem Bündel am Rücken über den Hof schlenderte. »Kaum dass du da bist, bist schon wieder fort«, sagte er augenzwinkernd.

Heiner quälte sich ein Lächeln ab. »Lichtmess kommen die Knechte, Lichtmess gehen sie.« Das Wort »Knechte« betonte er hart.

Peter nickte, er suchte nach Worten. »Wenn die Kirchweihen losgehen, sehen wir uns öfter. Bist ja jetzt alt genug für die Weiberwelt.«

Ohne stehen zu bleiben, fragte Heiner: »Seit wann hängt eigentlich das Bild in deiner Kammer?«

»Willst es mitnehmen?«, rief Peter ihm nach.

Heiner ging nicht darauf ein. Erst an der Straße drehte er sich noch einmal um und winkte dem Bruder zu. Es nieselte nur leicht.

Auf dem Weg nach Wintersdorf passierte er den einsam gelegenen Pleikershof. Neugier packte ihn und Heiner wagte sich ein paar Schritte in die mit Granitsteinen belassene Hofeinfahrt. Den Besitzer hatte er nie zu Gesicht bekommen, er wusste nicht mal seinen Namen.

Im Hof standen zwei gummibereifte Brückenwagen, ein Mann mit einer grauen Fellmütze auf dem Kopf führte zwei Pferde aus einer kleinen Koppel und an den Wagen vorbei in den Stall. Die beschlagenen Hufe hallten zwischen den Gebäuden wider.

Heiner grüßte, der Mann blickte kurz auf. Ohne Wort ging er weiter und auch Heiner machte sich auf den Weg. Peter hätte hier für ihn nach Arbeit fragen können, aber auf dem Hof lag eine Beklommenheit, die die Menschen auf Abstand hielt.

Weite Äcker grenzten an den breiten Feldweg, der steil abwärts in einen dichten Hochwald führte, vorbei an mehreren Karpfenweihern, zwischen vielen kleinen Wiesen und binsenbesäumten Tümpeln entlang. Nach einer halben Stunde endete der Hochwald und mündete wie ein Trichter in eine ebene Ackerlandschaft, die bis an den kleinen Fluß reichte.

Die ersten Wintersdorfer Anwesen spitzten durch die dunstbehangenen Erlen und Pappeln. Eine steinerne Bogenbrücke führte über die Bibert, die sich friedlich durch den Talgrund schlängelte.

Es war Spätnachmittag, als er an die Haustür des Brunnerbauern klopfte. Niemand war zu sehen, der ganze Hof wirkte menschenleer. Wirtschafts- und Wohngebäude reihten sich aneinander. Kuhstall, Saustall, Pferdestall, ein Verschlag für das Gefieder. Auf einer matschigen Koppel blökten ein paar Schafe. Überall schnatterte, gackerte, wieherte, grunzte, brüllte es, und zwischen den Ställen, dem Wohnhaus und dem Anbau hinter der Scheune standen hohe Bäume, niedere Bäume, Obstbäume und nutzlose Bäume. Es sah fast aus, als hätte man die vielen Gebäude um sie herum errichtet.

Heiner versuchte am Anbau sein Glück und klopfte wieder an die Tür. Ein großer, dürrer Mann mit Glatze öffnete nach einiger Zeit, im Hintergrund war Stimmengewirr zu hören. »Was willst?«

»Bin der neue Knecht.«

Der Mann musterte ihn eindringlich, kratzte sich an der Augenbraue und nickte. Heiner folgte ihm in einen schwach beleuchteten Raum. Zwei junge Frauen, die kleinere mit dem Strickzeug in der Hand, ein hagerer älterer Mann mit einer blauen Schürze und ein etwa vierzigjähriger muskulöser Bursche mit gezwirbeltem

Schnurrbart saßen um einen ovalen Tisch auf einer einfachen Bank und blickten ihn erwartungsvoll an.

»Setz dich«, forderte ihn der Große auf.

Der Ältere rutschte enger zu den beiden Frauen.

»Bin der Hans«, sagte der Große mit freundlicher Stimme, »der Großknecht.« Er zeigte auf den Vierzigjährigen: »Frieder kümmert sich um die Maschinen. Der alte Michl macht die Gäule.« Dann deutete er zu den beiden Frauen: »Die Marie ist die kleine Magd, die Kunni die große. Der Bauer«, sagte er respektvoll, »ist mit der Bäuerin am Viehmarkt. Kommen erst morgen zurück.«

»Hast Durst?«, fragte Marie, nachdem sie Heiner von oben bis unten inspiziert hatte.

Er nickte.

Die schlanke Frau mit dem Zopf und einer vernarbten Gesichtshälfte stand auf, zwängte sich an Michl vorbei zum Kanonenofen, streifte mit ihrer Weste das Wollknäul, das sich selbstständig machte und auf den Holzboden kullerte. Kunni stieß einen Seufzer aus, versuchte, sich an Michl vorbeizuzwängen. Erst als Frieder den Tisch wegschob, konnte Kunni nach vorne huschen. Sie bückte sich und wickelte mit flinken Händen das Garn wieder auf.

Heiner hatte die pummelige Frau eingehend gemustert und sich gefreut, dass sie nur einen halben Kopf größer war als er und er endlich jemand gefunden hatte, mit dem er auf Augenhöhe plaudern konnte.

Marie schürte ein paar Scheite nach und stellte einen Topf mit Wasser auf die gusseiserne Platte.

Frieder grinste. »Entweder bist älter, wie du aussiehst, oder sie haben dir daheim nichts zu essen gegeben«, sagte er.

»Halt dein Maul«, rüffelte ihn der Großknecht. »Sieh seine Hände an. Für seine Größe kann er nichts.«

Marie stellte Heiner einen Krug mit Pfefferminztee auf den Tisch. »Den Zucker musst dir dazu denken«, meinte sie. »Haben bloß die Herrschaften.« Die Bank knarzte, als sie sich zur Kunni setzte, die sich wieder in ihre Strickarbeit vertieft hatte.

»Es passt schon hier«, brummte Michl. Dabei sprach er langsam und bedächtig, fast wie der alte Schönfeld in Dürrnbuch. Heiner spürte sofort, dass der Alte ein Teil des Hofs war. »Wirst nicht reich, musst aber auch nicht hungern«, sagte er zufrieden.

»Man muss froh sein, dass man überhaupt was kriegt«, fügte Marie bitter hinzu.

Frieder stichelte: »Das sagt die Richtige.«

»Arschloch«, raunzte ihn Marie an.

Frieder schlug sich lachend auf die Schenkel.

Als Heiner den Tee getrunken hatte, fragte Marie: »Soll ich dir die Kammer zeigen?«

»Pass nur gut auf, Bub«, stänkerte Frieder mit erhobenem Zeigefinger.

»Kannst schon mit«, beruhigte ihn der alte Michl. »Die tut dir nichts.« Alle lachten, nur Marie bekam einen roten Schädel, was die Narben auf der entstellten Gesichtshälfte stärker hervortreten ließ.

Heiner nahm sein Bündel und folgte der Magd eine Stiege hoch und durch einen dunklen Gang. Eine wurmstichige Hühnerleiter führte in den Spitzboden.

»Beim Frieder wär auch ein Bett frei, aber ich weiß nicht, ob man das haben muss«, sagte Marie.

Das dumme Gerede von vorhin hatte Heiner längst vergessen. »Wie groß ist denn der Hof?«, fragte er. »So viele Dienstboten, sogar ein eigenes Gesindehaus!«

Maries Gesicht hellte sich auf. »Hundertzwanzig Tagwerk unterm Pflug, achtundzwanzig Tagwerk Wiesen, fünfunddreißig Tagwerk Wald.«

»Gehört dem Bauern ganz allein?«

Stolz nickte sie. »Da schaust. Würde unsereinem schon der zehnte Teil zum Leben reichen.«

Heiner strahlte. »Da hast recht. Zwölf Tagwerk guter Boden wär genau das Richtige, um …«

Sie unterbrach ihn: »Willst den Hof gleich sehen?«

»Wenn du keine andere Arbeit hast!«

»Ach wo, heute müssen wir nur früh und Abend im Stall helfen. Komm mit.« Marie zog sich eine Weste über, dann spazierten sie über das Pflaster zum Kuhstall.

Die zweigeteilte Tür quietschte beim Öffnen. Erwartungsvoll reckten die Kühe ihre Köpfe. Zwanzig Stück standen nebeneinander, dick eingestreut mit Stroh und mit einer Heuration im Barren, die bei der Hussnätterin ein paar Tage hätte reichen müssen.

»Nicht schlecht, oder?«

Heiner nickte beeindruckt. »Sogar Schwarzbunte habt ihr.«

Marie spreizte die Hände in die Hüfte. »Die lassen sich ganz leicht melken. Da rührt keine den Haxen von der Stelle.«

»Aber dürr sind sie.«

»Dafür geben sie viel Milch.«

»Hmm.«

»Und jetzt zeig ich dir was Besonderes.« Mit dem Zeigefinger lockte sie ihn zum Saustall, ein mit Eichenbrettern eingemachter Pferch. Eine Handvoll Schweine aalten sich im knöcheltiefen Schlamm, die anderen lagen auf einer überdachten, mit Stroh eingestreuten Fläche. »Hast nur die halbe Arbeit«, meinte die Magd.

»Warum?«

»Weil sie draußen hinmachen«, erklärte sie. »Musst nicht so viel ausmisten.«

Heiner war skeptisch: »Der Sumpf wird doch immer tiefer.«

Marie tippte sich mit dem Mittelfinger auf die Stirn. »Die Bäuerin sagt, das Fleisch schmeckt würziger, wenn es im Dreck gebadet hat.«

Sie führte ihn in den Hühnerstall, zu den Enten, die am nahen Flussufer schnatterten, und zu den Schafen, die im Matsch standen. Das weitläufige Gelände war voller Wasserpfützen.

Heiners Blick streifte die Wangen der jungen Frau. Auf der einen Seite wohlgeformt, passend zum zierlichen Näschen, auf der anderen rau, faltig, entstellt …

Marie bemerkte, wie er sie musterte. »Musst nicht so glotzen«, sagte sie barsch.

»Wo sind die Pferde?«, fragte er und sah weg.

»Bist immer so neugierig?«, gab sie ihm schnippisch zur Antwort. Dann zeigte sie vage in Richtung Haus. »Dort drüben. Dürfen eh nur der Bauer und der Michl rein. Gäule sind Michls Heiligtum.«

»Ochsen habt ihr keine?«

Die Magd klatschte mit beiden Händen auf ihre Oberschenkel. »Große Bauern geben sich nicht mit Ochsen ab.«

Heiner deutete auf ihre vernarbte Wange. »Was ist denn da passiert?«

»Wo?«

»Mit deiner Backe.«

»Geht dich gar nichts an«, fauchte sie. »Willst noch was sehen oder kann ich jetzt meine Ruhe haben?«

Heiner kratzte sich in seinen Haaren. »Die Äcker tät ich gern schauen.«

Die junge Frau schüttelte den Kopf, aber gab dann doch nach. »Willst den Birkenschlag oder die Brunnleite sehen?«

»Beide.«

Marie seufzte. »Willst auch wissen, wie viele Frösche es in Wintersdorf gibt?«

»Zuerst die Äcker.«

Der holprige Weg über die bogenförmige Sandsteinbrücke führte sie wieder in den weitläufigen Wiesengrund. »Da sind die Wiesen«, sagte die Magd im Gehen. Dann deutete sie zur untergehenden Sonne. »Wird bald finster. Dort drüben ist das Feld, das zweite ist auf der anderen Seite.«

»Und was ist angebaut? Weizen oder Roggen?«

Ihre Geduld war nun am Ende. »Weißt was, fragst den Bauern morgen selbst. Es wird langsam kalt.«

Heiner schwieg.

Nach der Brücke blieb Marie plötzlich stehen. Sie senkte die Augenlider. »Bist der Erste, der mich das fragt.«

»Nach den Äckern?«

»Das da.« Verlegen streifte sie mit der Hand über die vernarbte Wange. »Beim Schlachten ist der Henkel vom Eimer abgebrochen. Mutter hat nichts dafür gekonnt. Das kochende Wasser ist mir ins Gesicht.«

Mit schnellen Schritten gingen sie zurück zum Hof.

»Für die Frösche ist keine Zeit mehr«, sagte Marie mit einem kleinen Lächeln. »Kannst gleich im Stall mithelfen.«

Heiner atmete tief durch, als er an diesem Abend in seiner Kammer stand. Sie war klein, das Bett schmal, das Fenster winzig, die Dachziegel über ihm mit Spinnweben überzogen. Der Schrank reichte für die wenigen Kleider, nur der Weg zum Abort unten im Hof war schwer zu finden durch den unbeleuchteten Gang. Aber er fühlte sich am rechten Platz. Hier, das spürte er, konnte er etwas lernen, und vor allem würde ihn der Bauer für seine Arbeit anständig bezahlen.

Um fünf Uhr in der Früh schrie der Großknecht: »Aaauufsteeehen. Deer frrrühe Voogel fäääängt deeen Wuuurm!«

Es war immer der gleiche Satz zur gleichen Zeit. Egal, ob Winter oder Sommer, ob warm oder kalt, Werktag oder Sonntag. »Die Kühe haben's gerne gleich, nur dadurch wird der Bauer reich.«

Hans war ein Poet. Am Abend, wenn die anderen zusammensaßen und plauderten, dichtete er in seiner Kammer. Der Chorleiter des Wintersdorfer Männergesangsvereins hatte ein Lied auf ein Gedicht von Hans komponiert, die Hühnerstallhymne. Bald lud Hans den neuen Knecht zum Singkreis ein und auch zur

Kartelschule nach Weinzierlein. Dort könne er das Schafkopfen lernen. Aber Heiner winkte ab. Die Arbeit ging vor.

Er hatte ein mulmiges Gefühl gehabt, als er dem Bauern das erste Mal im Kuhstall begegnet war. »Hans hat erzählt, dass du willig bist«, hatte der stämmige Fünfunddreißigjährige mit dem Bauchansatz und dem dünnen Oberlippenbart gesagt. Der Filzhut hing ihm tief in die Stirn, Hose und Kittel sahen frisch gewaschen aus. »Dem Fleißigen geht es bei mir gut, der Faule ist nicht lange da.«

Nach der Stallarbeit richteten die Mägde jeden Tag das Frühstück für die Knechte und für die Bauersleute. Die Bäuerin war in anderen Umständen und schlecht beieinander. Der Doktor hatte ihr geraten, es mit der Arbeit nicht zu übertreiben.

Schon in der zweiten Woche nahm der Bauer Heiner mit in den Wald. Hans und Frieder feixten, als die beiden, mit Säge und Axt auf dem Rücken und einem Korb in der Hand, in die Flur hinausschlenderten. Heiner wunderte sich über ihr Gehabe.

»Hast zu Hause auch Wald?«, fragte der Bauer.

Heiner nickte.

»Wie viel?«

»Drei Tagwerk.«

Der Bauer nahm den Filzhut ab und kratzte sich in den Haaren. »Hochwald?«, fragte er.

»Kiefern und ein paar Fichten«, stammelte Heiner.

»Keine Laubbäume, Eichen, Buchen …?«

Heiner fühlte, wie ihm die Hitze in die Wangen stieg. Er wollte sich keine Blöße geben. »Die wachsen bei uns so langsam. Beim Umschneiden muss man sich plagen, weil das Holz so hart ist.«

»Auf das Laubholz achten viele Bauern zu wenig«, sagte der Brunnerbauer. »Haben keine Ahnung vom Waldbau.«

Der holprige Weg führte sie in steileres Gelände. Die Bäume waren mächtig, junges Holz stand dicht zwischen alten Kiefern.

»Schau, dort drüben siehst unseren Scheunengiebel.«

Heiner nickte. Aber er sah nur Bäume und den steilen Hang.

»Früh sägen wir um«, sagte der Bauer. »Mittag schaffen wir das Holz weg.« Er runzelte die Stirn. »Dieser Wald ist heimtückisch. Weißt, warum?«

Heiner hatte keine Ahnung.

»Unten ist kein Weg. Musst alles den Berg raufschaffen.« Der Bauer streckte den Rücken durch und seufzte genüsslich. »Das tut gut.« Nun zwinkerte er Heiner zu. »Hast schon mal einen Dicken abgesägt?«

»Meist nur Dünne.«

Der Bauer reckte den Hals und ging einige Male um den nächstbesten dickeren Stamm herum. Dann reichte er Heiner den einen Griff der Säge und nahm ihm gegenüber den anderen in die Hand. Das rechte Knie stützte er auf den Boden. Heiner machte es ihm nach.

Der Ältere setzte die Säge an, nickte seinem Knecht zu und zog kräftig am Bügel. Heiner zog ebenso kräftig zurück, rasch verschwand der gezackte Stahl im Holz. Hin und her rutschte das Blatt, ein Drittel des Stamms war bald durchgesägt.

»Halt«, rief der Bauer, außer Atem. »Gleich zwickt es die Säge ein.« Er fasste Heiner am Ärmel, sein Gesicht wurde streng. »Musst dir merken: Nur ein Stückchen, dann reißt der Stamm nicht auf. Den Hauptschnitt macht man auf der anderen Seite.«

Heiner merkte sich alles genau.

Der Bauer deutete auf zwei Kiefern. »Zwischen den beiden fällt er rein«, sagte er selbstsicher, »da wett ich eine Maß.«

Wieder raspelte die Säge hin und her. Das Holz ächzte, langsam neigte sich die Krone, der Baum fiel in die gewünschte Richtung.

Ein halbes Dutzend Stämme sägten sie so ab, dann machten sie Mittag. Der Bauer lehnte sich an eine dick berindete Lärche. »Das ideale Wetter für die Arbeit. Nicht zu warm, nicht zu kalt, kein Wind, kein Sauwetter«, sagte er zufrieden. »Hast noch keinen Appetit?«

Heiner zuckte mit der Schulter. »Ich weiß nicht.«

Der Bauer holte den Korb, setzte sich auf einen Baumstumpf und reichte Heiner einen Keil Brot und eine Bratwurst. Dann gab er ihm eine blecherne Kanne mit Schraubverschluss. »Da, trink, damit du wieder zu Kräften kommst.«

Heiner setzte an, schluckte gierig und stutzte.

»Hättest lieber Tee gehabt?«, lachte der Bauer.

Jetzt leckte sich Heiner die Lippen. »In Dürrnbuch hat es nur Wasser gegeben.«

»Bier ist gesünder. Wo warst da?«

»Bei der Hussnätterin.«

Der Bauer überlegte. »Da haben die Leute was im Wirtshaus erzählt …« Er redete nicht weiter, sondern machte sich über seinen Kanten Brot her und trank einen kräftigen Schluck.

Heiner schwieg.

»Einen halben Meter könntest größer sein, hätten sie dir beizeiten was Gescheites zu saufen gegeben.« Versöhnlich tätschelte ihm der Bauer die Schulter. »War nur ein Scherz. Schau den Napoleon an. War auch ein Zwerg und wie weit hat er es gebracht?«

»Bis nach Elba.«

Der Bauer stutzte. »Wo ist Elba?«

»Italien. Da haben sie ihn eingesperrt.«

»Von mir aus«, sagte der Bauer. Schwerfällig stand er auf, streckte sich, gähnte und suchte den nächsten Baum aus. Eine Kiefer nach der anderen fiel in die kniehohen Blaubeerstöcke.

Plötzlich stoppte der Bauer. »Die Hussnätterin …«, murmelte er. »Hat die nicht ihren kranken Vater verhungern lassen?«

»Er hat die Schwindsucht gehabt.«

»Im Wirtshaus haben sie erzählt, der Alte sei leichter gewesen als die Luft im Sarg.«

Heiner ließ ihm seinen Glauben.

Ohne viele Worte arbeiteten sie weiter, bis es Heiner nicht mehr in der Stille aushielt: »Daheim haben wir bloß die dürren Bäume geschlagen ...«, begann er.

Der Bauer deutete auf zwei dicht zusammenstehende Kiefern. »Siehst du: Die Krone der einen lässt der anderen kaum Platz.«

Heiner begriff nicht, der Bauer klärte ihn auf: »Ist genau so, wie wenn du dich mit zwei Frauen herumärgern musst«, sagte er augenzwinkernd. »Die machen sich gegenseitig kaputt. Und dich dazu.« Die Bügelsäge und die Axt legte er sich über die Schulter, den leeren Korb gab er Heiner. Dann machten sie Feierabend.

Anderntags schaffte Heiner zusammen mit Frieder, Hans und den beiden Mägden im Wald. Der Bauer hatte am Morgen allein die dicken, astfreien Erdstämme gemessen und markiert, Frieder und Hans trennten die Gipfelstücke von den Ästen und zersägten das Brennholz in drei und vier Meter lange Stücke, die Mägde hackten die Äste auf den Wurzelstöcken armlang zurecht und schnürten das fertige Stubbert mit Hanfschnüren zusammen.

Heiner schleppte das schwächere Holz und die dicken Äste das steile Gelände hoch zum Weg. Bald schon wurden die Schritte langsamer und die Atemzüge schneller.

Während die Mägde in ihre Arbeit und ihr Geschwätz vertieft waren, standen Hans und Frieder hinter einem großen Wurzelstock und pausierten. Beide kannten diese Sträflingsarbeit. Irgendwann rebellierten Beine und Schultern, dann musste der Kopf ein Machtwort sprechen und sich durchsetzen.

»Zehn Mal«, sagte Hans. Er schnippte mit den Fingern.

»Sechs Mal noch«, setzte Frieder dagegen, »dann ist er mürbe wie ein Streuselkuchen.«

Die beiden wetteten um eine Flasche Bier.

Heiner schaffte fünfzehn Gänge. Bei der Mittagsrast lag er am Boden wie ein umgefallener Mehlsack. Nun schwante ihm, warum die beiden gestern so gefeixt hatten.

Marie reichte ihm einen Becher Pfefferminztee. Heiner trank und verzog das Gesicht.

»Schmeckt er nicht?«, fragte die Magd enttäuscht.

»Dem Bauern seiner gestern war besser.«

Die Magd begriff. »Tee hat schon auch sein Gutes.«

Frieder zerdrückte die abgeschälte Haut seiner Wurst und zerrieb sie zwischen den Fingern. Die Brösel verteilten sich auf seiner Hose. »Bier für den Bauer, Tee für den Knecht«, sagte er bitter. »Nur einen einzigen Acker wenn du hast, bist schon wer. Dann darfst dich im Wirtshaus in die Nähe der großen Bauern setzen, kannst dein Bier saufen und im Gesangsverein in der mittleren Reihe stehen.« Er drückte sein breites Kreuz durch. »In der Kirche hast deinen festen Platz, brauchst nicht aufstehen, wenn so ein Großer kommt. Aber als Knecht bist keinen Schuss Pulver wert.«

Kunni mischte sich ein: »Gefällt's dir nicht mehr bei uns? Kannst ja an Lichtmess woanders hingehen.«

Bevor Frieder etwas entgegnen konnte, schlichtete der Großknecht: »Hier gibt's keine Streitereien. Wer seinen Platz kennt, braucht sich nicht zu beklagen.«

Heiner sagte unvermittelt: »Tät gern zur Mission gehen, nach Afrika.«

Jetzt wurde es still. Frieder sah Hans fragend an und fing dann laut an zu lachen, auch die anderen ließen sich anstecken.

Marie beruhigte sich als Erste. »Was willst denn in Afrika?«, sagte sie abfällig. »Die stecken dich in einen großen Topf und machen Blutwurst aus dir.«

Heiner blieb gefasst. »Auf die Helfenden hat der Herrgott ein besonderes Auge«, sagte er wie ein Pfarrer.

Frieder stand kopfschüttelnd auf und setzte sich abseits auf einen großen Stamm. »Fünfundzwanzig Jahre, drei Jahre Krieg muss ich abziehen, bin ich schon auf dem Hof.« Er suchte nach den richtigen Worten: »Aber … so viel Dummheit auf einem Haufen ist mir noch nie begegnet.«

Hans fuhr ihm ins Wort: »Wird Zeit, dass wir weitermachen.«
Heiner musste immer wieder unterbrechen, um Kraft zu schöpfen. Die beiden Knechte ließen ihn in Ruhe. Sie wussten, dass ein zu erschöpfter Körper auch am nächsten Tag nichts mehr taugte, die Arbeit im Wald aber würde noch viele Wochen dauern.

Auf dem Heimweg wankte Heiner den anderen hinterher.

Kunni ließ sich zurückfallen. »Kannst noch?«, fragte sie besorgt.

»Passt schon«, murmelte Heiner.

»Denk dir nichts«, meinte die kleine Frau mit den zurückgekämmten braunen Haaren unter dem weißen Kopftuch. »Diese Arbeit machen alle Neuen. Probiert der Bauer, ob sie was taugen.«

»Und wenn nicht?« Heiner horchte auf.

Kunni machte eine abfällige Handbewegung. »Machen sie ein Jahr lang die Drecksarbeit und dann sind sie wieder fort.«

Die beiden gingen jetzt nebeneinander.

»Hast dich aber gut gehalten«, lobte sie ihn.

Heiner lächelte.

Kunni schaute und erwiderte das Lächeln. Bis sie über eine hochstehende Wurzel stolperte und hinfiel. Sofort rappelte sie sich auf und klopfte sich den Dreck von der Schürze.

»Kannst noch?«, fragte Heiner hinterlistig.

Sie versetzte ihm mit dem Ellbogen einen Rempler. »Bisher sind nur der Hans, der Frieder und der Michl lange geblieben«, sagte sie, während ihre grünen Augen den Weg nach herausstehenden Wurzelstöcken absuchten. »Aber das mit der Mission gefällt mir.«

Heiner blühte auf, die Müdigkeit war wie weggeblasen. »Ist halt noch ein weiter Weg«, sagte er. »Zuerst muss ich auf die Landwirtschaftsschule. Man muss schließlich was können, bevor man da runtergeht.«

Kunni nickte. »Wann ist es dann so weit?«

Er seufzte. »Wenn ich genug Geld beisammenhab.«

Der Abstand zu den anderen wurde größer, auf der Brücke blieb Heiner stehen und lehnte sich über die Mauer, dabei hielt er sich die Hand über die Augen, weil ihn die letzten Sonnenstrahlen blendeten. Kunni bückte sich nach Schottersteinchen und warf sie nacheinander ins Wasser.

»Nach Afrika muss man zuerst übers Meer«, schwärmte Heiner. Er deutete auf den Flusslauf. »Jetzt ein Boot, rein ins Wasser und dann treiben lassen.«

»Auf der Bibert?«, fragte Kunni.

»Freilich. Die fließt in die Donau und die Donau ins Mittelmeer.«

Kunni schüttelte den Kopf: »In den Main …«

Ein lauter Pfiff beendete das Gespräch. Hans kam zurück und schimpfte: »Was ist denn da los? Turteln könnt ihr am Abend. Erst wird der Stall gemacht, verstanden?«

MAX

Innerhalb einer Woche war das Holz aufgeräumt, danach durchforstete der Bauer mit Heiner ein größeres Waldstück nebenan. Später teilten sich die Knechte die Arbeit. Sie sägten gemeinsam, asteten gemeinsam aus und trugen das Holz gemeinsam das steile Gelände hoch.

Als der Winter sich noch einmal aufbäumte und der Frost den Waldboden gefrieren ließ, legte der alte Michl dem Kaltblut das Geschirr an. Schon am Vorabend hatte er die guten Ketten mit den feinen Gliedern hergerichtet.

Max war ein Gaul mit langer Mähne und großen beschlagenen Hufen. Er wog fünfzehn Zentner und war der ganze Stolz des Bauern. Manchmal war er störrisch, aber Michl verstand es, mit ihm umzugehen. Max folgte ihm aufs Wort. Kleine Gesten, leise Kommandos reichten und der Braune rückte die dicken Erdstämme geschickt durch den ausgelichteten Wald hoch zum Holzplatz. Immer wieder belohnte der Alte das Tier mit einer Handvoll Hafer, besonders aber passte er auf, dass Max genug zu saufen bekam.

Heiner legte die Ketten um die Stämme, genau beobachtete er jeden Handgriff des alten Knechts, jedes Kommando merkte er sich, und schon bald ging ihm das Holzrücken in Fleisch und Blut über, obwohl er nur die Zugketten öffnete, wieder verschloss und den ganzen Tag nichts anderes tat, als Michl, dem Gaul und dem Stamm bergauf nachzulaufen.

Erst als das meiste Holz hochgeschafft war, gab Michl die Zügel aus der Hand. Nun folgte der Gaul das erste Mal den Kommandos von Heiner. Der freute sich, wie fein Max durch die Bäume steuerte, anhielt, weiterging, langsamer wurde, dann wieder schneller. Nach links zog und nach rechts. Stehen blieb und zur Belohnung eine Handvoll Hafer aus Heiners Hand schlecken durfte. Ganz anders als der Ochse zu Hause, der sich stur wie ein Holzklotz seinen Weg bahnte und bei jedem zweiten Grasbüschel anhielt, um zu fressen.

Michl bemerkte rasch, dass Heiner sich mit dem Gaul verstand, also übernahm er die Zügel lieber wieder selbst, obwohl die Pause seinen schweren Beinen gutgetan hatte. Aber Heiner freute sich schon am Feierabend auf den nächsten Tag. Steter Tropfen höhlt den Stein, sagte die Mutter immer, wenn irgendetwas mehr Geduld erforderte als gedacht.

Der alte Michl schöpfte langsam Vertrauen, weil Heiner nie einen Anspruch erhob.

Immer öfter überließ er ihm das Pferd, setzte sich auf einen Wurzelstock und ruhte sich aus. Die beiden redeten am Tag keine zehn Sätze miteinander, aber sie verstanden sich blendend.

Sie waren so vertieft in ihre Arbeit draußen im Holz, dass sie gar nicht mitbekamen, wie oft der Doktor die hochschwangere Bäuerin besuchte. Erst als das Kind tot auf die Welt gekommen war, spürten auch die Knechte das Trübsal, das die Bauersleute schon seit Wochen gefangen hielt.

Der Brunnerbauer wurde unnahbar und mürrisch. Früh am Morgen teilte er die Arbeit ein, dann suchte er sich eine Beschäftigung, bei der er seine Ruhe hatte. Tagelang hob er an den Grundäckern mit der Schaufel Gräben aus und legte Tonrohre in die Erde, damit das Wasser an den nassen Stellen besser ablaufen konnte. Obwohl er der schweren Arbeit sonst aus dem Weg ging, schuftete er in jenen ersten Märztagen von morgens bis abends.

Das Gesicht der Bäuerin war weiß wie Puderzucker. Heiner erschrak, als sie ihm eines Morgens den Korb mit der Brotzeit in die Hand drückte. »Bring das dem Bauern«, flüsterte sie. »Er hat es vergessen.«

Heiner sah ihre zarten Finger. Der goldene Ehering tät bei einer Kräftigen das Dreifache kosten, rechnete er. Aber lieber einmal ein teurer Ring, als ein ganzes Leben lang fürchten, dass er nicht hält.

Ein schmaler Graben zog sich vom Vorfluter neben dem Weg kerzengerade durch den Acker. In einem Meter Tiefe lagen aneinandergereiht bierflaschendicke Röhren in geglättetem Lehm. Der Bauer stand bis zum Bauch im Graben und schaufelte, ohne aufzusehen.

Heiner stellte den Korb auf die schmierige Erde. »Die Bäuerin schickt mich.«

»Hmm«, brummte der Bauer.

»Was wird das?«, fragte Heiner neugierig. Er nahm ein Rohr vom Stapel, blickte durch, legte es zurück.

Der Bauer stützte sich auf die Schaufel. »Pass auf, dass keines zerbricht. Wird eine Drainage.« Seine Stimme klang dünn.

Heiner kratzte sich am Hals. »Hab ich noch nie gesehen.«

»Dann wird es aber Zeit. Kannst ein paar Wochen früher rein ins Feld«, sagte der Ältere. Seine Freude am Erklären kehrte zurück: »Wenn du die Rohre sauber verlegst, halten sie hundert Jahre.« Dabei bückte er sich und zeigte dem Knecht, wie es ging.

Im nächsten Moment war die Begeisterung wie weggeblasen. »Was ich jetzt mach«, sagte er, »hilft mir, meinem Buben und dem Buben seinem Buben. Aber nur wenn das Zeug sauber verlegt wird.« Dann schaufelte er weiter und stieß sein Werkzeug hart in das Erdreich. »Das mit dem Buben hat ja noch Zeit.«

Heiner nickte.

»Hast keine Arbeit daheim?«, meinte der Bauer scharf.

Heiner überging die Frage: »Und wie genau soll das funktionieren?«

Der Bauer legte genervt die Stirn in Falten. »Dich geht alles was an, Bub.«

»Will ja was lernen.«

»Das Wichtigste ist, dass das Wasser nicht den Berg rauf muss, verstehst?«

Heiner nickte.

»Also fängst an der tiefsten Stelle an, immer dort, wo das Wasser ablaufen soll.«

»Die Schlitze zwischen den Röhren lassen die Nässe durch?«

»Der Boden hat Tausende kleine Löcher«, ergänzte der Bauer.

»Vom Regenwurm. Steht in meinem Buch.«

»Ganz genau.«

Heiner schnappte sich eine zweite Schaufel. Nun verlegten sie zusammen die Röhren, schaufelten die Gräben wieder zu. Dabei redeten sie kaum ein Wort. Dem Bauern war nicht nach reden und Heiner wusste, wenn er zu viele Fragen stellte, würde er heimgeschickt werden. Den Kälberstall ausmisten konnte er bereits, aber eine gute Drainage verlegen war etwas Neues und vielleicht später einmal in Afrika wichtig. Also hielt er sein Maul, auch wenn es ihm schwerfiel.

Am Abend, als die Mägde in der Gesindekammer strickten und die Knechte Sechsundsechzig spielten, schrieb Heiner seinem Bruder.

Lieber Peter

Habe heute gelernt, wie man Drainagerohre verlegt. Das glaubst nicht, wie schnell dann im Frühjahr die Äcker abtrocknen. Vom Bauern kann man viel lernen. Wie geht es der Mutter?

Neben meiner Kammer liegen zwei Mägde. Täten mir beide gut gefallen. Eine große und eine kleine, nur einen Kopf größer als ich. Die Große kann man nur von der einen Seite anschauen, bei der andern muss man die Augen ganz zulassen. Aber ein freundliches Wesen haben sie beide. Manchmal denk ich mir, wenn sie gut kochen können und lieb sind zu einem, ist es vielleicht gescheiter, als wenn sie so schön sind, dass die andern Mannsbilder die ganz Zeit große Augen kriegen.

Lieber Peter. Manchmal bin ich am Überlegen, ob ich nicht schwach werde und der einen oder der anderen mit einem Brief meine Aufwartung machen soll.

Aber dann denk ich mir. Jetzt bin ich eine arme Sau und wenn ich eine von den beiden nehme, sind wir zwei arme Säue. Zur Mission will ich doch auch noch und vorher in die Schule.

Schreiben könnte ich die Anträge an die beiden ja einstweilen, bloß halt noch nicht fortschicken.

Ich bitte dich inständig, dass du Ausschau hältst nach einem neuen Hof, auf dass ich zum nächsten Lichtmess ein neues Glück probiere und vielleicht doch die Richtige finde mit einer kleinen Sach.

Hochachtungsvoll dein werter Bruder Heiner

Der Sommer ging schnell ins Land. Wenn den alten Michl beim Pflügen die Beine schmerzten, ließ er Heiner den Gaul führen. Die beiden anderen Knechte neideten ihm diese verantwortungsvolle Aufgabe, zumal auch der Bauer gern mit Heiner arbeitete. Am Abend schnitten sie ihn. Lange schon hatte Hans versprochen, ihn zum Gesangverein mitzunehmen, er kam aber nie darauf zurück. Heiner ließ sich nichts anmerken, er verspürte auch gar keine Lust hinzugehen. Das Geld, das die Maß nach der Chorprobe kostete, sparte er lieber für die Schule. Außerdem hatte er genug Unterhaltung mit seinem Buch und vor allem mit den beiden Mägden, die ihn kaum zu Wort kommen ließen – wo er doch so gern redete.

Mit dem Laubfall im November kam die stille Zeit. Der Pflug wurde repariert, das Kummet eingefettet, Schare und Vorschäler wurden erneuert, Eggenzinken getauscht, Lederriemen geflickt und die maroden Gatter im Schafstall erneuert. Mit den ersten Frösten begann wieder die schwere Arbeit im Wald.

Von Kind an hatte Heiner gelernt, dass immer der gleiche Rhythmus das Bauernjahr prägte. Dabei waren die Jahreszeiten nur die grobe Richtschnur. Viel wichtiger waren Tag und Nacht und vor allem das Wetter. Wenn das nicht so wollte wie man selber, konnte es alles durcheinanderbringen. Die mit dem Wetter schafften, glaubte er, waren erfolgreicher als diejenigen, die schafften, wenn das Wetter kam.

Der Bauer war wütend, als Heiner ihm ankündigte, dass er an Lichtmess fort wollte. »Zuerst nimmt man die Burschen auf und päppelt sie hoch«, schimpfte er, dabei traten die Adern an seinen Schläfen hervor wie der Ableger des Löwenzahnkrauts, der auf dem festgefahrenen Schotter kurz vor dem Durchbruch stand. »Und dann hauen sie wieder ab. Der Michl wird alt, wir brauchen einen, der mit dem Max umgehen kann.«

Heiner schluckte sein schlechtes Gewissen hinunter. »Wenn ich jetzt bleibe, bin ich für immer Knecht.«

Er sagte es so kleinlaut und doch so eindringlich, dass sein Gegenüber sich mit dem Knirschen der Zähne auf dem vorgeschobenen Unterkiefer begnügte.

»In Gottes Namen«, lenkte er ein und reichte Heiner die Hand. »Dann gehst halt, wenn du meinst.«

Kunni weinte, als er sich verabschiedete, und Marie wollte gar nicht erst Ade sagen.

An der Sandsteinbrücke holte sie ihn ein. Eine Weile beugten sich beide über das Geländer und sahen dem klaren Wasser zu, dem vorgegeben war, wie es zu fließen hatte. Immer bergab, hatte der Bauer beim Rohreverlegen gesagt.

Aber das war nicht Heiners Ziel. Er wollte bergauf, immer gegen den Strom.

Er wechselte nach Unterfarrnbach. Da zahlte der Bauer recht ordentlich. Aber Heiner spürte, dass ihm die Zeit davonrannte. Wenn er sich am Samstagabend den Bart rasierte, dachte er daran, dass die Haare am folgenden Samstag wieder das Gesicht verschandeln würden und am darauffolgenden Samstag wieder. Ließ er den Bart wachsen oder rasierte er ihn jeden Tag, rannte zwar die Zeit genauso schnell davon, aber er veränderte wenigstens etwas, während sie lief und lief. Gleichzeitig glichen die Träume, die er sich ausmalte, immer mehr einem Sumpfgebilde, das an der Oberfläche zwar schöne Blumen gedeihen und vergehen ließ, dessen Untergrund aber nichts Beständiges hervorbrachte.

Die Arbeit hier war keine Plage, der Hof gut geführt, die Magd aber wenig redselig und bereits in festen Händen, wie die meisten Mägde im Dorf.

Heiner wollte am liebsten immerzu philosophieren. Er wollte träumen und planen, obwohl sich beides nicht besonders miteinander vertrug.

In seinem Innersten jedoch wuchs ein Keimling heran, der sich Vernunft nannte, gegen den er sich wehrte, der sich aber ausbreitete wie ein gutartiges Geschwür.

Für ein paar Jahre ging er zurück nach Wintersdorf.

Als Peter ihm schrieb, dass eine Stelle in Heinersdorf frei werden würde, zögerte Heiner nicht, obwohl ihn der Brunnerbauer nur ungern zum zweiten Mal ziehen ließ.

Inzwischen hatte Hitler das Regiment übernommen und alle hofften, dass die Löhne steigen würden und der Bauer wieder etwas galt. Aber wenn der Bauer etwas galt, glaubte Heiner, musste auch der Knecht etwas gelten, denn der machte ja dem Bauern seine Arbeit.

Vielleicht sorgte Hitler sogar dafür, dass die Knechte mehr Geld verdienten, damit Heiner bald auf die Schule gehen konnte.

ANNA

Zwischen Langenzenn und Wilhermsdorf säumten Erlen und Eschen den Flusslauf. Große Wiesen und ein paar Äcker dazwischen prägten das weite Tal, die Straße war gut ausgebaut. Heiner begegnete einigen Dienstboten, die mit ihrem Bündel am Rücken der neuen Arbeitsstätte zustrebten, manchmal blieb einer kurz stehen und plauderte mit ihm. Aber die Geschäftigkeit, die der Lichtmesstag mit sich brachte, trieb alle, die sich auf Wanderschaft befanden, zur Eile.

Heiner dachte an den kurzen Besuch bei der Mutter. Bald würde sie gar nichts mehr sehen, auch nicht die Enkelkinder, die wohl irgendwann kommen würden. Trotzdem haderte sie nicht mit dem Herrgott, der ihrem Blick die eigene Schöpfung entzog.

Vor ihm zeichnete sich Heinersdorf ab. Eng reihten sich die Gehöfte aneinander. Kleine Gärten grenzten an die geschotterte Straße, umzäunt mit grauen, nach oben spitz zugesägten Brettern. Der Nieselregen hatte aufgehört, doch der Tag blieb so verhangen wie Mutters Augenlicht.

Ein kräftiger junger Bursche mit zerrissener Hose und einem grauen Filzhut auf dem Schädel trug eine Axt auf der Schulter. »Wo willst denn hin?«, fragte er.

Heiner verschluckte sich und musste husten. »Zum Wasner«, stammelte er.

Der Bursche nahm die Axt ab und stellte sie auf den rechten Stiefel. Dabei wippte er mit dem Fuß auf und ab. Er musterte ihn von unten nach oben. »Bist der neue Knecht? Die Anna hat gestern am Milchhaus was erzählt.«

»Die Anna?«

Der Bursche lachte, sein Mund wurde so breit, dass alle Zähne zu sehen waren. »Die Magd vom Wasner.«

»Und wer bist du?«, fragte Heiner.

Der Bursche schwang die Axt auf die Schulter. »Bin der Willi, bin beim Strattner angestellt, aber nur noch für ein Jahr, dann will ich nach Österreich, auf eine Alm.« Die Worte sprudelten nur so aus dem Mundwerk, Heiner musste genau hinhören.

Willi ging ein paar Schritte, drehte sich noch einmal um: »Also bis Samstag. Wie heißt nochmal?«

»Heiner. Was ist am Samstag?«

Willi streckte den Daumen hoch. »Sind wir in der Rockenstube.«

»Halt«, rief ihm Heiner nach. »Wo find ich nun den Wasner?«

Willi lachte wieder. »Stehst davor!«

Der große Sandsteinbau mit dem ausgebleichten Fachwerkgiebel reichte bis an die Straße. Vor der Haustür war der Misthaufen, akkurat gestapelt wie mit der Wasserwaage. Am Stall gegenüber vom Haus rankte sich Efeu über die Wand und um mehrere Fensterchen herum bis unter die Ziegel. Mitten im Hof wuchs eine mächtige Linde, davor stand eine Bank. »Ist der Hof grün, sind auch die Leute freundlich«, murmelte Heiner vor sich hin.

Quietschend öffnete sich die doppelflügelige Stalltür. Eine zierliche Frau mit einem weiß getupften, blauen Kopftuch und einer dunkelblauen Schürze guckte heraus. Sie hielt sich die Hand über die Stirn, in ihren Brillengläsern brach sich das Licht. »Ist da wer?«, rief sie mit hoher Stimme.

Heiner ging ein paar Schritte auf sie zu. »Bin ich richtig beim Wasner?«

»Bist wohl der neue Knecht? Grüß dich Gott, ich bin die Anna.« Die junge Frau lächelte und schüttelte ihren Rock aus wie Mutter früher das Bett. »Hab das Heu klein geschnitten«, sagte sie und schniefte mit ihrer Nase am Rock. »Riechst es auch? Ist letztes Jahr das Hochwasser drüber gegangen.«

Heiner überlegte, ob er an ihrem Rock riechen sollte, ließ es aber bleiben. »Und das mögen die Kühe?«, fragte er.

»Kriegen nichts anderes«, war die Antwort.

Heiner klemmte sich sein Bündel zwischen die Beine, stellte sich ordentlich vor und fragte Anna nach dem Bauern.

»Arbeitet im Wald.«

»Allein?«

»Der Bauer schafft gern allein.«

»Und die Bäuerin?«

Die Magd deutete zum Haus, flüsterte: »Redet umso mehr. Bäckt gerade das Brot.«

»Ihr habt einen Backofen?«

Sie schüttelte den Kopf. »Drüben am Milchhaus ist der Ofen. Zweimal im Monat wird angeschürt, dann bäckt das ganze Dorf.«

Anna zupfte ihn am Ärmel und führte Heiner in seine Kammer, in den Spitzboden des Gesindehauses, es war fast wie in Wintersdorf. Ein schmales Bett, ein kleiner Schrank, ein Stuhl, ein Tischchen mit einem getrockneten Haferbündel in einer Vase ohne Wasser. Die Dachlatten, auf denen die Ziegel lagen, waren sauber abgekehrt.

Heiner räumte seine Sachen in den Schrank, zog die alte Montur an und half gleich im Stall.

Der Bauer kam vor der Dämmerung zurück. Die Eheleute begrüßten Heiner gemeinsam und schüttelten ihm die Hand, dabei flüsterte die Bäuerin ihrem Mann ins Ohr: »Das ist aber ein kleines Männlein.« Der Wasnerbauer kümmerte sich nicht weiter darum. Er nahm die Gabel, hievte große Schübel Heu zwischen den Kühen hindurch und warf sie in den Barren. Seine blaue Schürze reichte nur bis zu den Knien. Der Gesichtsausdruck blieb unbewegt, kein überflüssiges Wort verließ seinen Mund. Heiner wusste, in den nächsten Tagen galt es, sich vor dem Bauern zu bewähren, denn: Der erste Eindruck blieb länger haften als der späte gute Wille.

Gegessen wurde gemeinsam. Dazu hatte sich die Bäuerin ein frisches Kleid angezogen und die blonden Haare zu einem Dutt zusammengesteckt. Sie stellte Leberwürste, Presssack und einen Tiegel Sauerkraut auf den Tisch, dabei plauderte sie ununterbrochen, fragte, erzählte und lachte, während der Bauer mürrisch dreinblickte und schwieg. Anna scherzte mit den beiden Kindern, ein Bub und ein Mädchen. Einmal steckte ihre Fröhlichkeit sogar den Bauern an, ein Grinsen konnte er nicht unterdrücken.

»Gehst am Samstag mit?«, fragte die Magd Heiner am nächsten Abend.

»Wohin?«

Sie lachte ihn aus. »Tu nicht so, als wenn du das nicht wüsstest.«

Heiner zuckte mit der Schulter, da fiel es ihm wieder ein. »Stimmt, Willi hat was von der Rockenstube gesagt.«

Annas Mundwinkel verloren kurz ihre Spannung. »Mit dem hast auch schon Bekanntschaft geschlossen?«

Heiner nickte.

»Also, gehst mit?« Sie lächelte, bekam aber keine Antwort. Dann nahm sie die Brille mit den dicken Gläsern ab und rieb sich die Augenlider. Nachdem sie das Gestell wieder aufgesetzt hatte, streute sie mit der Gabel schwungvoll das Stroh unter die Kühe.

Heiner beobachtete sie. Frauen waren anders als normale Lebewesen, dachte er. Die meisten, die er bisher kennengelernt hatte, konnten mit der Gabel umgehen, als wäre sie ihr dritter Arm. Anna aber war noch einmal anders als Frauen überhaupt. Sie führte ihr Werkzeug wie der Dirigent eines großen Blasmusikorchesters den Taktstock. Dabei wirbelte das Stroh durch die Beine der Kühe und bedeckte jeden Winkel des Bodens gleichmäßig wie frischer Pulverschnee die Ziegel auf dem Scheunendach bei Windstille.

Heiner fragte sich, warum manche Frauen anders sein konnten, als sie es eigentlich waren. Er kam zu keinem Ergebnis.

Später, in seiner Kammer, dachte er an die Mutter. Sie hatte recht gehabt, es war an der Zeit, dass er sich nach einem fleißigen, gottesfürchtigen Mädel umschaute. Auf dem Tisch lagen der Schreibblock und ein abgebrochener Bleistift. Er wühlte in der Hosentasche, zog eine Hanfschnur, sein Taschentuch und das Messer heraus. Gekonnt schnitzte er eine Spitze an den Stift. Dann richtete er den Block gerade aus, stützte das Kinn auf die offene Hand und überlegte, wem er denn nun einen Antrag machen sollte.

Marie oder Kunni kamen infrage. Die beiden trugen ihm gewiss nach, dass er wieder aus Wintersdorf fortgegangen war. Annelie vielleicht. Mit ihr hatte ihn schließlich eine aufregende Liebesbeziehung verbunden. Aber seit ihre Hochzeit geplatzt war, hatte er nie mehr etwas von ihr gehört.

Anna. Sie hatte das freundlichste Wesen von allen, das konnte er jetzt schon sagen.

Marie war recht gescheit. Kunni war die kleinste, die am besten zu ihm passte und wohl auch das meiste Ersparte besaß. Aber außer Annelie hatte keine einen Hof – und die war bestimmt längst unter der Haube, ob mit oder ohne Witwer.

Heiner starrte an die Decke, zählte die Ziegel pro Latte und dann die Latten. Müsste er aus so vielen Frauen wählen, wie Ziegel an der Decke waren, könnte er sich gleich ins Narrenhaus einliefern lassen, sinnierte er. Er fand ja schon von den Wenigen nicht die Richtige. Entmutigt legte er den Stift auf den Tisch und packte den Block wieder weg. Schreiben hatte nur Sinn, wenn es auch etwas bewirkte. Nicht jeder Unsinn musste gleich zu Papier gebracht werden.

»Gehst jetzt mit?«, fragte Anna beim Melken.

»Wohin?«

»In die Rockenstube.«

Heiner winkte ab. In Wintersdorf sei er nie hingegangen. Mutter habe gesagt, dem Herrgott gefalle nicht, wie es dort zuging.

Anna leerte die Milch in den Kübel. »Wird nur gesponnen und gestrickt«, sagte sie und hinter den Brillengläsern leuchteten ihre Augen. »Und wenn die Mannsbilder dazukommen, gesungen und gespielt. Wo es fröhlich ist, kann der Herrgott nichts dagegen haben.«

In Wintersdorf hätten die Knechte wegen der Weiber gerauft, sagte Heiner. Wegen so etwas würden sich normale Menschen niemals zanken.

Anna blickte auf den Boden. »Du bist mir so einer«, sagte sie wie abwesend. Dann blitzte ihre Fröhlichkeit wieder auf. »Ein bisschen Feuer braucht ein Mannsbild schon.« Sie setzte sich zur nächsten Kuh, tauchte den Waschlappen in die schmutzige Brühe und wischte das Euter ab, bevor sie zu melken begann. Dazu summte sie eine Melodie. Heiner kannte das Lied: »Ist Feieroomd, ist Feieroomd …« Beim zweiten Vers sang er mit.

Anna reckte den Kopf in die Höhe. »Du kannst ja singen.«

»War im Gesangverein Sopran«, grinste er breit.

»Männer sind keine Soprane.«

»Dann war ich halt ein Tenor.«

Die Magd leerte den zweiten Eimer Milch in den Kübel und Heiner gabelte das Heu in den Futtertrog, während der Bauer im Saustall schaffte. Die Bäuerin versorgte die Hühner, dorthin ließ sie keine Dienstboten. Die Hühner waren ihr Ein und Alles.

Auf dem Weg ins Haus flüsterte Anna Heiner ins Ohr: »Brauchst es deiner Mutter ja nicht gleich erzählen, wegen der Rockenstube.«

»Es gibt Wichtigeres als die Rockenstube«, meinte Heiner geheimnisvoll. Er ließ sich Zeit, bevor er fortfuhr: »Weißt, im Herbst tät ich gern in die Schule gehen.«

Anna blickte ihn mit großen Augen an. »Was für eine Schule?«

»Landwirtschaftsschule.«

Sie nickte ein paar Mal, ihre Lippen wurden spitz. »Das wenn du könntest. Da wär ich mächtig stolz.«

An der untersten Treppenstufe blieben sie stehen. Heiner lehnte sich ans Geländer, Anna stellte den rechten Fuß auf die zweite Stufe und stützte ihren Arm auf ein Knie. Nun hörte sie aufmerksam zu, wie Heiner von seinen Träumen erzählte, von der Mission und von den Bergen.

Es war stockdunkel im Haus, als sie sich voneinander verabschiedeten.

Am nächsten Abend ging Anna zeitig los.

Heiner tränkte das neugeborene Kalb – und folgte ihr dann doch nach, zur Rockenstube. Lautes Geplapper, Gekicher, Gelächter drang durch die angelehnte Haustür nach draußen. Der Meth'sche Hof war das letzte Anwesen an der Straße. Die Stube mit den Sprossenfenstern war halb so groß wie Wasners Futterkammer. Die Bretterdecke wurde von mächtigen, mit tiefen Rissen durchzogenen Balken getragen. Auf dem Tisch stand eine halb abgebrannte Kerze, die elektrische Lampe durfte nicht eingeschaltet werden, denn Strom war teuer.

Heiner zählte sechs Mägde und fast ebenso viele Knechte, die hinter den Frauen saßen und miteinander fachsimpelten. Willi winkte herüber. Anna sah kurz auf, dann konzentrierte sie sich wieder auf ihr Spinnrad, über das sie geschickt den Faden laufen ließ. Manche Mägde strickten, andere nähten. Einige Gesichter kannte Heiner schon vom Milchhaus.

»Setz dich zu uns her«, sagte Willi. Dann stellte er Michl vor, Großknecht beim Müller, er lehnte an der Wand. Der kleine Dicke hieß Konrad, er schaffte beim Vogel schon das zehnte Jahr, war träge wie eine Schnecke, nur das Mundwerk schnatterte wie das einer Ente. Willi deutete zur Seite auf Matters, der galt als größter Raufbold im Landkreis, schräg daneben stand Stefan, der verrufenste Weiberheld weit und breit. Einige nickten Heiner zu, ein paar reichten ihm die Hand. Der vorlaute Matters verzog das Gesicht. »Der ist doch erst geschlüpft«, sagte er mit einer abschätzigen Handbewegung zu Heiner hin.

Willi versetzte Matters einen Stoß. »Lass ihn in Ruhe, Sack.«

Matters beugte sich vor und musterte den Neuen. »Wie alt bist?«

»Über dreißig.«

Matters lachte hämisch. »Hat nichts zum Fressen bekommen, der Zwerg.«

»Schon«, sagte Heiner ganz ruhig. »Die großen Rüben saugen sich voll mit Wasser, die kleinen aber sind die gehaltvollen. Das sind die, wo die Kühe erst die richtige Milch geben.«

Die anderen lachten.

»Wie meinst denn das?« Matters stand auf und posierte wie ein Gockel.

Plötzlich erschien der alte Meth im Türrahmen. Alle schwiegen. »Das eine merkt ihr euch, Leute«, sagte er mit ruhiger Stimme, eine Hand tief in der Hosentasche vergraben. »Freu mich, wenn die Jungen beieinander sein können.« Er streckte mahnend den Zeigefinger: »Aber wenn ich schon mit meiner Bäuerin in die Küche verreise, verlange ich, dass es in der Stube friedlich bleibt.«

Die Knechte schauten betreten zu Boden, die Mägde vertieften sich in ihre Handarbeiten. Eine namens Margarete strickte ein Häubchen für ein Neugeborenes. Eine zweite, Irmgard, nähte Bettüberzüge zusammen. Waltraut stopfte Gänsefedern in Kissenbezüge. Anna hatte das Spinnrad stehen lassen und schneiderte nun an einem schwarzen Hochzeitskleid. Mühsam prüfte sie ihre Schnitte im Zwielicht der Stube.

Alle Mägde bastelten an ihrer Aussteuer, an ihrer Zukunft.

Matters hatte sich wieder gesetzt, Heiner würdigte er keines Blicks.

Die Knechte unterhielten sich über die Kühe. Sie debattierten, welche am meisten Milch gaben. Dann redeten sie über ihre Bauern, schimpften sie, lobten sie, und bald war es auch kein Geheimnis mehr, welcher Knecht welche Magd sympathisch fand.

Gern waren sie behilflich beim Einfädeln des Fadens. Dabei blieben sie hinter den Frauen, obwohl sich das Garn von vorn viel besser einfädeln ließ. Sie beugten sich über ihre Schultern und berührten wie zufällig ihre Arme, ihre Brüste.

Die Hände der Frauen arbeiteten ruhig weiter, die Herzen aber klopften schneller, und manche von ihnen wusste nicht mehr, war das Herz noch am richtigen Fleck oder längst hinunter auf den Stuhl gerutscht, dessen Holz das Pochen in den Bretterboden weiterleitete, der wegen der Spannung zu knacken begann.

Stefan zog eine Mundharmonika aus der Tasche und spielte. Die Mägde hörten andächtig zu. Anna summte leise mit, die Zeit verging wie im Flug.

Später legten die Mägde ihr Strick- und Nähzeug ab. Sie redeten, sangen, vergaßen ihren Alltag. Für eine Weile vergaßen sie sogar, was sie waren – Knechte und Mägde.

Heiner winkte ab, als Willi ihm übermütig auf die Schulter klopfte. »Na, Heiner, ein Liedlein wirst doch auch können.«

Anna sah ihn durch ihre dicken Brillengläser aufmunternd an. »Komm, du kannst doch so schön singen.«

»Also gut«, meinte Heiner mit einem breiten Grinsen im Gesicht. Dann sang er das Lied vom alten Dorfschulmeisterlein.

Die anderen jungen Leute klatschten Beifall, die Handarbeitssachen waren längst in den Körben verstaut.

Irmgard, die stillste, aber korpulenteste, vergrub die Hände unter ihrer Schürze. Ihr Blick streifte immer wieder die Wanduhr, die unablässig tickte. Heiner spürte ihre Unruhe und Anna spürte, dass Heiner Irmgards Unruhe spürte. Sie scherzte dann mit den anderen Mannsbildern und kümmerte sich nicht weiter um ihn.

Als Willi den Blasebalg aus der Tasche packte und zu spielen begann, fragten die Knechte nicht lange und holten die Mägde von ihren Stühlen. Matters schnappte sich Anna. Vergnügt tanzten sie eine Polka. Zweischritt, drehen, Zweischritt, drehen.

Heiner staunte, mit welcher Leichtigkeit die Mädchen den Burschen folgten und den anderen Paaren um sie herum auswichen. Die Musik lockte auch das Bauernehepaar in die Stube. Zuerst sahen die beiden nur zu, dann gab die Bäuerin dem Bauern einen Rempler. Schon drehten sie sich inmitten der ausgelassenen Jugend.

Heiner setzte sich zu Irmgard. »Sind schöne Bettüberzüge, die du nähst«, sagte er.

Sie errötete leicht. »Gehören für den Winter.«

»Tanzen tust wohl nicht so gern?«

Die junge Frau zuckte verlegen mit den Achseln.

Heiner kratzte sich an der Wange. Beide schwiegen.

Irmgard sah zu Boden, aber Heiner suchte ihren Blick. »Kann es auch nicht«, verriet er ihr. »Aber Mutter hat es mir mal gezeigt.« Dann gab er sich einen Ruck: »Willst es probieren?«

Irmgard stand auf, sie war eine große Frau, eine sehr große sogar. Heiner griff ihr an die Taille und machte die ersten unsicheren Schritte. Irmgard folgte ihm anständig, wie es sich gehörte. Nun tanzten beide, ungelenk zunächst, dann etwas mutiger. Gern hätte Heiner gewusst, ob Irmgard lächelte, aber ihre üppige Brust versperrte ihm die Sicht, zumal sie auf und ab wippte und dabei seinen Kopf berührte. Er sah das dunkelblaue Kleid unter ihrer weißen Schürze. Und er sah ihre Schnürschuhe, die sich zwischen seinen Galoschen wie Fremdkörper bewegten. Einmal blickte Heiner weit nach oben. Ihr Gesichtsausdruck war verbissen und streng. Als sich ihre Blicke begegneten, lächelte sie für einen Moment.

»Pause.« Willi legte das Instrument auf den Boden. »Jetzt hab ich erst mal Durst.« Mit dem Arm wischte er sich den Schweiß von der Stirn.

Die Bäuerin holte ein paar Flaschen Apfelsaft aus dem Keller und schenkte ihn in eine blecherne Kanne. Die jungen Leute tranken gierig, einer reichte das Gefäß dem nächsten.

Willi presste die Lippen zusammen, als er geschluckt hatte. »Pfui«, zischte er leise, sodass es die Bäuerin nicht hören konnte. Die Knechte lachten. Sie dachten alle das Gleiche. Bier schmeckte eben besser als Apfelsaft. Die Mägde waren sicher gescheiter: Sie dachten, Apfelsaft schmeckte besser als Wasser.

Um Mitternacht beendete die Bäuerin den Reigen. Am nächsten Morgen musste Meth zur Feuerwehrübung, als örtlicher Kommandant brauchte er einen wachen Schädel.

Eine Weile unterhielten sich die jungen Leute noch auf der Straße. Doch als die Hunde mit ihrem Gebell nicht aufhören wollten und die ersten Bäuerinnen aus dem Schlafzimmerfenster herunter mit dem Wassereimer drohten, gingen sie endlich nach Hause. Bis auf Stefan und Margarete. Aber die beiden waren schon länger verschwunden, aufgefallen war das keinem.

Sonntagfrüh saß Anna beizeiten unter der ersten Kuh und presste die warme Milch aus den Zitzen. Schon an der Stalltür wünschte ihr Heiner vergnügt einen guten Morgen. Anna sah nicht auf, murmelte nur ein paar unverständliche Silben. Dabei presste sie die Finger so eng an das Weichteil, dass die Kuh ausschlug und sie am Schienbein traf. Ohne den Schmerz abzuwarten, fuhr Anna hoch und versetzte dem Tier einen kräftigen Tritt. »Du Sauvieh«, schrie sie wütend. Die Kuh zuckte zusammen und gab artig die Milch her, als Anna weitermelkte.

»Hat's wehgetan?«, fragte Heiner erschrocken.

Anna schüttelte mürrisch den Kopf.

Heiner ließ sie schmollen und machte seine Arbeit.

Zum Frühstück kamen Bauer, Bäuerin und die Kinder etwas später. Gemeinsam mit dem Gesinde tranken sie am Tisch ihren Malzkaffee, aßen Brot mit Butter, Marmelade und Käse. Dann gingen sie in die Waschküche, wuschen sich Gesicht und Hände und machten sich fertig für den Kirchgang. Der war Pflicht für jeden und die Bauern achteten sorgfältig darauf, dass auch ihre Dienstboten sie erfüllten, wenngleich die Rockenabende manchen nicht gut bekamen.

Am Sonntagnachmittag kehrte dann Stille ein auf dem Hof. Wer konnte, verbrachte den Nachmittag faul im Bett, und das wurde auch gern gesehen. Denn schliefen die Dienstboten am Sonntag, waren sie am Montag ausgeruht.

WILHERMSDORF

An jenem Märzensonntag, als die Sonne mit ihrer verhaltenen Wärme zum ersten Mal in diesem Jahr den Frühling ankündigte, hielt es Heiner nicht mehr in seiner Kammer. Er zog seinen guten Kittel über und spazierte die Dorfstraße hinunter in den Wiesengrund. Ein Pfad führte ihn an die Zenn.

Gestern hatte er mit dem Bauern den Wagen angespannt, dampfenden Mist aufgeladen und ihn auf der Grundwiese verteilt. Die eisenbereiften Räder hinterließen kaum Spuren. Der Winter war schneearm und trocken gewesen, die sonst nassen Wiesen waren gut befahrbar. Heiner und Anna hatten den Mist von der Plattform auf kleine Haufen geworfen, der Bauer hatte den Gaul gelenkt. Später halfen die Bäuerin und die Kinder. Rasch war der Mist auf der Fläche verteilt.

Heiner roch den süßlichen Duft. Der Mist war das Beste für den Boden, so stand es in seinem Buch. Die winzigen Tierchen darin zersetzten ihn, sie bildeten den Humus. Der Humus war das Leben, er speicherte Luft, Wasser, Nährstoffe und Wärme. Ohne Humus gab es keine Ernte. Heiner setzte sich auf den Stein, der die Gemeindegrenze markierte. Wehmütig dachte er an die Landwirtschaftsschule. Er war jetzt im überreifen Alter, dabei fühlte er sich wie ein Apfel, den der erste Frost vom Baum geholt hatte.

Als er den Bauern gestern auf die Schule angesprochen hatte, hatte der nur unwirsch gebrummt. Vom Studieren habe noch keiner was gelernt, allein die Praxis forme den guten Landmann.

Wenn der Bauer nicht einwilligte, brauchte Heiner gar nicht an so etwas denken. Das Jahr ging bis Lichtmess, und Lichtmess war im Februar, die Schule aber begann im Spätherbst.

Seine Blicke schweiften über den Fluss. Das stille Wasser schlug kaum Wellen. Eine Bisamratte spitzte knapp über der Wasseroberfläche aus einem kleinen Loch am Ufer. Heiner warf einen Erdbrocken nach ihr. Zwei Enten flogen schnatternd auf und landeten ein Stück weiter in der Wiese.

Heiners Gedanken gründelten im trüben Gewässer. Wollte er zur Mission, brauchte er die Schule. Wollte er zur Schule, brauchte er Geld. Wollte er Geld, musste er arbeiten. Arbeitete er, konnte er nicht zur Schule … Sein Leben kam ihm vor wie ein Mühlenrad, das sich unaufhörlich drehte, aber immer vom gleichen Wasser gespeist wurde.

Auch für eine Familie brauchte er Geld. Keine gescheite Frau nahm einen mittellosen Knecht.

Die Kehle wurde ihm eng. Nun wusste er nicht einmal mehr, welcher Traum überhaupt der wichtigste war. Schule, Mission, Familie, eigener Hof oder einmal im Leben die Berge sehen und vielleicht ganz oben auf einem Gipfel stehen und hinunterschauen in Gottes Garten, wie Moses auf dem Berg Sinai mit den Gesetzestafeln in der Hand?

Er dachte an das Bild, das sich Peter unter den Nagel gerissen hatte, an die Berge hinter saftiggrünen Wiesen mit den Kühen darauf. Das würde es in Afrika nicht geben. Vor sich sah er schwarze Männer und Frauen, denen er das Leben der afrikanischen Regenwürmer erklärte, er zeigte den Menschen, wie man den Pflug führte, wie man die Ochsen einspannte, wie man säte und erntete in Gottes Namen. Jawohl, in Gottes Namen. Dann fragte er sich, welchen Boden die Menschen in Afrika hatten. Laut Peter gab es dort rote Erde. Fruchtbare Erde, keinen lumpigen Sand.

Die Bisamratte wagte sich erneut aus ihrem Bau, sie schwamm ein Stück, tauchte plötzlich ab. Ein Vogel mit glänzendem blauem Gefieder suchte an der ausgewaschenen Böschung nach Insekten.

Als eine große Wolke die Sonne verdeckte, wurde es frisch. Heiner stand auf und schlenderte den Weg hoch zur Straße, querte sie und nahm den Feldweg zum nahe gelegenen Wilhermsdorf. Anna hatte ihm neulich vom Juden Neuburger erzählt, dem Schneider und Stoffladenbesitzer.

Er ging die Hauptstraße entlang durch den Torbogen, über den sich ein Teil des Wohnhauses wölbte, dabei dachte er an die hohen Heuwägen und an die Bauern, die gewiss wie die Rohrspatzen schimpften, wenn es ihnen die oberste Schicht des Futters abrasierte, nur damit der Jude obendrüber in seiner Stube auf dem Kanapee sitzen konnte. Dann dachte er an die Rohrspatzen und fragte sich, warum sie überhaupt schimpfen sollten. Denen konnte es doch egal sein, ob der Torbogen zu niedrig war oder der Jude obendrüber saß.

Neuburgers Haus war ein sandsteinernes Anwesen mit Sprossenfenstern und Mansardendach. Im Anbau erkannte Heiner durch zwei Rundbogenfenster einige ausgestellte Kleidungsstücke. Auf dem Dach ragte ein mächtiger Schlot auf, ein paar Stufen führten zur schlichten Ladentür mit dem Schild: »Stoffwaren Neuburger«. Hier gab es Stoffe, Kleider, Arbeitskluft, Hosenträger, Knöpfe und auch Hochzeitskleider und Anzüge für besondere Gelegenheiten. Neuburger verkaufte Kleidung für das Leben und für den Tod, denn solchen Anlässen konnte niemand, der etwas auf sich hielt, aus dem Weg gehen. Die Leute bezahlten dafür einen angemessenen Preis. Sogar festes Schuhwerk bot der Jude an, das er von einem Schuster aus dem Nachbardorf bezog und in seinem Laden ausstellte.

Wenn die Bäuerin etwas brauchte, schickte sie meist Anna zum Einkaufen. Anna hatte die gleiche Figur und einen guten Geschmack. Und wenn etwas nicht passte, ein Rock zu lang war, ein Hemd zu eng, wurde das Ganze umgetauscht. Die Bäuerin selbst ließ sich ungern in dem jüdischen Geschäft sehen, wegen dem Tratsch. Im letzten Sommer hatte sie sich zur Taufe ihrer Nichte ein neues Kleid geleistet und war extra während der Fütterzeit zum Neuburger gegangen, als die anderen Bauern im Stall schafften. Anna dagegen blieb gern ein paar Minuten länger, um mit Neuburgers Frau Betty zu plaudern.

Die hatte Anna im Vertrauen erzählt, dass die Leute nicht mehr einkauften wie gewohnt, der Laden laufe schlecht und sie kämen kaum mehr über die Runden. Ihr Mann schob dies auf die schlechte Zeit und überhörte die spitzen Bemerkungen, die auf ihn als Juden gemünzt waren. Freilich ärgerte es ihn dennoch, dass manche Wilhermsdorfer auf die andere Straßenseite wechselten, wenn sie ihn sahen, und dann so taten, als sähen sie ihn nicht.

Seine Frau nannte die Dinge beim Namen, sie hatte Angst. Am liebsten würde Betty das Anwesen verkaufen und fortgehen, schon der Tochter wegen. Aber Neuburger hing an dem Zeug, er meinte, die Leute hätten immer was zu schimpfen und es sei kein Schaden, nicht vor jeder schlechten Zeit davonzulaufen. Er war lange genug im Gemeinderat gesessen, also könne er gar keine unerwünschte Person sein, sonst hätten ihn die Leute ja nicht gewählt.

Anna durfte das, was Betty ihr anvertraut hatte, nicht weitererzählen. Sie hatte es ihr versprochen, aber bei Heiner machte sie eine Ausnahme und auch bei Margarete, ihrer besten Freundin. Margarete durfte es auch nicht weitererzählen. Sie hatte es Anna versprochen. Aber Stefan war ihr heimlicher Freund, und einem heimlichen Freund musste man alles sagen, was man wusste, er war schließlich eine Vertrauensperson.

Stefan erzählte es Willi, Willi sagte es Konrad und dann wusste alles Gesinde, was es ohnehin wusste, nämlich dass der Stoffladenbesitzer und seine Familie etwas an sich hatten, was dem deutschen Wertegut nicht entsprach. Überhaupt stimme mit allen Juden in allen Dörfern etwas nicht und mit den Juden in den Städten sowieso, und an allem Schlechten, was passiere, sei der Jude immer und überall schuld. Und Heiner fragte sich, als er an der Ladentür stand, warum der Jude einen Stoffhandel betrieb und nicht wie er als einfacher Knecht in einem Kuhstall schaffte wie so viele andere im Dorf.

Dann dachte er an den Schmierjud, der mit dem Fahrrad auf die Dörfer fuhr, damit er sein Schmierfett für die Dreschmaschinen, seine Öle für das Getriebe des Bindermähers und seine Fettpressen unter die Leute brachte. Der immer denselben grauen, fettig glänzenden, knielangen Kittel anhatte und dem die Jugendlichen und die Kinder Streiche spielten, weil er so eine verwegene Gestalt war und weil sein Fahrrad vollgepackt war wie der Lastenesel im Bergwerk, dessen Bild der Schullehrer den Kindern im Erdkundeunterricht gerne zeigte, wenn sie nicht zuhörten, damit sie sahen, was ihnen blühte, wenn sie für immer Dummköpfe blieben.

Heiner fiel auf, dass der Schmierjud durch den Hintereingang in die Ställe kam und die Bauern ihre Geschäfte mit ihm in der Futterkammer oder in der Scheune abwickelten und aufpassten, dass er dort hinausging, wo er hereingekommen war.

Wieder zurück am Hof setzte sich Heiner auf die Bank unter der Linde und rückte sich den Hut tief in die Stirn.

Als Anna mit einem Eimer Wasser in der Hand vorbeilief, ohne ihn zu beachten, plagte ihn die Neugier. »Anna«, rief er ihr nach. »Hast schon mal einen blauen Vogel gesehen?«

»Ich glaub, du hast selbst einen blauen Vogel«, meinte sie, noch immer beleidigt.

»Unten beim Fluss ist er geflogen.«

»Alle Vögel fliegen.« Sie tippte sich mit dem Mittelfinger an die Stirn.

Heiner blieb hartnäckig. »Er war fast so groß wie eine Amsel und wirklich blau von vorn bis hinten.«

»Sonst geht es dir gut?«, fragte Anna, nun freundlicher. Sie setzte sich neben ihn.

»Schön ist es heute«, meinte er.

»Ja, schön ist es.«

»Gestern war es nicht so schön.«

»Da hast du recht, gar nicht schön war es gestern!«, platzte es aus ihr heraus. »Hätte nicht gedacht, dass du das auch so siehst.«

Heiner schob den Hut nach hinten und streckte das Kreuz durch. »Komisch bist heute, Anna.«

»Du glaubst also, dass ich komisch bin?«

Heiner nickte.

Die Magd stand auf, bückte sich nach dem Eimer und ging.

»Anna!«, rief er.

»Was ist?« Sie drehte sich um.

Heiner nahm allen Mut zusammen. »Hab schon gemerkt, dass du gern mit dem Matters tanzt.«

Die Magd schüttelte den Kopf. »Mit dem tät ich nie was anfangen«, sagte sie mit gehobenen Augenbrauen, »mit dem aufgeblasenen Fahrradschlauch. Meint wunders was er ist, mit seiner krummen Nase und den schlechten Manieren.«

Heiner stutzte. »Und deswegen bist so grantig?«

»Nicht bloß deswegen«, meinte sie und setzte sich wieder auf die Bank. Ihr Zorn war verraucht. »Meine Augen machen mir Sorgen. Jetzt hab ich so eine dicke Brille. Auf der einen Seite seh ich noch gut, auf der anderen wird es aber immer schlechter.«

»Was sagt denn der Doktor?«

»Mohrrüben soll ich essen, wegen dem Vitamin. Er hat gemeint, ich bräuchte eine Operation, und dann hat er keine Zeit mehr gehabt, weil beim Strattner eine Kuh krank war.«

»Meinst nicht, dass die Doktoren in der Stadt mehr verstehen von den Augen?«

Nervös zupfte Anna am Saum ihres Rocks. »Ich hab so fleißig gespart, dass es bald für einen eigenen Hausstand reichen könnte. Und die Irmgard hat gesagt, dass die Stadtdoktoren viel mehr Geld wollen als man hat.«

Heiner ließ sich anstecken von ihrem traurigen Gemüt. »Aber wenn du nichts mehr siehst«, sagte er, »bist immer auf andere angewiesen.«

Und dann saßen beide da und sagten gar nichts, dabei war es ihnen, als schnaufte der eine die ausgeatmete Luft des anderen ein.

Als die Sonne hinterm Scheunendach verschwand, fingen die Kühe an zu muhen. Die Bäuerin schlenderte über den Hof in den Stall. Heiner und Anna tauschten den Sonntagsstaat gegen die Stallmontur.

Nach der Arbeit fuhr Heiner die drei Kannen mit dem Leiterwagen ans Milchhaus. Der Milchhauswart notierte die Menge in seinem grauen Ordner. Vor der Rampe standen noch ein paar Knechte beisammen und hielten vergeblich Ausschau nach den Mägden.

Die Bäuerinnen fürchteten das Feuer der jungen Leute, das erst aufhörte zu lodern, wenn die Bäuche der Mägde zu wachsen begannen, wenn sich der Katzenjammer einstellte und das mittellose Gesinde sich verzweifelt nach einem warmen Nest sehnte – ohne Anspruch, ohne Besitz. Stillschweigend achteten die Bäuerinnen darauf, dass die Mägde immer dann etwas zu arbeiten hatten, wenn die Knechte Ausschau hielten. Später, zur Heuernte, brauchten sie sich wenig zu sorgen, da waren alle dermaßen erschöpft von der schweren Arbeit, dass die Balz nebensächlich wurde.

Heiner gesellte sich zu den anderen Knechten, Konrad, der rundliche Knecht vom Vogel mit dem sommersprossigen Gesicht, drückte ihm den »Stürmer« in die Hand. Letzte Woche sei er in Wilhermsdorf gewesen.

»Wer?«

»Der Streicher. Julius Streicher, unser Gauleiter, der die Zeitung schreibt.« Konrad nickte immerzu. »Da war was los, kann ich euch sagen. Vor dem Ritterhaus ist er auf dem Podest gestanden und hat eine Rede gehalten, dass alle eine Gänsehaut bekommen haben.«

»Das ist doch das Männlein mit der Glatze«, sagte Stefan.

»Vorsicht«, mahnte Konrad. »Der hat's faustdick hinter den Ohren. Der sagt, was Sache ist. Und stellt euch vor …« Er schlug sich mit den Händen auf die Oberschenkel. »Der Schmierjud musste sich das alles anhören. Der wohnt direkt daneben. Überhaupt«, schimpfte er nun, als wäre er selbst Julius Streicher und hätte den »Stürmer« eigenhändig gedruckt, »was sich das Judenpack alles erlaubt. Kein Wunder, dass man zu nichts kommt, so wie die sich aufführen.«

»Das steht da drin?«, fragte Heiner. Er drehte sich und hielt die Zeitung direkt unter den Lichtschein der Milchhauslampe, blätterte ein paar Seiten um.

»Ist voll davon«, sagte Konrad. »Aber das Beste ist das da.« Er zog eine weitere Zeitung aus seiner großen Hosentasche, faltete sie auf und glättete sie mit der Handfläche auf der Rampe.

Die Knechte steckten die Köpfe zusammen.

»Hat mein Onkel aufgehoben«, meinte Konrad. »Will er aber wieder.«

»Die ist ja uralt. Von fünfunddreißig«, sagte Willi. »Schaut, zwölfter Oktober.« Dann deutete er auf die fette Überschrift in rot-schwarzen Buchstaben. »*Der SA-Mann*«, murmelte er.

Konrad schlug die achte Seite auf. »Was da drinsteht, muss jeder anständige Deutsche wissen.« Er verschränkte die Arme, nahm den Kopf zurück und sah auf die anderen herab, wie Heiners Lehrer damals in der Schule, wenn ein Schüler eine Aufgabe nicht verstanden hatte. »Da steht's schwarz auf weiß.« Dabei rümpfte er die Nase. »Das ist das Gesicht des Juden. Seht sie euch nur an, die Fratzen der Schmarotzer und Geldeintreiber.«

Schweigend betrachteten die Knechte die Karikaturen. Die auf einen Geldsack fixierten Glupschaugen. Die Hakennase, das einsame Löckchen auf der Stirn, die buschigen Koteletten, das dichte gewellte Haar am langgezogenen Schädel, der einem Helm aus der Kaiser-Wilhelm-Zeit ähnelte, und dieser gierige, bitterböse Blick.

Heiner blätterte eine Seite zurück. Ein Foto vom letzten Reichsparteitag zeigte unzählige Fahnenträger, die eine breite Straße entlangmarschierten, jubelnde Zuschauer an der Seite. Obendrüber ein Bild vom Führer.

Konrad hatte noch keinen Parteitag versäumt. So viele hübsche Mädchen auf einen Fleck gebe es nirgendwo auf der Welt, sagte er stolz. Blonde Landmädel mit langen Beinen und einem Lächeln im Gesicht, dass einem ganz blümerant werde. Gegen das Spektakel sei die Kirchweih im Dorf nur ein Zirkus mit dressierten Flöhen.

Willi protestierte, die Kirchweih gehe über alles. »Auch über den Reichsparteitag«, fügte er hinzu und sah sich unauffällig um.

Stefan warnte ihn: »Wenn's der Falsche hört, bist morgen in Dachau.«

»Was ist in Dachau?«, fragte Heiner.

»Konzentrationslager.«

»Und was macht man da?«

»Sich konzentrieren?« Stefan zuckte mit den Schultern.

»Kommen alle hin, die ihr Maul aufreißen«, sagte Willi. »Politische, Kommunisten. Mehr weiß ich auch nicht.«

»Und Juden«, sagte Konrad. »Minderwertige.«

»Solche wie Neuburger?« Heiner biss sich auf die Unterlippe.

Konrad deutete auf die Karikatur. »Ist auch nichts Besseres. Alles die gleiche Rasse.« Er griff an Heiners Schulter. »Wenn sich eine Ratte in deine Futterkammer verirrt, erschlägst sie, oder? Fragst auch nicht, ob es eine gute oder eine schlechte Ratte ist. Ratte bleibt Ratte. Aus, fertig!«

»Ist aber der Einzige, bei dem man alles bekommt«, sagte Heiner. »Wenn du an Lichtmess wechseln willst, musst nach was ausschauen, sonst nimmt dich doch kein anderer. Und Anna sagt, dass der Neuburger weit und breit der Beste und der Billigste ist.«

»Deine Anna soll sich zurückhalten«, drohte Konrad, »sonst nimmt es schnell ein böses Ende.«

Heiner schwieg und Stefan gähnte ausgiebig. »Geht sowieso kaum noch wer hin zum Neuburger.«

Willi schüttelte den Kopf. »Als würde der an uns viel verdienen. Und am Heiner erst recht nicht.« Alle fingen laut zu lachen an.

»Hitler hasst alle Juden«, sagte Konrad, »und er hat vollkommen recht.«

»Weil sie den Jesus ans Kreuz genagelt haben?«, fragte Heiner.

Stefan räusperte sich. »Die sind anders als wir«, meinte er schließlich. »Hab ja eigentlich nichts gegen Juden, aber die passen nicht zu uns mit ihren komischen Hüten und ihren Bärten.«

»Der Wasner hat auch einen Bart und sein Bruder auch«, sagte Heiner.

Konrad schüttelte den Kopf. »Das sind andere Bärte. Ihr wisst schon, was ich meine.« Nacheinander blickte er jedem in die Augen. »Die gehen nicht mit uns ins Wirtshaus, die helfen nicht beim Kirchweihbaumaufstellen.«

»Die haben mehr Geld wie wir alle zusammen«, fügte Willi hinzu.

Konrad ballte die Fäuste. »Wir müssen uns wehren, Leute.« Er nahm die Zeitung und las vor. »Da steht's doch genau: *Unterwerfung der deutschen Politik, Untergrabung jeglicher staatlicher Autorität, Ausplünderung des deutschen Nationalvermögens …*«

»Unser aller Geld«, nickte Willi.

»Genau«, sagte Konrad. Dann las er weiter: »*Den Mittelstand zugrunde gerichtet, den Bauernstand überschuldet und das Schlimmste, den deutschen Arbeiter verelendet und ausgehungert.* Und die deutsche Jugend haben sie auch kaputtgemacht, die Juden.«

»Na ja«, sagte Heiner. »Den Dummen kann man viel weismachen.«

Konrad reichte ihm die Zeitung und wurde laut: »Da, lies selber! Steht alles da. Buchstabe für Buchstabe.«

»Lass nur«, sagte Heiner. »Aber was wollen wir schon ausrichten. Die Großen machen ja doch, was sie wollen.«

Willi überlegte laut: »Müssen sie halt in Dachau noch ein paar Hütten dranbauen.«

Stefan wurde nachdenklich. »Meth erzählt, dass der Hitler bald einen Krieg anfängt.«

»Soll das Maul halten, die Sozisau«, polterte Konrad. »Steht eh schon auf der schwarzen Liste.«

»Welche Liste?« Heiner hob den Kopf. »Meth ist doch ein rechtschaffener Bauer. Er hat immer die vollsten Milchkannen.«

»Aber er stänkert gegen die Partei.«

»Gehörst wohl auch schon dazu?«, fragte Stefan mit spitzem Unterton.

»Fast jeder ist dabei.« Konrad kramte sein Parteibuch aus der Hosentasche und zeigte es herum. »Seht. Ordentliches Mitlied. Kein Knechtlein mehr. Keine zweite Klasse. Ordentliches Mitglied, wie jeder andere. Wär auch was für dich, Heiner. Wenn der Hitler Krieg führt, gibt's bald genug Bauernhöfe zum Bewirtschaften.«

»Hab auch schon überlegt«, gestand Willi.

Heiner stand auf und klopfte sich den Staub von der Hose. »So«, meinte er. »Genug politisiert für heute. Morgen früh ist die Nacht vorbei.«

Auf dem Heimweg zog Konrad Willi noch einmal zur Seite und sagte, Wilhermsdorf werde bald judenfrei sein. »Stell dir vor«, meinte er. »Bei denen war jeder Fünfte so ein Drecksjud, aber jetzt wird die Stadt sauber.«

Woher er das wisse, fragte Willi.

»Wer vorne steht, weiß immer mehr wie der Hintere«, grinste Konrad. »Kannst gern mitmachen. Tät beim Kreisleiter ein gutes Wort für dich einlegen.«

Dann gingen auch sie nach Hause, wuschen die Milchkannen aus, sahen im Kuhstall nach dem Rechten und legten sich früh ins Bett, denn Schlaf, sehr viel Schlaf war jetzt nötig. Die Tage wurden länger und die Arbeit verlangte dem Körper alles ab. Mit der Heuernte kam außerdem bald die wichtigste Zeit im Jahr, die Kirchweih.

KIRCHWEIH

Schon Wochen vorher hatten sich die jungen Bauern und die Knechte zusammengetan, um den Ablauf zu besprechen. Auch Heiner wurde dazu eingeladen, obwohl es für ihn Wichtigeres gab als das für alle andern wichtigste Fest im Jahr, das von Freitagabend bis Montag wichtiger war als fast jede wichtige Arbeit.

Am Mittwochabend suchten sie einen geeigneten Baum und sie wussten, dass es kein Waldbesitzer wagen würde, »Nein!« zu sagen, zu groß wäre der Ansehensverlust im Dorf. Stand am Wilhermsdorfer Kirchweihplatz eine fünfundzwanzig Meter hohe Kiefer, brauchten die Heinersdorfer eine mit mindestens sechsundzwanzig Metern. Hatten die Heinersdorfer Burschen die Rinde des Wilhermsdorfer Baums abgeschabt oder ihn gar abgeschnitten, mussten sie an der eigenen Kirchweih besonders auf der Hut sein. Lückenlos wurden die Nachtwachen eingeteilt, egal ob Bauernsohn oder Knecht. Zur Kirchweih gab es keine Unterschiede.

Am Donnerstagnachmittag schickte die Bäuerin Anna mit dem Leiterwagen in den Wald. Mit Fichtenzweigen voll beladen bis zum Umkippen kam Anna zurück und stellte die Äste in den kühlen Stadel.

Irmgard, Margarete, Waltraut und noch einige junge Bäuerinnen trafen sich am Abend in der Wasner'schen Scheune, nachdem sie die Milchkannen gespült und den Haushalt in Ordnung gebracht hatten. Männer bekamen keinen Zutritt, wenn die Frauen mit flinken Händen die Äste zu kleinen Büscheln schnitten und sie kunstvoll auf ein kreisrundes Drahtgestell banden. Die Wasnerin brachte einen Krug Pfefferminztee und die jungen Frauen waren mit Freude bei der Arbeit.

»Habt ihr schon gehört?«, flüsterte Waltraut hämisch in die Runde, nachdem Margarete gegangen war. »Die wird ihr Bäuchlein vom Stefan nicht mehr lange verheimlichen können.«

Anna nahm sie aufs Korn: »Hast du auf den nicht auch schon mal ein Auge geworfen?«

Die Mägde kicherten und Waltraut bekam einen roten Schädel.

»Mannsbilder bringen nur Unglück«, wetterte Irmgard.

»Aber ohne sie ist's langweilig«, mischte sich die Wasnerin in das Geplauder der Mägde.

Der weise Spruch der Strattnerin stimmte die Frauen nachdenklich: »Wo der Herrgott seine Hand drauf hat, ist die Ehe ein Segen«, sagte sie inbrünstig.

Gemeinsam legten sie den Kranz auf einen Bock und zierten ihn mit ellenlangen bunten Papierstreifen. Als sie ihn fertig gebunden hatten und der Tee getrunken war, machten sie zeitig Feierabend, denn am nächsten Tag in aller Herrgottsfrüh ging es wieder in den Stall. Sie wussten aber auch: Die Nächte, die nun folgten, würden ihnen zum Tag werden.

Am Freitagabend, als sich in der Wirtschaft an den vorderen Tischen die Bauern versammelt hatten und an den hinteren die Knechte, als die Bedienung den Bauern drei Bratwürste mit Kraut und eine Maß Bier auf den Tisch stellte und den Knechten, die mit ihrem Geld haushalten mussten, eine halbe Maß, kam der Friedensbote in die rauchgeschwängerte Wirtsstube. Der Gendarm aus Langenzenn nahm seine Schirmmütze in die Hand, schlug die Hacken zusammen und rief seinen Spruch in die Runde:

> *»Bauern von Heinersdorf, Knechte und Tagelöhner,*
> *lasst euch sagen.*
> *Ich will hören keine Klagen.*
> *Feiert ein friedlich Feste,*
> *haltet sauber eure Weste,*

sauft nicht, was ihr nicht vertraget,
hört, was ich euch saget,
lasst die Fäuste in der Tasche,
hinterlasset keine Asche,
schwängert keine Frauen,
benehmt euch nicht wie Sauen,
ich bin hier nicht nur zum Schein,
Leut, ich werde wachsam sein.«

Es war mucksmäuschenstill im Saal. Erst als der Wirt dem Gendarmen eine Maß Bier brachte und dieser einen kräftigen Schluck getrunken hatte, gab es ein vielstimmiges Hurra. Die Bauern und die Knechte johlten. Die Kirchweih war eröffnet.

Der Viehhändler sang das erste Kirchweihlied.

»Was ist mit der Musik,
weil man sie gar nimmer hört,
die hockt in der Küche
und spielt aufm Herd.«

Willi ließ sich das nicht zweimal sagen. Seinen Blasebalg hatte er in der Wirtsküche abgestellt, die Bedienung brachte ihn eilig herein.

Der Viehhändler war hartnäckig. Jedes Kirchweihlied, das die Heinersdorfer sangen, erwiderte er mit einem lustigeren, noch originelleren Liedchen.

Die Kirchweihburschen nahmen den Bürgermeister aufs Korn und auch den Pfarrer. Die Texte wurden derber.

Heiner hörte aufmerksam zu. Er staunte, mit welcher Freude die Leute feierten, und er fragte Stefan, der neben ihm saß: »Kommt der Gendarm alle Jahre vorbei?«

»Bei uns schon«, meinte der mit vorgehaltener Hand. »Seit sie den Oberkirchweihburschen abgewählt haben, hat es immer

Ärger gegeben. Der junge Bauer hat damals aufpasst, dass es nicht zu bunt wird. Aber irgendwann haben sie ihm einen Sack übergestülpt und ihn kräftig verdroschen. Seitdem kommt der Gendarm.«

Am Samstagmorgen strahlte die Sonne aus einem wolkenlosen Himmel. Doch anstatt es den Bauern aus den umliegenden Dörfern gleichzutun, die schon gestern eifrig das kniehohe Grummet in den Grundwiesen gemäht hatten, putzten die Heinersdorfer Knechte das Vieh besonders sauber, die Bauern räumten den Hof zusammen und schnitten die Brennnesseln ab, die neben den Scheunentoren wucherten. Der Wasnerbauer und Heiner richteten Holzwagen und Geschirr für den Gaul.

Die Bäuerin knetete den Teig für die Kirchweihküchle, Anna holte einen Korb Holz für den Schürherd. Gemeinsam rollten sie den Teig, schnitten die Küchle aus, während das Butterschmalz im großen Tiegel zu brutzeln begann.

Sogar die Altsitzerin wagte sich aus ihrer Kammer und schlurfte in die Küche, um zu helfen. Sie hatte ein offenes Bein und war nicht gut zu Fuß.

Die Kinder reihten sich um die Magd, doch die Bäuerin jagte sie hinaus. Schöne Küchle waren der Stolz jeder Bäuerin, Ablenkung konnte sie jetzt keine gebrauchen. Mit der Haarnadel stach die Frau in den Teig, wenn sich einzelne Exemplare zu sehr aufblähten.

Aufgereiht lagen die heißen Küchle auf dem Nudelbrett. Anna streute Puderzucker über das duftende Gebäck. Ein Hauch reichte, sie sparte, denn Puderzucker war teuer.

»Hopp, Heiner«, rief der Bauer mit fester Stimme in den Stall. »Pack den Gaul, los geht's. Wo ist die Säge?«

Heiner holte das Gerät aus der Werkstatt.

Die beiden spannten den Gaul an den Wagen und fuhren zum Milchhaus. Aus allen Höfen kamen die Bauern und Knechte und folgten dem Gespann. Sie setzten sich auf die Deichsel, auf die Achsen, auf das Gestänge, das Vorder- und Hinterachse miteinander verband, waren fröhlich und sangen die ersten Lieder. Sie grüßten die Bauern aus dem Nachbarort, die in ihren Wiesen schafften, und die Bauern grüßten zurück.

Der Weg war holprig, die Fahrrinnen ausgespült vom letzten großen Regen. Dann kamen sie in den Hochwald. Georg Kramer war dieses Jahr als Spender an der Reihe. Er ging stolz voran, führte die Gruppe in seinen Bestand. Der sechzigjährige Bauer mit dem großen Bauch und dem markanten Schnurrbart blieb stehen, hielt sich, geblendet von der Sonne, die Hand an die Stirn und guckte nach einer geeigneten Kiefer. »Diese da«, meinte er tugendhaft. »Die ist kerzengerade und hat eine schöne Krone.«

Die Ortsburschen standen schweigend herum und rümpften die Nase. Willi beugte sich zu Heiner herab und flüsterte ihm ins Ohr: »Der alte Geizkragen. Der Krüppel ist halb dürr und krumm wie ein Bogen.« Heiner zuckte mit der Achsel. Je kleiner der Baum, dachte er sich, desto weniger Arbeit machte er. Die Hände hatte er tief in den Hosentaschen vergraben.

Der Strattner ging einen Schritt vor, die dichten Blaubeerstöcke reichten ihm bis zu den Knien. »Georg«, meinte er mit bäuerlicher Schlitzohrigkeit, »schau mal gescheit hin. Unterhalb der Krone hat ein Specht seinen Bau reingehackt.«

Kramer blickte hoch.

»Siehst.« Strattner deutete mit dem Zeigefinger.

Kramer nickte verständnisvoll, obwohl er kurzsichtig war.

Strattners Stimme wirkte bedrohlich: »Kommt ein Sturm, kracht der Wipfel auf dein Scheunendach.« Er deutete in die andere Richtung. »Der tät besser passen.«

»Der ist zu schade.« Kramer winkte ab, die Ader auf seiner Stirn schwoll an.

»Der muss raus«, behauptete Strattner nun forsch. »Der stiehlt dem hinteren, noch Schöneren Wasser und Licht.«

Kramer wurde unsicher. »Meinst wirklich?«, fragte er. Er sah die anderen Bauern an, dann wanderte sein Blick wieder nach oben.

Die Knechte hatten das Spiel längst durchschaut, sie kicherten. Jeder wusste, dass die Bauern Kramer beim Schafkopf das Geld aus der Tasche zogen, weil er die Münzen nicht zuordnen konnte. Seine Brille ließ er in der Jackentasche, weil das Gestell an der Warze hinter seinem Ohr rieb.

»Also gut«, willigte er ein. »Wenn du es sagst, wird's schon stimmen.«

Heiner senkte den Kopf. Er wusste, diese Kiefer war zu schade. Es war nicht recht, was die Bauern machten. Er schämte sich und hielt sich im Hintergrund.

Den Baum mit dem angeblichen Spechtloch guckte er sich genau an. Er fand keine Aushöhlung in der gleichmäßig gewachsenen Krone. Die Kiefer war nur um einige Meter niedriger als der andere Baum.

»Wer sägt ihn mit mir ab?« Der vorlaute Matters holte die Bügelsäge vom Wagen. Er hatte Heiner im Visier. »Na, Kleiner, wie wär's denn?«, fragte er grob und gab Heiner einen Rempler. »Zeig mal, was du kannst.«

Die Umstehenden staunten und Matters staunte noch mehr, als sich die Säge ohne Halt durch das Holz arbeitete und die Späne seitlich ins Moos fielen. Knarzend krachte der mächtige Stamm ins Unterholz.

»Nicht schlecht.« Matters klopfte Heiner auf die Schulter.

Strattner schritt die Baumlänge ab. »Siebenundzwanzig Meter.«

Die Männer jubelten.

»Den Wilhermsdorfern ihr Krüppel misst nur fünfundzwanzig Meter«, freute sich Willi.

Mühsam schleiften sie den Stamm auf die Lichtung. Es brauchte jeden Muskel, ihn auf den Langholzwagen zu hieven. Die Leute plagten sich, der Schweiß tropfte ihnen vom Schädel,

Stechmücken quälten die Männer. Anstatt auf dem Stamm zu sitzen und Kirchweihlieder zu singen, liefen sie am Rückweg nebenher und schoben, weil der Gaul immer langsamer wurde.

Wasner schimpfte leise. »Wird sich noch wundern, die junge Bagage«, brummte er.

Die Vorhut hatte bereits das Loch ausgegraben und die Spundhölzer hergerichtet. Der Wirt spendierte ein Fässchen Freibier, Heiner holte einen Eimer Wasser für den Gaul. Und dann noch einen zweiten und einen dritten.

Das ganze Dorf hatte sich am Kirchweihplatz in der Ortsmitte neben dem Wirtshaus versammelt. Bürgermeister, Maurermeister, Zimmerleute, Handwerker mit einem Geschäft standen vorn, grüßten und hielten ihre Maßkrüge so fest, als wären sie an ihren Händen angewachsen. Männer mit braunen Hemden und Schaftstiefeln drängten nach vorn und klatschten begeistert Beifall. Die Frauen hielten sich abseits, die alten Bauern stellten sich unter die Dorflinde in den Schatten. Lärmende Kinder waren wie aus dem Häuschen und sprangen um den Baum herum.

Nun standen sie alle im Halbkreis an der Grube und gafften in das eineinhalb Meter tiefe Loch, das sich langsam mit Grundwasser füllte.

»Auf geht's«, rief Strattner nervös.

Die Burschen tranken gierig noch einen Schluck.

Heiner hielt den Gaul am Zügel und rangierte den Wagen ans Loch.

Die Männer legten den Stamm auf einen stabilen Bock, während Heiner den Holzwagen nach Hause schaffte, das erschöpfte Tier ausspannte und es in den kühlen Stall führte.

Zurück am Kirchweihplatz stellte er sich zu Willi, der mit einer Hand die Stange führte und mit der anderen den Maßkrug. Vor ihnen stand Wasner mit sorgenvoller Miene. »Müsst vorsichtig sein«, sagte er. »Der Baum ist lang und schwer, das Loch aufgeweicht und nicht tief genug.«

Strattner überhörte das Geschwätz, schnappte sich aber den Spaten, hüpfte in die Grube, warf die lockere Erde heraus, und die Leute wunderten sich, warum die Kirchweihburschen nicht anfingen, den Baum aufzustellen, denn beim Wirt brutzelten die Bratwürste längst in den Pfannen und alle sehnten sich nach einem schattigen Plätzchen unter der Linde.

Endlich wurden die doppelten Stangen verteilt, die mit einem Lederriemen kurz vor dem Ende verbunden waren. Die Großen und Kräftigen hievten sich den hinteren Teil des Baums auf die Schultern. Abwechselnd sangen sie und tranken aus ihren Krügen. Die ersten Stangen stützten die Kiefer von hinten, während der Rumpf immer tiefer in das ausgehobene Loch glitt. Heiners und Willis Stange jedoch bog sich und drohte zu brechen. Neue Hölzer wurden herangeschafft. Die aber waren zu lang. Der Baum musste höher hinauf, damit sie untergeschoben werden konnten. Der Gesang verstummte, nur der Viehhändler trällerte ein schadenfrohes Lied nach dem anderen. Er spürte die aufkommenden Sorgen, schließlich versäumte er keine Kirchweih in seinem Revier. Er kannte den Wettstreit, den die Burschen führten, kannte auch die Gefahr, die drohte, wenn die Kräfte nachließen, das Gewicht des Baums aber nicht weniger wurde.

»Weg mit euch.« Mit verbissener Miene scheuchte Strattner die Kinder fort, die zwischen den Burschen herumstreunten. »Passt auf«, rief er. »Wenn eine Stange bricht, seht zu, dass ihr rechtzeitig zur Seite kommt!«

Rasch wurden noch ein paar kräftige Hölzer organisiert und eilig an ihren Enden mit Stricken verbunden. Meter für Meter richteten die Burschen den Baum auf und sicherten ihn mit den langen Seilen.

Endlich stand er senkrecht. Die Erfahrenen verkeilten den Stamm im Boden mit dicken Brettern, Steinbrocken und Balken.

Meth blickte sorgenvoll nach oben zur Krone. Dann zu seinem Anwesen direkt daneben. Dann sah er ein zweites Mal hoch und traute seinen Augen kaum. »Donnerwetter«, schimpfte er, »der Kranz!«

Nun schauten auch die anderen hinauf. Der Müllerbauer deutete auf Meths Scheunenwand. »Dort lehnt er.«

Meth war wütend: »Das habt ihr davon. Den Längsten haben wollen und dann den Kranz vergessen.«

Matters meldete sich zu Wort: »Willi, du bist doch ein guter Kletterer. Du willst doch in die Berge auf eine Alm!«

Willi nahm den Hut ab und wischte sich mit der Hand über das verschwitzte Haar. »Du Blödel kannst selber rauf.«

Der Vogelbauer hatte den Ernst der Lage erkannt. »Unser Kranz ist rund wie ein Ehering«, sagte er. »Kannst nur von einer Seite reinschlüpfen.«

»Der Kranz wird von oben drübergestülpt«, riet Matters mit aller Deutlichkeit.

»Und die Äste schneidest vorher ab.« Müller gab dem Raufbold einen Rempler.

Eine Weile standen sie vor dem Baum und überlegten. Michl war längst der Alkohol in den Kopf gestiegen. »Müssen graben«, lallte er. »Der Kranz muss von unten durchgeschoben werden.«

Mitleid und Schadenfreude führten nun einen Wettstreit.

Die Alten schämten sich und der Viehhändler legte den Finger in die offene Wunde. Er sang:

> *»Ein Baum ohne Kranz*
> *ist wie eine Kirchweih ohne Tanz,*
> *ist wie eine Wurst ohne Haut,*
> *ist wie ein Bräutigam ohne Braut!«*

Meth traf dann eine weise Entscheidung. »Sieht doch scheußlich aus«, sagte er, »wenn der Kranz oben in der Hitze verdorrt. Den schauen wir uns herunten an und heben ihn gut auf, dann haben unsere Weiber nächstes Jahr keine Arbeit.«

Dabei beließ man es.

Die Freimaßen waren ausgetrunken, ab sofort mussten die Knechte mit dem Kirchweihgeld zurechtkommen, das ihnen die Bauern gegeben hatten. Bei kaum einem reichte es lange. Heiner nahm von Willis Freimaß einen kräftigen Schluck, später löschte er seinen Durst mit Wasser. Die anderen Knechte aber hatten mit Wasser nichts am Hut, jeder hielt einen Bierkrug in der Hand, wenn sie in kleinen und größeren Gruppen beieinanderstanden.

Danach gingen sie in den Stall, machten ihre Arbeit und freuten sich auf den Abend.

Anna hatte sich diesmal besonders lange geputzt. Ihr knielanges blaues Sonntagskleid ließ sie aussehen wie eine stolze junge Bäuerin. Die dunkelbraunen Haare hatte sie zu einem Dutt gesteckt, ein schlichtes Kettchen ihrer Mutter schmückte den Ausschnitt. Nur die Brille verlieh ihr den Ausdruck einer strengen Oberlehrerin, der zu ihrer milden Freundlichkeit überhaupt nicht passte.

Heiner plagte sich vor der Tür mit dem Krawattenknoten – er hatte fürs Binden kein Talent, bei der letzten Beerdigung war er ihm aufgegangen – und der braune Anzugkittel seines Vaters war verknittert. Anna sah ihm eine Weile zu. »Gib her.« Sie legte die Krawatte um seinen Hals und formte den Knoten, als hätte sie nie etwas anderes gemacht.

Bevor die beiden zum Tanzen gingen, setzten sie sich noch eine Weile auf die Bank unterm Hofbaum und plauderten über Gott und die große Welt, über Afrika, die Mission, über Heiners Träume. Und dann plauderten sie über die kleine Welt, die mit ein paar Äckern, einigen Kühen und einem eigenen Heim so wunderschön passen könnte. In der kleinen Welt brauchte es gar nicht viel zum Glücklichsein, darin waren sich beide einig. Es reichten zwei Menschen, die sich mochten und den ganzen Tag miteinander redeten. Für diese beiden würde aus der kleinen Welt rasch die größte Welt weit und breit.

Der Saal in der Gaststube war brechend voll. Heiner und Anna standen unter der Türschwelle, zahlten den Eintritt, ließen sich den Kontrollstempel auf die Handfläche drücken.

Im hintersten Eck winkte Willi. Anna zwängte sich durch die Menge, Heiner blieb ihr auf den Fersen. Auf der langen Bank, die sich an der Außenwand unter den Fenstern entlangzog, fanden sie ein Plätzchen. Vorn im Saal sah er die Großen sitzen, den Bürgermeister mit Gattin, Geschäftsleute, uniformierte Parteigenossen, den Viehhändler. Daneben die angesehenen Bauern mit ihren herausgeputzten Frauen und ein paar Altsitzer, deren Weibsbilder daheim das Haus hüteten. Auf den Tischen standen Maßkrüge für die Bauern und Seidlaskrüge für die Bäuerinnen.

Die Bank gehörte dem kleinen Volk, das sich zusammenrottete auf engstem Raum, das stehend und sitzend mit einer unbefangenen Fröhlichkeit den Saal zum Knistern brachte, noch ehe die Veranstaltung richtig begonnen hatte.

Die drei Musikanten spielten einen Tusch. Der Bürgermeister, ein glatzköpfiger Mann mit dünnem Oberlippenbart, stand auf. »Liebe Heinersdorfer«, rief er. »Ihr könnt stolz sein auf euer Dorf. Ihr habt euch das schönste Wetter ausgesucht. Ihr habt die besten Bratwürste und ihr habt den größten Kirchweihbaum der Welt.«

Beifall und lautes Gejohle brandeten auf, Heiner klatschte begeistert mit.

Der Kreisleiter der NSDAP stellte sich neben den Bürgermeister, schlug die Hacken zusammen und streckte den Arm zum Gruß aus. »Heinersdorfer«, schrie er mit polternder Stimme, »ich darf euch völkische Grüße überbringen von unserem Adolf Hitler.«

Willi verzog das Gesicht. »Der Hitler wird sich für Heinersdorf interessieren«, murmelte er Heiner ins Ohr. »Der hat was anderes im Kopf.«

»Heinersdorfer«, rief der Kreisleiter abermals. »Der Führer ist stolz auf euch Bauern. In euren Adern fließt deutsches Blut. Ihr seid die Stützen des Vaterlandes. Ihr seid die Ernährer des deutschen Volkes.« Der Mann ließ sich einen Krug geben und hielt ihn hoch. »Ein Hoch auf unseren Führer Adolf Hitler. Heil, Heil, Heil!«

Viele Leute jubelten ihm zu, andere klatschten höflichen Beifall. Manche schwiegen, besonders die Alten, die im Krieg gewesen waren, und auch die Frauen hielten sich wie immer zurück.

Heiner fiel auf, dass Meth die Arme fest verschränkt hielt, die Falten auf seiner Stirn sprachen Bände. Er erinnerte sich an den alten Schönfeld aus Dürrnbuch.

Dann fragte er Anna, wo der Jude Neuburger geblieben sei. Als Besitzer einer Schneiderei und eines Stoffladens müsse man sich doch bei der Kärwa sehen lassen.

Der bleibe lieber daheim mit seiner Frau, meinte Anna. Sie gingen kaum noch vor die Tür, weil sie sich fürchteten vor den Krawallmachern. Sie deutete mit dem Kinn zum Kreisleiter.

Heiner überlegte einen Moment. Aber im Laden dürften sie sich doch auch nicht fürchten, wenn die Leute zum Einkaufen kämen.

Anna sah ihn sorgenvoll an. Sie fragte leise, ob er das neue Schild am Ortseingang nicht gesehen habe: »Deutsche kaufen nicht bei Juden.«

»Auf geht's«, rief der Musikant mit dem Blasebalg zur Polonaise. Geiger und Trompeter spielten auf. Die Ehrengäste führten den Tanz an, die anderen folgten ihnen.

Danach kamen Polkas, Zwiefacher, Walzer und Dreher. Die guten Tänzer schwebten außen, die schlechten standen sich in der Mitte gegenseitig auf den Füßen.

Am Anfang tanzten die Bauern mit ihren Bäuerinnen, dann gesellten sich die Knechte und Mägde dazu. Rasch war die Tanzfläche überfüllt.

»Hopp.« Heiner stupste Anna an.

»Was, hopp?« Anna sah ihn schief an.

»Wollen wir es auch probieren?«

Sie ließ sich nicht bitten, sie kannte die Tänze. Mit der gleichen Leichtigkeit, mit der sie den Heurechen führte oder die Hacke beim Jäten des Unkrauts, glättete sie Heiners hölzerne Schritte zu einem ansehnlichen rhythmischen Weiterkommen, das dem eines Tanzes ähnelte.

»Kannst noch?«, fragte sie außer Atem nach dem Dreher.

Heiner schwindelte es. »Eine Pause tät nicht schaden.«

»Machen wir erst, wenn die Musikanten nicht mehr können«, lachte Anna, während der langsame Walzer begann. Sie lehnte sich bei der Drehung weit nach hinten. Heiner hatte Mühe, sie festzuhalten. »Weißt, was das Schönste beim Tanz ist?«, fragte sie mit einem Lächeln im Gesicht, das überhaupt nicht vergehen wollte.

»Wenn er vorbei ist.«

Sie versetzte ihm einen sanften Tritt gegen das Schienbein. »Du Kaspar«, schmunzelte sie. »Auch wenn ich gar nichts mehr sehen könnte, tanzen könnte ich immerzu. Das ist, wie wenn ich auf Wolken schwebe.«

Heiner blickte auf. Er sah ihre angelaufene Brille und stutzte. Dann schielte er wieder auf den Boden, auf seine Schuhe, auf ihre Schuhe, auf die Schuhe der anderen. Er wunderte sich, wie geschickt Anna den Rumpeltänzern auswich, die sich notfalls mit Gewalt den nötigen Platz verschafften, und er schnaufte tief durch, als die Musikanten das Lied von der Dursthungerpause spielten, nachdem der Wirt ihnen ein paar Maßen und ein paar Portionen Bratwürste vor die Füße auf die Bühne gestellt hatte.

Der Kreisleiter und der Bürgermeister waren längst heimgegangen, auch die Plätze der Alten waren leer. Die Jungen aber dachten nicht ans Aufhören. Die ersten Schnapsrunden wurden verteilt und die Musikanten spielten unermüdlich weiter.

Stefan und Margarete hatten nur Augen füreinander, keine Tanzrunde ließen sie aus. Plötzlich waren sie verschwunden.

Den Frauen entging nichts, sie tuschelten und tauschten bedeutungsvolle Blicke aus.

Konrad hatte Anna aufgefordert. Heiner setzte sich zu Willi, der nachdenklich auf den Tanzboden starrte. »Willst gar nicht tanzen, Willi?«

Der schüttelte den Kopf. »Sind keine gescheiten Weiber da.« Dann raunzte er Heiner an: »Dir gefällt die Anna?«

Heiner verkniff sich ein Lächeln.

»Ist nicht zu übersehen, wie sie dich anhimmelt.« Willi reichte Heiner seinen Krug. »Da, trink. Verdurstest ja gleich. Warum kaufst dir keine Maß?«

Heiner schüttelte den Kopf. »Muss sparen.«

Willi lachte laut auf. »Für was?«

»Landwirtschaftsschule.«

»*Für was?* Willst mich auf den Arm nehmen?«

Heiner ließ sich nicht beirren. »Hast schon richtig gehört.«

Willi verschränkte die Arme. »Was will ein lumpiger kleiner Knecht in der Landwirtschaftsschule?«, meinte er herablassend. »Da gehen die Buben von den großen Bauern hin. Hat so einer wie du nichts verloren. Wie alt bist?«

»Über dreißig.«

Willi klopfte sich auf die Schenkel. »Die Bauernburschen sind zwanzig, wenn sie da reingetragen werden. Und du meinst, da drinnen warten sie auf Euer Gnaden Heinrich Scherzer, ehrwürdiger Knecht aus Heinersdorf.«

Mit einem Schluck von Willis Bier spülte Heiner seinen aufkeimenden Zorn hinunter. Dann setzte er noch einmal an und trank den Krug auf einen Zug aus.

Willi stand auf, schwankte an die Schenke und kam mit einer frisch gefüllten Maß zurück. »Hab dir ja schon erzählt, was ich nächstes Jahr machen möchte!« Seine Augen fingen an zu leuchten. »Auf einer richtigen Alm schaffen. Hoch droben im Gebirge. Ganz allein mit den Kühen.« Die Augen hörten auf zu leuchten. »Kein Weibsbild in der Nähe, das mich verarscht«, schimpfte er. »Nichts sehen und nichts hören.«

»Hat dich eine geärgert?«

Willi winkte ab. »Geärgert. Ach wo.« Sein Gesichtsausdruck wirkte plötzlich leer. »Lass mich so schnell nicht ärgern«, sagte er dann bissig. »Kennst die Rotters Magdalena?«

Heiner nickte.

»Dient in Unterfarrnbach. Einen ganzen Sonntag hab ich überlegt, was ich zu ihr sage. Weißt, was ich zur Antwort gekriegt hab?« Seine Stimme wurde laut: »*Nix zu machen* – genau so hat sie es gesagt. Nix zu machen, nix zu machen.« Willi nahm einen kräftigen Schluck. Dann reichte er Heiner den Krug und der trank ihn wieder aus, auf einen Zug.

Nun rückte Willi zu Heiner heran, sein Atem roch faulig. »Aber mit der Anna wirst auch nicht glücklich«, flüsterte er ihm ins Ohr. »Ist zwar eine passable Person. Aber die sieht ja jetzt bloß noch die Hälfte.« Er machte eine abfällige Handbewegung. »Kannst im Alter den Putzlumpen selber hin- und herschieben und dir dein Fressen nach der Arbeit höchstpersönlich richten und ihres dazu.«

Heiner sackte unmerklich in sich zusammen.

»Die Waltraut hat's mir erzählt. Darfst aber nichts weitersagen«, fügte Willi hinzu.

Heiner kramte aus der Hosentasche eine Münze heraus und holte sich selbst eine Maß, und bald spürte er ganz deutlich, dass jeder Schluck mehr die Sorgen weniger werden ließ.

Am Sonntagmorgen ging den jungen Leuten die Arbeit schwer von der Hand. Die Melkeimer füllten sich zögerlich. Der Mist war fest, das Heu sperrig, die Kühe bockig. Sie spürten, dass die Menschen anders waren – müde, grantig, lustlos, unbeholfen.

Heiners Schädel schmerzte, der Bauch grummelte, der Darm produzierte überflüssige Luft. Er fühlte sich, als bereitete sich sein Körper auf den nahtlosen Übergang vom Leben in den Tod vor. An der Linde musste er sich übergeben. Schnell schöpfte er einen

Eimer Wasser aus dem Brunnen und spülte das Erbrochene ins halbhohe Gras.

Anna ging an ihm vorbei in den Stall, als wäre er unsichtbar. Bestimmt war sie wütend. Sie hatte ihn nach Hause geführt. Wie ein Hündchen an der Leine war er ihr nachgetorkelt.

Strattner hatte Willi mit dem Mistkarren geholt, der dicke Konrad lag noch am Morgen im Dorfgraben.

Mit eisernem Willen machte Heiner seine Arbeit. Später in der Kirche ermahnte ihn der Pfarrer, er möge seinen Schlaf gefälligst in der heimischen Bettstatt verrichten, der heutige Nachmittag böte dafür Gelegenheit. Den anderen Gottesdienstbesuchern empfahl er das Gleiche, kämpfte doch fast jeder mit der Müdigkeit. Der Pfarrer trug es mit Humor.

Die Mannsbilder gingen nach der Kirche zum Frühschoppen, das Mittagessen daheim in der Stube aber wollte keiner verpassen, fühlte er sich auch noch so elend. Die Wasnerin tischte Braten und Klöße auf und alle langten kräftig zu.

Später räumte Anna mit der Bäuerin das Geschirr weg, danach holte sie die Küchle und stellte sie auf den Tisch. Die Wasnerin trug in einem geflochtenen Weidenkorb das Hochzeitsservice aus Porzellan herein, ihr ganzer Stolz. Die Kinder, die Anna nicht von der Seite wichen und deren Augen am Gebäck zu kleben schienen wie Saugnäpfe, scheuchte sie in den Hof. Die Magd setzte echten Kaffee auf, dann wartete man auf den Besuch, während sich die Altsitzerin die Treppe zum Hof hinuntermühte und den Kindern das Kirchweihgeld spendierte. Der Bauer drückte Heiner und Anna ein paar Münzen in die Hand, damit sie sich am Jahrmarkt Zuckerstangen oder ein Lebkuchenherz kaufen konnten.

Dann füllte sich die gute Stube bis auf den letzten Platz, als die Brüder und Schwestern, Schwiegereltern, Paten, Onkel und Tanten zum Kaffeetrinken kamen. Sie begrüßten einander mit festem Handschlag und auch die beiden Dienstboten wurden behandelt, als gehörten sie zur Familie. Die Bäuerin führte den Besuch in den

Stall. Sie zeigte gern ihre gut genährten Tiere und erklärte, wie viel Milch jede einzelne Kuh gab. Fell und Schwänze waren sauber geputzt, die Strohmatte war dicker als üblich, im Barren lag das beste Heu. Die Verwandten freuten sich über das schöne Wetter, sie bestaunten das Vieh und zurück in der guten Stube erkundigten sie sich nach dem Fleiß des Gesindes. Heiner strahlte, als die Bäuerin ihn und Anna über den grünen Klee lobte und darauf bestand, dass die beiden zum Kaffeetrinken blieben. Arbeiten tue man schließlich auch zusammen, sagte sie.

Der Bauer unterhielt sich mit dem Schwager über Getreidesorten und die neuesten Maschinen. Sie diskutierten über Dampfmaschinen, die mit Drahtseilen riesige Pflüge von einem Feldrand zum anderen zogen. Sie plauderten über Bindermäher, Balkenmäher, Sämaschinen. Als sie über die schlechten Preise und das Elend der Leute schimpften, meinte der Schwager: »Lange dauert es nicht mehr, dann stopft der Hitler dem Sozi, dem Juden und dem Bolschewikengesindel ordentlich das Maul.« Seine Stimme klang ebenso hart wie die des Kreisleiters. »Dann gilt auch der Bauer wieder was«, verkündete er, »und die Leute kriegen alle den gerechten Lohn für ihre Arbeit.«

»Heute ist Kirchweih«, mischte sich die resolute Schwester der alten Wasnerin ein. »Da wird nicht politisiert. Damals, vor dem Krieg, haben sie genauso geschrien wie heute. Dass der Kaiser das Reich retten soll. Und was ist daraus geworden?«

Dem Schwager stand der Schweiß auf der Stirn vor lauter Eifer und von einem Frauenzimmer, noch dazu von der eigenen Tante, ließ er sich das Maul nicht verbieten. »Seit der Hitler regiert, hat er schon genug erreicht.«

»Was denn?«, fragte Wasner.

»Zucht und Ordnung. Jawohl!« Er blickte in die Runde und wartete auf Zustimmung. Als sich keiner äußern mochte, sah er Heiner eindringlich an. Der zuckte mit den Schultern und war froh, als Anna und die Bäuerin den Kaffee servierten.

Endlich gab der Schwager Ruhe.

Feuerspatzen hatte die Magd noch gebacken. Heiners Schädelbrummen ließ nach, die Eingeweide erholten sich mit jedem Bissen vom knusprigen Gebäck.

Doch dann war es mit der Ruhe vorbei. Anna stieß Heiner in die Rippen. »Heiner, der Betzentanz.«

Er stöhnte. Gern hätte er weiter den Bauern zugehört, aber Anna blieb hartnäckig.

Der Dorfplatz war gut besucht. Vor dem Wirtshaus saßen die Feiernden auf Bänken. Die Wirtsleute und ihre Helfer leisteten Schwerstarbeit. Der Schenker musste eine Maß nach der anderen füllen und die großen Fässer dazu aus dem Keller, wo sie kühl lagerten, die steilen Stufen hochschleppen. In der Küche schwitzten die Frauen wegen der Sommerhitze und wegen des heißen Fetts, das in den Pfannen brutzelte. Am frühen Morgen hatte der Wirt noch eine Sau gestochen und alles Fleisch zu Bratwürsten verarbeitet. Die Kinder drängten sich beim Zuckerbäcker. Ihre Augen ließen die Zuckerstangen, Lutscher, Bonbons und Lakritzen nicht mehr los. Bald war das wenige Kirchweihgeld aufgebraucht. Ein paar Meter weiter standen die Knechte an der Schießbude und zielten auf weiße Scheiben mit schwarzen Ringen. Wer traf, gewann ein Lebkuchenherz für seine Liebste.

Pünktlich um drei Uhr versammelten sich die jungen Leute unter der Linde, die anderen formierten sich im großen Kreis, versuchten, einen guten Platz zu ergattern, und warteten auf den Betzentanz.

Ohne Meth konnte es nicht losgehen. Der sperrte zu Hause einen Hahn in den Käfig, band das Gehäuse aus geflochtenen Weiden an eine lange Stange. Einen Wecker steckte er sich in die Hosentasche. Dann marschierte er stolz die Straße hoch zum Dorfplatz. Früher, erinnerte er sich, als die Zeiten besser waren, stand ein Schafbock auf der Tanzfläche, um den die ledigen Pärchen zur Blasmusik tanzten. Den hölzernen Stab reichte ein Paar dem nächsten weiter. Wer das Holzstück in der Hand hielt, wenn der Wecker klingelte, hatte gewonnen und durfte den Bock mit nach Hause nehmen. In mageren Zeiten tat es auch ein Hahn. Krähte er, bevor der Wecker klingelte, war der Tanz zu Ende, die beiden Sieger standen fest.

Anna schob Heiner energisch auf den Tanzboden. Willi hakte sich bei Babet ein, die in Laubendorf diente – aus allen umliegenden Dörfern hatte sich das Gesinde eingefunden und freute sich auf den Tanz. Nun wagte er sogar ein verschmitztes Lächeln.

Die Musikanten spielten auf, der Stab wechselte die Hände. Die Spannung stieg, die Zuschauer klatschten erwartungsvoll. Sie spekulierten, wer von den Tanzpaaren darüber hinaus wohl ein schönes Pärchen abgeben würde, nur der Hahn in seinem engen Käfig blieb unbeachtet. Kein Mensch glaubte, dass er je krähen würde, rang er doch vor Aufregung mit geöffnetem Schnabel nach Luft und kämpfte mit dem Gleichgewicht.

Als Konrad und Irmgard den Stab bekamen, klingelte der Wecker. Mit dem Preis konnten die beiden wenig anfangen, der Gockel lag tot im Käfig, und die Tanzfläche leerte sich so schnell, wie sie vorher voll geworden war.

Anna plauderte mit ihren Freundinnen aus Wilhermsdorf und Meiersberg. Heiner stand mit Willi zusammen, der mit todernstem Gesicht Babet beobachtete, wie sie sich mit anderen Mannsbildern amüsierte.

»Schau.« Heiner tippte Willi auf die Schulter. Margarete und Stefan poussierten Hand in Hand vor der Schiffschaukel.

»Glaube nicht, dass der Bauer nachgegeben hat«, stellte Willi neidisch fest.

»Musst halt den Stefan fragen«, meinte Heiner.

Jeder wusste, wenn der Bauer nicht wollte, musste man ein ganzes Jahr bis zur nächsten Kirchweih warten, bis man sein Mädel öffentlich herzeigen durfte.

Die Musikanten spielten einen Tusch. Meth brachte einen riesigen Zylinder aus Pappe herbei.

»Magst mitmachen, Heiner?« Anna drängte sich mit schnellen Schritten zwischen ihn und Willi. Ohne die Antwort abzuwarten, zog sie ihn am Ärmel sanft zum Tanzboden. Sie kannte die Regeln. Ein Paar verschwand mit den Köpfen unter dem Zylinder. Wechselte die Musik, wurde der Hut weitergereicht.

Willi schaute sich überall nach Babet um, aber die hatte sich für Georg Leikauf aus Laubendorf entschieden.

»Donnerwetter«, fluchte er. Sein Gesicht lief feuerrot an. Verpasst war die Gelegenheit, ihr unter dem Hut einen heimlichen Kuss zu geben.

Anna ging in die Knie, als sie und Heiner den Zylinder übergestülpt bekamen. Das Gelächter der Umstehenden hörten sie nicht. Es war finster unter der großen Kappe und Anna roch nach Zwiebeln. Heiner konzentrierte sich auf seine Füße und stolperte trotzdem. Beide lagen auf dem Boden, übereinander. Die Musikanten spielten weiter. Sie rappelten sich hoch, richteten den Hut gerade und tanzten langsam weiter. Endlich kam das Zeichen. Der Pappzylinder wanderte zum nächsten Paar.

Erst jetzt merkte Anna, dass ihre Brille weg war. Heiner bückte sich und fand das Gestell, der Rahmen war verbogen, die Gläser zerbrochen. Er führte die verzagte Magd von der Tanzfläche.

Anna hakte sich ein, ihr Gang war schwankend, unsicher.

Etwas abseits vom Trubel, wo sie niemand sehen konnte, fing sie an zu weinen, das kaputte Gestell in den Händen. Heiner tätschelte ihr unbeholfen die Schulter, Anna aber drehte sich weg von ihm.

Dann ging sie heim, während Heiner die Stunde bis zur Fütterzeit an der Schießbude verbrachte.

Bei der Stallarbeit ging ihm Anna aus dem Weg. Sie verrichtete die gewohnten Handgriffe, so gut es ihr möglich war, und schon am frühen Abend, als sich das Kirchweihvolk wieder am Dorfplatz traf, zog sie sich in ihre Kammer zurück und ließ ihn allein zum Fest marschieren.

Derweil kam Heiners Bruder mit dem Fahrrad die Straße hoch, lehnte es neben die Linde und sah sich um. Heiner ging auf ihn zu und streckte ihm die Hand entgegen. »Hätte nicht gedacht, dass du noch kommst«, begrüßte er ihn freudig.

Peter lächelte von oben herab. »Hab ein Tagwerk Grummet heimgeschafft«, sagte er stolz. »Das geht vor, und im Stall hilft mir schließlich auch keiner. Blass siehst aus. War der Durst zu groß, kleiner Bruder?«

Heiner schämte sich.

»Bei euch ist ja richtig was los. Ist der halbe Landkreis da«, sagte Peter. »Kleinen Moment.« Er drehte sich um und ging zum Ausschank. Mit einem Krug in der Hand kam er zurück. »Sparst noch immer für die Schule?«, fragte er den Bruder.

Heiner nickte nur.

Die beiden setzten sich an einen freien Tisch. »Wie ist es hier?«, fragte Peter. Seine Augen waren ständig auf der Suche.

»Mir gefällt es gut in Heinersdorf«, sagte Heiner zufrieden. »Der Bauer zahlt regelmäßig und ordentlich. Bald könnte es für die Schule reichen.«

Peter schüttelte den Kopf und klatschte mit der offenen Hand auf Heiners Bein. »Das mit der Schule musst austräumen, Kleiner. Das hast verpasst. Dafür bist zu alt, zu gering.«

Heiner schluckte, die Mundwinkel senkten sich.

Peter legte den Arm kameradschaftlich um Heiners Schultern. »Musst aber selbst wissen, Bruderherz. Und jetzt will ich mich umsehen, was für Material da ist.« Er spazierte davon.

»Feiner Bruder«, murmelte Heiner ihm nach. »Zuerst den Hof stehlen und dann die Träume gleich mit dazu.«

Missmutig schlenderte er zu Willi, der mit einigen anderen Knechten am Baumstamm lehnte. »Was ist mit Stefan und Margarete, planen sie schon ihren Hausstand?«, fragte er beiläufig.

Willi lachte. Er habe Stefans Bauern bis zum Hof brüllen hören. Weil der die beiden heute Nachmittag auf der Kirchweih händchenhaltend gesehen hatte und weil die Leute erzählten, dass bei Margarete bereits was im Bauch wäre.

Matters mischte sich ein. Stefan werde sich noch wundern, wenn der Alte nicht mitspiele, und die Margarete auch. Er habe nichts und sie erst recht nichts. »Wenn keiner etwas hat, ist es noch weniger als nichts«, sagte er und reckte dazu wütend die Faust in die Höhe.

Konrad spannte den Hosenträger und ließ ihn schnalzen. Stefan sei ein guter Arbeiter, meinte er. Gute Arbeiter fänden immer eine Stelle.

Babet aus Laubendorf lehnte sich neben Willi an den Baum. Der lächelte nun wie ein Prinz. Die Mannsbilder seien Lumpen, schimpfte sie, und die Margarete könne dann schauen, wo sie bliebe. Mit einem dicken Bauch könne sie nur noch betteln oder ins Armenhaus gehen. Da lächelte Willi wie ein Bettler.

Hätte sie eben die Tür nicht aufsperren dürfen, sagte Matters, und ehe er sichs versah, versetzte ihm Babet eine kräftige Ohrfeige. So fest schlug sie zu, dass das stämmige Mannsbild wankte und fast zu Boden gegangen wäre. Heiner und noch drei starke Männer sprangen vor und mussten ihn bändigen. Mit drohend erhobenen Fäusten und einem feuerrot angelaufenen Schädel war er in Stellung gegangen wie ein Boxer, den der Richter zu Unrecht angezählt hatte, während die forsche Magd keinen Millimeter zurückwich.

Sofort bildete sich ein enger Kreis um die ungleichen Kampfhähne, der immer größer wurde. Eine tollwütige Magd war einem hilflosen Knecht an die Gurgel gegangen! Endlich hatten die Leute ihre Sensation, die zu einer zünftigen Kirchweih gehörte.

Willi machte das einzig Richtige. Er holte seinen Blasebalg, fing an zu spielen und Heiner sang das Lied vom alten Dorfschulmeisterlein.

Das Publikum war hin- und hergerissen zwischen Sensationslust und Kultur, Heiner aber machte seine Sache so gut, dass viele sogar leise mitsummten, die Keilerei vergaßen und sich letztlich der Kultur widmeten.

Wie aus dem Nichts tauchten Marie und Kunni auf, die beiden Mägde aus Wintersdorf. Heiners Herz schlug bis zum Hals, als ihm Marie die Hand reichte und Kunni danebenstand, wie immer mit freundlicher Miene. Marie sah Heiner schief an. »Du vergisst die Leute aber schnell.«

»Warum?«, fragte er überrascht.

»Weil du an uns vorbeiläufst, als wären wir zwei Junikäfer. Die Leute sagen, du hast mit der Anna angebandelt?«

Heiner kratzte sich am Hals. »Die Leute erzählen den ganzen Tag nichts Gescheites«, wich er aus.

»Dann stimmt das gar nicht?« Marie zupfte sich am Ohr. »Der Bauer fragt oft nach dir.« Heiner freute sich, der Brunnerbauer war schließlich ein Ehrenmann.

»In die Schule willst noch immer?«, wollte Marie nun wissen.

»Und nach Afrika?«, setzte Kunni nach.

Peter, der dazugekommen war und unauffällig gelauscht hatte, mischte sich ein: »Kein Geld und keine Zeit hat er viel mehr als Geld und Zeit.«

Kunni lachte verhalten. »Das ist halt unser aller Los.«

Sie hatte sich nicht verändert. Das blaue Kleid, die bunte Bluse, die Haare zu einem Dutt gesteckt. Klein von Wuchs, dick und gut gelaunt. Warum die beiden nicht zum Betzentanz gekommen seien, wollte Heiner von ihr wissen.

»Bei den guten Bauern geht die Heuernte vor«, antwortete stattdessen Marie.

Matters, sein Zorn gerade verraucht, rief im Vorbeigehen: »Oha, die Wintersdorfer Mägde sind auch da. Ganz allein?«

»Sind alt genug«, fauchte Marie ihn an. Betont unbefangen schlenderte sie hinüber zur Schießbude.

Kunni schlich sich auch davon. Sie hatte eine Bekannte entdeckt und begrüßte sie freudig.

Die sanfte Bö, die plötzlich die Blätter der alten Dorflinde streifte und den würzigen Bratwurstduft mit dem des Saustalls vom Meth vermischte, spürte keiner. Auch sah kein Mensch die feinen Schleier, die sich unter den blauen Abendhimmel schoben. Am Horizont versank die Sonne in einem Meer von geröteten Schichtwolken.

Die Bauern dachten langsam an den morgigen Tag und als ihre Frauen drängten, zahlten sie und gingen heim. Das Gesinde stellte die Bänke zusammen, setzte sich im Kreis und träumte noch eine Weile vom kleinen Glück. Vor Anbruch der Nacht machten sich dann auch die Mägde und Knechte der umliegenden Dörfer auf den Heimweg. Morgen in aller Früh wartete die schwere Arbeit am Hof. Die Heinersdorfer Knechte hatten andere Sorgen. Auf den Sonntag folgte der Kirchweihmontag.

Peter blieb noch eine Weile. Die Magd aus Laubendorf hatte es ihm angetan. Das wäre eine Partie mit Temperament. Eine Keilschrotige mit Haaren auf den Zähnen. Eine Achterbahnfahrt durch das ganze Leben wäre das, sagte er zu Heiner, der in Gedanken versunken den beiden Mägden aus Wintersdorf nachschaute und nur mit einem Ohr hörte, wie Peter von Babets Figur schwärmte.

Unvermittelt ließ er den Bruder stehen und ging zu Irmgard an den Tisch, die allein dasaß und grübelte.

»Na, Irmgard«, sagte er einfühlsam. »Bist recht ruhig?«

»Hab gern meine Ruhe«, erwiderte sie patzig. Dann erhob sie sich, streckte ihren langen Körper durch und ging heim.

»So eine unhöfliche Person«, murmelte Heiner enttäuscht, »fast so unhöflich wie der eigene Bruder.«

Der sanfte Wind wurde stärker. Erste Blitze erhellten den Nachthimmel. Leises Donnergrollen ließ die Gespräche der jungen Leute stocken.

»Solltest fahren«, sorgte sich Heiner um Peter.

Der blickte zum Himmel. »Hat schon noch Zeit.«

Erst als Georg Leikauf und Babet aufbrachen, als die Donnerschläge lauter wurden und die Blitze näher kamen, stieg er endlich auf sein Rad und trat kräftig in die Pedale.

Willi setzte sich zu Heiner, seine Stimme bebte vor Eifersucht. »Die Babet kann der Leikauf vergessen«, drohte er. »Ich war früher dran.«

»Die Babet wird selbst wissen, wen sie sich aussucht.«

Willis Schädel sackte in seine am Tisch verschränkten Arme. »Es ist immer das Gleiche«, sagte er mit einem jämmerlichen Ton. »Erst verdrehen sie dir den Kopf und dann lassen sie dich zappeln wie den Frosch im Storchenmaul.«

Heiner machte ihm Mut. Er riet dem Freund, eine schöne Bewerbung zu schreiben. Dann könne sich die Babet leichter entscheiden. Gescheite Frauen würden nämlich zwischen den Zeilen herauslesen, was sie wissen wollten, und die Babet sei wirklich gescheit, sonst hätte sie den Maulaffen von Matters vorhin nicht grün und blau geschlagen.

Willi stimmte zu. So eine Klugheit hätte er von ihm nie erwartet, sagte er, und woher Heiner denn all die Erfahrung nehme.

Heiner streifte sich mit den Fingern durch die Locken, eine Prise unverhohlener Stolz mischte sich in seine Stimme. Ein Liebesverhältnis habe er schon hinter sich und ein halbes dazu, erklärte er.

Dann hallten die ersten schweren Donnerschläge durch den Zenngrund. Die Pappeln am Ortseingang rauschten und mit jedem Blitz offenbarte die Nacht ihre wahre Schönheit. Heiner war sich sicher, das Unwetter werde gnädig vorbeiziehen. Außerdem war es ja nur ein Katzensprung nach Hause.

Willi zog sein Schneuztuch heraus und putzte sich die Nase. »Wach ich früh auf, ist die Babet da«, klagte er. »Geh ich ins Bett, ist die Babet da. Ich esse, ich trinke, ich arbeite, und ich denke den ganzen Tag und die halbe Nacht an Babet. Das macht mich kaputt. Und das Luder weiß genau, wie mir ist.«

Heiner tätschelte ihm die Schulter. »Dem Leikauf geht's auch nicht besser, oder dem Peter«, sagte er mit einem Augenzwinkern. »Aber meine Mutter hat mich beizeiten gewarnt. Ein Rockzipfel, hat sie gesagt, zieht mehr als zehn Gäule. Und manchmal haben Mütter sogar recht.«

Willis Gesicht hellte sich etwas auf.

Heiner rückte näher an ihn ran. »Schreib in den Antrag rein, wie viel Geld du hast, deine Pläne, und schreib auch, dass du ein gottesfürchtiges Leben führen willst.« Dabei nickte er immer wieder. »Sagt sie Nein, ist es ein Nein, und wenn sie Ja sagt, kannst es dir ja noch mal überlegen.« Große Tropfen klatschten auf die Tische. Heiner machte den obersten Knopf seines Sonntagshemds zu. Die Krawatte steckte längst in der Hosentasche. »Mir tät die Kunni gut gefallen«, meinte er etwas zwiespältig.

»Die kleine Stämmige?«

Heiner nickte, seine Lippen wölbten sich nach vorn. »Auch die Marie tät mir gefallen«, sagte er. »Würde sie halt immer von der schönen Seite anschauen. Sie ist gescheit und sie spart, aber die Kunni spart auch.« Mit den Fingern streifte er kreisend über seine Wangen, dabei machte der Dreitagebart ein knirschendes Geräusch. »Aber die Marie kann flinker arbeiten«, überlegte er. »Dafür kann die Kunni besser kochen. Die Kunni kann so gut erzählen und die Marie so gut zuhören.« Nun kratzte er sich am Rücken, aber die Arme waren zu kurz. Umständlich rieb er sich an der Lehne der Bank, wie der Hirsch am Baum, wenn er das Geweih abstreifte. »Eine ganz Schöne ist die Annelie aus Dürrnbuch. Kennst die?«, fragte Heiner den Freund.

Willi schüttelte den Kopf.

»Hussnätter Annelie. Bauerntochter mit zweiundzwanzig Tagwerk Grund. Der Vater ist im Krieg geblieben. Ihre Alte hat es nicht gelitten, dass wir zusammenkommen.«

148

Willi platzte heraus: »Knecht und Bauerntochter tun kein gut. So eine bleibt lieber ledig, bevor sie sich mit einem Hungerleider einlässt.« Er rieb Daumen und Zeigerfinger aneinander. »Geld will zu Geld, Besitz zu Besitz. Hab noch nie gehört, dass es anders ist.« Willi strich sich mit der Hand über die Stirn. »Und die Anna?«, wollte er wissen.

Die Donnerschläge folgten nun schneller aufeinander. Ihre Kleider waren bereits durchnässt, sie klebten auf der Haut und rochen nach Schweiß. Aber der Regen war angenehm warm.

»Anna kann am besten sparen, am besten kochen, am besten unterhalten und am besten zuhören. Anna ist auch die Schönste von allen.«

Eine heftige Windbö schüttelte die Linde. Die beiden sprangen auf. Willi rannte hinunter ins Dorf, Heiner rannte hinauf. Regen und Sturm wurden so heftig, dass er die Hand vor den Augen nicht mehr sehen konnte.

Anna wartete am Fenster. Sie machte sich Sorgen um Heiner. Als endlich seine Kammertür ins Schloss fiel, legte sie sich ins Bett, aber ihre Augen blieben geöffnet. Die Angst schnürte ihr die Kehle zu und sie redete sich ein, dass es bald keinen Unterschied mehr machte, ob ihre Lider geöffnet oder geschlossen waren. Die Brille musste ersetzt werden. Einen Teil ihres Ersparten wollte sie dafür opfern – und vielleicht brauchte es auch eine Operation. Könnte sie wieder so gut sehen wie die anderen jungen Mägde, das Geld wäre gut angelegt. Sie würde noch fleißiger sparen als bisher, damit es für eine ordentliche Aussteuer reichte. Eine gute Ehefrau wäre sie allemal.

Das Unwetter hatte sich verzogen, der Sturm ebbte ab, der Regen aber blieb. Die Tropfen prasselten auf die Ziegeldächer und schossen über die vollgelaufenen Dachrinnen hinaus auf die Straße.

Am Morgen nach der Stallarbeit standen die Leute am Milchhaus zusammen und blickten zwischen den Häuserzeilen hinunter zum Flusslauf. Der komplette Wiesengrund war überschwemmt.

Die Bauern wollten sich kaum beruhigen. »Die Nachbardörfer haben ihr Grummet gut eingebracht«, schimpfte Müller.

»Hab ja gleich gesagt, wir müssen mähen«, jammerte Wasner. »Wegen der lumpigen Kirchweih hat man nun das ganze Jahr ein staubiges Futter.«

»Du brauchst es doch nicht selber fressen«, beschwichtigte ihn der Meth.

Wasner wurde grantig: »Du redest dich leicht. Hast nur eine Wiese im Grund.«

Müller mischte sich ein, seine Stimme bebte, die Hände zogen ständig an den Hosenträgern. »Dauert nicht mehr lange, dann räumt der Hitler richtig auf.«

»Dann gibt's wohl auch kein Hochwasser mehr?«, meinte Wasner.

»Und alle Bauern werden eingesperrt, die ihr Heu gut einbringen.« Meth grinste wie ein Lausbub.

Nachdem Strattner seine Kannen in den Messeimer geleert und der Milchhauswart die Menge aufgeschrieben hatte, streifte sein Blick den Kirchweihbaum, der hinter der Dorflinde vorspitzte. »Herrschaftszeiten«, rief er entsetzt. Er ging ein paar Schritte die Straße hoch und vergewisserte sich. »Der steht nicht mehr gerade!«

»Der ist schief«, bestätigte Kramer.

Schnell gingen die Bauern ein Stück auf den Baum zu, stemmten die Arme in die Hüften und blickten ungläubig nach oben. Der Stamm hatte sich nach Osten geneigt und drohte, aus der durchweichten Verankerung zu kippen.

»Beim nächsten Windstoß liegt er auf deinem Scheunendach«, stellte Kramer fest.

»Und du kommst dann für den Schaden auf?«, schnaubte Meth wütend.

Kramer wurde kreidebleich. »Warum ich?«, fragte er kleinlaut.

»Es ist dein Baum. Er ist aus deinem Wald!«

Kramer schwieg, drehte sich um und ging.

»Donnerwetter, der Baum muss besser verkeilt werden«, schimpfte Meth und blickte flehend in die Runde.

Strattner stemmt die Arme in die Hüfte. »Zuerst muss der Stamm wieder nach oben.«

Ratlos standen Bauern und Knechte im Kreis und diskutierten. Wasner meinte schließlich, man könne den Baum ja auch abschneiden, dann spare man sich nächsten Sommer die Arbeit. Die Kirchweih sei eh vorüber und ohne Kranz gliche der Stamm einer Braut ohne Mitgift.

Strattner sagte, das Holz sei zu schwer. Wenn man den Baum jetzt abschneide, würde er ganz sicher auf Meths Scheune fallen. Die Umstehenden stimmten ihm zu.

Heiner trat einen Schritt vor: Man könne mithilfe einer Leiter ein Stück weit oben ein Seil befestigen und den Baum in die richtige Richtung ziehen. Es brauche nur einen anständigen Fallkerb.

Matters schüttelte den Kopf. »Der vorlaute Zwerg wird's wissen. Vom richtigen Waldbau so viel Ahnung wie ein Advokat vom Pflugschardengeln.«

Das stimme so nicht, meinte der nachdenkliche Wasner. »Wir sollten's probieren. Bäume umschneiden kann der Heiner wie kein Zweiter.«

Meth rannte nach einer langen Leiter, Strattner schickte Konrad nach einem Seil und Heiner holte die Bügelsäge.

Willi wagte sich dann Sprosse für Sprosse die Leiter hoch und verknotete den Strick am Stamm, während Heiner und Matters im rechten Winkel zur Scheune einen handbreiten Keil aus dem Holz schnitten. Gegenüber setzten beide die Säge erneut an und ließen das gezackte Blatt Zug für Zug ins nasse Holz gleiten. Die anderen Männer umklammerten das dicke Tau und spreizten sich ins Seil wie Ochsen in die Riemen beim Pflügen.

Immer wieder prüfte Heiner den richtigen Winkel und bremste den übereifrigen Matters. Jetzt war Maßarbeit gefragt und kein Hopplahopp.

Das halbe Dorf war nun auf den Beinen. Mit jedem Zug der Säge steigerte sich die Spannung bei den Helfern, sorgenvolle Blicke richteten sich nach oben. Frauen hielten ihre Kinder an den Händen, die wegen des Hochwassers nicht zur Schule brauchten. Leise beteten sie alle zum Herrgott, dass um Himmels willen kein Unglück passieren möge.

Plötzlich knarzte das Holz. Die Helfer ließen den Strick los und alles, was sich auf zwei Beinen fortbewegen konnte, rannte um sein Leben. Die mächtige Kiefer drehte sich um ihre halbe Achse und fiel krachend auf die geschotterte Straße.

Nach einer Weile des Schweigens und der Stille spendeten die Umstehenden Beifall und Heiner konnte sich ein stolzes Lächeln nicht verkneifen, sosehr er sich auch dagegen wehrte. Rasch sägten die Heinersdorfer den Stamm in mehrere Teile und rollten diese an den Straßenrand.

Während die Bauern und Knechte sich den Schweiß von der Stirn wischten und nach dem Wirtshaus trachteten, meldete sich bei Meth das schlechte Gewissen. Es war Unrecht gewesen, was er im Zorn zu Kramer gesagt hatte.

Er ging also zum Anwesen des Nachbars und klopfte an die Haustüre. Die Kramerin öffnete und sagte barsch, dass ihr Mann kein Hanskaspar sei und damit wäre die Sache für allemal erledigt.

Und fortan redeten der Kramer und der Meth nicht mehr miteinander, saßen in der Gaststube nicht mehr nebeneinander. Kramer und Meth begannen, sich zu hassen, ihre Frauen begannen, sich zu hassen, ihre Kinder plapperten nach, was die Alten Schlechtes über den anderen erzählten, und sogar die Mägde und Knechte der beiden Bauern legten jedes Wort auf die Goldwaage, wenn sie sich nicht aus dem Weg gehen konnten.

Nachdenklich schlenderte Meth in die Gaststube, wo die Bauern wieder über das Hochwasser diskutierten und die Knechte sich beim Bestellen der Biermaßen um ihre letzten Ersparnisse sorgten. Die Hitze und der große Durst der letzten Tage hatten im Geldbeutel für Schwindsucht gesorgt.

Heiner und Willi saßen im hintersten Eck der Gaststube.

Willi schlug übermütig mit der flachen Hand auf Heiners Oberschenkel. »Hast keinen Durst oder kein Geld?«

Heiner schüttelte den Kopf, viel lieber hätte er bei den Bauern zugehört, aber nur einzelne Wortfetzen drangen herüber.

»Sitzt da wie eine Steinsäule und trinkst keinen Schluck. Wenn alle so wären wie du, wär der Wirt längst verhungert.«

Heiner räusperte sich. »Warum soll ich was trinken, wenn ich keinen Durst hab?«

»In der Wirtsstube ist der Durst größer als in der Wüste Gobi.«

»Warst schon mal in der Wüste Gobi?«

Willi blickte erstaunt auf. »Warum?«

»Wie willst dann wissen, dass in der Wirtsstube der Durst größer ist?«

Willi verdrehte die Augen. Dann fragte er: »Warst schon mal am Walberla?«

»Was soll ich am Walberla?«, fragte Heiner zurück und gähnte herzhaft.

»Ist ein berühmter Berg in der Fränkischen Schweiz. Wenn du oben stehst, kannst bis nach Forchheim schauen.«

Nun war Heiner hellwach. Der Freund hatte von den Bergen geredet.

»Wenn es ganz klar ist, siehst vielleicht sogar die Alpen.«

»Das glaubst doch selber nicht.«

»Ganz sicher.« Willi nickte begeistert. Seine Hände spielten mit dem Krug, die Füße wippten auf und ab. »Die Wiese unterm Gipfel sieht fast so aus wie eine Alm.« Er sah Heiner fest an. »Könnten mal rausfahren, an einem Sonntag nach dem Stall.«

Heiners Augen glänzten. »Könnte die Anna auch mitfahren?«
»Aber ja. Und die Babet«, freute sich Willi. Abermals schlug er mit der Hand auf Heiners Oberschenkel.

»Vielleicht auch Kunni und Marie«, grübelte Heiner. »Und die Annelie?« Er winkte selber ab. »Die ist zu schwer fürs Rad.«

Beide lachten laut auf. Einige Knechte und Bauern drehten sich kurz um, dann debattierten sie weiter über Hitler, das Hochwasser und die zusammengeschrumpften Ersparnisse.

Heiner kam am späten Vormittag aus dem Wirtshaus zurück. Gierig trank er vom Brunnenwasser im Hof, das wenige Bier hatte seinen Durst nicht gelöscht. Von der Bäuerin ließ er sich ein Butterbrot schmieren, dann trieb ihn die Neugier zum überschwemmten Tal hinunter. Die schmutzig-braune Brühe schwappte sogar bis an die Böschung der Straße, beinahe friedlich brachen sich die zarten Wellenkämme im hohen Gras, nur die Erlen zeigten den Verlauf des Flusses an. Dazu peitschte der Wind die Wolken vor sich her, bisweilen bäumten sie sich auf zu dunklen Gebilden und verflossen gleich darauf wieder zu einem einheitlichen Grau.

Zurück im Hof kam ihm Anna mit dem vollen Wäschekorb auf dem Arm entgegen. Ungewohnt sah sie aus ohne Brille. Die feine Nase, die bisher das Drahtgestell gestützt hatte, hing jetzt nur noch zur Zierde mitten im Gesicht.

Als sie seinen Blick erwiderte, schaute er rasch auf den Boden und blieb stumm.

»Weißt, was der Willi gesagt hat?«, platzte es aus ihm heraus, als sie schon an ihm vorbei war. »Auf dem Walberla kann man bei schönem Wetter die Alpen sehen.«

Anna stellte den Korb auf den Boden und schüttelte den Kopf. »Sagst dem Willi, er ist ein Kaspar.«

»Würde gern nachschauen, ob es stimmt. Magst nicht am übernächsten Sonntag mit dem Rad hinfahren? Mit mir?«

Anna strahlte. »Du und ich?«

»Der Willi würde auch mitkommen«, holte Heiner aus. »Die Babet will er fragen und die Kunni und die Marie vielleicht. Und den Konrad … Wird bestimmt ein schöner Tag.«

Annas Augen verloren den Glanz. »Weiß ich heute noch nicht, ob ich da Zeit habe.« Sie schnappte sich den Korb und trug ihn ins Haus.

Die Wasnerin war wütend. Spät in der Nacht kam der Bauer heim und riss sie aus dem Schlaf. Als er mit voller Montur ins Bett plumpste, platzte ihr der Kragen. Sie rumpelte hoch, fing an zu schimpfen. Doch als sie ihn schnarchen hörte, seufzte sie, zog ihm die Schuhe aus und legte die Bettdecke über seinen im Schlaf schwer schnaufenden Körper. Die Wasnerin verzieh ihm gern. Sie musste ihn nicht tadeln. Es reichte, dass der Herrgott seine trunkenen Schäflein anderntags mit einem kräftigen Kater bestrafte.

Am nächsten Morgen war der Bauer nicht ansprechbar. Nach dem Mittagessen schnappte er sich einen Rechen und marschierte missmutig zum Feldstadel oben auf der Anhöhe. Dort legte er sich ins Stroh und schlief seinen Rausch aus. Erst am Abend nach der Stallarbeit kehrte er zurück und setzte sich fürs Abendbrot an den Tisch.

Als die anderen weg waren, rückte die Wasnerin ihren Stuhl nah an den von ihrem Mann. »Die Anna macht mir Sorgen«, sagte sie bestimmt.

Der Bauer erschrak. »Will sie gehen?«

Die Bäuerin fasste ihn am Handgelenk. »Beim Huttanz haben sie ihr die Brille zertreten.«

Er schüttelte den Kopf. »Selber schuld.«

»Sie kann sich keine neue leisten.«

Wasner machte sich los und legte seine gefalteten Hände auf den Bauch, längst hatte er begriffen, auf was seine Frau hinauswollte. »Was kann ich dann tun?«, fragte er träge.

»Ohne Brille sieht sie nichts.«

Seine Stimme wurde schärfer. »Hab keine Zeit, dass ich nach Fürth reinfahr.«

»Heute hättst den ganzen Tag Zeit gehabt«, gab sie zurück.

Wasner stand auf und ging zum Fenster. Der Vorhang versperrte ihm die Sicht. Er drehte sich um und tippte sich mit dem Zeigefinger an die Stirn. »Du meinst, die Landkrankenkasse zahlt eine neue Brille, weil ihr die Lackel die alte beim Huttanz zertreten haben?«

»Könnte ja auch die Kuh draufgetreten sein.«

Wasner verzog das Gesicht.

Jetzt hatte sie ihn in der Hand. »Und sie braucht einen gescheiten Doktor, der ihre Augen gründlich untersucht.«

Der Bauer kannte seine Frau gut genug. Es war sinnlos, weiter mit ihr zu diskutieren. Überzog er, riskierte er einen offenen Streit. Lieber ergab er sich seinem Los. »Morgen soll Heiner den Gaul herrichten, dann fahr ich halt, in Gottes Namen.«

Am andern Tag, nachdem die Arbeit getan war, setzte sich Anna zu Heiner auf die Bank unter dem Hofbaum. Die letzten Sonnenstrahlen verirrten sich durch das dichte Gewölk. Mit einer Milchkanne in der Hand huschte die Bäuerin vorbei. Ihr strenger Blick sprach Bände, doch die beiden bemerkten es kaum.

Anna war glücklich. Wie einen Schatz hütete sie das braune Kästchen, das sie fest in ihren Händen hielt. Die rauen Finger strichen über das Leder, dann öffnete sie die Schatulle und hielt Heiner ein neues Brillengestell mit runden Gläsern unter die Nase. »Da staunst!«, freute sie sich. »Hat mir der Bauer mitgebracht aus der Stadt. Kostet mich keinen Pfennig, hat er gemeint. Weil ich immer so fleißig bin.«

»Und jetzt kannst sehen wie früher?«

Ihre Freude verflog. »Das eine Auge ist besser, das andere …« Sie zuckte mit den Achseln. »Im Herbst muss ich nach Erlangen zu einem Professor. Der schaut es sich an.«

Heiner hob die Augenbrauen.

»Der Bauer hat eine Versicherung bei der Landkrankenkasse«, sagte sie. »Er ist ein guter Bauer.«

Ein paar Mal hintereinander setzte Anna die Brille auf und ab. Mit einem leisen Knacken verschloss und öffnete sie das Kästchen, zog ein weiches Tuch heraus, mit dem sie die Gläser feinsäuberlich putzte. Mit dem kranken Auge sah sie durch das Glas, dann putzte sie noch einmal.

Heiner betrachtete Anna von der Seite. Als sie die Brille zum dritten Mal abgerieben hatte, sagte er: »Du putzt so lange, bis die Gläser durchgescheuert sind.«

Anna hielt ihm das Tuch unter die Nase. »Ist kein Schmirgelpapier.«

Heiner lächelte. »Ich bete jetzt jeden Tag, dass dir der Professor in Erlangen helfen kann.«

Anna hob den Kopf. »Das freut mich.«

Er strich sich mit den Fingern durchs Haar. »Habe nachgedacht, Anna. Ich glaube nicht, dass ich noch in die Schule gehen will.«

Sie sah ihn erstaunt an. »Es war doch immer dein größter Wunsch.«

»Kenne mein Buch in- und auswendig. Glaube nicht, dass mir die Lehrer noch was beibringen können.«

»Und die Mission?«

Der Knecht verschränkte die Arme. »Mutter meint, der Herrgott wird schon wissen, warum er mich dafür nicht brauchen kann.«

»Mutter hat wohl immer recht?«

Eine Amsel setzte sich auf den dritten Ast von unten und stimmte ihr Liedchen an.

»Der morgige Tag wird schlimm«, sagte Anna, dabei verschränkte sie die Arme.

»Warum?«

»Der Bauer will das überschwemmte Gras auf den verdreckten Wiesen mähen und auf den Mist fahren.«

Heiner kratzte sich an der Wange. »Nach drei Zügen ist die Sense stumpf vom vielen Sand.«

Die Amsel sang noch immer, ihr Lied war schrill.

Mit dem Ellenbogen rempelte er Anna leicht an. »Magst jetzt zum Walberla mitfahren?«

Anna verzog das Gesicht. »Wenn du mir die Fränkische Schweiz allein zeigen würdest, wär ich dabei.«

Heiner winkte ab. »Viel zu gefährlich, allein. Stell dir vor, du fährst einen Platten oder findest den Weg nicht. Willi weiß ihn genau, er war schon mal dort.«

»Meinetwegen, geh ich halt mit.«

Es dämmerte. Die Knechte vom oberen Dorf kamen heim vom Milchhaustratsch und grüßten herüber. Auch die Amsel hatte aufgehört zu singen. Am dritten Ast von unten saß nun die Katze und leckte sich das Maul.

Am nächsten Morgen saßen sie alle schweigend beim Frühstück. Jeder wusste, was ihn erwartete, und jeder hoffte, dass der Tag schneller vergehen würde als sonst.

Stechmücken und Bremsen schwirrten um die schweißnassen Leiber, während sich die Sensen knirschend durch das platt gewalzte Gras mühten. Leise fluchend machte der Bauer immer wieder eine Pause, streckte den Körper durch und erschlug eine Mücke nach der anderen. Heiner verschonten die Plagegeister. Er hatte sich mit Riemenöl eingerieben, einem stinkenden Haftmittel, das für die Treibriemen der Dreschmaschine verwendet wurde. Nicht nur die Stechmücken gingen ihm aus dem Weg, auch die von den Mücken Gepeinigten mieden ihn.

Anna rümpfte die Nase, die Bäuerin rümpfte die Nase. Nach der Vesperpause ging der Bauer geschwind nach Hause und rieb sich auch mit Riemenöl ein.

Die Frauen plagten sich mit dem Rechen, denn das Grünzeug war sperrig und hing zusammen wie die Kletten. Erst als die Kinder von der Schule kamen, besserte sich die Stimmung. Nun mussten die sich mit dem Rechen plagen, während die Frauen mit den Gabeln das Gras auf den Mistwagen luden.

Drei Tage dauerte die Arbeit im Wiesengrund. Zwei Tage davon schimpfte der Bauer über die Mühe. Am dritten Tag schimpfte er über die Kirchweih, die ihm die versäumte Heumahd eingebrockt hatte.

Am vierten Tag schimpfte er über das Riemenöl, das ihm nicht nur die Plagegeister vom Leib gehalten hatte, sondern auch die Bäuerin in der Nacht.

DER AUSFLUG

Am Sonntag lehnten die Fahrräder früh am Morgen blitzblank poliert an der Dorflinde. Die Reifen waren aufgepumpt, die Ketten geschmiert und gespannt, die Sättel auf die Beinlängen eingestellt. Vesperbrote und Teekannen, in Zeitungspapier gewickelt, lagen in Weidenkörben, sorgfältig auf den Gepäckträgern verschnürt.

Willi nahm ein langes Hanfseil mit, das er sich im Winter an der Strickmaschine gedreht hatte. Der ruhige Michl, Matters und sogar Stefan waren bereit. Den hatten sie eigentlich schon abgeschrieben. Aber der Bauer hatte nur Margarete fortgejagt, Stefan durfte bleiben. Stefan erwartete ja auch kein Kind, war weiterhin eine vollwertige Arbeitskraft und somit von Nutzen.

Konrad blieb daheim, die Parteiversammlung war ihm wichtiger, und Willi freute sich, als er Babet aus Laubendorf ums Eck radeln sah. Dann ärgerte er sich, als hinter ihr Georg Leikauf auftauchte.

Kunni und Marie kamen aus Wintersdorf dazu. Der Bauer hatte ihnen Fahrräder geliehen, im Stall brauchten sie heute auch nicht zu helfen.

Heiner richtete ein Stoßgebet gen Himmel. Er bat um klare Sicht, um keinen platten Reifen und um keine abgerissene Kette. Anna sorgte sich um ihre Brille. Mit einer Schnur hatte sie das Gestell an ihrem Hals befestigt.

Ihr Weg führte die Sommerfrischler nach Oberfembach, Niederndorf, über die Dörfer nach Bubenreuth, Gosberg, Wiesenthau und dann in Richtung Schlaifhausen. Mit jedem Kilometer wurde Matters' Gesicht länger und länger. Zu Stefan sagte er, ein Sonntag am Kanapee sei schöner als ein Sonntag auf dem Sattel.

Hätte das Kanapee Räder, meinte Stefan, könne man bequem an der frischen Luft sitzen und bergab die Beine wunderbar ausstrecken.

»Und bergauf?«

Stefan überlegte. Es bräuchte halt einen Weg, wo es immer bergab ginge.

Da käme nur die Hölle infrage, meinte Michl mit weit aufgerissenen Augen.

Die Männer waren den Frauen voraus, denn diese fuhren vorsichtiger und achteten darauf, dass sich der Stoff ihrer Röcke nicht in der Kette verfing. Die Männer waren gescheiter, sie hatten ihre Hosenbeine mit Wäschezwickern gesichert.

In jedem Dorf vereinten sie sich wieder vor dem Wirtshaus und löschten ihren Durst am Brunnen in der Ortsmitte mit Wasser. Eine kühle Maß Bier würde noch viel besser schmecken, meinte Michl. Aber wegen der Kirchweih waren fast alle Ersparnisse aufgebraucht.

Dann tauchte vor ihnen das Walberla auf, ein grasbewachsener Hang mit einem aufgesetzten Felsklotz als Gipfel. Gegenüber thronte nach einem sanften Taleinschnitt eine langgezogene Felswand über dichtem Laubwald.

Im Hof des Gasthauses von Schlaifhausen lehnten sie ihre Räder an den Scheunengiebel, sperrten sie ab und kauften sich endlich zwei Maß Bier. Willi sammelte von den Burschen fünfzehn Pfennige pro Nase ein, die Frauen brauchten nichts zu bezahlen. Er hielt das für eine noble Geste. Auch das Wetter hielt, was es versprochen hatte. Die Sonne schien ungehindert aus dem tiefblauen Himmel.

Willi machte den Anfang, das Hanfseil um die Schulter gelegt, die anderen folgten ihm den steilen Weg durch den Wald bergauf. Babet und Georg Leikauf gingen als Letzte, dabei erzählte Georg einen Witz nach dem anderen. Babet lachte jedesmal und er grinste zufrieden.

Bald ließ sich Willi zurückfallen. Worauf alle Heiner hinterhertrotteten, der das Tempo verschärfte, wegen dem Blick auf die Alpen. Willi ging hinter Babet und erzählte noch lustigere Witze.

An einer offenen Grasfläche vorbei, auf einem serpentinenartigen Steig passierten sie ein Kirchlein und erreichten kurz darauf den höchsten Punkt. Heiner hielt die Hand an die Stirn, er blickte in alle Richtungen, dann nahm er die Hand wieder herunter und sah fragend zu Willi. »Sehe nichts«, sagte er enttäuscht.

Willi riet ihm, die Augen aufzumachen.

»Meine Augen sind offen.«

Willi zuckte mit der Schulter.

»Wo sind die Alpen?«, fragte Heiner.

»Welche Alpen?«

Heiner verschränkte trotzig die Arme. »Du hast gesagt, von hier aus sieht man die Alpen.«

»Vielleicht wenn die Sicht gut ist«, meinte Willi. Er stand neben Babet und hatte nur Augen für sie.

»Heute ist die Sicht gut«, bohrte Heiner nach.

»Nicht gut genug.«

Damit gab sich Heiner zufrieden. Die Sicht war nicht gut genug. Es bestand also Hoffnung, dass sie sich besserte.

Babet deutete mit ausgestrecktem Finger nach Nordwesten. »Die Stadt dort, mit den vielen Häusern, ist das Nürnberg?«

Willi schmiegte sich an ihre Seite. »Könnte auch Forchheim sein.« Er nahm ihren Arm und schob ihn ein Stück nach links. »Von dort drüben sind wir gekommen.«

Babet spreizte den anderen Arm in die Hüfte. »So weit müssen wir zurückfahren?«

Willi nickte väterlich, dann schob er Babets Arm ein Stückchen nach rechts, dabei schmiegte er sich noch enger an sie. »Dort oben ist das Meer. Aber das kannst nur sehen, wenn die Sicht gut ist.«

Babet nickte anerkennend. »Du bist aber gescheit.«

Willi lächelte. »In Biologie war ich schon immer gut.«

Georg Leikauf stand derweil am Gipfelkreuz, nagelkauend, mit grimmigem Gesicht. Neben ihm saß Heiner auf einem Felsbrocken, daneben Anna, die die Alpen und die Nordsee sowieso nicht sehen konnte, dafür aber Heiners Schulter spürte. Sie wich keinen Fingerbreit zurück.

Erst als Anna aufstand, erhob sich auch Heiner und ging mit Willi zur Sattelsenke hinunter, die anderen spazierten hinterher. Durch dichtes Buschwerk führte ein Pfad zum Fuß einer senkrechten Felswand, die unterbrochen von Graten und Kanten die mächtigen Buchen ringsum ein gutes Stück überragte. Die Mägde waren blass, die Knechte sprachlos, als sie nach oben blickten.

»Und, wer geht mit?«, fragte Willi in die Runde.

Betretenes Schweigen.

Willi band sich das eine Ende seines Stricks um den Bauch, das andere hielt er Heiner hin. Der schüttelte abweisend den Kopf.

»Du willst doch immer die Alpen sehen«, sagte Willi mit fester Stimme.

»Also gut.« Heiner gab nach, ergriff das Seilende und band es sich ebenfalls um den Bauch. Auf die Eiche in Dürrnbuch war er schließlich auch hinaufgekommen.

Anna seufzte, Babet sorgte sich um Willi, der sich bereits ein paar Meter höher die griffige Wand hochhangelte. »Mordskerl«, staunten die Knechte. Nur Georg Leikauf lehnte gleichgültig an einem Baum und schnitzte mit dem Taschenmesser eine Spitze an einen abgebrochenen Ast.

Zehn Meter über dem Boden, auf einem kleinen Absatz, brauchte Willi eine Pause. Er schnaufte schwer, als Heiner zu ihm aufschloss.

»Und jetzt?«, fragte Heiner. »Wo geht's weiter?«

»Hast eine Idee?«, fragte Willi ängstlich.

»Gehen wir halt wieder zurück.«

Willi verzog das Gesicht, dann blickte er nach unten zu den Köpfen der anderen, besonders aber zu Babet. »Das geht nicht.«

»Warum?«

»Kann ich schlecht erklären.«

Heiner wurde ungeduldig. »Rauf willst nicht und runter auch nicht.«

Willi blieb stumm.

Heiner spähte nach oben. Die senkrechte Wand sah nicht verlockend aus. Ein paar Stellen machte er aus, wo man sich hochziehen konnte. Die hatte der Herrgott aber für Menschen mit langen Armen und langen Beinen geschaffen.

Willi tropfte der Schweiß von der Stirn, seine Waden zitterten wie das Sieb der Dreschmaschine. Mit beiden Händen hielt er sich krampfhaft fest, dabei presste sich sein Körper eng an den Felsen.

Auf der alten Eiche in Dürrnbuch hatten Heiners Waden auch gezittert, aber als er sich zusammenriss, hatten sie wieder damit aufgehört. Heiner fasste sich ein Herz. Er stieg weiter, spreizte den Halbschuh in einen sich verengenden Schlitz, umklammerte mit seinen kräftigen Händen eine Felsnase und zog sich langsam hoch. Weitere Griffe tauchten auf. Hinab sah er nicht. Man muss der Gefahr nicht ins Auge sehen, dachte er sich, und kletterte weiter, bis ihn ein Ruck fast aus dem Gleichgewicht gebracht hätte. Der Strick war zu Ende.

Er kletterte ein paar Meter zurück zu einem Vorsprung, auf dem er bequem sitzen konnte. Nun wagte Heiner einen ersten scheuen Blick in die Tiefe. Georg Leikauf erkannte er, klein wie eine Puppe, daneben Babet. Anna saß bei Matters auf einem Felsblock, sie hob die Hand an die Augen, um einen kurzsichtigen Blick hoch an die Felswand zu werfen. Dahinter waren die anderen Mägde und schäkerten mit den Knechten. Niemand interessierte sich so recht für die beiden Kletterer, erst als Heiner laut nach Willi rief und dieser nicht antwortete, gingen die Augen wieder herauf. Heiner rief ein zweites Mal.

Langsam lockerte sich das Seil. Heiner zog daran, um dem Freund zu helfen. Es kam ihm vor wie eine halbe Ewigkeit, bis er

Willi heftig atmen hörte, kreidebleich schob er sich auf den Vorsprung und sackte auf den Klotz neben Heiner.

»Das waren drei Kirchweihbäume auf einmal«, meinte Willi, nachdem das Blut seinen Schädel wieder erreicht hatte.

Oben wurde es leichter, der Fels war nicht mehr so steil, nach kurzer Zeit saßen sie auf einem großen Felsklotz, von dem aus ein schmaler Pfad zum Gipfel des Rodensteins führte.

»Ist der Himmel jetzt klar genug?«, fragte Heiner.

Willi deutete auf eine kleine Wolke im Süden. »Dort muss es ganz klar sein. Wir hätten früher oben sein sollen.«

Die beiden saßen schon eine Weile unter dem Gipfelkreuz, als die anderen über den ausgetretenen Pfad dazukamen. Babet und Georg Leikauf waren die Letzten.

Willi ging der hinkenden Babet entgegen, nahm ihren Arm und legte ihn um seine Schulter, dann führte er sie zum Gipfelkreuz. »Hast dich vertreten?«, fragte er besorgt.

Babet verzog das Gesicht. »Eine Wurzel. Georg hat mir raufgeholfen.«

»Ist ganz schön geschwollen.«

»Tut auch weh«, zischte Babet.

»Wir müssen sie heimtragen«, sorgte sich Georg Leikauf.

Der ruhige Michl meinte, sie sei zu schwer, die einzige Möglichkeit wäre das Kanapee auf Rädern.

Babet setzte sich umständlich und die jungen Leute packten ihre Brote aus, sie genossen die Aussicht und waren zufrieden. Eine frische Brise sorgte für Abkühlung und die gelben Blümchen, die sich zwischen den Felsbrocken versteckten, dufteten nach Vanille.

Heiner hielt Marie ein Exemplar unter die Nase. »Weißt, was das für eine ist?«

Sie schüttelte den Kopf.

Er betrachtete das Blümchen genau, dann zupfte er ein paar Blütenblätter heraus. Ein scheuer Blick streifte Maries Gesicht.

Jetzt, dachte er, sieht die Blume aus wie ihre rechte Gesichtshälfte. Und wenn sie verwelkt ist, wie die linke. Mit dem Daumen drehte er den Stiel hin und her, bis er abgebrochen war und in den Staub fiel. Die Blüte legte er auf die Innenseite seiner Hand und blies sie mit einem kräftigen Ausatmer fort.

Anna saß mit dem Rücken zu ihm, zwischen den beiden das Gipfelkreuz. Sie diskutierte mit Kunni über die Schritttechnik bei der Rotkleesaat. Dann tuschelten sie über Stefan, der nicht gerade den Eindruck machte, als scherte er sich groß um die Sache mit Margarete.

Anna saß unruhig auf ihrem Platz. Immer weiter rutschte sie nach rechts, bis sie das Holz im Rücken nicht mehr spürte. Heiner aber rührte sich nicht, ständig blickte er nach Süden, dann wieder nach Westen, der Landstraße nach, die sich durch die Wiesen und Felder schlängelte. Eine Wespe setzte sich auf sein Butterbrot. Ein Krümel fiel auf die Erde. Während sich Heiner den letzten Bissen in den Mund schob, setzte sich die Wespe auf den Krümel. Er beobachtete das Insekt eine Weile, dann rutschte er nach links. Als die Wespe den Brotkrümel verließ und sich auf die welke Blüte setzte, entspannte sich Heiners Körper. Plötzlich traf sein Rücken auf etwas Weiches. Zuerst zuckte er zurück, dann lehnte er sich Millimeter für Millimeter wieder nach hinten, bis sich die Fasern der Kleider berührten, bis ein Hauch von Wärme durch den Stoff spürbar war. Heiner fühlte, wie sich seine Wangen färbten. Mit dem Blick aber suchte er gegenüber nach Kunnis Augen.

Bevor die Sonne verschwand, machte sich die Gruppe auf den Heimweg. Willi hatte das eine Ende des Stricks an seinen Gepäckständer gezurrt, das andere an Babets Lenker. Sein Versprechen, sie schonend nach Hause zu bringen, wollte er halten.

In Schlaifhausen hielten sie an. Willi sammelte noch einmal fünfzehn Pfennige von jedem Mannsbild ein und holte aus der Wirtschaft ein paar Biermaßen. Matters sammelte daraufhin von jeder Magd ebenfalls fünfzehn Pfennige für eine weitere Maß. Er sagte, der Durst sei wegen der Hitze am Nachmittag größer als am Morgen, außerdem hätten die Mädels genauso viel gesoffen wie die Mannsbilder. Das habe er genau beobachtet.

Heiner und Marie fuhren vorn und auch Anna trat kräftig in die Pedale, damit sie den Anschluss nicht verpasste. Die einsetzende Dämmerung machte ihr zu schaffen, den Weg konnte sie nur schemenhaft erkennen. Sie glaubte, ihre Augen hätten das starke Sonnenlicht in der ungewohnten Höhe nicht vertragen.

Stefan wich Kunni nicht von der Seite. Kunni hatte Verständnis dafür, dass er seine Anstellung wegen der schwangeren Margarete nicht aufs Spiel setzen wollte. Damit wäre niemandem geholfen, meinte sie.

Matters und Michl waren sich einig. »Einmal und nie wieder so weit fahren«, schimpften beide. Der Sonntag gehöre dem Ausruhen, nicht die Arbeitstage danach, wegen des anstrengenden Sonntags.

Der Rücken von Willis Hemd war durchnässt, obwohl die Schwüle nachgelassen hatte. Kilometer um Kilometer steigerte sich seine Wut, weil er sich plagte und Georg Leikauf neben Babet, die nur das Gleichgewicht halten musste, gemütlich trampelte und ihr dabei Geschichten erzählte. Immer öfter blickte sich Willi misstrauisch um, ständig glaubte er, Leikauf hinge auch mit am Seil.

Die anderen waren ein Stück voraus, ihre Rücklichter funkelten in der Dunkelheit, während im Osten der Mond sein schwaches Licht am Nachthimmel ausbreitete. An einer längeren Steigung hatte Willi genug, er hörte auf zu treten. Babet wackelte hin und her, damit sie das Gleichgewicht nicht verlor. Georg Leikauf hielt ebenfalls an, stieg ab und stützte seine Ellenbogen auf den Lenker, dabei vergrub er das Kinn in der offenen Hand, der Blick fixierte Willi.

Willi schmiss sein Fahrrad die Böschung hinab, dann ging er zu Georg Leikauf und sah ihn grimmig an. »Und du meinst, das passt so alles?«, fragte er mit tief herabgezogenen Augenbrauen und mächtigen Falten auf der Stirn.

Georg Leikauf nickte gelangweilt. Sein Grinsen reizte Willi noch mehr. »Und du meinst«, polterte er jetzt, »ich plag mich wie eine Sau, zieh die schwer verletzte Babet nach Hause, und du trampelst nebenher wie der Kaiser von Braunschweig?« Einen Moment überlegte er und fragte sich, ob es den Kaiser von Braunschweig überhaupt gab und aus welchem Grund dieser sich solche Strapazen hätte antun sollen. Aber Erdkunde war nie seine Stärke gewesen, dachte er sich, und die von Georg Leikauf wohl auch nicht, weil der überhaupt nicht stutzte.

Der Leikauf sagte in aller Gelassenheit, es sei allein seine Entscheidung, ob er dahertrample wie der Kaiser von Braunschweig. Ihn interessiere es auch nicht, dass Willi sein Seil an das Fahrrad von Babet hänge. Außerdem sei es sein gutes Recht, mit Babet so viel und so lange zu reden, wie es ihm beliebe. Er baute sich breitbeinig vor Willi auf.

Als Willi sich ebenso breitbeinig hinstellte, dazu die gestülpten Hemdsärmel zurückschob, schwang sich Babet auf ihr Fahrrad. Kopfschüttelnd fuhr sie weiter, dabei trat sie so kräftig in beide Pedale, dass die Kette ächzte.

Bald hatte sie Matters und Michl eingeholt. Die erörterten gerade, mit welchem Neigungswinkel das Pflugschar einzustellen sei, damit es bei Trockenheit gut in den Boden eindringen konnte. Babet hörte den beiden eine Weile gelangweilt zu. Dann ächzte wieder die Kette, bald erreichte sie Stefan und Kunni, die sich lebhaft amüsierten. Kunnis Blick sprach Bände. Babets Anwesenheit war nicht erwünscht.

Sie schloss zu Anna auf, die noch immer ein Stück hinter Heiner und Marie herradelte. Anna wirkte zerknirscht und gab sich kurz angebunden.

»Hast Ärger gehabt?«, fragte Babet frei heraus.

»Warum?«

»Weil du so mürrisch bist.«

Anna fuhr sie an: »Du hast wohl nie Ärger?«

Babet ließ sich nicht provozieren, aber sie überlegte genau, was sie antworten sollte. »Doch«, meinte sie schließlich. »Männer sind eben Kindsköpfe.«

»Kindsköpfe?«, brummte Anna, die sich wieder beruhigt hatte.

Babet verzog den Mund. »Sie haben nichts im Hirn«, sagte sie giftig.

Anna stieß einen Seufzer aus. »Hast was anderes erwartet?«

Der Mond warf nun ein anständiges Licht auf die Landschaft, auch Anna kam inzwischen gut zurecht. Die Frauen fuhren nebeneinander weiter, das Treten der Pedale ging über in Fleisch und Blut, als hätten beide nie etwas anderes gemacht.

Nach einer Weile fragte Anna: »Wo hast denn den Willi und den Georg Leikauf gelassen?«

»Die wollten sich lieber die Köpfe einschlagen«, sagte Babet leichthin.

Eine Wolke schob sich vor den Mond, sofort wurde es dunkel. Anna konzentrierte sich auf den Weg, dabei umklammerte sie ihren Lenker so fest, als wäre er der Stiel einer Mistgabel. Die Rücklichter von Heiner und Marie konnte sie gerade noch erkennen.

Als die Wolke weitergezogen war und mit ihr die Dunkelheit, meldeten sich Annas Gedanken zurück. »Es müsste nur das fehlen, was bei den Ochsen nicht mehr da ist«, meinte sie fest überzeugt, »die Raufbolde würden jetzt friedlich nebeneinander herradeln.«

Babet brauchte einen Moment, bis sie begriffen hatte. Sie lachte laut auf. Dann sagte sie: »Wenn keine Kühe in der Nähe wären, könnte man auch alles so lassen, wie es ist.«

Sie drehte sich kurz um. Weit hinten erkannte sie Michl und Matters. »Es gibt auch welche«, meinte sie, »da ist, so scheint es, sogar beim Ochsen noch mehr da.«

Ein Stück weiter voraus radelten Heiner und Marie. Die Magd aus Wintersdorf musste kaum schnaufen, auch an den Steigungen nicht. Heiner wunderte sich, war er doch das Mannsbild und schon deshalb viel kräftiger.

»Es war schon mutig, wie du den Felsen hoch bist«, lobte Marie. »Fast wie eine Katze.«

»Hab noch nie eine Katze in einer Felswand gesehen«, antwortete er. Sein Hinterteil schmerzte. Den Sattel seines Damenfahrrads hatte er so niedrig wie möglich eingestellt, trotzdem reichten die Füße nicht bis zum tiefsten Punkt der Pedale. Ständig wippte er mit dem Oberkörper hin und her. Der eingeschaltete Dynamo kostete zusätzlich Kraft. Gern hätte er aufs Sitzen verzichtet und sich gestellt. Aber er schämte sich, weil er glaubte, Marie würde ihn dann hänseln.

Sie fuhr links neben Heiner, die vernarbte Gesichtshälfte abgewandt. Plauderte sie mit ihm, zeigte sie nie das ganze Gesicht. Vor dem Spiegel hatte sie geübt, wie weit sie mit der Drehung gehen konnte.

Plötzlich hielt Heiner an und stellte sich mit dem Rad an den Straßenrand. Die anderen schlossen nach und nach auf. Heiner deutete ins Tal: »Seht ihr, Langenzenn bei Nacht.«

Michl zog seine Uhr aus der Tasche. »Schon fast elf«, meinte er gähnend. »Wird morgen ein hartes Aufstehen.«

»Nicht schlimmer als an der Kirchweih«, sagte Matters.

Babet blickte fasziniert auf die beleuchteten Häuser. »Hätte nicht gedacht, dass so viele Leute um diese Zeit noch nicht im Bett sind.«

»Bestimmt haben sie vergessen, das Licht auszumachen«, sagte Marie.

Anna schwärmte: »Aber schön sieht es aus, wenn alles so funkelt und friedlich ist.«

Matters lachte hämisch. »Hab gedacht, durch deine dicke Brille kannst nur schwarze Lichter sehen.«

»Arschloch«, murmelte Babet kaum hörbar, während Anna mit den Tränen kämpfte.

Marie hätte längst abbiegen müssen, die kürzeste Strecke nach Wintersdorf hatte sie verpasst. Kunni und Stefan waren unauffindbar.

In Langenzenn trennten sich die Ausflügler. Marie reichte Heiner die Hand, trotz der nächtlichen Kühle war sie warm. Nur zögernd zog sie sie zurück. Nachdem die Magd wieder aufs Rad gestiegen war, schenkte sie ihm einen letzten Blick.

Den Zenngrund hinauf nach Heinersdorf blieb Anna ein paar Fahrradlängen hinter Heiner. Fuhr er langsamer, drosselte auch sie ihr Tempo, obwohl er nun gern auch mit ihr geplaudert hätte. Immerhin hatte er sie zu diesem Ausflug eingeladen. Sogar das letzte Stück hoch zur Scheune, wo sie ihre Räder abstellten, und auch die Treppe hinauf in ihre Kammern hielt Anna Abstand.

Heiner rief ihr zu, ob es ihr gefallen habe. Sie sah ihn weder an, noch gab sie ihm eine Antwort. Anna verschwand in ihrer Behausung, wie nur ein Geist in seiner Flasche verschwinden konnte, rasch und lautlos. Mitsamt ihren Schnürschuhen und der kompletten Montur sackte sie in ihre Bettstatt und ließ den Tränen freien Lauf.

Währenddessen wischte Willi sich einige Kilometer entfernt im nassen Graben neben der Straße das Blut vom Gesicht. Dabei spürte er, wie das Wasser den pochenden Schmerz an Nase und Auge linderte. Die Gedanken, die durch seinen Schädel fetzten, waren wirr, viele Anfänge, die sich ihren Weg zu einem Ende suchten, aber durch ständige Hindernisse nie dorthin gelangen konnten. So wie der Strom im Kabel, der keinen Abnehmer fand.

Willi schwankte zu seinem Fahrrad und trat in die Pedale. Das Seil, das ihn mit Babet verbunden hatte, tanzte dem Gepäckträger hinterher wie eine sich über den Feldweg schlängelnde Natter. Der Knoten am Ende hüpfte auf und ab, gepeinigt von den Schottersteinchen, die sich ihm entgegenstellten.

NÜRNBERG

Die Wunden auf den überschwemmten Wiesen waren schnell geheilt und auch die Getreideernte fiel normal aus. Die Bauern konnten zufrieden sein. Trotzdem jammerten sie, also jammerten auch die Knechte. Sie waren das schwächste Glied in der Kette.

Heiner wäre gern einmal zu den Parteiversammlungen im Wirtshaussaal gegangen und hätte mit den anderen politisiert, aber der Bauer ging nicht hin, und wenn der nicht hinging, was hatte dann der Knecht dort zu suchen?

Aber nach Nürnberg zum Reichsparteitag wollte Heiner heuer unbedingt. Er fragte Anna, ob sie nicht wieder mal Lust auf einen Ausflug hätte. Mit dem Zug komme man ganz bequem und schnell in die Stadt.

Anna gab ihm eine Abfuhr. Ob ihm nicht auffalle, fragte sie, dass die Nazis den kleinen Leuten das Blaue vom Himmel versprächen. Dass die Knechte mehr Lohn und mehr Rechte bekommen sollten, gleichzeitig aber die Bauern mehr Einkommen, und wie das alles zusammenpassen solle. Die Parteibonzen redeten vom Frieden und von ihrem tausendjährigen Reich. Ein tausendjähriges Reich könne aber nur der Herrgott verheißen und Frieden gebe es nur, wenn die Leute wieder beim Neuburger einkaufen durften, wenn sie ihn nicht mehr als Judensau schmähen und seine Ladenfenster nicht mehr verschmieren würden.

Anna sagte zu ihm, der Herrgott werde sich das nicht lange gefallen lassen, und ob er das Alte Testament nicht gelesen habe, von der Sintflut oder von Sodom und Gomorrha. Es könne doch nichts Gutes dabei rauskommen, wenn böse Menschen regierten. Am Ende sei es seine Sache, wenn er in Nürnberg dem goldenen

Kalb zujubeln wolle. Sie aber grabe lieber einen ganzen Tag am Feld nach Quecken, als diesen Götzen zu dienen.

So ungehalten hatte Heiner Anna noch nie erlebt, nicht mal nach dem Ausflug zum Walberla. Sie bekam einen feuerroten Schädel, der reinste Sonnenuntergang im Spätherbst.

Konrad hatte er gefragt, ob er mit ihm nach Nürnberg fahren wolle, aber der war längst mit seinen neuen Freunden aus der Partei verabredet. Willi war auch Mitglied geworden und mit Konrad unterwegs. Stefan interessierte sich nicht für Politik. Aber es fanden sich andere genug aus dem Dorf.

Zusammen mit einer Handvoll junger Leute lief er also ein paar Tage später in Anzug und Krawatte zur Heinersdorfer Haltestelle, kaufte sich eine Fahrkarte nach Nürnberg und setzte sich in den überfüllten Zug, in dessen Waggons die Begeisterung der Menschen hin- und herschwappte. Überall wurde gesungen und gefeiert, gelacht und getrunken.

Nachdem Heiner in Nürnberg ausgestiegen und hinüber zum Reichsparteitagsgelände geschlendert war, traute er seinen Augen nicht. So viele Menschen auf einem Haufen hatte er noch nie gesehen. Tausende Fahnenträger versammelten sich am Zeppelinfeld. Hunderttausende Uniformierte glaubte er zu sehen, stramm organisiert, in einer Reihe stehend, wie mit der Wasserwaage ausgerichtet, mit Tornistern am Rücken, daran baumelnden Gasmasken und Gewehren um die Schultern. Überall spielten Blasorchester Militärmärsche. Hunderte Trommler verstärkten die Musik und wirbelten die Töne gegen die Steintribüne mit dem monumentalen Hakenkreuz an der Stirnseite des riesigen Geländes. Dann setzten sich die Formationen in Bewegung und fügten sich ineinander, wie bei der Polonaise auf der Heinersdorfer Kirchweih. Alles passierte im Gleichschritt. Jede Bewegung wie die andere, kein Einziger scherte aus.

Die Träger schwenkten ihre Fahnen, als wären die Stoffbahnen wogende Wellen auf dem Roggenfeld. Und dazu diese Musik, die

die Wellen erst in Bewegung brachte, genau wie der stete Wind, der über die goldenen Ähren blies. Tausende Mädchen des BDM liefen an ihm vorbei, lachend, winkend. Eine schöner als die andere, in ihren einheitlichen dünnen Kleidern und mit den grüßenden Armen, mit den Händen Hakenkreuzfähnchen schwenkend. Genau wie Konrad es beschrieben hatte. Dazu kaum ein Wölkchen am Himmel, der Reigen auf diesem besonderen Flecken Erde spielte sich ungetrübt ab.

Heiner kam aus dem Staunen nicht heraus. Er, der so gern plauderte, suchte heute keine Ansprache. Er wollte nur schauen und immer wieder nur schauen und hören.

Plötzlich wurde es still. Fanfaren begleiteten drei Männer in Uniform, der mittlere ein wenig hinter den beiden anderen, die mit würdevollen Schritten und ernsten Mienen, wie Könige auf einem Monument, nach vorn traten und vor dem Mikrofon innehielten.

»Unser Führer, Sieg, Sieg, Sieg«, brüllte das zuschauende Volk wie aus einem Mund, »Heil, Heil, Heil!«

Dann ergriff der Führer das Wort. Heiner lief es eiskalt über den Rücken, als er ihn das erste Mal sah, klein wie eine Puppe, aber groß wie Napoleon.

»Wir stehen fest zusammen für unser Deutschland«, schrie Hitler in die Menge, so laut und so schrill, dass es die ganze Welt hören musste. »Und wir müssen fest zusammenstehen!«

»Heil, Heil, Heil«, riefen ihm die Menschen zu.

»Sieg Heil«, antwortete der Führer und das Volk antwortete noch lauter und noch mächtiger: »Sieg Heil, Sieg Heil!«

Dazu schossen die Flakschützen Salven ab, bis dann aus allen Mündern »Die Fahne hoch« erklang. Auch Heiner sang aus Leibeskräften mit, wobei er wirklich glaubte, seine Stimme gäbe den Ausschlag für das, was nun über das Reichsparteitagsgelände hinein in die Stadt und vermutlich in die ganze Welt und gar über sie hinaus getragen wurde.

Am frühen Nachmittag reichte es ihm dann. Was er sehen wollte, hatte er gesehen, und noch mehr davon wäre weniger gewesen. Beizeiten setzte er sich in den halb leeren Zug und fuhr zurück nach Heinersdorf.

»Anna«, rief er aufgeregt von der Haustür in die Küche hinein.

Sie stand mit grimmigem Gesicht am Herd, warf ihm einen flüchtigen Blick zu und schaffte weiter.

»Das hättest sehen sollen, was dort drinnen los war ...«

»Hätte wirklich gedacht, dass du gescheiter bist«, meinte sie so bissig, dass Heiner glaubte, der hölzerne Schöpflöffel werde ihm gleich um die Ohren fliegen.

Er zog sich die Krawatte über den Kopf und steckte sie in die Hosentasche. »Wenn dem Herrgott das da drinnen nicht gefallen hätte, hätte er kein so schönes Wetter geschickt«, sagte er.

»Vor der Sintflut hat die Sonne auch geschienen«, meinte Anna. Dann wurde sie todernst. »Die Leute sagen, dass der Hitler einen Krieg anzetteln will.«

»Wer erzählt denn so was?«

»Meth.«

»Der wird's wissen, der siebengescheite Sozi«, meinte Heiner enttäuscht, weil Anna seine Begeisterung nicht teilte.

Ohne ein weiteres Wort ging er die Treppe hoch in seine Kammer und holte seine Barschaft unter der Matratze hervor. Ausgiebig zählte er den Inhalt des Bündels mit seinem Ersparten. Über die Jahre war ein Sümmchen zusammengekommen. Aber Heiner rechnete nicht in Geld, sondern in Hektar. Einen Acker mit drei Tagwerk konnte er sich bereits leisten. Und wenn sein Acker irgendwann halb so groß wäre wie die große Straße in Nürnberg, die sie extra für die Parteitage angelegt hatten, dann konnte er mehr als zufrieden sein.

Drei Tagwerk. Für die lange Zeit, die er schon als Knecht auf den Höfen schaffte, war das nicht viel, aber dennoch viel mehr, als wenn er sein Geld auf der Kirchweih versoffen hätte.

BEWERBUNG

Anna bekam ihren Termin beim Professor in Erlangen. Nach der Kartoffelernte sollte sie ins Krankenhaus. Einerseits fieberte sie diesem Tag entgegen, andererseits hatte sie fürchterliche Angst davor.

An den lauen Septemberabenden saß sie mit Heiner auf der Bank unter dem Hofbaum. Beide träumten. Er vom eigenen Hof, sie von ihrem Augenlicht und einer baldigen Heirat. Heiner spürte ihre Unruhe. Er redete ihr zu, dass alles gut werden und sie bald wieder richtig sehen würde, wenn die Herren Professoren erst einmal das Auge herausgeschnitten hätten, um es sauber zu spülen. Einmal nahm er Annas Hand, als sie bitterlich weinte. Die Wärme ihrer Haut war so wohltuend wie die ersten Sonnenstrahlen im März, wenn sie das Frühjahr ankündigten. Dazu pochte der Herzschlag, ob der eigene oder der von Anna, kam in diesem Moment aufs Gleiche raus.

An einem warmen Herbsttag war alles auf den Beinen, um die Kartoffeln am Feld aufzuklauben und getrennt nach kleinen und großen Knollen in Säcke abzufüllen. Die großen Kartoffeln kamen in den Sandsteinkeller unter dem Haus, die kleinen in den Keller neben der Scheune, sie waren für die Schweine bestimmt. Dort wurden auch die Futterrüben für das Vieh eingelagert.

Heiner trug die schweren Säcke, Anna die leichten. Beim letzten Sack stolperte sie über die vorletzte Stufe der Kellertreppe. Heiner fing sie auf und hielt sie fest in seinen Armen, viel länger als notwendig. Anna rührte sich keinen Millimeter. Erst als beide die Stimme der Bäuerin im Hof hörten, lösten sie sich voneinander.

Am Abend auf der Bank lauschten sie wieder dem Vogelgezwitscher.

»Die Schwalben fliegen schon zurück«, sagte Heiner.

Anna lächelte ihn an. »Sie fliegen nach Afrika, wo du immer hin wolltest.«

Heiner nickte, dazu kratzte er sich an der Wange. »Drei Tagwerk«, meinte er unvermittelt, »für drei Tagwerk tät es jetzt reichen.«

»Was?«

»Mein Geld.«

»Und wie kommst jetzt da drauf?«, fragte Anna.

Heiner zog die Augenbrauen hoch. »Weil ich es ganz genau ausgerechnet habe.«

Anna schwieg.

Heiner sah sie von der Seite an. »Weißt, Anna«, meinte er nachdenklich. »Bei einem Hof mit drei Tagwerk verhungerst bei der Ernte. Zwölf Tagwerk müssten es sein, dazu ein paar Kühe, ein paar Säue und ein paar Hühner.«

Anna zupfte an ihrem Rockzipfel, rollte ihn zu einem Knäuel zusammen, um ihn dann in der entgegengesetzten Richtung wieder aufzudrehen.

»Findest das schlecht mit dem Hof?«, fragte Heiner.

Anna schüttelte den Kopf. Bald hatte sie den ganzen Rock zu einem Knäuel aufgerollt. »Eigentlich nicht«, meinte sie vorsichtig. »Aber so viel Geld zusammenkriegen?«

Als sie den Rock wieder entknotet hatte, sagte sie singend wie eine Nachtigall: »Mein Erspartes reicht für zwei Tagwerk, ein Kinderbettchen und ein neues Gesangbuch mit goldenen Lettern.«

Beide lachten. Für einen Moment berührten sich ihre Schultern und auch die Hände suchten sich.

Da fuhr ein Windstoß in den Baum. Ein kräftiger Schauer beendete den lauen Abend.

Es wurde kühl im Land, der Platz auf der Bank blieb von nun an leer. Anna musste nach Erlangen und die Zeit im Krankenhaus zog sich länger hin als geplant.

Lieber Heinrich, schrieb Anna, kurz nachdem der Professor ihr Auge operiert hatte:

Ich muss mich schon entschuldigen, dass ich so lange nicht geschrieben habe, denn ich rechnete immer, dass ich schon die vorige Woche entlassen werde, und auch diese Woche rechnete ich von einem Tag auf den anderen, aber am Donnerstag hörte ich von den Ärzten, dass ich noch einige Tag dableiben muss, also wieder über Sonntag.

Die Sonntage sind doch immer die schlechtesten, wenn andere Besuch erhalten und unsereiner muss zusehen.

Ich habe nun drei Operationen hinter mir, zwei am Auge und eine am Kopf. Die am Kopf war leicht und ist schon wieder geheilt, trotzdem es erst drei Tage her ist. Mein Auge sieht so weit ganz schön aus, nur sehen kann ich wenig drauf. Ob es doch noch besser wird, weiß ich selber noch nicht. Nächste Woche rechne ich bestimmt mit Entlassung, es wäre jetzt Zeit.

Hoffentlich geht es dir gut.

Lieber Heiner. Ich glaube, dass du es ernst meinst, das mit dem Hof. Und ich sage auch nicht Nein dazu.

Nur eins will ich dir sagen. Du brauchst wegen mir, wegen meinen Operationen nicht Hohn und Spott auf dich kommen lassen, denn du weißt ja, wie es ist, und kannst dich zuvor besinnen, wenn du wo anders besser dran bist als bei mir, dann kannst du ruhig zurücktreten, bevor es die Leut wieder alle wissen. Du brauchst nicht denken, dass ich nicht ziehe. Ich mag nur nicht noch mal in Spott und Schande kommen. Denn ich habe mich schon mal so geärgert, ich will es nicht noch mal durchmachen. Aber aufrichtig musst du sein und es mir sagen. Gib mir baldige Antwort auf meinen Brief. Ich will jetzt mein Schreiben schließen und hoffe, dass es dich gesund antrifft, wie es mich verlässt.

Und verbleibe in treuer Freundschaft
Deine Anna
Auf Wiedersehen – Vergiss mein nicht

Auch Peter hatte Heiner geschrieben und ihn auf die Fürther Kirchweih eingeladen.

Gleich am ersten Kirchweihsonntag im Oktober trafen sich beide im Geismannsaal. Es wimmelte von Leuten und Fahnen. Am Eingang hingen sie an den Wänden, rote Fahnen mit schwarzen Hakenkreuzen auf einem weißen Kreis. In den Blumenkästen an den Hausfassaden steckten Fähnchen und sogar die Straßenbahn schmückte sich damit.

Beim Schankwirt hatte sich Peter eine Maß Bier geholt.

»Hast dich lang nicht mehr sehen lassen«, sagte Heiner kurz angebunden.

Peter nickte, dann trank er einen kräftigen Schluck, weißer Schaum hing ihm an der Nasenspitze. Er wirkte zerstreut. »Hab nicht viel Zeit«, sagte er mit dünner Stimme. »Die Arbeit ist reichlich, da gibt es kein Erbarmen. Ist schon was Besonderes hier, gell?«

Heiner schaute sich um. Die riesigen Kronleuchter an der Decke flößten ihm Respekt ein. Er zählte die einzelnen Leuchten und schätzte ihr Gewicht. »Wenn der auf dich runterstürzen würde«, meinte er beiläufig, »hättest fünf Zentner auf dir liegen.«

Peter blickte nach oben. »Bevor die Lampe nachgibt, kommt die ganze Decke, dann tät es Hunderte von Leuten auf einmal erschlagen.«

»Die würden es gar nicht merken, weil sie alle stockbesoffen sind«, sagte Heiner.

»Auf der Fürther Kirchweih sind immer alle stockbesoffen, schon wegen dem Poculator.«

Heiner war das erste Mal im Geismannsaal. Allerhand bekannte Gesichter sah er. Sogar der alte Schönfeld prostete ihm mit dem Krug in der Hand zu. Es herrschte eine ausgelassene Stimmung. Die Leute plauderten wild durcheinander, sangen, stießen mit ihren Krügen an, stritten sich, debattierten, und dazu spielte die Blasmusik. Es war fürchterlich laut. Die Stühle an den langen Tischreihen waren alle besetzt. Männer von Stand mit feinen Anzügen und Krawatten, die ihre eleganten Damen ausführten, mischten sich unters einfache Volk. Zwischen den Tischreihen herrschte ein Kommen und Gehen, am Eingang und an den Außenseiten standen die Spätgekommenen und hofften auf Frühheimkehrer.

Heiner mochte dieses Gedränge, dieses Gejohle, dieses Massenbesäufnis nicht. Seinen Seidlaskrug hütete er geduldig, den Inhalt teilte er sich so ein, dass sich die gehetzte Bedienung, die zehn Krüge auf einmal auf die Tische knallte, wenigstens seinetwegen nicht plagen musste.

»Hab immer gehofft, dass du ans Walberla mitkommst«, sagte Heiner unterkühlt.

Der Bruder spürte Heiners üble Laune. »Wär schon gern mit«, sagte er. »Aber ging nicht, wegen der Arbeit. Außerdem hat die Babet Verehrer genug, da hätte es mich nicht auch noch gebraucht.«

»Oha.« Heiner horchte auf. »So kenne ich dich ja gar nicht.« Endlich ging ihm ein Licht auf: »Du hast eine, gell? Darum lässt von dir nichts mehr hören und sehen.«

Peter grinste frech. »Ist zwar nicht die Allerschönste. Aber so sauber wie die Babet ist sie allemal.« Er reckte den Hals und rückte die Krawatte zurecht. »Ihr Vater hat ein Fuhrunternehmen und einen Gemüseladen in Fürth.«

Heiner musterte Peters abgetragenen braunen Anzug, der auch nicht besser beieinander war als sein eigener. »So, so, der große Bruder erheiratet sich einen Gemüseladen und ein Fuhrunternehmen.« Seine Stimme zitterte. »Wie viele Lastkraftwagen hat er denn?«

»Einen.«

Heiner hielt sich die Hand an den Mund. »Und was fährt er, Holz?«

»Milch.«

Die Kapelle spielte gerade den Radetzkymarsch. Mit dem Stab in der Hand fuchtelte der Kapellmeister herum wie ein Clown im

Zirkuszelt. Stramme Hosenträger zogen seine kurze Lederhose bis hoch zum Nabel.

Heiner lauschte der Musik, gleichzeitig schwoll ihm der Kamm. »Aus dem großen Bruder ist jetzt also ein Milchfahrer geworden«, meinte er bitter. »Und wie geht's der Mutter daheim?« Ohne eine Antwort abzuwarten, fragte er unverblümt: »Was ist mit dem Hof? Wer kümmert sich um das Viehzeug, um die Äcker, wenn der Bauer Milch zusammenfährt?«

Peter blieb ruhig. »Hab ein paar Kühe fort und einen Knecht hab ich jetzt auch. Und die Nachbarin schaut nach der Mutter.«

Heiner trank den letzten abgestandenen Schluck aus seinem Krug und wollte gehen.

Peter fasste ihn am Ärmel und hielt ihn zurück: »Ich wüsste was für dich. Was Gescheites.«

Heiner sah ihn böse an.

Peter wich seinem Blick aus. »Kennst die Hofmanns Tina?«

»Was ist mit der?«

»Die wird feil.«

»Wie, feil?«

Peter, der nebenbei noch immer nach einem Platz im Saal suchte, ließ Heiners Ärmel los und deutete: »Dort wird was frei.«

Heiner schüttelte den Kopf. »Rentiert sich nicht. Geh jetzt eh gleich heim.«

Der Bruder verlor die Geduld, mit beiden Händen fasste er Heiner am offenen Kittel. »Begreifst denn nicht, du Narr? Ihr Bruder will sie loswerden. Der hat geheiratet.«

»Ja und?«

Die Leute, die um die beiden herumstanden, wurden aufmerksam. Peter zügelte sein Temperament. »Hat eine bekommen mit Haaren auf den Zähnen.« Er sprach direkt in Heiners Ohrmuschel. »So eine Bissige, die den Mannsbildern in die Waden beißt und das Fleisch dann wie einen Bonbon lutscht.« Dabei fauchte er wie eine Katze und fletschte die Zähne wie ein Hund.

»Die Hofmanns Tina ist keine schlechte Partie. Der Viehhändler hat mir es erzählt.«

Heiner schwieg.

Peter gestikulierte mit den Armen, fast wie der Kapellmeister. »Aber da kommt schon noch was dazu.« Seine Augen leuchteten nun heller als die Birnen des Kronleuchters über ihnen. »Da tropft der fertige Honig aus der Blüte«, sagte er vollmundig. »Die Tina hat eine tiefe christliche Einstellung und lebt nach dem Gebot der Kirche.«

Heiner ging einen Schritt zur Seite, als die Bedienung mit einer Ladung Maßkrügen in den Händen vorbeihuschte. »Alle, die mir gefallen, haben eine tiefe christliche Einstellung«, sagte er kühl.

Peter wurde wieder lauter: »Es gibt noch was, aber dir pressiert's ja. Da brauch ich gar nicht weiterreden!«

Heiner zuckte mit der Schulter und sah nach vorn zum Dirigenten, der gerade den Tiroler Schützenmarsch ankündigte.

Peter holte tief Luft und wartete, schließlich platzte es aus ihm heraus: »Wenn es dich nicht interessiert, soll es mir auch recht sein«, schimpfte er beleidigt.

»Dann sag es halt.«

»Also gut. Kennst den Heller in Gonnersdorf?«

Heiner schüttelte den Kopf. Am liebsten hätte er sich auf die Bühne gestellt, dem Dirigenten den Taktstock weggenommen und das Orchester selbst geleitet.

»Seine Alte ist ihm durchgegangen«, mühte sich Peter, sichtlich genervt, um die Aufmerksamkeit des Bruders. »Der will seine Sach verkaufen. Und weißt, wer dran ist?«

Heiner war mit einem Mal ganz Ohr.

»Der alte Hofmann – für seine Tochter –, aber die bräuchte erst einen Mann.«

Heiner überlegte. »Für die Arbeit?«

Peter meinte, sie würde ihn auch heiraten, wenn er die richtige christliche Einstellung hätte.

Heiner spürte den Herzschlag bis zum Hals. »Wie groß ist der Hof?«

»Fünfzehn Tagwerk Acker und Wiesen, dazu kommen vier Tagwerk Wald, fünf Kühe und ein paar Säue!« Peter reichte ihm einen Zettel mit Tinas Anschrift.

Heiner kratzte sich an der Wange. Sein Mund formte sich zu einem verschämten Lächeln, er klopfte dem großen Bruder auf die Schulter. »Wie viele Bratwürste hast ihm geben müssen. Fünf?«

Peter sah ihn erstaunt an. »Wem, dem Viehhändler?«

»Du hast doch den Führerschein gemacht für das Milchauto.«

Jetzt hatte Peter kapiert. »Einen ganzen Presssack hat er verlangt, der Hund. Der Viehhändler will erst was, wenn's klappt.«

Heiner war froh, als er den Geismannsaal verlassen konnte. Auf dem Weg zum Bahnhof kämpfte er sich durch die Menschenmassen an den Buden vorbei. Nur beim Billigen Jakob blieb er stehen, der ihm einen Schirm verkaufen wollte. Heiner sagte, er brauche seine Hände zum Arbeiten und nicht zum Schirmhalten.

Im Zug nach Heinersdorf kam er endlich zur Ruhe. Dabei wusste er nicht, sollte er lachen oder weinen. Diesmal gab es kein Mittendrin. Er spürte ganz deutlich, etwas stand bevor, was sein Leben verändern würde.

Als er aus dem Zug stieg, grüßte ihn der Schaffner mit ausgestrecktem Arm, dazu rief er mit zackiger Stimme: »Heil Hitler!«

Heiner antwortete zuerst: »Grüß Gott.« Erst als ihn der Bahnbedienstete schief anstarrte, grüßte er mit »Heil Hitler« zurück.

Nach der Stallarbeit am Abend saß er in seiner Kammer an dem Tischlein, den Schreibblock vor sich, den Federhalter in der Hand und das Tintenfässchen nebendran. Ein Kerzenstummel spendete sparsam Licht.

Die Jugendzeit war lange vorbei, kleinwüchsig war er, aber ausgestattet mit kräftigen Händen und einem wachen Verstand.

Die Saat war gelegt, jetzt kam die Ernte. Was Peter ihm im Geismannsaal anvertraut hatte, konnte von großem Nutzen sein.

Werthe Tina, schrieb er mit schönster Schrift. Dabei gab er den Buchstaben noch elegantere Schwünge als sonst:

Erlaube mir, Folgendes an dich zu richten. Ich bin jetzt über dreißig Jahre alt und schon lange im Dienst und wiewohl ich heitere Jahre hinter mir habe, sehne ich mich schon lange nach Selbstständigkeit und einem glücklichen Heim.

Ich habe in meinem Leben schon viele Pläne geschmiedet, die heute natürlich alle zunichte sind. Denn die Zeiten ändern sich und der Mensch auch. Ich hatte in meiner Jugend eine ziemlich religiöse Veranlagung und hatte vor sieben Jahren eine ziemliche Höhe erreicht, doch wie es geht, wenn man in der Welt draußen steht, man braucht gar keine schlechte Gesellschaft, man wird lau, ohne dass man es weiß.

Ich unterhielt bereits zwei Liebesverhältnisse, die ich wieder aufgehoben habe, zurzeit bin ich wieder frei und ledig. Ich bin weit bekannt und kenne viele Mädchen, wo ich weiß, dass sie auf meine Anfrage mir keinen Korb geben würden. Freilich weltliche.

Ich will nicht heucheln und nicht schmeicheln und muss sagen, dass, wie sich die christliche Gemeinschaft ausdrückt, ich noch kein entschiedener Christ bin. Ich bin mir aber meiner christlichen Verantwortung voll bewusst und bemühe mich auch, in den Himmel zu kommen. Es leuchtet nur daher zu gut ein, auch um ein frommes Mädchen zu werben.

Also, Tina, das ist der Grund meines Schreibens, ich möchte um deine Hand anhalten! Will zu meinen wirtschaftlichen Plänen übergehen. Ich gedenke bei Gelegenheit, durch Kauf eines Anwesens, eine Egsistenz zu gründen. Ich rechne vielleicht zwanzig Tagwerk, vier Küh und ein paar Säu, je nach Preis und Bodenbeschaffenheit. Aufgrund meiner Erfahrungen, die ich in meiner Dienstzeit gemacht habe, fühle ich mich gewachsen, ein Anwesen rentabel zu bewirtschaften. Freilich, aller Anfang ist schwer. Man braucht eben Glück, denn wills das Unglück, können Tausende auf einen Schlag zunichte sein. Ich will daher heute von Vermögensverhältnissen Abstand nehmen. Ich halte es für selbstverständlich, dass ein anständiges Mädchen auch den Sparsinn in sich trägt, und das Mädchen, das man bekommt, gehört einem, gerade das macht mir viel Kopfzerbrechen, weil ich nicht weiß, was für eine wohl die Richtige ist. Ich wünsche mir aber ein heiteres Mädchen, das zu mir passt, nun ja, eine wie Du!

Also, Tina, überlege es dir reiflich, ich weiß ja nicht, wie du gesonnen bist und wie deine Pläne gehen, ob du überhaupt Lust hast zur Landwirtschaft oder du von vornweg lachst über meine geringe Person. Es ist nur schade, dass du mich nicht näher kennst. Bist du nicht abgeneigt, dann haben wir ja Zeit, wenn die Währung erhalten bleibt, kommt es mir auf ein Jahr nicht an, du kannst dann ja immer noch tun, was du willst. Ich denke, kein schlechter Geist hat es mir nicht eingegeben anzufragen, und es wird dir aufgegeben werden, wie du zu handeln hast. Es mögen diese Zeilen genügen, dass du mich recht verstehst. Also eine Beleidigung gibt es überhaupt nicht, bist du abgeneigt, dann bleibts beim Alten. Sei aber nicht zu stolz, und halte mich wenigstens einer Antwort werth. Am Ende meines Schreibens vermag ich ein kleines Lächeln nicht zu unterdrücken, doch es ist einmal so, wir Mannsbilder müssen uns bewerben und ich sehne mich ja schon längst nach einer braven Lebensgefährtin, dass dieser Brief dir zu denken gibt, und mein Werben nicht umsonst ist, wünscht sich

Heinrich Scherzer

Heiner war aufgeregt, als er den Zettel faltete und ihn in ein Kuvert steckte. Zuvor hatte er ihn einige Male durchgelesen, dabei hatte er versucht, sich in eine Frau hineinzuversetzen, in eine christliche, mit viel Humor und viel Geld.

Er zog sein Nachthemd an, löschte die Kerze und schlüpfte unter sein Bettzeug, aber er konnte nicht schlafen. Zu viele Gedanken auf einmal kreisten in seinem Schädel.

Er fragte sich, ob diese Tina, die er noch nie gesehen hatte, die Richtige war, und ob Anna, die alle schönen Tugenden vereinte, außer Geld und Sehkraft, nicht doch die bessere Partie wäre.

Dann dachte er an Marie, die ebenso passte, außer dass er sich mit noch weniger Geld und nur mit einer halben Schönheit begnügen müsste. Er dachte an Annelie, die von allen schönen Eigenschaften einen Teil mitgebracht hätte, aber von allen schlechten auch ganz viel. Kunni war längst mit Stefan liiert und wenn der sie später ebenfalls sitzen ließ, wollte Heiner sie mit einem Kind auch nicht mehr haben.

Margarete war noch da. Sie war eine anständige Frau, strebsam, fleißig und gläubig. Sie siechte nun aber im Armenhaus vor sich hin, mit ihrem kleinen Kind. Kein anderer Bauer hatte sie genommen. Erst wenn das Kleine älter war und selbstständiger würde sie wieder eine Anstellung finden.

Dann erinnerte er sich an Käthe Ungerer, die in Unterfarrnbach diente. Mit der hatte er vor einigen Jahren an der Kirchweih geplaudert, aber dann hatte er sie aus den Augen verloren. Sie war die Christlichste von allen, die er kannte. Sie glaubte fest, irgendwann werde der Richtige schon kommen, ohne dass sie sich darum kümmern müsse. Es gab auch die Schmidts Marianne aus Langenzenn. Er war ihr zwar noch nie begegnet, aber Peter hatte ihm die Magd vor ein paar Jahren wärmstens empfohlen. Sie solle ebenfalls kleinwüchsig sein, aber mehr Pfunde als manche Große auf die Waage bringen. Peter wusste, dass sie hervorragend kochen konnte, und vor allem wandelte sie als Kirchendienerin auf dem Pfad, der dem Herrn von allen am wohlgefälligsten war.

Mit über dreißig brauchte es nun eine Entscheidung. Heiner schälte sich aus dem Bett, zündete die Kerze wieder an, öffnete das Kuvert und schrieb den gleichen Wortlaut an Marianne Schmidt und an Käthe Ungerer, mit dem feinen Zusatz, dass er die beiden Damen um eine Offenlegung ihrer Vermögensverhältnisse bat. Er begründete dies mit seinem fortgeschrittenen Planungsstand.

Anna brauchte er nicht zu schreiben, von ihr wusste er, dass sie interessiert war, und gäbe es die große Auswahl nicht, er würde sie unter Umständen auch trotz ihres Augenleidens heiraten. Marie konnte er ohnehin zappeln lassen.

Mit der Erfahrung seiner Beziehungen zu Annelie und Anna glaubte er zu wissen, was Frauen dachten und fühlten, vor allem wie sie handeln und sich entscheiden würden. Seine innere Unruhe war nun befriedet.

Anna kam aus dem Krankenhaus zurück. Still und unnahbar ging sie umher, von Heiner nahm sie keine Notiz. Die Operationen hatten nichts geholfen. Das eine Auge war noch sehtüchtig, das andere unverändert.

Die dunkle Jahreszeit, die bald kam, die langen Nächte und die zunehmende Kälte passten zu Annas Gemütsverfassung. Heiner spürte ihren Kummer, manchmal schmerzte es ihn selbst, sie so zu sehen, doch er schlich um sie herum und hielt sich zurück.

Er machte seine Arbeit im Stall. Ein paar Felder mussten gepflügt werden und ein paar Fuhren Futterrüben standen noch am Acker, aber jeder spürte, dass der Winter vor der Tür stand. Heiner freute sich auf diese Zeit, wenn die schwere Arbeit nachließ und die Geräte und die Maschinen für die nächste Ernte gerichtet wurden. Wenn er mit dem Bauern in den Wald ging, wenn sie zusammen Stricke banden, Körbe aus Weidenruten flochten, Besen aus Birkenreisig herstellten und die abgebrochenen Rechenspitzen ersetzten, während sich die Frauen nicht um die Arbeit der Mannsbilder scherten. In der dunklen Zeit stopften sie Strümpfe, besserten zerrissene Kleider aus, setzten die Milch an. Aus dem Rahm stellten sie Käse und Butter her. Waren die wichtigen Arbeiten erledigt, flickten sie die Getreidesäcke, die die Mäuse angefressen hatten. Was das Bauernvolk in der dunklen Jahreszeit nicht machte, war, dass es nichts machte. Ein Werktag ohne Arbeit bedeutete ein Verbrechen an der bäuerlichen Ehre.

Auch der Besuch im Wirtshaus zählte als Arbeit, aber nur für den Bauern. Die Bäuerin oder die Magd ließen sich dort nur sehen, um das Bier für den Bauern zu holen, wenn der mal zu Hause geblieben war. Dem Gerede der Leute setzte sich keine Frau aus, die etwas auf sich hielt.

Noch aber war es nicht so weit, denn der Altweibersommer zeigte sich beständig in diesen ersten Oktoberwochen und ließ nach dichtem Nebelgrau am Morgen bald die milde Herbstsonne durchspitzen.

An einem frühen Nachmittag erhielt Heiner einen Brief, denn der Bote konnte wegen eines platten Reifens sein Dienstfahrrad nicht benutzen und musste die Post zu Fuß austragen.

Werther Heinrich!, schrieb Käthe Ungerer aus Unterfarrnbach:

Nun möchte ich endlich dir Folge leisten auf deinen werthen Brief. Ich habe ihn mit großer Überraschung und Erstaunen erhalten und gelesen. Ich konnte fast nichts sagen dazu und eigentlich hatte ich dazu gar keine gar so rechte Freudigkeit und inneren Trieb.

Nun entschuldige. Du wirst wohl denken, die hält mich für keiner Antwort werth, das soll der Fall nicht sein und ist es auch nicht. So will ich dir nun meine Gedanken schreiben, wie ich dazu stehe. Eigentlich muss ich sagen – heiraten steht mir nicht im Sinn, aber es ist eine heilige und ernste Aufgabe und heilige Entscheidung vor Gott und Menschen.

Für mich ist es besonders wichtig, nach Gottes Willen zu fragen und einen entschiedenen gläubigen Mann zu finden, der es wirklich erlebt und erfahren hat, was es heißt, ein rechter Christ zu sein und eine rechte Ehe zu schließen. Ich nehm es nicht so leicht, überhaupt jetzt in der Zeit, ein Anwesen zu erwerben bin ich nicht einverstanden, das mach ich nicht.

Wie du überhaupt schreibst, du hättest eine Neigung zu mir, das glaub ich schon, dass das ist, aber von mir kann ich das nicht schreiben. Wie ich eben schon erwähnt habe, suche ich einen entschieden gläubigen Mann, denn wir sollen nur Gehilfen sein zur ewigen Seligkeit. Ob du eigentlich so stehst, weiß ich zwar nicht ganz gewiss und kann dir auf dein Fragen kein Ja bestätigen.

Ich will schließen und so weißt du meine Meinung, dass nichts zu machen ist.

So sei nun herzlich gegrüßt
von Käthe Ungerer

Zwei weitere Briefe, ordentlich frankiert und mit tadelloser Anschrift versehen, trafen am nächsten Tag in Heinersdorf ein.

Der Absender des Briefs, den Heiner zuerst öffnete, lautete auf Marianne Schmidt aus Langenzenn. Ort und Datum waren am oberen Rand vermerkt, die Anrede fehlte.

Habe Ihren Brief erhalten, hat mich sehr gefreut, dass Sie einen so offenen aufrichtigen Weg gegangen sind, wie sichs für einen entschiedenen Christen gehört. Kann ganz gut verstehen, aus was für Gründen Sie es taten.

Wie Sie schreiben, dass in den Dreißigerjahren man genauer überlegt, kann ich mitfühlen, da ich auch schon reiferes Alter habe und eine denkende Person bin.

Hätte auch schon oft heiraten können. Aber ich möchte, wie Sie auch von der bewegten Zeit schreiben, noch vorläufig abwarten, wie meine lieben Eltern gesund bleiben, und jetzt noch frei und ledig bleiben. Wenn wir uns ganz auf den Heiland verlassen, bringt er uns auch hindurch, wies auch kommen mag, und wird ein jedes versorgen und das Rechte geben zu seiner Zeit.

Es soll Schwamm drüber sein und bleiben.

Mit geschwisterlichem Gruß
Marianne Schmidt

Die Stalltür knarzte, als Heiner ausgelesen hatte. Eilig steckte er das Schreiben in die Hosentasche. Ein Windstoß ließ die Tür vollends ins Schloss fallen und Heiner schreckte auf.

Erst als er niemanden sah, öffnete er den anderen Brief, er war von einer gewissen Tina Hofmann aus Roßendorf. Mit zittrigen Fingern zog er das Schriftstück aus seiner Hülle. Es bestand nur aus wenigen Zeilen, mit blauer Tinte schwungvoll geschrieben.

Werther Freund Scherzer

Ganz überrascht habe ich Ihren Brief erhalten. Es wäre am besten, wenn Sie selber einmal an einem Sonntag zu meinen Eltern kommen könnten, dass wir persönlich miteinander sprechen können.

Sie hätten keine schlechte Ansicht, wir sollten halt einander schon besser kennen. Mein Bruder kann sich auch nicht mehr erinnern von Ihnen. Habe auch keinen Anhang. Schließe für heute mein Schreiben auf ein baldiges Wiedersehen.

Mit Gruß von
Tina Hofmann

Heiner zuckte zusammen, als Anna plötzlich neben ihm stand. Sie stellte einen Eimer Wasser auf den Barren und tränkte die vordere Kuh. »Was hast denn da für einen Brief?«, fragte sie neugierig.

Heiner steckte das Papier zum ersten Brief in die Hosentasche. »Von meiner Mutter«, sagte er.

Anna wurde misstrauisch. »Ich denke, die ist blind.«

»Hat Peter geschrieben, Mutter hat diktiert.«

»Woher willst denn das wissen?«

Heiners Wangen wurden heiß. »Ist Peters Schrift.«

»So, so«, sagte sie mit frostiger Stimme.

Den Eimer hatte die Kuh leer gesoffen. Anna rückte ihre Brille zurecht, dann stapfte sie durch die Stalltür hinaus in den Hof.

TINA

Am folgenden Sonntag machte sich Heiner auf den Weg nach Roßendorf. Vor dem Ortseingang zeigte ihm eine alte Frau mit einem Leiterwägelchen voller Äste das Anwesen vom Hofmann.

Eine breite Einfahrt führte in die weitläufige Hofstelle. Heiner sah sich um. Der Misthaufen war fachmännisch gestapelt, der Mist festgetreten, die Odel in der Grube aufgefangen, nicht in Lachen über den halben Hof verteilt, was von ordentlichen Leuten zeugte. Zwischen den Fachwerkbalken am Giebel des Wohnhauses waren die verwitterten Backsteine mit Mörtel ausgebessert worden. Im Gärtchen, das ans Wohnhaus grenzte, lag der abgeschnittene mächtige Ast einer Kastanie. Gewiss hatte er an der Fassade gerieben, dachte sich Heiner.

Er trat auf die sandsteinerne Stufe vor der wuchtigen Haustür, deren braune Farbe abgeblättert war, die Scheibe des oben ins Holz eingelassenen Fensterchens hatte einen Sprung. Heiner schluckte den Speichel hinunter, der sich am Gaumen angesammelt hatte. Mit einem flauen Gefühl in der Magengrube klopfte er an die Tür.

Eine hagere Frau öffnete sofort, als hätte sie nur auf das Klopfen gewartet. Ihr blauer Rock reichte bis über die Knie, die dicke Strickweste war zugeknöpft bis oben hin. Nachdem sie den Besuch ausgiebig gemustert hatte, reichte sie Heiner die Hand. Dann rückte sie ihr schwarzes Kopftuch zurecht, das die Haare vollständig bedeckte. »Bin die Mutter«, sagte sie kurz. »Ich zeig dir gleich den Stall.«

Die Frau führte Heiner in ein verwinkeltes Gebäude mit genieteten Eisenträgern, die die Deckenbalken stützten. Die Kühe hingen kreuz und quer an Ketten, dazwischen ein paar Kalbinnen und ein Ochse. »Dort steht unsere beste Kuh, gibt zwölf Liter am Tag. Und das ist die Kalbin von ihr«, sagte sie stolz. Sie deutete auf ein braun-weiß geschecktes Tier, das, dick eingestreut, auf der gegenüberliegenden Seite des Stalls mit einer rostigen Kette um den Hals an einem in die Sandsteinwand gedübelten, ebenfalls rostigen Haken hing. Und sie zeigte auf ein Kälbchen, das in einem Bretterverschlag neben der großen Stalltür hauste, durch die das Futter mit der Schubkarre hereingeschafft und der Mist hinaustransportiert wurde.

Die Bäuerin wurde redseliger, aber Heiner fühlte sich unbehaglich unter ihrem Blick, der von seinen Füßen bis zum Kopf und wieder zurück wanderte. Den braunen Anzug hatte er doch gründlich ausgebürstet und der Krawattenknoten, den ihm Anna an der Kirchweih gebunden hatte, saß unverändert. Gewiss war es seine geringe Körpergröße, an der sie sich festsaugte wie die Schildlaus am Haselnusszweig.

Heiner staunte, als in der Küche in einer offenen Kiste ein paar Ferkel quietschten, die sich um einige Kartoffeln balgten. Die Kälte im Saustall tue den Dingern nicht gut, sagte die Bäuerin. Vorbei an aufgeräumten Regalen mit Schüsseln und Töpfen schob sie ihn durch eine mit Blumen bemalte Tür in die gute Stube.

In dem schlichten Raum war es kühl. Ein hagerer Mann mit Glatze erwartete sie schon. Er saß auf dem dick gepolsterten Kanapee, neben ihm räkelte sich eine rot-weiße Katze auf einem Kissen. Der Mann stand auf, knöpfte sich die Weste zu und reichte dem Gast die Hand. Er war auch von kleinem Wuchs, aber immerhin fast einen Kopf größer als der Besuch.

Er möge sich doch setzen, sagte die Frau zu Heiner. Ob er einen Schluck Malzkaffee wünsche.

Heiner nickte.

Der glatzköpfige Mann sprach betulich und leise. Er wolle nicht lange um den heißen Brei herum reden. Sein Sohn habe kürzlich geheiratet, weshalb sich seine Tochter eine neue Heimstatt aufbauen müsse. Er senkte die Stimme noch weiter. Auch weil der Friede am Hof mit der neuen Schwiegertochter genug strapaziert sei, allein durch die Anwesenheit seiner Gattin und seiner selbst. Dann fuhr er in normalem Tonfall fort. Die Frischvermählten seien heute zufällig zu Besuch bei den Schwiegereltern. Er solle schöne Grüße ausrichten, gern hätten sie der Unterredung beigewohnt.

Heiner zeigte Verständnis für die Nöte der beiden Altsitzer, er äußerte jedoch den Wunsch, ob er die werte Tochter nun erst einmal begutachten könne.

Das Ehepaar stimmte zu. Der Vater öffnete die Tür.

Eine für ihr Geschlecht recht groß gewachsene Frau im mittleren Alter mit streng zurückgekämmten Haaren kam herein, reichte Heiner die Hand und setzte sich artig auf das Kanapee. Vater und Mutter gingen hinaus, um im Stall nach dem Rechten zu sehen.

»Ein Stück Kuchen zum Kaffee?«, fragte sie nicht unfreundlich.

Heiner nickte. Er musterte die ihm zugewandte linke Seite ihres Gesichts.

Als sie aufstand, ein paar Schritte zur Tür machte, sich umdrehte und fragte »Streuselkuchen oder Krapfen?«, betrachtete er die rechte Seite.

»Streuselkuchen«, sagte er.

Sie kam mit dem Gebäck in der Hand zurück, das sie neben die Kaffeetasse legte. Dann setzte sie sich wieder auf das Kanapee. Sie hatte feingliedrige, lange Finger mit schmutzigen Nägeln. Die Worte kamen ihr wohlgesetzt, aber sparsam über die schmalen Lippen. »Etwas Milch gefällig?«

»Danke, mir reicht der Kaffee.«

Sie erklärte: »Ich denke an die Milch *in* den Kaffee. Wir machen das immer so.«

»Wir auch«, meinte er mit glänzenden Augen.

Sie stellte ihm ein Kännchen Milch neben das Gebäck und er füllte die Kaffeetasse damit bis zum Rand. Umständlich nahm er einen Schluck, dabei schwappten ein paar Tropfen auf seinen Kittel. Heiner setzte die Tasse ab und lugte unauffällig auf die frischen Flecken, dann schnaufte er erleichtert durch. Mit einem braunen Anzug, dachte er, ersparte man sich von vornherein viel Ärger.

»Na ja«, sagte er nach einer Weile.

»Ach ja«, erwiderte sie.

Die Eltern kamen zurück. Der Vater setzte sich neben seine Tochter, die Mutter fragte, ob sich die beiden schön unterhalten hätten.

Heiner sagte, die Unterhaltung sei sehr anregend gewesen. Dann lobte er die Backkünste der Tochter. Er lobte auch die Mutter wegen des guten Kaffees und den Vater wegen seiner guten Kühe. Die Eltern freuten sich wegen des vielen Lobes und Heiner freute sich über das freudige Gespräch.

Er zeigte sein Arbeitsbuch, in das er jeden Stellenwechsel sorgfältig notiert hatte. Vom Augenleiden seiner Mutter erzählte er, von der Mission und der Bauernschule. Das Studieren könne Erfahrung nicht ersetzen, sagte er. Und Erfahrung habe er mittlerweile genug gesammelt. Auch geistliche Erfahrung, denn der christliche Glaube sei ihm stets ein Anliegen. Er verzichte deshalb auf Schulbildung und ziehe stattdessen ein Eheverhältnis in Betracht.

Das klinge vielversprechend, meinte die Mutter andächtig. Der Vater nickte anerkennend.

Alle Augen richteten sich auf die Tochter, die ihre Hände im Schoß verschränkt hielt und schwieg. Ihr Blick war starr auf den Kerzenstummel in seinem gläsernen Ständer geheftet, dessen Flämmchen mitten auf dem Tisch seine letzten Zuckungen machte.

Die Zeiten seien schlecht, meinte der Vater, die Preise noch schlechter. Aber nun gehe es aufwärts. Es liege ihm viel daran, die Tochter gut versorgt zu wissen, was er tatkräftig mit Gottes Hilfe unterstützen wolle. Die Mutter nickte dazu.

Alle blickten wieder auf die Tochter, deren Finger den Stoff der Schürze zu einem Knäuel zusammenrollten, um ihn sogleich wieder auseinanderzurollen. Heiner dachte an Annas Hände, schob aber ihr Bild entschieden beiseite.

Die Mutter meinte nun, es sei an der Zeit, den Hof genauer anzusehen. Vater solle mit dem Gast die landwirtschaftlichen Gebäude und Geräte inspizieren, inzwischen werde sie mit der Tochter das Geschirr abräumen.

Heiner und der Vater verstanden sich gut. Heiner genoss es, dass er endlich mit jemandem plaudern konnte, zu dem er nicht ständig aufsehen musste. Sie gingen über den Hof in die Scheune, zum Saustall, zum Hühnerstall, in die Schmiede, ins Haus. Der Vater zeigte ihm den Bindermäher im Sandsteinstadel und die Werkstatt mit der kleinen Schmiede, deren Rauchfang in einen hohen Schlot mündete. Ein elektrischer Blasebalg stand in der Ecke, daneben ein ausgehöhlter Sandstein voll mit Wasser zum Abkühlen des glühenden Eisens. An der Wand hingen große und kleine Hämmer mit runden, flachen, gekröpften oder abgerundeten Spitzen.

Damit verdiene man mehr Geld als mit der Landwirtschaft, erklärte der Vater. Die Bauern vom Dorf brächten ihm ihre stumpfen Schare und holten sie nach dem Schärfen wieder ab. Das sei bequem und spare während des Pflügens Zeit und Kraft, aber das wisse Heiner ja selbst.

Heiner nickte. Oft genug habe er sich schon geärgert, wenn die Schare den trockenen Boden nur oberflächlich wendeten. Das werfe kein gutes Bild auf denjenigen, der den Pflug führe.

Zurück im Haus saßen alle wieder auf ihrem Platz, die Tochter vergrub die Hände im Schoß, die Schürze ließ sie jetzt in Frieden.

»Nun«, sagte der Vater, dabei klatschte er die Hände zusammen wie einst Heiners Schullehrer, wenn er mit dem Unterricht begonnen hatte. Es wäre an der Zeit, über das Geschäftliche zu plaudern.

Die Mutter fragte Heiner, ob seinerseits Interesse bestehe an einer Verbindung mit ihrer Tochter. Sie sei zwar einige Jahre älter als er, ruhe aber auf einem christlichen Fundament. Er könne es sich ja noch reiflich überlegen, fügte sie hinzu.

Heiner sagte, er habe sich die Sache schon vorher reiflich überlegt, was ja sein Brief zum Ausdruck bringe. Er sei sich nur noch im Unklaren darüber, was das Fräulein Tochter zu dieser Angelegenheit sage. Ihm erscheine es durchaus sinnvoll, wenn solche Entscheidungen vor Gott dem Herrn einvernehmlich getroffen würden.

Ihre Tina habe es sich auch reiflich überlegt, sagte die Mutter, sonst hätte sie den Brief des Antragstellers wohl kaum beantwortet. Ihr fragender Blick streifte die Tochter.

Tina nickte, während sie den Stoff an ihrem Rock wieder einrollte.

Der Vater fragte, ob der Bräutigam mit einer Mitgift rechnen könne oder ob er sich im Lauf seiner langjährigen Dienstzeit ein bescheidenes Vermögen angespart habe. Er wisse vom Hörensagen, dass viele Dienstboten ihren Verdienst lieber dem Sauftrieb opferten.

Heiner erklärte seine finanzielle Situation und Tinas Eltern gaben sich damit zufrieden.

Dann besprachen sie den Kauf des Heller'schen Anwesens in Gonnersdorf und reichten sich zum Abschied die Hand.

Tina begleitete Heiner zur Tür. Sie schenkte ihm sogar ein zaghaftes Lächeln. Aber Heiner fragte sich im Nachhinein, ob es vielleicht nur eine Zuckung gewesen war.

Auf dem Heimweg hielt er mitten im Wald an und stützte sich schwer auf den Sattel seines Fahrrads. Er hielt den Blick fest auf den Boden gerichtet und rang mit sich, ob er sich nun übergeben sollte oder nicht. Nach einer Weile beschloss er, den Streuselkuchen und den Malzkaffee mit nach Heinersdorf zu nehmen.

OKTOBERNACHT

Mit den dunklen Abenden stellte sich auch das Verlangen der Jugend nach Geselligkeit wieder ein. In der Rockenstube beim Meth legten die Mägde schon bald die Nadeln zur Seite und schäkerten mit den Knechten. Willi holte seinen Blasebalg und spielte freche Lieder. Seit er beim Bauern zu Lichtmess gekündigt hatte, feierte er seinen Abschied. Heiner wusste, warum Wiili ausgerechnet jetzt Nägel mit Köpfen machte. Es hatte sich schnell herumgesprochen, dass sich Babet diesem Maulaffen Georg Leikauf zugewandt hatte, und Willi litt darunter wie ein Nackiger auf einem Schneehaufen. Sogar das schöne Hanfseil hatte er neulich in den Ofen gesteckt, was zwar das Feuer in der Küche auflodern ließ, aber den Schmerz nicht linderte.

Jetzt stichelte Willi gegen seinen Kontrahenten. Er reimte Kirchweihlieder auf ihn und seine Geldgier. Erst nachdem er das Pärchen hinausgeekelt hatte, wurde es wieder friedlich.

Als Heiner die Stube verließ, um sich an Meths Scheunentor zu erleichtern, folgte ihm Willi. »Heiner«, fragte er, »weißt schon … dass ich fortgehe?«

Heiner nickte. »Wegen der Babet, sagen die Leute. Und wegen der Alm.«

»Du hast ja auch von der Mission und der Landwirtschaftsschule geträumt, oder?«

»Träume sind Schäume. Aber jeder Traum trägt ein Körnchen Wahrheit in sich«, sagte Heiner philosophisch. »Bei der Partei bist auch fleißig dabei. Kannst doch nicht so einfach fort.«

»Und ob ich das kann. Ich will endlich auf einer richtigen Alm mit schönen Kühen arbeiten«, schwärmte Willi. »Ringsum Berge und knackige Sennerinnen, die den Käse machen. Abends die untergehende Sonne anschauen. In den Dolomiten färben sich die Felsen rot, hast das auch schon gehört?«

Heiner schüttelte den Kopf. »Wo sind die Dolomiten?«

Willi überlegte. »Mitten in den Alpen«, sagte er schließlich. »Willst mitkommen? Bist viel näher an Afrika. Von den Alpen kannst vielleicht sogar runterschauen.«

Heiner kratzte sich an der Wange. »Ich schau lieber vom Walberla auf die Berge«, sagte er gereizt. Willis Geschwätz reichte ihm für heute. »Es wird langsam frisch«, meinte er abweisend.

Willis Blick versteinerte. »Heiner«, setzte er an, »willst mir nicht meinen Blasebalg abkaufen?«

»Ich kann doch gar nicht drauf spielen.«

»Ich würde ihn zurückkaufen, wenn ich auf der Alm genug verdient habe.«

Heiner schwieg.

»Ist schon recht. War ja nur eine Frage.« Willi drehte sich beleidigt um und ging wieder hinein.

Kein Wunder, dachte Heiner, dass er es hier nicht mehr aushielt. Aus eigener Erfahrung wusste er: Unerfüllte Liebe war schlimmer als ein eitriger Zahn. Was beide verband, war der stete Schmerz. Aber ein eitriger Zahn ließ sich leichter kurieren.

Zurück in der warmen Rockenstube spitzte Anna immer wieder herüber, aber Heiner tat, als würde er nichts bemerken, und grübelte vor sich hin. Plötzlich öffnete sich die Tür. Ein uniformierter Bursche, den Heiner nicht kannte, trat ein und winkte Konrad zu sich. Willi gesellte sich dazu und, neugierig geworden, auch die anderen Knechte. Im Halbkreis, abgeschirmt von den Mägden, redete der Uniformierte auf die Burschen ein, die eifrig nickten. Nur Heiner blieb in seiner Ecke und rührte sich nicht von der Stelle.

Der Fremde zog seine Uhr aus der Hosentasche und verglich mit den anderen die Zeit, dann rief er »Heil Hitler«, schlug die

Hacken zusammen, streckte den Arm zum Gruß aus und verschwand in der Dunkelheit. Die Tür krachte in die Angeln.

Eine Weile standen die Mannsbilder noch beisammen und diskutierten, ehe sie sich wieder den Mägden zuwandten.

Fast unbemerkt schnappte sich Heiner seinen Kittel und schlich sich durch die Tür nach draußen. Ein guter Schlaf, dachte er, war immer noch besser als eine schlechte Unterhaltung. Kurz darauf hörte er Annas Schritte hinter sich: »Heiner, ist was passiert?«

Er drehte sich nicht um. »Was soll passiert sein?«

»Weil du so ein Gesicht machst. Bist krank?«

»Hast die letzten Tage auch so ein Gesicht gemacht«, sagte Heiner und blieb stehen. Dann überlegte er einen Moment. »Und krank war ich das letzte Mal in Dürrnbuch. Da hab ich zweimal hintereinander niesen müssen.«

»Was hat der Nazi von den anderen gewollt?«, fragte sie.

Heiner zuckte mit der Schulter und schwieg. Nebeneinander gingen sie weiter.

»Das mit der Kunni weißt schon?«

Kunnis gewölbter Bauch war für jedermann sichtbar, der Kindsvater dagegen seit Längerem unsichtbar, zumindest in Wintersdorf.

Heiner gab sich gleichgültig: »Kindermachen ist einfacher als Kinderkriegen.«

Sie sah ihn böse an. »Typisch Mannsbild«, schimpfte sie. »Erst das Blaue vom Himmel versprechen, und wenn es ernst wird, auf und davon.«

Heiner ging schneller, Anna machte auch größere Schritte.

An der Haustür blieben sie stehen. Anna blickte vom Boden auf, die Brille hielt sie in der Hand. Durch die geöffnete Tür warf das Mondlicht ihre Schatten in den Flur, der Himmel war wolkenlos, die Luft kalt.

Mit warmer Stimme brach Anna das Schweigen: »In meinem Kindbettlein tät nur was drinnen liegen, wenn vorher der Herrgott dafür gesorgt hätte, dass es mit Anstand und Liebe gemacht worden wäre.«

Ihre rechte Hand wanderte hoch zu Heiners Wange. Sanft strichen die Finger über die stachelige Haut, zögernd zogen sie sich wieder zurück.

»Das Gesangbuch mit den goldenen Lettern tät dann neben dem Kopfkissen liegen«, fügte er hinzu.

»Und das Geld für zwei Tagwerk Ackerland wäre drunter.«

Sie sahen einander an und die Gedanken kreisten wie Rabenvögel, die am Feld freiliegenden Weizenkörner erspähten.

Bald folgten die Hände anderen Gedanken. Sie umfassten zärtlich den nahen Körper, bis sich Bauch und Brust berührten und die Wangen sich aneinander hefteten wie der Puderzucker an die Kirchweihküchle. Regungslos verharrten die beiden und es schien, als bliebe für einen Moment alles Irdische stehen, weil das Uhrwerk, das die Zeit so gnadenlos weitertrieb, seine Zeiger anhielt.

Da drangen entfernte Stimmen von der Straße herüber, immer lauter werdend. »Heiner«, schallte es über den Hof. »Heiner, wo bist du?«

Die Arme lösten sich, Anna lehnte am Treppengeländer, Heiner strich sich mit der Hand durch die Haare und fand keine Worte, als Konrad sich aufgeregt wie ein kämpfender Hahn vor ihm postierte und ein strammes »Heil Hitler« rief, den Arm weit von sich gestreckt. »Es geht los.«

»Jeder wird gebraucht«, sagte Willi mit einer kräftigen Weidenrute in der Hand.

Stefan packte Heiner am Arm und zog ihn ein Stück die Treppe herunter, während Anna mit zusammengezogenen Augenbrauen eine Stufe höher stieg.

»Was ist denn überhaupt los?«, fragte Heiner.

»Wilhermsdorf wird judenfrei«, sagte Konrad. »Den neunzehnten Oktober werden sich die Schulkinder gut merken müssen.«

»Alle müssen mithelfen, hat der Kreisleiter gemeint.« Willis Augen funkelten vor Begeisterung, der Liebeskummer war wie weggeblasen.

»Du musst auch mitmachen«, sagte Konrad. »Jeder, der für sein Vaterland steht, ist dabei.«

Heiner machte sich von Stefan los, stieg eine Stufe höher, Willi folgte ihm, zerrte an Heiners Hosenträger, während Anna bleich an der Tür stand. »Heiner«, sagte sie leise. »Geh nicht, bleib bei mir.«

Heiner sah sie nicht an. Unschlüssig klammerte er sich ans Geländer und ließ sich von den anderen Stück für Stück zum Treppenabsatz ziehen.

»Bist mir vielleicht ein Weiberheld«, spottete Konrad. »Vaterlandsverräter werden bitter büßen müssen. Also stell dich nicht so an.«

»Schau, sogar der Michl geht mit.« Willi deutete auf den Burschen, der unter dem Scheunenvordach wartete.

»Dauert das lang?«, fragte Heiner kleinmütig.

»Bleibt schon noch genügend Zeit zum Kindermachen«, schäkerte Konrad.

Alle lachten.

Heiner wagte einen flüchtigen Blick zu Anna. Die aber war nun hinter der Schwelle verschwunden. Als er sich umdrehte, hörte er die Tür leise ins Schloss fallen.

Im Laufschritt eilten die Knechte den Feldweg hoch nach Wilhermsdorf und schlossen zu den anderen Männern auf, die mit Fackeln in den Händen vor dem Ortseingang warteten und, ihre Stecken fest umklammernd, den Anweisungen der uniformierten Anführer lauschten. Wie ein Rudel Wölfe, die mit triefenden Lefzen dem Reh hinterherhetzten, folgten sie den Uniformen zur Synagoge, deren Türmchen ihnen den Weg wies, schlugen die Tür ein, die Fenster, drängten in den großen Raum und hauten das Inventar, Bänke, Stühle, Lampen an den Wänden, kurz und klein.

Heiner rauschte das Blut in den Ohren, als er Holz splittern hörte, auf knirschende Glasscherben trat, Konrads wutverzerrtes Gesicht neben sich wahrnahm. Dann warteten die Fackeln auf ihren Einsatz, aber ein Uniformierter gab den Befehl, das Gebäude nicht anzuzünden. Er fürchtete, die Nachbargebäude würden auch Feuer fangen. Mit einem Triebschlegel zerstörte einer den steinernen Stern an der Fassade.

Nun teilten sich die Vaterlandsverteidiger in kleinere Gruppen auf und banden sich Halstücher vor Mund und Nase. Heiner sah ein paar von ihnen zum Judentor rennen und blieb wie angewurzelt stehen. Neben ihn traten Frauen und Männer aus dem Dorf und alle beobachteten sie stumm, wie sich die Meute am Haus des Schmierjuden zu schaffen machte, dann die Scheiben des Stoffladens einschlug, die Tür aus den Angeln hievte und das Inventar zertrümmerte, als wäre es Brennholz, das, mit Keil und Schlegel auseinandergetrieben, mit der Axt zu Scheiten gespalten, später im Holzofen landen sollte.

Justin Neuburger und seine Frau Betty wurden auf die Straße gestoßen, die Tochter Irmgard an den Haaren aus dem Haus gezerrt. Den Schmierjuden hatten die Berserker erwischt, Hedwig und Jenny Michelsohn suchten Schutz hinter einem Gebüsch. Heiner rührte sich keinen Millimeter, als die Maskierten sie zu fassen bekamen und auf sie einprügelten, bis sie nur noch wimmerten.

Mit einem Mal war der Rausch zu Ende. Das Mondlicht fiel sanft auf die umherliegenden Trümmer, brachte die Scherben zum Glitzern und ließ die feinen Kleider und Hosen aus dem Stoffladen, die zerfetzt am Boden lagen, matt schimmern, beinahe als gehörte es so.

Willi hatte Heiner überredet, dass er mitging zur Feier an einer Scheune außerhalb des Dorfs, wo sich die Volkshelden trafen, damit ihnen einer der Anführer ein paar Kästen Bier spendieren konnte. Heiner kannte viele der Männer. Es waren Knechte dabei, Bauern, junge und ältere, Handwerker, angesehene Leute, die nun mit der Bierflasche in der Hand anstießen, sich begeistert Dankesreden anhörten und damit brüsteten, dem Vaterland einen großen Dienst erwiesen zu haben.

Am nächsten Morgen wollten sie alle Juden aus der Stadt hinausgeleiten, damit diese sich samt ihren Habseligkeiten auf den Weg nach Fürth und Nürnberg machten, wo sie in eigens eingerichteten Judenhäusern hausen konnten. Willi bestimmten sie dazu, mit seinem Blasebalg voranzugehen und das Lied »Muss i denn, muss i denn zum Städtele hinaus« zu spielen.

Willi weigerte sich. Als man ihm mit dem Lohn von Verrätern drohte, willigte er ein.

In dieser Nacht machte Heiner kein Auge zu. Immer wieder sah er die Zerstörungen und Demütungen vor sich und er redete sich ein, dass sie nichts Verwerfliches getan hatten, dass die Juden schlechte Menschen waren und dass ihnen diese Abreibung recht geschah. Dann kamen ihm Zweifel und er suchte nach Schlechtigkeiten. Er fragte sich, wann und wo er vom Juden beschissen worden war. Welcher Jud hatte von ihm je einen zu hohen Zins verlangt, war böse zu ihm gewesen, hatte ihm in der Not nicht geholfen? Hatte die neue Arbeitshose zu Lichtmess nicht gepasst? Hatte Neuburger dafür zu viel verlangt? Oder taugte dem Schmierjuden sein Öl etwa nichts, spreizte es sich in der Fettpresse?

Heiner fand keine Antworten und von nun an versuchte er auch keine mehr zu finden. Er schob die Fragen beiseite, so erübrigte sich der unangenehme Rest. Er ließ gewähren, was er nicht aufhalten konnte – wie die meisten. Er schwieg und sah weg.

An einem der darauffolgenden Sonntage, bei trübem Novemberwetter, fuhr Heiner in aller Frühe nach Roßendorf. Mit Tinas Eltern besprach er das Finanzielle, das Notarische und das Kalendarische. Als Hochzeitstermin wurde der zweite Samstag im März vereinbart. In dieser Zeit kalbten keine Kühe und für die Frühjahrssaat war es noch zu feucht. Die beiden Parteien einigten sich darauf, dass die Trauung in der Roßendorfer Kirche stattfinden würde und die Einladungen sich auf die nahe Verwandtschaft beschränken sollten. Die Eheringe wären Sache des Bräutigams und nach dem Kaffeetrinken würde Feierabend sein, wegen der Arbeit im Stall.

Heiner mied nun die Rockenstube. Abends saß er in seiner Kammer und studierte sein Buch, bisweilen auch die Bibel. Anna sah er nicht mehr in die Augen.

Anna sah ihm dann auch nicht mehr in die Augen. Sie ging ihm aus dem Weg und Heiner fragte die anderen Knechte, ob sie ein geheimes Liebesverhältnis pflegte. Aber keiner wusste etwas, es gab nicht mal Vermutungen.

Der Bauer wahrte Stillschweigen, nachdem Heiner ihm sein Vorhaben gebeichtet hatte. Er behielt den Knecht sogar so lange in Stellung und lieh ihm ein paar Mal sein Fahrrad, bis der Umzug nach Gonnersdorf vollzogen war.

Als Heiner den Hof verließ, war Anna wieder in der Augenklinik. Sie hatten sich nicht voneinander verabschiedet.

DIE HOCHZEIT

Die Braut trug ein schwarzes Kleid und schwarze Schuhe. Der Bräutigam hatte Vaters braunen Anzug an und Peters Hut. Der Tag war wolkenverhangen, aber für die Jahreszeit angenehm mild.

Den Hochzeitslader hatten sie sich gespart, die Brautleute begrüßten ihre Gäste selbst. Die Geschenke wurden gern angenommen, denn die Zeiten waren immer noch schlecht. Heiners Mutter fehlte, die Blindheit fesselte sie ans Haus. Peter war gekommen, Tinas Eltern, ihr Pate, ihr Bruder mit Gattin, außerdem ein paar Onkel und Tanten. Brautjungfern vermisste niemand, der Bruder hatte keine Kinder im passenden Alter. Tinas Cousine mit ihren zwei Söhnen war nicht geladen.

Der Pfarrer hielt in der Roßendorfer Kirche eine kurze Predigt, dann fragte er die Brautleute, ob sie mit der Vermählung einverstanden seien. Auf ihr einfaches Ja hin tauschten sie die Ringe, und der Pfarrer erklärte Heinrich Scherzer und Tina Scherzer, geborene Hofmann, zu Mann und Frau, was sie im biologischen Sinne ja vorher schon waren.

Ein paar neugierige Frauen aus dem Dorf kamen zum Gaffen, ansonsten bewegte sich der kleine Hochzeitszug ohne großes Aufsehen rasch zum Elternhaus der Braut. In der guten Stube war für das Paar und seine Gäste gedeckt. Die Kiste für die Ferkel, die längst zu Schweinen geworden waren, lagerte in der Scheune. Die Tiere hatten ihre Herberge im Stall und das Fetteste von ihnen hing schon hoch oben im Schlot in Form von Bratwürsten, Blutwürsten und Leberwürsten.

Tinas Pate, ein Metzger aus Burgfarrnbach, spendierte als Hochzeitsgeschenk für jeden eine Portion Rindfleisch. Kartoffeln und Brot hatte die Familie selbst genug. Das Geschirr hatte Tinas Mutter als Mitgift bekommen, die Braut bekam es nun von ihr weitergereicht. Es fehlte an nichts.

Nach dem Essen besichtigte die Hochzeitsgesellschaft den Kuhstall und die Schmiede. Als erste Nachfragen nach Kaffee und Kuchen an die Braueltern gerichtet wurden, war man vorbereitet. Die Brautmutter hatte Küchle gebacken, Tinas Schwägerin sorgte für den Streuselkuchen. Sogar echter Kaffee wurde aufgetischt, was die Familie ein halbes Vermögen gekostet hatte.

Als die Futterzeit nahte, ging die Verwandtschaft nach Hause und auch das frisch vermählte Paar nahm seinen Abschied von Roßendorf. Der alte Heller in Gonnersdorf wartete schon.

Es war notarisch festgelegt worden, dass ihm pro Woche zehn Eier zustanden, dazu zwei Bratwürste, ein halber Laib Brot, täglich ein Teller Suppe in Form von Milchsuppe, Metzelsuppe, Hühnersuppe oder Kartoffelsuppe. Falls sein Gesundheitszustand oder sein schweres Gemüt es ihm nicht erlaubten, gemeinsam mit dem Ehepaar Scherzer zu speisen, waren ihm die Mahlzeiten in seine Kammer zu bringen. Seine Stube war von der Bäuerin in einem sauberen Zustand zu halten. Für den Winter hatte er sich täglich einen Weidenkorb geschnittenes und trockenes Brennholz festschreiben lassen, zum Anzünden standen ihm wöchentlich acht trockene Streichhölzer zu. Seine Arbeitsmontur sollte monatlich gewaschen und die Sonntagskleidung im jährlichen Rhythmus auf Löcher überprüft werden.

Pro Jahr hatte er sich das Recht auf ein Paar dünne Wollsocken für den Sommer und ein Paar dicke für den Winter ausbedungen. Das war Tinas Mutter zu viel gewesen und der alte Heller hatte nachgegeben. Die Strümpfe durften also nach sachgemäßem Stopfen der Löcher weiterverwendet werden. Außerdem erbat er sich wöchentlich eine Dose Schnupftabak.

Dem alten Heller war eine gute Versorgung wichtiger als ein guter Preis. Begüterte Bauern hatten mehr für seinen Hof geboten, er aber entschied sich für das junge Ehepaar. Heller fand, kleine Leute sollten für kleine Leute einstehen, schon aus Prinzip.

Was sie in den letzten Tagen noch nicht nach Gonnersdorf transportiert hatte, stapelte Tina auf einen Leiterwagen mit Ziehdeichsel. Mit gesenktem Kopf gab sie ihren Eltern die Hand, dazu wehte der spitzige Wind von der Kirche herüber und es schien, als würde er die wenigen Worte, die sie sich zum Abschied sagten, unwiederbringlich über die roten Dächer des kleinen Dorfs fortreißen. Als wären sie niemals ausgesprochen worden.

Tinas Schwägerin winkte besonders heftig, als die Braut am späten Nachmittag den Hof verließ. Heiner trottete mit seinem braunen Koffer in der Hand hinterher, in den Ohren allein das Knirschen der eisenbereiften Speichenräder auf der geschotterten Straße, genauso laut wie der Mistwagen, wenn ihn der Ochse zog. Tina pressierte es. Das Hochzeitskleid hinderte sie nicht daran, weit auszuschreiten, und Heiner, der ihr kaum folgen konnte, fragte sich, ob eine Frau mit solch langen Beinen überhaupt dazu in der Lage wäre, kleinere Schritte zu tun.

Unterwegs sprach die Frau weder ein Wort, noch drehte sie sich um, noch blickte sie zur Seite. Machte sie einen Schritt, brauchte Heiner zwei und dabei gab es doch so viel zu erzählen.

Umrahmt von kahlen Eichen, Kastanien und Ahornbäumen lugten die Dächer des Nachbardorfs aus dem weitläufigen Tal. Freudig ging Heiner den Dorfberg hinab über die Sandsteinbrücke und bewunderte die Erlen und mächtigen Pappeln, die den Bachlauf im Wiesengrund säumten. Der Karpfenweiher nahe der Straße war voller vertrockneter Binsen. Was wohl die Karpfen im nächsten Frühjahr dazu sagen würden, fragte sich Heiner. In der Nacht finster und am Tag dunkel. Das konnte nicht einmal einem Fisch gefallen.

Vor ihm zog seine Ehefrau ihr Leiterwägelchen zielstrebig durch das Dorf, als wäre die Straße bloß eine Schlucht und jeder Hof ein Sandsteinbruch.

An der alten Weide mit ihren tief herunterhängenden Ästen, wo sich der Weg gabelte und die Gasse zum Anwesen vom alten Heller führte, standen zwei Bäuerinnen mit bunten Kopftüchern am Straßenrand. Sie grüßten freundlich, das frisch vermählte Paar grüßte ebenso freundlich zurück. Heiner hätte gern ein wenig mit ihnen geplaudert, Tina aber marschierte stracks weiter und er folgte ihr brav.

Links vor ihnen ragte ihr künftiges Heim auf. An die Längsseite des Dachs war der quer stehende Kuhstall angebaut. Gegenüber befand sich die Scheune, vom Haus getrennt durch einen schmalen, mit Feldsteinen befestigten Hof. Mittendrin der Misthaufen. Das unscheinbare Sandsteinhäuschen mit der verwitterten grauen Tür, in der auf Brusthöhe ein Herz ausgeschnitten war, stand zwischen Scheune und Werkstatt.

Der alte Heller wartete auf der Türschwelle, als die beiden die Gasse hochkamen. Seine blaue Schürze reichte ihm bis zu den Knien, beide Filzpantoffeln klafften vorn auf, der rechte große Zeh lugte dazu durch den Strumpf. Sein hageres, mit Falten überzogenes Gesicht wirkte müde. Kein Lächeln zeigte es, keine Freude, keinen Ärger. Der Oberlippenbart hing voll mit Schnupftabak, die schütteren Haare lagen wie dünne Fäden auf dem Haupt.

»Hat lang gedauert, eure Hochzeit«, sagte er mit dünner Stimme.

»Die Leute sind nicht früher heim«, antwortete Tina. »Aber jetzt sind wir da.«

»Jetzt seid ihr da«, brummte er. »Dann kann ich ja in mein Bett.«

Heiner warf einen Blick auf die Taschenuhr. »Fünf Uhr am Nachmittag«, meinte er verwundert.

»Muss viel Schlaf nachholen«, sagte der alte Heller, dabei gähnte er. »Mit einem faulen Weib wird die Nacht zum Tag.«

Wenig später stand das Ehepaar in der Küche, unschlüssig, was als Erstes zu tun sei. Tina rückte das Kreuz an der Wand gerade, faltete die Hände und betete. Ein strenger Seitenblick genügte, dann betete auch er.

Mit einem rostigen Schieber kratzte sie die Asche aus dem übervollen Behälter des Schürherds in eine blecherne Kiste. Sie packte einen Laib Brot aus ihrem Korb und legte ihn auf die staubige Tischplatte. Ein paar abgewetzte Gabeln, Löffel und Messer holte sie aus der Schublade unter dem Tisch.

Wenn er morgen etwas Warmes zu essen wolle, sagte die Frau, brauche sie Holz, trockenes Holz. Streichhölzer habe ihr der Vater reichlich mitgegeben.

Auch Tante Friedas Hochzeitsgeschenk brauche einen anständigen Platz, meinte sie, dabei deutete sie auf die Kiste mit der gelben Schleife und der Henne mit ihren sieben Küken darin. Tina gab dem Federvieh einen Becher Wasser und eine Handvoll verschrumpelter Weizenkörner.

Jetzt wünsche sie sich ein wenig Ruhe, sagte sie zu ihrem Gatten. Sie müsse ihr Hochzeitskleid ausziehen und ihm werde es auch nicht schaden, wenn er den Anzug gegen die Arbeitsmontur tausche. Die Stallarbeit erledige sich nicht von selbst. Außerdem würde es einen schlechten Eindruck hinterlassen, wenn sich das Viehzeug schon am ersten Tag von einem Bauern im Sonntagsstaat füttern lassen müsse. Es sei längst an der Zeit, die verbleibenden Stunden sinnvoll zu nutzen.

Der alte Heller hatte Heiner in den zurückliegenden Wochen alles gezeigt. Er hatte ihm erklärt, welche Kuh wann kalben würde, wo das Futter lagerte.

Heiner kannte die Werkstatt, den niedrigen Raum mit von der Last des Dachs durchgebogenen Balken, nicht größer als ein Hühnerstall. Auf der schmalen Werkbank lagen ein paar Hämmer und Schlüssel. Im Eck lehnten zwei Sensen, mehrere Rechen und Gabeln. Sensenschlüssel und Wetzsteine hingen an rostigen Nägeln an der Wand. In einer Nische zwischen Stall und Haus lag in einer Holzkiste das Zaumzeug für den Ochsen. Einige Milchkannen und ein Melkeimer reihten sich aneinander, daneben ein Napf, wohl für die Katze.

Die Tiere standen gut im Futter, aber sie waren verdreckt. Heiner füllte einen Eimer mit Wasser. Auf dem Fenstersims lagen Striegel und Bürste, ebenso verkrustet wie das Fell der Kühe.

Als Tina am Abend mit dem Melkschemel in den Stall kam, waren die Tiere sauber und gefüttert. Sie stellte den Schemel auf den Boden, stützte die Arme in die Hüfte und sah sich um. Ihre schmalen Lippen zeigten ein kleines Lächeln. Sie müsse ihren Gatten loben, sagte sie. Die Kühe in solch kurzer Zeit zu füttern und sie auch noch zu putzen, dafür brauche es Talent. Mit viel Fleiß und vor allem mit Gottes Hilfe werde der heruntergewirtschaftete Hof bald wieder dastehen, wie es sich gehörte.

Heiner sagte, die Arbeit mit den Tieren mache ihm Freude und wenn sein treu sorgendes Eheweib diese mit ihm teile, sei er das glücklichste Mannsbild in diesem Stall.

DER UNRICHTIGE ZEITPUNKT

Der Milchhauswart, ein kantiger Mann mit einem dicken Schnurrbart, lugte über seine Brille. »Bist dem Heller sein Nachfolger?«, fragte er neugierig.

Heiner nickte.

»Viel Milch hat der alte Heller nicht gebracht. Viel Milch bringt wohl auch der Neue nicht«, sagte er, nachdem er die beiden Kannen durch den Filter in den Messeimer geschüttet und die Zahlen in sein graues Ringbuch notiert hatte.

»Hast heute erst geheiratet?«, sprach der junge Körber Heiner an. »Meine Frau war in der Kirche.«

Heiner strich sich mit den Fingern durch die Locken. »Jetzt ist halt alles ein wenig anders«, sagte er.

»Gewöhnt man sich schnell dran«, meinte der Nachbar. »Darum ist es am Milchhaus so schön. Bleiben die Bauern gern länger stehen zum Dummdaherreden.«

»Tät ich dann auch ganz gut dazu passen«, scherzte Heiner.

Ein paar Bauern stellten sich zu den beiden und begrüßten Heiner. Eine ältere Frau fragte ihn nach seiner Mutter. Nun kam er ins Plaudern und die Zeit verging schneller, als sie sollte.

Erst als eine große weibliche Person mit schwarzem Kopftuch mitten auf der Straße stand, mit ernstem Gesicht, fiel es ihm wieder ein – die Henne mit den sieben Küken. »Den Hühnerstall hab ich vergessen«, entschuldigte er sich bei seiner Frau.

»Sind so lange im Käfig gesessen«, sagte sie missmutig, »werden sie die eine Nacht auch noch aushalten.«

In der Waschküche zwischen Küche und Stall spülte sie die Milchkannen aus. Trockenes Holz hatte sie selbst herbeigeschafft.

Im Küchenherd knisterte das Feuer, im Schifflein blubberte heißes Wasser, darüber stand ein Topf. Auf dem Tisch befanden sich zwei Teller, der halbe Laib Brot, eine Dose mit Butter, ein Salzstreuer und eine Kanne Milch.

»Die Milchsuppe müsste passen«, sagte Tina. Sie stellte den Topf auf den Tisch und setzte sich, dann faltete sie die Hände und sprach leise das Tischgebet.

»Schmeckt die Suppe?«

Heiner nickte und fasste nach.

Nach dem Essen griff er nach ihrer Hand. Sie senkte die Augen, zog die Hand zurück, nahm das Geschirr und stellte es in den Waschtrog.

Heiner beobachtete sie von der Seite, die langen Beine, das strenge Gesicht, das Kopftuch, das sie auch zum Essen aufbehalten hatte. Er suchte nach Falten auf ihrer Stirn, die aber war glatt wie der Porzellanteller, aus dem er seine Suppe gelöffelt hatte.

Tina knipste das Licht an, die schwache Birne spendete nur wenig Helligkeit, und die Wanduhr machte *tick, tack, tick, tack …*

»Sind jetzt ein richtiges Ehepaar«, sagte Heiner. Er lächelte und suchte wieder nach ihrer Hand, die sie unter dem Tisch auf dem Schoß versteckte.

»Bist glücklich?«, fragte er vorsichtig.

Sie nickte. »Der Herrgott wird es schon richtig gemacht haben«, sagte sie.

Heiner atmete tief durch. »Ist das erste Mal im Leben, dass ich kein Knecht mehr bin.«

Die Bäuerin nickte bedächtig, dazu spreizte sie den Zeigefinger ab wie eine strenge Schulmeisterin. »Unter dem Schirm unseres Herrgotts sind wir alle Knechte.«

»Hab auch als Knecht einiges verspart. Wo soll ich das verstecken?«, wollte er nun wissen.

Die Frau besann sich einen Moment. »Viel wird es ja nicht sein.«

»Unter der Matratze wird es bestimmt niemand vermuten.«

»Bestimmt nicht.«

Heiner hörte auf, Fragen zu stellen.

»Wir wollen schlafen gehen«, sagte sie nach einer Weile. »Morgen ist der Tag des Herrn, da sollten wir beizeiten mit der Arbeit fertig sein, wegen des Kirchgangs.«

Heiner versuchte zu lächeln, aufgeregt strich er sich über die Wange. Gern hätte er auch ihre Wange gestreichelt, aber schon war sie aufgestanden und kramte im Wandschrank nach ihrer Bibel.

Mit Kernseife wusch er sich die Hände besonders sauber, mit den Daumennägeln streifte er den Dreck aus den anderen Fingernägeln, als Letztes reinigten sich die Daumennägel gegenseitig. Danach ging er noch einmal in den Kuhstall, streute das Stroh nach vorn, streichelte den beiden Schweinen über die Borsten und streckte seine Finger ins Maul des Kalbs, das artig daran lutschte.

Leise stieg er die Treppe hoch zur Schlafstube, verharrte im dunklen Gang eine Weile, lauschte an Hellers Tür. Er hörte ihn schnarchen. Stille. Dann ein heftiges Grunzen, wieder Stille. Von der schmalen Stiege herab, die in den Getreideboden unter dem Spitzdach führte, spürte er einen kalten Lufthauch.

Leise öffnete er die Tür zur Schlafkammer. Wieder lauschte er. Nichts war zu hören, kein Atmen, kein Säuseln, keine lockende Stimme, nichts. Nur das Ticken der Wanduhr. *Tick, tack, tick, tack.* Langsam gewöhnten sich die Augen an die Dunkelheit. Die Bäuerin lag auf dem Rücken, das Zudeck hochgezogen bis zum Kinn. Er blickte zum Stuhl. Kein Kleid, kein Strumpf hing über der Lehne. Heiner zog die Hose aus und schlüpfte unter die Bettdecke. Bei jeder Bewegung raschelte das Stroh in der Matratze.

Er schmiegte sich an ihren warmen Körper, seine Zehen suchten ihren Fuß, dabei klopfte sein Herz bis zum Hals.

Sie habe ihr Gebet noch nicht beendet, sagte sie.

Ob es ihr recht sei, wenn er ihre Nähe suche, fragte Heiner mit milder Stimme.

Der richtige Zeitpunkt sei noch nicht gekommen, antwortete sie ihm. Es sei unzüchtig, zum unrichtigen Zeitpunkt diese Nähe zu suchen.

Heiner war nachsichtig, ihm fehlte es an Erfahrung, was die Wünsche von Frauen in der Hochzeitsnacht betraf. Wann denn der richtige Zeitpunkt komme, fragte er.

Sie werde es rechtzeitig bekanntgeben, sagte sie.

Und so ruhig, wie sie dagelegen hatte, so schlief sie auch ein.

Nur Tote schliefen tiefer, dachte sich Heiner, der immer wieder den Atem anhielt, um zu lauschen. Schlafen konnte er selbst nicht, weil der alte Heller nebenan so fürchterlich schnarchte.

Die erste Woche im neuen Heim verbrachte das Ehepaar mit Suchen und Finden. Heiner war mit Heller unterwegs, den ganzen Tag hielten sie nach Marksteinen Ausschau, mit Holzpflöcken markierten sie die Ackergrenzen. Die Bäuerin stellte derweil in der Küche die Töpfe von der einen Ablage auf die andere.

Nach getaner Arbeit räumte Heiner die Werkstatt zusammen und versuchte, die wenigen Maschinen zu richten.

Schließlich war er nun sein eigener Herr und verantwortlich für alles, was nicht funktionierte.

Die Tage wurden wärmer und auch der Regen blieb nicht aus. Das Gras auf den Wiesen streckte sich, bald wuchs üppiges Futter heran. Heiner wusste aus seinem schlauen Buch, junges Gras, mit Liebe gemäht, belohnten die Kühe mit hoher Milchleistung. Der Milchhauswart staunte, als die beiden Kannen täglich voller wurden und sich bald eine dritte dazu gesellte.

Das Futter, das die Kühe nicht mochten, gabelte Heiner zu den Kalbinnen und zum Ochsen, die waren fett genug, die Kühe aber bekamen immer das Beste. Heiner fütterte nicht nur am Morgen und am Abend, er fütterte auch in der Mittagszeit. Und bevor er ins Bett ging, gabelte er ein letztes Mal frisches Gras in den Barren. Wenn sie alles aufgefressen hatten, durften die Kühe dann schlafen, das gönnte er ihnen.

Der Ochse war willig, er zog den Futterwagen anständig. Gern ließ er sich zwischen den Hörnern streicheln und er widersprach nie, wenn Heiner mit ihm redete. Überhaupt redete Heiner oft mit dem Tier. Er besprach mit ihm den Tagesablauf, das Wetter und er redete mit ihm über den unrichtigen und den richtigen Zeitpunkt. Heiner war sich sicher, dass ihn der Ochse verstand. Ein Ochse war schließlich ein Geschöpf Gottes und sein Schädel ja auch groß genug, zumindest fürs Zuhören. Beim richtigen Zeitpunkt allerdings bezweifelte Heiner, ob sich der Ochse als Ansprechpartner eignete.

Es war nicht alles Gold, was glänzte, aber Heiner glaubte, der Herrgott sei ihm wohlgesonnen. Die Arbeit machte Freude, die Tiere daheim mochten ihn und sicher auch die Vögel, das Getier am Feld, die Regenwürmer und die Käfer. Er versuchte, die Natur zu begreifen, sie durcheinanderzubringen war ihm zuwider. Fand er im Getreide ein Lerchennest, holte er einen Stab, um die Stelle zu markieren, damit er es mit der Sense an der Ernte nicht zerstörte. Brach im Stall ein Schwalbennest herunter, sammelte er die Jungvögel mit einem Grasbüschel ein und setzte sie zurück ins Nest, das er zuvor mit ein paar Nägeln an den hervorstehenden Balken befestigt hatte.

Im Dorf vertrug er sich mit jedem gut, doch weiter als bis zum Milchhaus führte ihn sein Weg selten. Die paar Äcker und Wiesen lagen hinter seinem Anwesen verstreut und die Bäuerin sorgte von Anfang an dafür, dass er sich um die eigenen Dinge kümmerte und nicht um das, was die Menschen durch sinnloses Geplaudere zum Zeitvertreib aussheckten. Ins Wirtshaus durfte er sich ohnehin nicht verirren.

Tina war eine eifrige Dienerin des Herrn, die nach den Geboten lebte und sich jede freie Minute um die richtige Lehre sorgte. Sie kochte, putzte, hielt das Geld zusammen, pflegte den verschlossenen alten Heller ohne Widerstreben – dabei war sie ebenso still und verschlossen und Heiner sorgte sich bisweilen, mit wem er wohl plaudern könnte, wenn der Ochse irgendwann nicht mehr war.

Am Sonntag nach der Kirche hebelte er in der Schlafkammer das siebte Brett neben der Tür aus dem Boden. Hier hatte er seine blecherne Schachtel mit dem Ersparten, dem Gesindebuch und seinen Briefen versteckt. Das letzte Schreiben von Anna fiel ihm in die Hand. Es war an Heiners Bruder adressiert und Peter hatte ihm das Schriftstück heimlich an der Hochzeit zugesteckt.

Versonnen strich er mit den Fingern über das Kuvert. Was Anna an den Augen fehlte, war an den anderen Sinnesorganen überreichlich vorhanden. Hätte er sie ausgewählt, dem alten Ochsen wäre wohl stinklangweilig.

Anna schrieb ihm aus Erlangen, aus der Augenklinik, in der sie schon einmal operiert wurde, kurz bevor Heiner nach Gonnersdorf gezogen war.

Lieber Heinrich

Während die anderen bestimmt in der Rockenstube feiern, sitze ich hier und erlaube mir, an dich ein paar Zeilen zu schreiben.

Ich muss nämlich das einmal hören, dass du eine andere liebst und dass ich so dumm bin mit meinen 31 Jahren und es nicht merke, das kann man doch schon sehn, weil du überall allein bist und mich nirgends brauchen kannst. Und das andere Mal muss ich wieder hören: Es ist nur schade, dass der Heinrich an die kommt. Der weiß gar nicht, was er für einen Fehltritt tut, wie er sich ins Unglück stürzt für sein Leben lang.

Kann denn ich was dafür, dass es so ist? Die Leute wenn wüssten, wie ich mich schon saumäßig geärgert habe über so ein schlechtes Leben, und wie oft ich mir schon gewünscht habe, überhaupt nichts mehr zu sehen, und dass ich nicht mehr zu leben brauchte, dann würden sie vielleicht auch einmal den Mund halten. Ich kann es niemandem sagen, wie ich mich nach einem anderen Leben sehne, nach einem Menschen, mit dem ich ein zufriedenes Leben führen könnte und Freude und Leid miteinander teilen könnte, arbeiten und sorgen wollte ich unermüdlich.

Also, lieber Heiner, wenn du wirklich eine andere liebst und es dich reut, dass du bei mir angefragt hast, dann kannst du ruhig zurücktreten, denn ich will nicht haben, dass du dich ins Unglück stürzt. Ich muss halt dann zusehen, wie es weitergeht, vielleicht schlägt für mich doch noch einmal die rettende Stunde, wo es anders wird, einen Ausweg gibt es ja immer noch, zu dem ich greifen kann.

Ich könnte noch viel mehr schreiben, auch weil ich ein Auge verloren habe, Rente bekomme ich jetzt 6 Mark monatlich.

Ich will jetzt schließen und hoffen, dass dich mein Schreiben gesund antrifft, wie es mich verlässt.

Sei indessen herzlich gegrüßt
Von Anna

Still in sich versunken saß Heiner auf dem Boden, die Beine im Schneidersitz. Er las den Brief ein zweites und ein drittes Mal. Dabei beschlich ihn eine Wehmut wie aus Kinderzeiten, als er die Mutter wegen eines gestohlenen Zehnpfennigstücks angelogen hatte.

Sein Herz schlug wie immer und pumpte das Blut durch die Adern, seine Augen öffneten und schlossen sich unmerklich, der Atem blieb derselbe, der Körper funktionierte wie ein Uhrwerk. Und doch empfand er alles wie durch einen Nebelschleier, den die Sonnenstrahlen nicht durchdringen konnten.

Zum Mittagessen gab es Hefeklöße mit eingeweckten Kirschen. Tina blieb länger sitzen als üblich, dabei kreisten die Daumen in ihren gefalteten Händen. Sie räusperte sich ein paar Mal, dann fragte sie ihn, ob er sich vorstellen könne, morgens eine Stunde früher aufzustehen, da die Arbeit reichlich sei und die Zeit dafür begrenzt. Der Hof müsse an allen Ecken und Enden hergerichtet werden, außerdem stehe die Heuernte vor der Tür, das Gras auf den Wiesen werde langsam storrig und alt.

Heiner war schwer beleidigt. Mit bebender Stimme sagte er, er könne auch zwei Stunden früher aufstehen, wenn es erwünscht sei, und wenn die Zeit für die Arbeit am Hof noch immer nicht reiche, gern auch fünf. Wenn er am Abend zwei Stunden länger arbeiten würde, spare er sich die Zeit, die er im Bett verbringe. Stünde er eine weitere Stunde früher auf, müsse sie sich aber vorher beim Herrgott erkundigen, ob der dann nicht den Tag auf fünfundzwanzig Stunden verlängern wolle.

Heiner schaute auf seinen Teller, dabei verschränkte er die Arme.

Tina sagte, im Grunde sei sie mitverantwortlich für das Wohlergehen des Hofs, da ihr Vater das Anwesen ja auch bezahlt habe. Hart stellte sie das Geschirr auf den Herd, machte es mit einem Lappen sauber und verräumte es an Ort und Stelle.

Aus der Kommode holte sie sich ihre Bibel, dabei verharrte sie einen Moment und wagte einen kurzen Seitenblick zu Heiner. Der jedoch rührte sich keinen Deut und starrte nun zum Fenster hinaus. Ohne ihn weiter zu beachten, ging sie in den Garten zu ihrem Lieblingsplatz auf dem Bänkchen unter dem Nussbaum hinter der Scheune.

Heiner spazierte den Feldweg hinaus auf die Flur und mit jedem Schritt in der Natur legte sich der Ärger. Er sah nach dem Weizen, den der alte Heller noch gesät hatte, kontrollierte das Gras, ob es für die Mahd wirklich taugte, dabei musste er zugeben: Seine Frau hatte recht. Es war an der Zeit zum Mähen und am Hof lag wirklich vieles noch im Argen.

Er setzte sich auf den Rain und betrachtete die dünnen Halme des Knaulgrases, die trotz ihrer Länge dem stärksten Wind standhielten, der sie oft genug in alle Richtungen schüttelte und bog. Er beobachtete den Schmetterling, der sich an einer Dolde zu schaffen machte. Bienen, die von einer Blüte zur nächsten flogen. Er zählte die Punkte des Junikäfers, der auf seinen Zeigefinger gekrochen war. Sieben brachte er zusammen. Mit einem Grashalm drehte er ihn vorsichtig, fand aber auf der Unterseite keine Punkte mehr. Dann schnaufte er tief durch und hielt die Luft an, dabei glaubte er, den Duft seiner ganzen Wiese auf einmal in der Nase gefangen zu halten.

Er saß mitten in der Natur und er war jetzt ein Bauer mit allen Rechten und Pflichten. Die kalten Worte seiner Frau änderten daran wenig. Seine Unterschrift auf der Besitzurkunde neben der ihrigen zählte und sonst nichts.

Lange blickte er über sein Land, dann schlenderte er in den Wald. Seine Augen richteten sich auf die Kronen des alten Bestands. Er durchsuchte sie nach dürren, nach trauernden, nach zu dicht stehenden Exemplaren, die sich gegenseitig das rare Wasser des sandigen Bodens streitig machten. Eine Weile betrachtete er die Stämme, unterschied zwischen dicken und krumm gewachsenen. Weit hinten, zwischen zwei eng stehenden Fichten, fiel ihm ein ungewöhnlicher Baum auf. Je näher er an die Stelle kam, je dichter das Buschwerk und die Blaubeerranken wurden, desto heftiger schlug sein Herz. Seine Schritte wurden schneller. Die Schweißtropfen liefen ihm von der Stirn über die Wangen.

»Herrgott«, rief er entsetzt. Die Schritte stockten, die Ahnung wurde zur Gewissheit. Der alte Heller.

Wie ein steif gewordener Sack baumelte er an einem Strick über dem Boden. Das Gesicht grau, die Augen weit aufgerissen. Auch er trug, wie der Greis in Dürrnbuch, seinen Sonntagsanzug. Den Strick hatte er so umgelegt, dass der Knoten seiner schwarzen Krawatte unbehelligt blieb.

Daheim fand Heiner die Bäuerin auf ihrem Bänkchen. Sie merkte sofort, dass etwas Furchtbares geschehen war: »Der Heller?«

Heiner nickte betroffen. »Im Wald.«

»Ich geh mit«, sagte sie entschlossen.

Heiner spannte den Ochsen an den Leiterwagen. Die Bäuerin holte eine Decke, eine Leiter und ein scharfes Messer.

Gemeinsam schafften sie den Leichnam nach Hause, gemeinsam standen sie dem Kriminalbeamten Rede und Antwort, gemeinsam kümmerten sie sich um die Beerdigung.

Tina machte sich Vorwürfe. Das erste Mal, dass sie mit ihrem Mann über etwas sprach, was sie bedrückte. Sie glaube, Heller sei mit ihrer Suppe nicht zufrieden gewesen, und sie müsse sich eingestehen, dass das Essen ein paar Mal angebrannt war, aber nur, weil Heiner nicht das richtige Holz hereingetragen hatte.

Doch das Leben ging weiter und bald wieder seinen gewohnten Gang. Die Leute im Dorf hörten auf zu tratschen. Irgendwann gaben sie Hellers davongelaufener Frau die Schuld an seinem Tod und ließen den Jungvermählten ihren Frieden.

An einem lauen Samstagabend im Juni blieb die Bäuerin nach dem Abendessen am Tisch sitzen. Sie war ungewohnt redselig und fragte Heiner nach seiner Arbeit, nach dem Stand des Weizens, nach der Reife des Grases, der Trächtigkeit der vorderen Kuh, und Heiner redete und redete, und sie hörte ihm zu wie eine Lehrerin dem Schüler.

Erst nachdem er die Schwalbennester und die Anzahl der Jungvögel darin an Scheune, Stall und Wohnhaus aufgezählt hatte, unterbrach sie ihn.

Sie habe nun sehr lange aufgepasst, sagte sie mit einem feinen Lächeln im Gesicht. Sie habe geprüft und sei sich sicher. Der richtige Zeitpunkt wäre nun gekommen, meinte sie. Das Ganze wäre heute aufrichtig und ohne Sünde vollziehbar. Mit erhobenem Zeigefinger mahnte sie aber den Mann: Sie lege Wert auf vollkommene Dunkelheit und auf den vollen Anbehalt der Unterkleider. Sie mache noch darauf aufmerksam, die Durchführung zum richtigen Zeitpunkt diene dem Zwecke der Hofnachfolge und keinesfalls der Befriedigung der Lust.

Heiner reinigte wieder seine Hände mit Kernseife, kratzte die Fingernägel mit den Nägeln der anderen Hand aus und ging dann noch einmal in den Stall. Er gabelte den Rest des Grases, den die Kühe verschmäht hatten, zu den Kalbinnen und zum Ochsen und gab den Kühen frisches Futter. Dann strich er den Schweinen zärtlich über die Borsten und reichte dem Kalb die Hand, damit es daran saugte wie am Euter der Kuh.

Als er in die Küche zurückkam, war Tina schon nach oben gegangen, obwohl es noch früh am Abend war. Heiner sah aus dem Küchenfenster. Eine Person auf einem Fahrrad kam die Straße hoch, in der Dämmerung erkannte er sie erst spät. Peter.

Auf das Klopfen an der Tür machte Heiner widerwillig auf. »Hast dich lange nicht sehen lassen«, sagte er kühl.

Peter reichte ihm die Hand. Er hatte sich seit der Hochzeit kaum verändert, nur ein Bäuchlein zeichnete sich unter seinem Hemd ab. »Ich wollte nur mal kurz vorbeischauen«, sagte er höflich.

»Magst einen Schluck Milch?«, fragte Heiner, nachdem er Peter in die Küche geführt hatte.

Der Gast verzog das Gesicht. »Bier wär mir lieber.«

»Die Bäuerin mag kein Bier am Hof«, sagte Heiner.

Peter setzte sich auf einen Stuhl, Heiner blieb stehen.

»Bald wird mein Gemüseladen vergrößert«, sagte Peter, »und der Storch hat sich auch angekündigt. Wenn's ein Bub wird, soll er Siegfried heißen.«

»Oha.« Heiner blickte erstaunt auf. »Hast bei der Hochzeit gar nichts erzählt davon.«

Der Bruder nickte stolz. »Da hab ich's ja selber noch nicht richtig gewusst«, sagte er.

»Wie geht's denn daheim?«, fragte Heiner beiläufig.

»Mutter geht's schlecht. Sie erwartet, dass du sie mal wieder besuchst.«

»Und der Hof?«

»Der läuft mit«, sagte Peter selbstsicher. »Aber du hast ja jetzt auch eine schöne Sach und eine schöne Frau.« Er betrachtete das Hochzeitsbild an der Wand. »Kannst schon zufrieden sein. Ein Glas Wasser kannst bringen, wenn du nicht zu sehr sparen musst.«

Heiner schenkte ihm kalten Tee ein, der vom Nachmittag übrig geblieben war. Jeden Morgen kochte die Bäuerin einen Kübel voll, der meist über den ganzen Tag reichte.

»Weißt was von der Anna?«, fragte Heiner.

Peter schüttelte den Kopf. »Den Leikauf Georg hab ich neulich getroffen. Der hat gemeint, dass sie sich gar nirgends mehr sehen lässt.«

Heiner ging nicht darauf ein, er stapfte lieber ein paar Mal auf und ab und guckte aus dem Fenster. »Heut Abend wird es noch regnen«, sagte er. »Hast noch einen weiten Weg vor dir.«

»Man könnte fast glauben, ich wäre zum unrichtigen Zeitpunkt zu Besuch«, fuhr ihn der Bruder an.

»Zum richtigen«, korrigierte ihn Heiner, »bist genau zum richtigen Zeitpunkt hier.«

Eine Weile plauderten sie noch, aber nicht mehr so vertraut wie früher. Dass Peter den Bauernhof daheim als Nebensache behandelte, ärgerte Heiner und Peter spürte das. Auf einen Zug trank er seinen Tee aus und ging viel früher, als er es vorgehabt hatte. Heiner war es nur zu recht.

Er war aufgeregt, als er die Kammertür öffnete.

»Warum kommst so spät? Und wer hat noch was bei uns gewollt?«, fragte sie leise.

»Peter war da.«

»Dein Bruder? Hättest ihm halt den Hof gezeigt.«

Heiner grinste über das ganze Gesicht. »Er hat gemeint, er wär zum unrichtigen Zeitpunkt gekommen.«

Das Bettgestell knarzte, als er sich neben sie legte. Er suchte nach ihrer Hand. Zärtlich verzahnten sich die Finger ineinander, bald schon suchten sich die Füße und irgendwann fanden sich auch die beiden Leiber – in völliger Dunkelheit und trotz der unteren Montur, so, wie sie es sich gewünscht hatte.

Auch danach hielten sich die Hände fest. Für einen Moment hatte es den Anschein, als gehörten sie nun wirklich zusammen.

Heiner flüsterte in ihr Ohr, es sei bezückend gewesen.

»Entzückend«, verbesserte ihn die Bäuerin. »Entzückend war es.«

»Aber sehr schön«, sagte der lächelnde Heiner, glücklich wie ein Konfirmand mit dem Patengeschenk in der Hand.

Sie flüsterte zurück. Sehr schön sei es auch für sie gewesen, aber nun gelte es abzuwarten, ob der Herrgott es gut mit ihr meine, was sie frühestens in eineinhalb Monaten sagen könne.

»Warum?«, fragte Heiner enttäuscht.

Wenn nicht, sagte sie, wäre der Beischlaf mit zu viel unkeuscher Lust verbunden gewesen. Wäre das der Fall, wisse sie, wie sie sich künftig zu verhalten habe.

Heiner nahm die Worte zur Kenntnis, die Hände lösten sich, die reizvolle Stimmung wich einem erholsamen, tiefen Schlaf und die Wolken, die Heiner seinem Bruder prophezeit hatte, regneten sich dort aus, wo er einst die Einheimischen den richtigen Umgang mit der Mutter Erde lehren wollte. Nämlich im afrikanischen Busch.

Am nächsten Morgen war die Lust wiedergekommen. Sie war etwas Besitzergreifendes, das sich im Unterleib wie ein Kobold einnistete und dort sein Unwesen trieb, und Heiner konnte sich nicht dagegen wehren. Das Erlebte hatte etwas in Gang gesetzt, das er nun immer wieder haben wollte, doch die Bäuerin verlangte ihm Geduld ab.

So wie der Kirchgang auf den Sonntag oder der Heilige Abend auf den vierundzwanzigsten Dezember fiel, so regelmäßig ließ die Bäuerin den Gatten allmonatlich zu sich. Aber mit jedem Mal, das sie zusammen waren, wurde sie abweisender, weil sich der erhoffte Nachwuchs partout nicht einstellen wollte.

Heiner drängte auf eine großzügigere Auslegung des richtigen Zeitpunkts. Sie aber blieb standhaft wie die alte Eiche in Dürrnbuch und Heiner schwelgte stattdessen in Gedanken, von denen seine Mutter behauptet hätte, sie wären unsittlich.

Manchmal sehnte er sich zurück nach Heinersdorf. Dorthin, wo die Knechte am Milchhaus zusammenstanden und dumm daherredeten. Er sehnte sich nach der Rockenstube beim Meth und nach Anna. Zu gerne hätte er gewusst, wie ihr es ging mit ihrer Blindheit.

Dann dachte er an die Juden, die sie aus Wilhermsdorf vertrieben hatten. Er dachte an Konrad, der zum Nazi geworden war, und an Willi, der sich hatte einschüchtern lassen. Kunni kam ihm in den Sinn und Margarete, die sich mit ihren unehelichen Kindern durchschlagen mussten.

Die Eheleute saßen beim Abendbrot und löffelten ihre Suppe, dabei klapperte das Besteck und die Uhr tickte, *tick, tack, tick, tack* … Eine Fliege summte am Stubenfenster. Wäre die Lampe eingeschaltet, würde sie dort oben brummen, nah beim Licht, sinnierte Heiner. Er fragte sich, warum sie überhaupt brummte, denn das Insekt war allein.

Die Bäuerin räumte das Geschirr ab, dann vertiefte sie sich in ihre Bibel.

Verdammte Stille.

Heiner hatte den Schädel auf die angewinkelte Hand gelegt. Was war sie eigentlich, diese Stille, fragte er sich. War sie ein Nichts? War sie messbar in Kilometern oder in Pfunden? Wie viel Pfund Stille konnte ein Mensch ertragen? Mussten die Gedanken nicht abgezogen werden, das röchelnde und ziehende Geräusch des Atems? War die Stille nicht das, was übrig blieb, als Letztes, wo sonst gar nichts war?

Schließlich bezweifelte er, dass es eine vollkommene Stille gab. Auch nicht im Grab. Da würden die Maulwürfe im Erdreich lärmen und dann die Würmer, wenn sie sich ans Fleisch und an die Eingeweide machten. Oder zuletzt an die Knochen, und dann würde es krachen und ächzen, bis sie einen ganz und gar aufgefressen hätten, bis überhaupt nichts mehr war. Kam dann die Stille oder war das erst der Beginn einer Leere, eines Nichts? Gab es noch weniger als nichts? Heiner beließ es dabei. Bevor noch der Herrgott ins Spiel kam …

Ihm stand die Gänsehaut auf, ein scheuer Blick streifte das Gesicht der Frau gegenüber. Sie saß da wie ein Markstein an der Ackergrenze und blätterte in ihrem Buch, in dem sie schon tausendmal geblättert hatte.

Angewidert stand er auf und schob seinen Stuhl bis zum Anschlag unter die Tischplatte.

Sie sah kurz hoch, vertiefte sich wieder in ihr Buch.

Heiner ließ die Stuhllehne ein zweites Mal an die Kante krachen.

Nun schüttelte sie wenigstens den Kopf.

Beim dritten Versuch würde die Lehne abbrechen, das war ihm zu teuer. Mit schweren Schritten polterte er die Treppe hoch in die Schlafkammer. Er kramte Annas Brief heraus, las ihn ein paar Mal durch, und dann stellte er sich vor, Anna läge neben ihm im Bett. Sie würden miteinander plaudern und plaudern und noch weiter plaudern, und dann stellte er sich vor, sie würden sich streicheln, küssen und miteinander schlafen, und alles war so schön.

KEINE VERWENDUNG

Am ersten September neunzehnhundertneununddreißig wurde
Heiner auf dem Weg zu seinem Acker von der Körberin aufgehal-
ten. Von Weitem rief sie ihm zu, dass Hitler in Polen einmarschiert
sei, ob er es schon gehört habe.

Hitler werde wohl seine Gründe haben, meinte er.

Die Nachbarin verschränkte die Arme. Ob er nicht mehr wisse,
wie es seinem Vater im Krieg ergangen sei.

Das wisse er noch genau, sagte Heiner. »Aber Polen ist ja nicht
die ganze Welt und der Krieg wird bestimmt nicht lang dauern.«

Die Körberin rümpfte die Nase und ging weiter.

Heiner fragte sich, ob er etwas Falsches gesagt hatte. Politiker
führten eben Kriege, das war schon immer so gewesen, soweit er
wusste, und das Militär würde schon aufhören zu kämpfen, wenn
es wieder genug davon hatte.

Im Dorf wurden die jungen Bauern und Knechte eingezogen
und bald waren die ersten Gefallenen zu beklagen. Jetzt war Heiner
froh, wenn die Bäuerin die Kannen ans Milchhaus brachte. Dann
musste er die fahlen Gesichter der Väter nicht sehen, die einen
Sohn verloren hatten, oder die der Bäuerinnen, die ihren Mann
vermissten.

Bis zum zweiten Jahr nach Kriegsbeginn dauerte es, da drückte
der Postbote an einem schönen Spätherbsttag Heiner den Muste-
rungsbescheid in die Hand.

»Ist nichts Besonderes«, sagte der Mann. »Mach ich jeden Tag
ein paar Mal und seit sie in Russland einmarschiert sind, bring ich
ein paar Wochen später den Abberufungsbescheid zum Himmel.«

Er sah Heiner eindringlich an, schwang sich auf sein Dienstfahrrad und fuhr davon.

Nun war es mit Heiners Seelenruhe vorbei. Er fragte sich plötzlich, warum Körber als Unabkömmlicher eingestuft worden war. Zuhause schimpfte er den Nachbarn einen Großbauern, der nur deshalb nicht einrücken musste, weil er mit seinem Lanz Dieselross die Feuerwehrspritze zum Löschen in die brennende Stadt fahren sollte, wenn Bomben fielen. Die Bäuerin wollte ihm diesen Argwohn ausreden, aber Heiner blieb stur. Erst das Gebet, das beide mehrmals am Tag Hand in Hand zum Herrgott richteten, beruhigte ihn ein wenig. Insgeheim half aber der Neid auf den Nachbarn mehr gegen die Angst vor der Einberufung als die Hoffnung auf himmlischen Trost.

Als Zeichen Gottes sahen sie es an, dass Heiner nach der Musterung beim Wehrbezirkskommando Fürth von Major Prinzel für nicht tauglich befunden wurde. Für Zwerge gebe es bei »unserer stolzen Wehrmacht« keinen Bedarf, erklärte ihm der Doktor.

Heiner erwiderte, Kleinwuchs habe auch sein Gutes. Müsse man sich bücken, sei man näher am Boden, ein unschätzbarer Vorteil beim Jäten des Unkrauts oder beim Ernten der Futterrüben.

Der Offizier riet ihm daraufhin, er solle all seine Kraft in die Produktion von Nahrungsmitteln stecken, damit die Soldaten an der Front und die Menschen im Reich genug zu essen hätten.

Auf dem Weg zum Bahnhof war ihm so leicht zumute, dass Heiner vor sich hinpfiff, »Im schönsten Wiesengrunde«, und als ihm Körber in den Sinn kam, wollte er ihm keine Fahrt mit seinem rostigen Lanz mehr neiden. Von ihm aus durfte der Nachbar jeden Tag zum Löschen in die Stadt fahren und wenn es ihm gefiel, konnte er auch ganz drinbleiben.

Zweimal musste Heiner in den Folgejahren noch zur Musterung. Und zweimal blieb ihm der Kriegsdienst erspart mit immer derselben Begründung.

Mehr und mehr leerte sich das Dorf und auf den Höfen fehlten dringend benötigte Arbeitskräfte. Das änderte sich, als im Nachbarort ein Lager mit Zwangsarbeitern eingerichtet wurde. Körber hatte vom Bürgermeister einen Franzosen genehmigt bekommen, der Ortsbauernführer einen Kriegsgefangenen aus Polen und auch Heiner dachte lange daran, einen Helfer zu beantragen, schon der Ansprache wegen. Aber der Hof war zu klein dafür, deshalb ließ er es bleiben.

So saß er weiterhin abends, wenn es dunkel wurde, allein mit der Bäuerin im Kerzenlicht bei verhängten Fenstern und lauschte auf das Brummen der Motoren in der Luft.

Während sie ihre Bibel studierte, fragte sich Heiner, ob sie nicht längst jede Zeile von vorn nach hinten, von hinten nach vorn, von schräg oben nach unten und zurück auswendig aufsagen konnte. Er wusste ja auch blind, wo das farbige Muster an der Wand kräftiger war, wo die Kringel und Blümchen der Tapete ineinander übergingen und in welchem Abstand die Blumenvasen platziert waren.

Dieses Schweigen machte ihn wirr und er konnte es kaum erwarten, bis sich der kleine Zeiger der Standuhr zum Neuner bewegt hatte. Erleichtert ging er hinüber in den Stall und gabelte den Tieren frisches Heu in den Barren, dann redete er mit dem Ochsen und den Kühen darüber, ob der Herrgott die Bibel wohl nur deshalb erschaffen habe, damit Mann und Frau nicht mehr miteinander sprechen mussten.

Bevor er heute die Kerze im Stall löschte, strich er der Braungescheckten noch einmal über das Fell, er hätte viel dafür gegeben, von ihr zu erfahren, warum sie das Heu verschmähte und ihr Kalb nicht auf die Welt bringen wollte, obwohl sie längst überfällig war.

Am nächsten Morgen blieb Heiner das eingebrockte Brot aus der Milchsuppe im Hals stecken, er ließ den vollen Teller stehen und rannte. Der Braungescheckten war die Fruchtblase geplatzt, aber sie konnte noch immer nicht kalben. Für den Tierarzt fehlte das Geld, also schickte die Bäuerin Heiner zum Körber. Sie meinte zwar, kleine Bauern sollten bei kleinen Bauern um Rat fragen. Aber Körbers französischer Zwangsarbeiter zählte ja noch weniger als ein Knecht.

François, den sie im Dorf Franz nannten, hatte schon mehrfach gezeigt, dass er ein Talent hatte, schwierige Geburten zu meistern. Verdrehte Tragsäcke brachte er zurück in die richtige Stellung. Lag das Kalb auf dem Rücken, drehte er es mit Leichtigkeit auf den Bauch, hatte sich ein Beinchen verkeilt, schob Franz seinen Arm tief in die Scheide hinein und wühlte so lange darin herum, bis das Kalb auf natürlichem Weg zur Welt kam.

Die Bäuerin war erleichtert, als die Stalltür aufging und Heiner eintrat, der Franzose direkt hinter ihm. Er zog sein Hemd aus und machte sich sofort ans Werk. Kurze Zeit später lag das Neugeborene lebendig im Stroh.

»Bon«, sagte Franz. Mit der schleimigen Hand wischte er sich den Schweiß von der Stirn, mit der anderen dann den Schleim.

»Franz gut Doktor«, lobte Heiner und Tina wollte ihm ein Fünfzigpfennigstück in die Hand drücken. Franz hielt abwehrend die Hände vor die Brust, das Fünfzigpfennigstück fiel auf den Boden und Franz war schon zur Tür hinaus. Während die Bäuerin unter jedem Halm nach der Münze suchte und sie schließlich in einer Betonritze fand, rieb Heiner das Kälbchen mit einem Strohbüschel trocken, den Rest besorgte die Kuh mit der Zunge.

Heiner blickte sich um. Nachdem er sich vergewissert hatte, dass die Bäuerin fort war, summte er die Melodie eines französischen Liebesliedes vor sich hin, das er von Franz am Milchhaus gehört hatte. Zufrieden reckte er sich und spürte, wie der Appetit zurückkehrte. Nun würde ihm die Milchsuppe auch kalt mit einer dicken Haut schmecken.

Als die Tage wieder länger wurden, die Blätter sich aus dem Geäst schoben und die Sonne ungestört vom tiefblauen Himmel strahlte, ließ Heiner eines Nachmittags die Arbeit liegen und ging hinaus in die Flur. Er unterhielt sich mit den Vögeln und dem Kleingetier zwischen den Ähren und Halmen. Und er fragte seinen Acker, wen er lieber auf der Scholle sehe, ihn oder die Bäuerin.

Heimwärts spazierte er über den Bachgrund zum Hausgarten der Körberin.

»Der Heiner ist da«, begrüßte sie ihn und richtete sich auf. Die schmutzigen Hände wischte sie sich an der Schürze ab. Ihr weißes Kopftuch bedeckte die Haare bis auf einen frechen Schübel an der Stirn. Im nächsten Moment verdüsterte sich ihr Gesicht. »Den Rupprecht haben sie auch eingezogen«, sagte die Nachbarin.

»Der war doch so krank.«

»Was schert die das?« Sie schirmte die Augen mit der Hand gegen das Sonnenlicht ab. »Einer nach dem anderen bleibt im Krieg.« Allein aus dem Dorf zählte sie sechs Gefallene auf. »Ich frag mich, wann der Herrgott endlich ein Einsehen hat.«

Heiner räusperte sich. Vielleicht wolle der Herrgott nur prüfen, wer im Paradies den Pflug führen dürfe.

Sorgenvoll sah ihn die Frau an. »Will nur hoffen, dass sie uns den Franz dalassen, wenn die Rübenernte kommt.« Sie lehnte sich an den Zaunpfosten. »Aber sag«, schweifte sie ab, »an Nachwuchs hast noch nicht gedacht?«

Heiner wich ihrem Blick aus. »Die Bäuerin wartet auf den richtigen Zeitpunkt.«

Die Körberin lachte laut auf. »Hab drei Buben in drei Jahren bekommen. Kann dir bloß sagen, wie man keine mehr kriegt.«

»Da kennt sich die Bäuerin auch gut aus«, sagte Heiner und verabschiedete sich rasch.

Daheim fand er Tina auf der Gartenbank, vertieft in ihre Bibel. Die einzige äußere Regung war die ihrer Hände beim Umschlagen der Seiten. Heiner schluckte die aufkeimende Wut hinunter.

Leise stieg er die Treppe hoch zur Schlafkammer, öffnete den Fehlboden und zog seine Blechschachtel heraus. Er zählte die Ersparnisse, dabei stellte er fest, es waren genauso viele Scheine wie am letzten Sonntag. Das Bündel legte er zur Seite, vorsichtig, als wäre es zerbrechlich. Aus dem Stapel Briefe darunter nahm er Annas letztes Schreiben. Murmelnd las er es so hingebungsvoll wie die Bäuerin ihr Buch. Dann bohrte er mit dem Daumen in der Nase und formte das Material, das er aus den Löchern kratzte, zu einer Kugel. Er legte sie auf die Innenseite des Daumens. Gespannt durch den Mittelfinger schleuderte er die klebrige Masse auf das Bettzeug der Bäuerin. Seine Gesichtszüge blieben unbewegt wie die vom alten Heller mit der Schlinge um den Hals.

Die Bombenangriffe auf die nahe Stadt nahmen zu, immer wieder heulte die Sirene am Milchhausdach. Dann dauerte es nicht lange, bis Körbers Lanz den Dorfberg hochtuckerte. Meist kam der Nachbar erst Stunden später zurück, aber darüber, was er erlebt hatte, redete er nie. Und Heiner hütete sich, ihn zu fragen. Jeder hatte genug mit sich selbst zu tun.

An einem lauen Septemberabend im Jahr neunzehnhundertvierundvierzig plauderte Heiner am Milchhaus mit den anderen über das Erntewetter, als Körber mit dem Lanz und dem Hänger voller Möbel angefahren kam. Langsam steuerte der Bauer an Heiners Anwesen vorbei über die hintere Zufahrt zu seinem Hof. Auf dem Beifahrersitz saß eine schmale junge Frau mit einem braunen Lederkoffer auf dem Schoß.

Ob er sich eine neue Bäuerin gekauft habe und den Hausstand gleich mit dazu, rief ihm einer der Männer nach.

Bald hieß es, die Frau sei eine Ausgebombte aus der Stadt und schaffe nun als Magd auf dem Hof. Und die Möbel gehörten einem Bekannten, der sie bei ihnen unterstellen wolle, erzählte die Körberin herum.

Bei der Rübenernte beobachtete Heiner die Neue. Sie verlor ständig den Anschluss, immer wieder musste ihr die Körberin helfen. Als sich ihre Wege zum Feierabend hin kreuzten, wollte Heiner ein paar Worte mit der Magd wechseln, sie aber hielt den Kopf gesenkt und schwieg. Es ärgerte ihn, dass die Körberin herbeigerannt kam und ihn anraunzte, er solle sich um seinen eigenen Kram kümmern. Eine Zeit lang blieb er ihrem Garten fern.

Dann sprach sich herum, dass eine Zwangsarbeiterin aus dem Langenzenner Lager entflohen war, und mancher schielte misstrauisch auf die Fremde. Nun ging auch Heiner ein Licht auf. Der Körberin traute er einiges zu, aber er hielt seinen Mund, wie die anderen auch. Jeder wusste, ein falsches Wort am falschen Ort und den Nachbarn würde es schlecht ergehen. Da konnte Körber mit seinem Lanz hundert Jahre dem Vaterland dienen und zum Löschen in die Stadt fahren.

Ein einziges Mal noch traf Heiner die Magd, es war der zweite Januar neunzehnhundertfünfundvierzig. Da stand sie in der eisigen sternenklaren Winternacht mit den Kindern vom Körber und vielen anderen auf der Anhöhe hinter dem Dorf. Ganze Flugzeuggeschwader dröhnten über sie hinweg mit Kurs auf Nürnberg. Und alle Umstehenden hatten nur Augen für den gewaltigen Feuerschein über der Stadt, begleitet von Explosionen, die hallten wie das Donnergrollen eines weit entfernten mächtigen Gewitters.

Im Frühjahr endete der Krieg, der nur ein kurzer Siegeszug hatte werden sollen und dessen Grausamkeit Heiner erspart geblieben war, weil der Herrgott bei ihm rechtzeitig das Wachstum eingestellt hatte.

Als die Amerikaner heranrückten und der Kanonendonner immer näher kam, wich ihm die Bäuerin nicht mehr von der Seite. Die Amerikaner steckten das Nachbaranwesen in Brand, weil ein paar herumstreunende deutsche Soldaten meinten, sie müssten das Dorf verteidigen bis zum letzten Atemzug, und Tina flehte Heiner an, er solle gefälligst auf den eigenen Hof aufpassen. Er aber lief davon. Zusammen mit den anderen Helfern befreite er die Tiere aus den brennenden Gebäuden und versuchte zu löschen.

Dabei bildeten die Leute eine Eimerkette zur Jauchegrube. Sie bekämpften das Feuer mit der stinkenden Brühe und die amerikanischen Soldaten, die das Treiben überwachten, banden sich Halstücher vor die Nasen.

Als Heiner auf dem Weg zur Straße ein Kalb einfangen wollte, stand er unvermittelt einem Schwarzen gegenüber. Reglos starrten sie sich an, der Riese mit dem angelegten Gewehr und der kleine Mann mit dem zerrissenen blauen Kittel und einem Kälberstrick in den Händen.

»*Black man. Okay for you?*«, fragte der Soldat mit tiefer Stimme, dann lachte er und seine Zähne blitzten.

Heiners Waden zitterten und er dachte an jene, die ihm einst prophezeit hatten, in Afrika werde man ihn kochen wie eine Blutwurst oder gar bei lebendigem Leibe auffressen.

»Herrgott hilf«, flüsterte er gen Himmel, als der Amerikaner in seine Tasche griff. Den Stanniolstreifen, den er hervorzog, nahm Heiner neugierig an.

»*It's okay*«, sagte der Riese, führte die Hand wiederholt in einer Geste zum Mund, als würde er essen, und ging weiter.

Heiner wickelte den Streifen auf und steckte seinen Inhalt in den Mund. Er schmeckte süßlich, gut, aber die klebrige Masse ließ sich schlecht hinunterschlucken.

Körber sperrten die Amerikaner in den vom Brand verschont gebliebenen Saustall, weil er zum Löschen seinen alten Helm mit Pickelhaube getragen hatte. Sie waren sich sicher, einen ganz besonderen Nazi entdeckt zu haben. Seine Frau jedoch schaffte es, ihn frei zu bekommen und die Soldaten zu überzeugen, dass er beileibe kein Parteitreuer war.

Tina verließ danach das Haus nicht mehr, sie fürchtete sich vor fremden Soldaten, die über hilflose Frauen herfielen, und vor Zwangsarbeitern, die sich zusammenrotteten und an ihren Peinigern rächten. Von der Körberin wusste Heiner, dass im Nachbarort ein Bauer halbtot geschlagen worden war, drei andere hatten sich aus Angst in einem Fischweiher ersäuft. Den Ortsbauernführer hatten die Rächer auch im Visier, doch sein polnischer Zwangsarbeiter schützte ihn, weil er gut mit ihm umgegangen war.

Und dann herrschte endlich Frieden.

Das ganze Dorf steckte nun voller Flüchtlinge, aber der Franzose vom Körber war nicht mehr da, ebenso die scheue Magd. Heiner vergaß sie schnell, zu viele Schicksale waren zu betrauern. Selbst klagen wollte er nicht. Er hatte ein Dach über dem Kopf, genügend zu essen und eine Frau, die den Hausstand zusammenhielt. Jetzt, wo alles am Boden lag und jeder von vorn anfangen musste, fühlte er sich gleich mit all den anderen.

Heiner betrachtete seine Hände und in ihm breitete sich ein Gefühl aus wie nach einer langen Kälte und Düsternis. Jetzt war er ein richtiger Bauer. Die Sorgen jedoch blieben. Die kleinen teilte er wieder mit der Körberin, wenn sie in ihrem Garten werkelte, die großen Sorgen besprach er mit seinen Kühen, dem Ochsen und mit dem gackernden Hühnervolk.

An einem Frühlingstag Ende Mai wurde die gesamte Gonnersdorfer Bevölkerung ins Nachbardorf geladen. Im Wirtshaussaal hatten die Amerikaner einen Filmprojektor aufgebaut und alle mussten sich ansehen, was der auf die improvisierte Leinwand warf.

Heiner war neugierig auf die Veranstaltung, die Bäuerin jedoch schimpfte und grantelte sogar mit dem Viehzeug. Filme waren für sie etwas Sündiges, gar nicht Gottgefälliges. Wenn nötig, wollte sie sich die Ohren zuhalten und die Augen schließen.

Vor dem Eingang zum Saal hatten sich Soldaten mit Gewehren postiert. Einer stand im Flur, einer mühte sich am Projektor und ein paar passten im Saal auf, dass die Leute aufpassten. Es war still im Raum, als die ersten Schwarzweißbilder auf dem weißen Betttuch an der Wand erschienen. Und es wurde noch stiller, nachdem der Film ein paar Minuten gelaufen war und die Leute sehen mussten, was sie so viele Jahre nicht hatten sehen wollen.

Heiner war es, als würden alle den Atem anhalten, als sie die Leichenberge in den Konzentrationslagern sahen, die aufgetürmten Skelette, die die von den Amerikanern gefangen gesetzten Täter aus den riesigen Massengräbern wieder ausgraben mussten.

Als die Befreiten gezeigt wurden, lebende Tote, nur noch Haut und Knochen, gestützt von Soldaten, liefen manchen Tränen über die Wangen. Beim Anblick der Berge von Haaren am Boden, dahinter die aus den Mündern herausgebrochenen Zähne mit Goldfüllung, wieder dahinter die Kleidung, haufenweise fein sortiert, dann der Brennofen und die Dusche, hielt es der eine oder andere kaum mehr aus – und die Amerikaner wussten wohl zu unterscheiden, wer ehrlich betroffen war und wer immer noch glaubte, die Skelette gehörten zu einer minderwertigen Masse, die es nicht besser verdient habe, oder wer gar meinte, das Ganze wäre Propaganda, um die Kriegsverlierer weiter zu demütigen.

Die Bäuerin war kreidebleich, als sie durch die Tür ins Freie trat, sie lechzte nach frischer Luft.

Heiner wollte das Gezeigte gar nicht begreifen.

Mit einigen aus dem Dorf wechselte das Ehepaar auf dem Heimweg ein paar Worte, irgendetwas Belangloses, aber jeder war froh, sobald er wieder schweigen durfte. Im Stall und dann die ganze Nacht hindurch verfolgten Heiner die Bilder, sie liefen beständig ab vor seinem inneren Blick und hinterließen ihre Spuren. Am frühen Morgen gestand er sich ein, dass auch er zu den Tätern gehörte, er konnte es nicht mehr verdrängen, wie er damals in Wilhermsdorf allem zugesehen und geschwiegen hatte.

Was, wenn er sich den wütenden Kerlen entgegengestellt hätte, als sich die beiden Frauen in seiner Nähe versteckten und die anderen Juden auf die Straßen getrieben wurden? Sie hätten ihn ebenso verprügelt. Hätten aber alle, die schweigend zusahen, nicht geschwiegen und nicht zugesehen, wären sie in der Mehrheit gewesen. Aber hätte er den Anfang gemacht und riskiert, dass die anderen doch weiter schwiegen und zusahen?

NEUNZEHNHUNDERT SIEBENUNDVIERZIG

Die Fenster in Heiners Kuhstall, die wie Schießscharten aus dem Dreißigjährigen Krieg die wuchtige Sandsteinfassade unterbrachen, blieben im Hochwinter neunzehnhundertsiebenundvierzig fest verschlossen. Das gefrierende Kondenswasser ließ die Eiszapfen von den Simsen aus bis zum Boden wachsen.

Im Stall hielt sich Heiner am liebsten auf. Er putzte die Kühe am Morgen, und wenn der schneidende Wind die kalte Luft aus dem Norden ins Land hauchte, auch am Mittag. Hier war es in jenem Winter wärmer als in der guten Stube, weil der Kachelofen dort kalt blieb – die Küche war der einzige beheizte Raum im Haus.

Aber die Küche war das Reich der Bäuerin, die den Mann bei der Arbeit sehen wollte und nicht in ihrer Nähe. Sie bestand darauf, dass Heiner im Wald die Stöcke ausgraben müsse. Wurzelholz mache dreimal warm, sagte sie. Beim Ausgraben, beim Kleinmachen und schließlich im Ofen. Der Boden aber war gefroren und die sonst lockere Waldkrume zeigte sich hart wie Kruppstahl.

Mit der Axt am Rücken ging Heiner also am Küchenfenster vorbei in Richtung Wald. Oben auf der kleinen Anhöhe, wo ihn die Bäuerin nicht mehr sehen konnte, kehrte er um und schlich sich über den Garten zurück in den Stall. Dabei passte er auf wie ein Hühnerdieb.

Stundenlang redete er mit dem Vieh. Dabei streifte er den Striegel über das zottelige Fell der Kühe und stellte sich vor, es wäre Annas zarter Rücken oder der von Marie oder Annelies Schulter. Aber dann gäbe es euch nicht, sagte er zu den Tieren, dann gäbe es keinen eigenen Acker, keinen eigenen Wald, keinen Bauern, der mit euch plaudert.

Im Februar kam der Regen. Der Boden aber war gefroren, das Wasser konnte nicht eindringen. Der Bach im Grund schwoll an zu einem Fluss, der das kostbare Nass abtransportierte.

Nach dem Regen kam die Wärme. Die Vegetation färbte sich ungewöhnlich schnell, der Weizen bestockte zeitig, das Gras schoss in die Höhe. Bald schon ging das Wasser zur Neige, das der Boden in den Poren gespeichert hatte. Der Weizen bekam eine bläuliche Farbe, die feinen Untergräser in den Wiesen, die die Masse bildeten, blieben aus.

Die Bäuerin und Heiner saßen beim Mittagessen. Die Hefeknödel in der Schüssel waren abgezählt. Die Bäuerin achtete darauf, dass Heiner nicht zu viel davon aß. Am Abend würde es kalte Hefeknödel geben und morgen Mittag die aufgewärmten Reste.

»Schon die vierte Woche ohne Regen«, durchbrach Heiner die Stille.

Die Bäuerin zuckte mit der Schulter. »Der Herrgott wird's schon recht machen.«

»Wenn er keinen Regen schickt, gibt's im Winter kein Heu.«

»Dann müssen wir ihn halt bitten, dass es im Winter Heu gibt.«

Beide falteten die Hände und beteten still für das Heu. Die Bäuerin schloss fest die Augen, Heiner starrte auf das Kreuz, das an der Küchenwand hing.

Dann schwiegen sie wieder.

Später räumte die Frau das Geschirr ab. Ein schiefer Blick genügte, schon machte sich Heiner an die Arbeit, aber ihm graute davor.

Rasch kam der Mai und selbst das Kartoffelkraut fing an den sandigen Stellen bereits zu welken an, nur die vielen Melden wuchsen und überwucherten die Nutzpflanzen.

Heiner hängte den Ochsen an das Jauchefass und schöpfte es am Bach voll mit Wasser, das er mühsam Eimer für Eimer in die Kartoffelbeete leerte. Als ihm später die Bäuerin half, waren nur das Klirren der blechernen Gefäße zu hören und das Schnaufen des Ochsen.

Die Sonne brannte gnadenlos herab. Nur wenige Wolken milderten in jenen Wochen und Monaten ihre Glut. Das Erdreich wurde zu feinem Staub, den der Wind durch die dürren Halme gen Westen jagte.

Die Wiesen färbten sich braun, das Grummet blieb aus, selbst die Luzerne, die sich mit ihren langen Wurzeln das Wasser aus der Tiefe holte, schrumpfte zu einem kümmerlichen Gewächs ohne Wert. Alle Stoßgebete, die Heiner und die Bäuerin zum Himmel schickten, halfen nichts. Der Sommer sparte sich den Regen.

Die steilen Böschungen an den Hängen zum Bachlauf, die die Tagelöhner und Kleinbauern für ihre Ziegen abmähten, wurden plötzlich auch für die großen Bauern interessant. Solange der Bach Wasser führte, wuchs hier stattliches Futter. Immer wieder stritten sich die Leute um das wenige Grün. Erst als auch der Bach zu einem Rinnsal wurde und schließlich ganz aufhörte zu fließen, endeten die Unstimmigkeiten. Nun verdorrte selbst dort das Gras.

Das Vieh schrie den ganzen Tag. Es stand auf blankem Beton. Das letzte Stroh hoben sich die Bauern auf für den Winter. Wohl dem, der noch Vorräte vom vergangenen Jahr hatte, von den anderen mussten viele ihr Vieh verkaufen, der Preis dafür sackte in den Keller und der Viehhändler machte gute Geschäfte.

Alle drei Tage fuhren Heiner und die Bäuerin nun in den Wald und kratzten die Streu zusammen, Blätter von den wenigen Eichen, Kiefern- und Fichtennadeln. Was die Kühe nicht fraßen, wurde anderweitig genutzt. Der Waldboden war wie glatt rasiert. Blaubeerranken wurden gefüttert, jeder Halm, der irgendwo an einem schattigen Platz vegetiert hatte, und sogar das dürre Kraut der Kartoffeln fand sich wieder in der Einstreu der Tiere.

Viel zu spät im Herbst kamen die Wolken aus dem Westen, schütteten sich bis auf den letzten Tropfen aus und füllten nach und nach die Poren und kleinen Kanäle im Erdreich, die die Regenwürmer gegraben hatten.

An einem solchen Regentag Ende Oktober stand plötzlich Peter mit seinem Buben vor der Tür.

Die Bäuerin hatte ihm geöffnet und zuerst an einen Flüchtling gedacht, als sie den bärtigen Menschen mit seinem Jungen nicht ins Haus lassen wollte.

»Kennst mich nicht?«, fragte er säuerlich.

Sie schüttelte den Kopf.

Heiner kam die Stiege herunter, er hatte den Bruder an der Stimme erkannt und reichte ihm die Hand. »Warst lang nicht mehr da.«

»Kalten Tee hast mir damals aufgetischt.«

Heiner blickte zu dem Burschen. »Dein Bub?«, fragte er.

Peter lächelte und schob das Kind über die Türschwelle. Die Hände beließ er auf den Schultern. »Mein Siegfried«, sagte er stolz. »Achteinhalb Jahre ist er schon.«

»Wollt ihr eine Tasse Kaffee?«, fragte die Bäuerin.

Peter ließ sich nicht bitten. Sie gingen in die gute Stube.

Die Bäuerin setzte in der Küche Wasser auf und kochte Malzkaffee. Dann servierte sie die Brühe, stellte eine Schüssel mit Feuerspatzen dazu und entschuldigte sich, sie müsse noch Heiners Strümpfe stopfen.

»Wie geht es daheim?«, fragte Heiner.

Peter zuckte mit der Schulter. »Hab die Kühe fort. Ist ja kein Futter gewachsen.«

Heiner blickte grimmig drein. »Wirst keine Zeit mehr haben für dein Elternhaus.«

Der Bruder schob die Daumen unter die Hosenträger und ließ sie schnalzen. Er verzog das Gesicht, als er den ersten Schluck getrunken hatte. »Jetzt, wo die Leute wieder richtiges Geld haben, geht der Laden gut in Fürth.«

»Und wenn er noch besser geht, was ist dann mit dem Hof?«

Peter deutete auf den Sohn, der schon den zweiten Feuer-spatzen verdrückt hatte. »Der ist fleißig.«

Heiner war auf der Hut. Der Bruder brauchte nur noch zu sagen, er werde die Äcker verkaufen, im hohen Bogen würde er ihn hinauswerfen. Aber Peter ließ nichts Derartiges verlauten.

Der Besuch blieb nicht lange, die Brüder plauderten über Lappalien. Als sie an der Hausstaffel standen, wollte Siegfried zu den Kühen. Peter winkte ab, aber Heiner führte den Burschen in den Stall. Er sagte ihm, wie viel Liter die beste Kuh gab, und erzählte von der Not wegen der Trockenheit. Siegfried interessierte sich für alles, sogar für die Schweine und auch noch für die Hühner, während der Vater gelangweilt am Hofeingang wartete.

Als der Bub noch den Acker sehen wollte, verlor Peter die Geduld. Er startete den Motor seines Pritschenwagens und hupte ein paar Mal.

Heiner stand eine Weile an der Hofeinfahrt und sah dem qualmenden Fahrzeug nach, bis es an der Biegung verschwunden war. Peters Frau musste eine anständige Person sein, dachte er sich. Dieser junge Bursche war wirklich zu gebrauchen.

NEUE ZEIT

Nach sieben Jahren Fleiß, Sparsamkeit und Enthaltsamkeit kaufte sich Heiner beim Landhändler Schöner einen Schlüter mit zweiundzwanzig PS für stolze zweitausendachthundert Mark, einschließlich Hydraulik und Zapfwelle.

Heiners Wangen glühten, als er das tuckernde Gefährt abholte und es stolz die Dorfstraße hoch zu seinem Anwesen steuerte. »Und, was sagst?«, fragte er die Bäuerin.

»Hat viel Geld gekostet«, brummte sie, dann verschwand sie im Haus.

»Musst dich nicht ärgern«, sprach Heiner liebevoll zu seinem Bulldog, dabei streifte er mit den Händen über die Motorhaube. »Die Bäuerin ist manchmal komisch. Hab mich dran gewöhnt, wirst es auch du schaffen. Wir Mannsbilder müssen eben zusammenhalten«, tröstete er seinen Schlüter.

Dann ging er hinunter zum Garten der Körberin und erzählte ihr von seiner neuen Errungenschaft. Er freute sich so sehr, dass er Luftsprünge machte wie der Geißbock vom unteren Nachbarn, wenn er im Frühjahr zum ersten Mal auf die Weide durfte, dazu pfiff er wie die schönste Nachtigall. Die Körberin aber hatte wenig Zeit für ihn. »Die ganze Stube ist voller Leute«, sagte sie.

Heiner sah sie überrascht an.

»Weißt gar nicht? Das Endspiel wird doch übertragen.« Sie wedelte mit den Händen. »Mein Mann hätte nicht sagen dürfen, dass er sich eine Fernsehmaschine gekauft hat. Nun sitzt das ganze Dorf in unserer Stube und gafft.« Sie lachte und war schon auf dem Sprung. »Kommt's auf dich auch nicht mehr an«, lud sie ihn ein. »So viel Platz nimmst ja nicht weg.«

»Wann?«, fragte Heiner aufgeregt.

Die Körberin sah auf die Armbanduhr. »In einer halben Stunde.« Schon war sie durchs Gartentürchen geschlüpft.

Im Laufschritt hetzte Heiner nach Hause, schulterte in der Scheune die Haue mit dem langen Stiel und ging damit am Küchenfenster vorbei, hinauf zum Acker am Wald. Mit einem kurzen Seitenblick vergewisserte er sich, dass ihn die Bäuerin auch wirklich bemerkte, dazu polterte er mit den Schuhen auf dem Sandsteinpflaster und ging extra langsam. Nachdem er ihr Gesicht hinter dem Sprossenfenster entdeckt hatte, lief er ganz normal weiter, bis sie ihn nicht mehr sehen konnte, dann machte er den weiten Umweg an den Weihern vorbei hinunter zum Bach und von dort den Wiesengrund entlang über die Heubrücke zu Körbers Gartengrundstück, von wo aus er an den Hintereingang des Hauses gelangte. Sein Werkzeug stellte er draußen ab, das Geschnatter der Kinder und das Gemurmel der Erwachsenen wies ihm den Weg in die gute Stube.

Als er klopfte und die Körberin ihm öffnete, traute er seinen Augen nicht. Dicht gedrängt kauerten die Kinder am Boden, ihre Eltern saßen auf Stühlen und Bänken. Einige lehnten an der Wand, aber die wenigsten hatten ihn bemerkt, denn die Blicke waren auf einen viereckigen Kasten gerichtet mit einem Glasfenster in der Mitte, durch das es rauschte wie an der Schleuse am Bach, wo das Wasser das Mühlrad antrieb.

»Such dir ein Plätzchen, Heiner«, sagte die Körberin.

Er nickte, blieb aber stehen, wo er war, gleich neben der Tür.

Körber ruckte an einem silbrigen Stab, so lange, bis das Rauschen aufhörte und verzerrte Bilder zum Vorschein kamen, dazu krächzte eine Stimme aus dem Kasten, die Heiner kaum verstand.

Pünktlich zum Anpfiff hatte der Nachbar es geschafft. Die Fernsehmaschine war nun so eingestellt, dass es passte. Die Kinder jubelten und die Leute klatschten Beifall, dann wurde es still im Raum und nur der Plauderer im Fernseher war zu hören. Die

Bilder dazu flimmerten und wanderten hin und her. Mal waren sie groß, mal klein, mal zeigten sie den Spieler allein, dann wieder die unzähligen Leute auf den Tribünen, die plötzlich lange Gesichter machten und ihre Zigaretten fast verschluckten, als ein Gegner das erste Tor schoss. Ein Raunen ging durch die Wohnstube, Fassungslosigkeit stand Körber ins Gesicht geschrieben.

Nach dem zwei zu null für Ungarn ließ auch Heiner den Kopf hängen, als wäre gerade das schlimmste Unglück passiert. Ihm war zumute, als hätte es drei Tage hintereinander das Heu vollgeregnet.

Da, wie aus dem Nichts, verkürzte Max Morlock auf eins zu zwei. Alle rissen die Hände hoch, und als Rahn vor der Halbzeit ausglich, kochte die Stimmung in der Stube.

In der Spielpause, während die anderen lebhaft diskutierten, sah sich Heiner das Gerät genauer an. Der Apparat funktionierte mit Strom und Körber sagte, die Bilder würden über die Antenne in den Kasten gelangen. Heiner fragte nicht weiter. Er sandte lieber ein Stoßgebet gen Himmel für die Deutschen, und dann spielten sie weiter.

Heiner schob sich den Daumennagel zwischen die Schneidezähne und biss darauf herum, dann sah er, wie Rahn den Ungarn den Ball wegnahm, ein paar Haken schlug und wie aus dem Nichts am Torwart vorbei ins Netz schoss.

Die Leute in der Stube sprangen vor Freude fast an die Decke und umarmten einander wie Mütter ihre kleinen Kinder und Heiner sprang mit und lachte und das Herz klopfte ihm bis zum Hals. Aus dem Kasten schrie es »Tor, Tor, Tor – Tor für Deutschland« und dann war plötzlich Schluss.

Die Leute bedankten sich bei Körber für die schöne Unterhaltung und mit Dank an den Nachbarn schnappte auch Heiner sich seine Haue und lief den gleichen Umweg zurück, den er gekommen war. Er dachte an Anna, die die Arme genauso hochgerissen hätte wie er, die ebenso mitgefiebert und sich gefreut hätte über so etwas Unwichtiges. Dabei breitete sich in ihm ein Gefühl aus, das bitter schmeckte, wenn man es denn hätte essen können. Unwillkürlich fuhr er sich mit der Hand über den Bauch, wo es unangenehm zwickte.

Vor dem Küchenfenster polterte er wieder auffällig mit den Schuhen auf dem Granitpflaster. Nachdem er gesehen hatte, dass die Bäuerin ihn gesehen hatte, ging er in den Stall und machte seine Arbeit, dabei war er insgeheim stolz, dass sein Stoßgebet den großen Sieg ermöglicht hatte. Noch lange danach hatte er das Gefühl, dass alle im Dorf einen halben Kopf größer waren, wenn sie am Milchhaus zusammenstanden, sogar die Milchkannen schienen voller zu sein.

Beflügelt vom Fortschritt unterschrieb Heiner am übernächsten Tag den Mitgliedsantrag des Rinderzuchtverbands. Körber hatte ihm geraten, die Leistung seiner Kühe zu notieren und bewerten zu lassen. Heiner konnte sich nun aus einer Liste des Verbands einen Zuchtbullen aussuchen, der eine besonders hohe Milchleistung vererbte, und wenn eine seiner Kühe rinderte, brauchte er das Vieh nicht mehr zum Deckbullen in Körbers Stall zu führen, dann kam der Tierarzt mit dem Sperma zum Besamen.

Der Bäuerin erzählte er von seinem Beitritt erst, nachdem sie den Brief mit der Rechnung über zehn Mark geöffnet hatte.

Geldverschwender, schimpfte sie ihn und Heiner ertrug die Schelte als ein sicherlich nicht notwendiges, aber einkalkuliertes Übel.

Als Mitglied des Zuchtverbands fühlte er sich aufgenommen in den Reigen der Angesehenen. Davon hatte er immer geträumt. Er setzte sich in der Kirche hin, wo es ihm beliebte, nur der Wirtschaft blieb er weiterhin fern, denn die Bäuerin sagte eisern, ein Christenmensch habe dort nichts verloren.

Als der Milchertrag pro Jahr die Dreitausendermarke um zweihundert Liter überschritten hatte und der Verband ihm dafür eine farbige Blechmarke an die Stalltür nagelte, fügte sich die Bäuerin und hörte endlich auf zu nörgeln.

Mit dem Getreidebau jedoch hatte Heiner weniger Erfolg. Die Halme waren überwuchert von Unkraut und Körber grauste es jedes Mal, wenn Heiner ihn bat, mit seiner Dreschmaschine das staubige Zeug zu ernten. Außerdem sparte Heiner an Dünger und als sich die anderen Bauern Feldspritzen kauften und die ersten chemischen Mittel einsetzten, begann er, am Begriff des modernen Landwirts zu zweifeln. Gifte auf die Äcker auszubringen, das kam für ihn nicht infrage. Da konnte Körber mit seinen sechzig Doppelzentnern Weizen, die er vom Hektar drosch, am Milchhaus prahlen, so viel er wollte – Heiners Richtschnur blieb die Natur. Niemand sollte Gottes Schöpfung ins Handwerk pfuschen.

Wenn Körber mit der Spritze vorbeikam, sah er weg, um nicht grüßen zu müssen.

PFINGSTGEMEINDE

Die Bäuerin wurde immer unzugänglicher. Der sonntägliche Kirchgang und die ständige Zwiesprache mit dem Herrgott reichten nach ihrem Dafürhalten für das angestrebte Seelenheil nicht mehr aus. Die Bibel kannte sie wohl besser als jeder Bibelforscher. Aber ein gelebter Glaube brauche ein stabileres Fundament, meinte sie, er verlange mehr als das Befolgen der Zehn Gebote und einen keuschen Lebenswandel.

Da kam es Tina gerade recht, dass ein missionarisch bewegtes Ehepaar sie nach dem Gottesdienst im Pfarrhof ansprach. Ob sie nicht Angst habe um ihr Seelenheil und ob sie nicht eine wahrhafte Verkündigung des Glaubens bei der Nürnberger Pfingstgemeinde besuchen wolle, fragte sie der Mann, der sich als Pastor Schmaußer vorstellte.

Sie sagte Ja und auch Heiner ließ sich überreden mitzugehen. Pastor Schmaußer kündigte an, sie am nächsten Donnerstagabend von ihrem Hof abzuholen.

Zum zweiten Mal, seit er mit ihr verheiratet war, hatte Heiner das Gefühl, dass Tina für einen Moment glücklich war. Das erste Mal, erinnerte er sich, war gewesen, als sie den richtigen Zeitpunkt erwischt hatten.

Nachdem die Kühe schon so viel Milch gaben, dass vier Kannen nötig waren, band Heiner an diesem Abend das Leiterwägelchen an den Schlüter und fuhr seine Milchkannen mit Maschinenkraft ans Milchhaus. Dort erklärte er den anderen Bauern mit stolzgeschwellter Brust die Funktion der Hydraulik und der Zapfwelle.

Dass ihn die Bäuerin bei seiner Rückkehr ermahnte, er möge doch der Prunksucht nicht verfallen, nahm er zur Kenntnis, aber diese kleine Prise Eitelkeit würde ihm der Herrgott bestimmt verzeihen. Und Tina verübelte es ihm auch nicht lange, denn als Pastor Schmaußer am Donnerstag pünktlich mit seinem Opel Kapitän vor der Haustür stand und die beiden neuen Schäfchen auf die Rückbank setzte, strahlte die Bäuerin vor Freude.

Mitten in der Stadt befand sich der Saal, in den Schmaußer sie führte. Die großen Fenster zur Straßenseite standen einen Spalt offen, ein Rednerpult war vorn in der Mitte platziert. Die Stühle reihten sich akkurat aneinander, auf ein paar Tischen entlang der weißen Wand hatten einige Frauen Kuchen, Kaffeekannen und Geschirr abgestellt. Weder Kreuz noch Altar zierte den Raum.

Pastor Schmaußer wünschte allen Brüdern und Schwestern einen gesegneten Tag. Er dankte dem Herrgott für seinen Beistand und er dankte ihm auch, dass Bruder Heinrich und Schwester Tina die Gemeinschaft der Auserwählten besuchten.

Zweiunddreißig Menschen zählte Heiner, ihn und die Bäuerin mit eingerechnet. Es waren junge und alte Leute, gut gekleidete, aber auch solche mit schmutzigen Schuhen und einfachen Kleidern. Das Ehepaar Scherzer wurde von jedem mit Handschlag begrüßt. Auch die Kinder reichten artig ihre Hände, die Mädchen machten sogar einen Knicks. Das imponierte Heiner, der sich ständig dabei ertappte, wie er sich über die erhitzten Wangen strich.

Ein glatzköpfiger junger Mann setzte sich an ein Klavier und begann zu spielen, sofort sangen die Leute begeistert mit. Sie sprangen von ihren Stühlen auf und rissen die Arme hoch wie die Bauern damals beim Endspiel. Die Bäuerin blieb sitzen, doch der freundliche ältere Herr neben ihr nahm ihre Hand und zog sie energisch hoch. Heiner ging es ebenso und er staunte. Die Finger der jungen Frau neben ihm fühlten sich zwischen seinen rauen Pratzen an wie gekochte Spargelstangen. Er streckte den Kopf und schenkte der Dame ein scheues Lächeln, das diese ebenso scheu erwiderte.

Die Bäuerin brauchte eine Weile, bis sie auftaute. Von den Liedern verstanden beide keine Silbe. Das Ehepaar tauschte Blicke aus. Heiner vermutete, dass in einer fremden Sprache gesungen wurde.

Pastor Schmaußer redete nun wieder, langsam und deutlich. Er hielt seine Predigt frei, nicht so wie der Pfarrer daheim, der auf der Kanzel immer wieder auf seine Blätter schauen musste, oder der Vorstand des Zuchtverbands bei seiner Begrüßungsrede neulich im Wirtshaus.

Die Schwestern und Brüder freuten sich, als sich die Lippen der Bäuerin bewegten, und sie staunten, wie inbrünstig sie ihre Augen geschlossen hielt bei Lobpreis, Dank und Anbetung, und Pastor Schmaußer freute sich über die Freude in seiner Herde.

Seine Worte wurden immer schneller, plötzlich schrill. Sätze gingen nahtlos über in die nächsten, ohne Punkt und Komma, immer hastiger und unverständlicher. Ein Kauderwelsch, das sich steigerte, bis Heiner glaubte, Schmaußer werde sich irgendwann die Zunge abbeißen.

Eineinhalb Stunden vergingen wie im Flug.

Heiners Oberschenkel schmerzten. Die hohen Stühle waren unbequem, seine Beine baumelten in der Luft und die halbhohen schweren Sonntagsschuhe fühlten sich an wie Gewichte.

»Der Herrgott hat heute viel Freude mit uns gehabt«, sagte Pastor Schmaußer.

Manches aber habe der Herrgott vielleicht nicht gut verstehen können, sagte Heiner. Die fremdländischen Lieder und die unverständliche Aussprache.

Schmaußer erklärte Heiner die Form seiner Predigt, sie sei dem Herrgott ganz nahe und heiße Zungenpredigt …

Die Bäuerin unterbrach ihn: »Denn wer in Zungen redet, redet nicht zu Menschen, sondern zu Gott …«, zitierte sie. Plötzlich standen viele Brüder und Schwestern um sie herum und lauschten und alle machten große Augen.

Das Gesicht der Bäuerin wurde noch strenger, sie hob den Zeigefinger und sagte zu den Umstehenden: »Und wir müssen auf der Hut sein. Überall wirken Dämonen, welche, vom Satan mit List geleitet, Lüge und Wahrheit vermengen, um die Kinder Gottes zu verführen.«

»Auweia«, murmelte Heiner.

Die ganze Heimfahrt über blieb er sehr nachdenklich, während die Bäuerin und der Pastor einen Wettstreit um Bibelzitate ausfochten, ähnlich den Kirchweihburschen, die sich mit Spottliedern gegenseitig auf die Palme brachten. In einer Dreiviertelstunde redete sie mit Bruder Schmaußer bestimmt mehr als mit dem eigenen Gatten, seit der Pfarrer sie zu Mann und Frau erklärt hatte.

»Am Sonntag hol ich euch wieder ab«, sagte der Pastor mit strahlenden Augen.

»Es ist recht«, antwortete die Bäuerin.

Und dann ergab es sich wie bestellt, dass der Landhändler Schöner aus Cadolzburg dem Ehepaar Scherzer für dreitausend Mark ein nagelneues Goggomobil anbot, ein Fahrzeug mit geschlossenem Dach, einem kleinen Kofferraum, Rückbank, vier Rädern, Schaltgetriebe und Kurbeln für die Seitenscheiben. Die Bäuerin war sofort mit dem Kauf einverstanden. Da das Fahrzeug ausschließlich für den Kirchgang benutzt werden sollte, betrachtete sie es als Mittel zum Zweck, es diente keiner Prahlerei und war deshalb frei von Sünde.

Heiner leistete sich nun sogar ein Telefon, damit die Bäuerin besser mit Pastor Schmaußer plaudern konnte, und er abonnierte die *Fürther Nachrichten*, damit sie täglich sah, wie sich die Welt zum Schlechten veränderte und wie wichtig es war, einer Gemeinschaft von Gläubigen anzugehören, die allem Weltlichen einen geistlichen Riegel vorschob.

Durch die offene Stalltür sah Heiner den Postboten von seinem Dienstfahrrad absteigen und er beeilte sich, vor der Bäuerin zum

Briefkasten zu kommen. Neugierig fischte er die Postkarte heraus. Willi hatte geschrieben.

Lieber Heiner

Hast lang nichts mehr von dir hören lassen. Hab es nicht vergessen wollen, dass du mir damals meinen Blasebalg nicht abkaufen hast mögen. Bald nachdem der Hitler die Polen überfallen hat, haben sie mich auch eingezogen nach Frankreich, und nach dem Krieg bin ich im Österreichischen daheim, im schönen Kufstein, und arbeite auf einer Seilbahnstation mitten in den Bergen, so wie ich es mir immer gewünscht habe. Ich rieche jetzt nicht mehr nach Stall, und die dreckigen Kuhschwänze klatschen mir nicht mehr ins Gesicht, aber ich mag die Kühe immer noch gern. Im Sommer kommen jetzt die Leute zum Wandern, und im Winter haben sie ihre Ski dabei. Ich hab es gut erwischt, und die Babet von damals kann mich am A… lecken. Hat sie den Leikauf Georg geheiratet? Sie hat selber wissen müssen, was sie sich antut.

Wie geht es dir? Magst mich mal besuchen mit deiner Frau? Wenn du willst, kannst sie auch daheim lassen.

Hochachtungsvoll
dein alter Freund Willi

Flüchtig betrachtete Heiner die Fotografie auf der Vorderseite der Karte. Sie erinnerte ihn an das Bild zu Hause, das jetzt wer weiß wo hing.

Bei der Beerdigung seiner Mutter, kurz nach dem Krieg, hatte er das letzte Mal sein Elternhaus besucht. Ein paar Blumen auf den Sarg geworfen, ein paar Worte mit dem Bruder gewechselt, dann war er auf dem schnellsten Weg heimgegangen. Er hatte damals bewusst gelogen und sich geschämt, weil die Bäuerin nicht mitgekommen war. Sie sei krank, hatte er der Verwandtschaft erzählt, der große Zehennagel sei ihr eingewachsen, was ja auch stimmte. In Wirklichkeit ging sie aus Prinzip nirgends hin, außer in ihre Kirche und manchmal ins Milchhaus.

Am Abend erfüllte das rötliche Licht der untergehenden Sonne die Schlafkammer. Heiner saß auf der Bettkante, das weiße Leinenhemd bedeckte die Knie. Willis Karte hielt er in beiden Händen, dabei betrachtete er die Berggipfel, die sich steil in den Himmel reckten. Im Vordergrund lehnte ein Bergsteiger mit einem grauen Filzhut auf dem Schädel an einem wuchtigen Gipfelkreuz. Ein graues Bergseil um die Schulter geschlungen, posierte er mit angewinkeltem Fuß auf einem Steinbrocken wie ein Großwildjäger auf dem erlegten Löwen.

Heiner drehte die Karte, las den Text wieder und wieder. Er studierte die Briefmarke, ja sogar den Poststempel und vor allem die knappe Beschreibung unter dem Bild. »Stripsenkopf«, stand im unteren Eck, »mit Blick auf Fleischbank, Totenkirchl und Kleine Halt«. Die Höhenziffern sah er nur verschwommen.

Ein großes Bild von Hermann Buhl war neulich in der Zeitung gewesen, mitten auf der Titelseite. Ganz allein war der Österreicher auf den Nanga Parbat gestiegen, zweimal so hoch wie der höchste Berg der Alpen, fünfzehn Mal so hoch wie das Walberla.

Warum machte er das?, fragte sich Heiner. Es war doch unnütz, erst raufzusteigen, nur um dann wieder runterzukommen. Aber lohnte sich nur, was von Nutzen war? Schlafen war von Nutzen, grübelte er, miteinander schlafen unnütz, ging es nach der Bäuerin. Diente es der Hofnachfolge, war es wieder nützlich.

Aber warum stand dann Hermann Buhl auf der Titelseite? Also musste doch Unnützes auch einen Nutzen haben.

Heiner ging ans Fenster und blickte hinaus auf die sanft ansteigende Silhouette des Dillenbergs mit seinen unzähligen Kiefern, die ihre gleichförmigen Kronen in den Abendhimmel streckten. Dabei stellte er sich vor, wie sich inmitten der Bäume plötzlich ein gewaltiges Felsmassiv in die Höhe schob, mit hundert Meter hohen

Wänden, Zacken und Graten und einem majestätischen Hauptgipfel mit einem Kreuz aus Kiefernholz, neben dem er stehen könnte und herunterblicken in die weite Welt. Auf der einen Seite nach Afrika, auf der anderen zu seinen Äckern und Wiesen. Dazu würde ein warmes Lüftchen aus allen Richtungen wehen, das seine Locken hin und her wogen ließe wie die Kronen der Bäume tief unter ihm. Die alte Sehnsucht nach den Bergen rüttelte ihn und nagte an seiner Seele. Der alte Traum bohrte wieder, als wäre er nie verblasst.

Um sich abzulenken blätterte er in der Zeitung des Zuchtviehverbands, die der Postbote jeden zweiten Monat in den Briefkasten steckte. Er betrachtete die Bilder der Prachtkühe, aufgereiht nach Leistung mit ihren stolzen Besitzern. Er sah zufriedene Bauern und Bäuerinnen, zufriedene Kühe, zufriedene Zuchtbullen, einen zufriedenen Zeus, dessen Vererbungswerte all diejenigen zufrieden machte, die mit seinem Samen ihre Kühe beglückten.

Fast hätte er im Halbdunkel die fett gedruckte Zeile zwischen Zeus und Kuh Berta übersehen: »Zuchtverband plant Reise nach Österreich«. Heiner ging ans Fenster, die Schrift wurde deutlicher. Die Vorstände der beiden Zuchtverbände wollten sich mittels Samenaustausch näherkommen. Sie dachten an Völkerverständigung durch Fortpflanzung, wenn auch nur beim Vieh. Heiner streifte sich über die Wange – das war die Gelegenheit.

Schritte schlurften im Treppenhaus, dann knarzten die ersten Stufen.

Heiner legte Willis Postkarte unter seine Matratze, den kurzen Artikel mit der Lehrfahrt gut sichtbar auf den kleinen Tisch. Als die Bäuerin die Tür leise öffnete, ruhte er im Bett. Das Laken hochgezogen bis zum Hals, atmete er gleichmäßig wie ein Schlafender, und die Bilder, die sich in seinem Schädel eingenistet hatten, bestanden aus steilen Felswänden und einander herzlich grüßenden Vorständen, die ihre Samen austauschten.

Noch in der Nacht kalbte eine Kalbin. Darauf gab sie so viel Milch, dass die fünfte Kanne schneller am Hof stand, als die Bäuerin gedacht hatte.

Stolz zeigte Heiner ihr die letzte Milchgeldabrechnung mit besten Eiweiß- und Fettwerten. Die Milchleistung der Kühe steigerte sich, ebenso die Anzahl der Schwalbennester im Stall. Fünfzehn zählte Heiner und freute sich dabei auf den September, wenn die Vögel sich sammelten, die jungen, die alten, Onkel, Tanten, die ganze Verwandtschaft. Wenn sie auf den Drahtseilen saßen, an denen die Stalltafeln hoch über dem Futtertisch befestigt waren, und auf den großen Abflug warteten.

»Wo Schwalben sich niederlassen, ist das Glück nicht fern«, sagte Heiner.

Die Bäuerin korrigierte ihn: »… ist der Herrgott nicht fern.«

Sie überließ nichts dem Zufall, nicht einmal dem Glück und erst recht nicht dem Rinderzuchtverband. Obwohl der Name des griechischen Göttervaters sie verunsicherte und sie sich immer »Du sollst keine anderen Götter neben mir haben« vor Augen hielt, gab auch die nächste Kalbin vom Zeus mehr Milch als die anderen.

Am Sonntagmorgen hielt die Bäuerin den Trichter, Heiner füllte den Treibstoff in den Tank neben der Hutablage des Goggomobils. Er streckte den Kanister weit von sich, denn den braunen Anzug für den Kirchgang hatte die Bäuerin erst letztes Jahr gewaschen und gebügelt. Seine von Benzin feuchten Hände rieb er sich nicht am Hosenbein ab, sondern streifte sie ein paar Mal durch das Gras am Straßenrand.

Der Motor heulte auf, nachdem er den ersten Gang eingelegt hatte. Die Leute am Milchhaus blickten dem weißen Gefährt lange nach.

Auf der Anhöhe nach dem Dorfberg schaltete Heiner in den zweiten Gang. Den Ruck nahm seine Frau auf dem Beifahrersitz schweigend zur Kenntnis, ihre Hände waren gefaltet, die blutleeren Lippen bewegten sich unentwegt. Heiner achtete auf die anderen Verkehrsteilnehmer und als diese mit der Zeit zahlreicher wurden, schob er die Fensterscheibe zurück, um mit den Armen den Wechsel der Fahrtrichtung anzuzeigen. Das rote Signal der Ampel war ihm geläufig. Der Gegner, wie er den Fahrer eines vorfahrtsberechtigten Kraftwagens nannte, durfte passieren. War kein Gegner anwesend, betrachtete er das Halten bei Rot als Zeitverschwendung.

In der Nürnberger Innenstadt, zwischen unzähligen Gegnern, deutete die Bäuerin auf den schwarzen Hebel neben dem Lenkrad. Andere Verkehrsteilnehmer würden sich mit kleinen Lichtzeichen verständigen, sagte sie.

Heiner verzog den Mund. Er habe mit dem Bulldog genügend Erfahrung auf Feldwegen und Äckern gesammelt. Seine Ziele habe er stets mit Frieden und Anstand erreicht.

Obwohl ihm Landhändler Schöner eine Betriebsanleitung mitgegeben und Heiner sie auch durchgeblättert hatte, befand er sich nun auf der abschüssigen Straße gegenüber dem Gebäude, das die Brüder und Schwestern Kirche nannten, und suchte den Rückwärtsgang. Der Motor heulte auf. Ein Autofahrer, der nicht vorbeifahren konnte, drückte mehrmals auf die Hupe, dabei winkte er wütend mit den Händen.

Heiner öffnete die Fahrertür, stieg aus, ging zu dem anderen Wagen und klopfte ans Fenster. Noch während der Mann mit dem Strohhut die Scheibe herunterkurbelte, grüßte Heiner und fragte ihn höflich, ob er sich vorstellen könne, kurz auszusteigen, um das Goggomobil rückwärts in die Parklücke zu schieben. Die Bäuerin sei zwar kräftig, sagte er, aber allein könne sie das nicht schaffen, und er selbst müsse ja das Lenkrad und gleichzeitig die Bremse bedienen.

Der Mann mit dem Strohhut schüttelte erst verblüfft den Kopf, dann schaltete er die Warnblinkanlage ein und stieg aus seinem Mercedes. Aufmerksam musterte er die Bäuerin, die sich mit ihrem schwarzen Sonntagskleid wie ein Läufer vor dem Start in die Riemen legte und auf das Kommando wartete.

Der hilfsbereite Mann meinte in gemessenem Ton, sein Mercedes sei für derartige Manöver mit einem Rückwärtsgang ausgestattet. Seine Gattin dürfe während des Einparkens sitzen bleiben und müsse sich nicht plagen.

Heiner antwortete, die finanzielle Lage auf dem Bauernhof habe ihn beim Kauf veranlasst, auf jeglichen Komfort zu verzichten. Das Goggomobil habe keinen Rückwärtsgang, zumindest habe er noch keinen finden können.

Nach getaner Arbeit bedankte er sich herzlich, auch die Bäuerin reichte dem Helfer die Hand und lud ihn zum Besuch des Gottesdienstes ein. Auf hilfsbereite Menschen achte der Herrgott ganz besonders, sagte sie.

Der hilfsbereite Mann stieg schneller in sein Fahrzeug ein als er ausgestiegen war. Die Bäuerin sah dem Mercedes eine Weile nach, die Rücklichter blinkten noch ein paar Straßenzüge weiter. Die Welt sei ungerecht aufgeteilt, meinte sie dazu. Was die einen an Lichtlein zu viel hätten, hätten halt die anderen zu wenig.

Während der Heimfahrt machte Heiner ein böses Gesicht.

Schmaußer hatte nach dem Gottesdienst angefragt, ob die Brüder und Schwestern auf dem Land, im bäuerlichen Wohnzimmer, quasi in Gottes herrlicher Natur, eine der nächsten Zusammenkünfte abhalten dürften. Und die Bäuerin hatte sofort zugestimmt, ohne Heiner zu fragen. Als er ihre zittrigen Hände bemerkte, legte er den dritten Gang ein, und je strenger ihre Gesichtszüge wurden und je ärger ihre Hände zitterten, desto stärker drückte er aufs Gaspedal.

Das Goggomobil rauschte an den Bäumen vorbei und die Stechmücken, die in diesem Jahr besonders zahlreich das Blut aus den Lebewesen saugten, konnten mit dem weißen Fahrzeug nicht mithalten.

Wenn sie beide die Fenster aufmachen würden, sagte Heiner, und gleichzeitig die Hände hinausstreckten, sie würden wohl anfangen zu fliegen.

Ob das von Vorteil wäre, fragte sie barsch.

Der Flug über die Felder spare Zeit, sagte er, und auch dem Herrgott wäre man näher.

Die Bäuerin aber hielt nicht viel von geografischer Nähe, sie beschäftigte sich den restlichen Sonntag mit der Bibel, während Heiner am Feldrain das Treiben der Hummeln und Bienen beobachtete und den Pflanzen beim Wachsen zusah.

Nach der Stallarbeit lagen eine Scheibe Speck und ein Keil Brot auf dem Tisch. Die Bäuerin stellte eine Kanne Milch dazu und setzte sich. Beide kramten ihr Besteck aus der Schublade, dann falteten sie die Hände zum Gebet.

Ob der Hof so viele Gäste verkraften könne, fragte Heiner.

Der Herrgott habe für solche Anlässe schon immer Mittel und Wege parat gehabt, gab sie zur Antwort.

Heiner kratzte sich an der Wange. Der Herr Jesus, sagte er, habe bei seinen Speisungen einen Laib Brot in viele Laibe verwandelt. Ob das denn hier auch so sein werde?

Die Bäuerin warf ihm einen strengen Blick zu. Von seinen Jüngern erwarte der Herr zuallererst Geduld.

Heiner überlegte. »Bräuchten bloß die Kühe noch mehr Milch geben«, sagte er.

Die Bäuerin nickte zustimmend. Das wäre hilfreich.

Heiner zwinkerte. Der Zuchtviehverband könne dazu beitragen. »Die Vorstände planen im Juni eine Lehrfahrt nach Österreich.«

Die Bäuerin zog die Augenbrauen hoch. Der Zuchtviehverband solle lieber eine Lehrfahrt zur Kirche machen.

Wenn die vielen Brüder und Schwestern öfter kämen, meinte Heiner, würde die Milch nicht reichen.

Die Bäuerin dachte einen Augenblick nach. Dann fragte sie, was so eine Fahrt koste.

»Wenn nur eine Person mitfährt, die Hälfte«, sagte Heiner mit heißen Wangen.

Die Bäuerin spitzte den Mund. Es reiche also, wenn nur sie fahre?

Heiner war ein Brösel in den falschen Hals gerutscht. Der Herrgott würde schimpfen, stammelte er, noch immer hustend und nach Atem ringend, zwei Kirchgänge würde sie verpassen.

Als er zu husten aufgehört hatte, gab die Bäuerin nach.

Sie einigten sich, dass der Herrgott gewiss ein Auge zudrücken werde, wenn Heiner ein paar Mal fehlte, und Heiner hatte im Gegenzug nichts dagegen, wenn die Brüder und Schwestern nun alle paar Wochen die Wohnstube belagerten.

Es war kühl und regnerisch, als die Gläubigen das erste Mal auf der Straße neben dem Haus parkten und deren Kinder, angezogen vom Gebrüll der Kühe, in den Stall stürmten, im Heu wuselten und die Kälber streichelten.

»Um Himmels willen.« Die Bäuerin schlug die Hände über dem Kopf zusammen. »Heiner«, rief sie entsetzt, »dass da nichts passiert.«

»Dürft schon reinschauen«, sagte er trotzig zu den Eltern, die nach und nach auf den Mistgang drängten.

Im Stall duftete es nun nach Nelken, Rosmarin, Lavendel und sonstigen undefinierbar süßen Gerüchen und Heiner war sich sicher, dass die Frauen beim Besuch seiner Kühe gewiss einen guten Eindruck hinterlassen wollten mit ihren Wässerchen und Cremes, die den Schweiß unter den Achselhöhlen wegsperrten. Dabei freuten sich die Eltern, dass ihre Kinder sich mit Stroh bewarfen und am Treppengeländer zum Heuboden turnten. »Herrlich«, sagte eine Schwester begeistert. »Das ist Gottes reine Schöpfung.«

Später lotste Pastor Schmaußer die Leute in die gute Stube. Die Älteren setzten sich auf die wenigen Stühle, Kinder und junge

Erwachsene breiteten mitgebrachte Decken aus und platzierten sie auf dem Dielenboden.

Der rhythmische Gesang aus der Stube hallte durch die enge Gasse hinunter bis zum Milchhaus. Eine Dorfbewohnerin schüttelte entsetzt den Kopf. Zu Körber sagte sie: »Wenn es in Sodom und Gomorrha auch so zugegangen ist, brauchst dich nicht wundern, dass der Herrgott die ganze Stadt angezündet hat.«

Körber lächelte. »Wenn die Unsrigen am Sonntag früh in der Kirche zum Schnarchen anfangen, dass die Bänke wackeln, ist das auch nicht besser.«

Heiner und die Bäuerin saßen mittendrin. Die Gläubigen sangen, beteten, freuten sich, lauschten den Predigten und wähnten sich auf dem richtigen Pfad. Sie schlossen die Vorhänge und legten sich allesamt auf den Bretterboden, um in der Stille zu verharren, damit sie dem Herrn ganz nahe sein konnten. Und dann geschah ein Wunder. Die Schwestern erhoben sich wieder, gingen hinaus und kehrten zurück mit Kuchenplatten, Kaffeekannen und einem Korb voller Geschirr.

»Siehst«, sagte die Bäuerin mit einem gestelzten Lächeln im Gesicht. »Der Herrgott sprach: Und alle aßen und wurden satt.«

Die Brüder und Schwestern fühlten sich wohl am Bauernhof. Heiner erzählte ihnen von der Natur, vom Wachsen, vom Ernten, von Schwalben, Bachstelzen und vom Zeus. Er erklärte den Leuten, mit welcher Technik der Tierarzt die Kuh besamte und wie die Hydraulik vom Schlüter funktionierte. Und die Gemeinschaft war sich mit der Bäuerin einig, dass sie so bald wie möglich wiederkommen wollte, ins kleine Paradies am Land.

DER HANDEL

Ein früher Winter kündigte sich an. Der erste Frost im November befreite die Bäume von ihrem farbigen Kleid. Der scharfe Wind aus dem Norden hatte die ersten Schneeflocken im Schlepptau, Sonne und Wolken wechselten sich ab. Die Blätter tanzten um die Stämme, wirbelten umher wie Schwalben, die nach den Mücken trachteten. An einer Senke oder einem Mauervorsprung landeten sie sanft, um sich zu sammeln und Igel oder Kröten ein warmes Nest zu bereiten.

Die letzten Arbeiten auf den Feldern waren getan, der Mist auf den Wiesen war ausgebreitet, die Beete im Hausgarten hatte die Bäuerin umgestochen, die Bohnenstangen in die Scheune geräumt und das Türchen hinter sich verschlossen. Nach der Stallarbeit stopfte sie die löchrigen Getreidesäcke, sie nähte die fehlenden Knöpfe an und flickte alles zusammen, was den langen Sommer über zerrissen war. Sie kümmerte sich um das Feuer im Schürherd, der die Küche so weit erwärmte, dass sie es ohne Handschuhe und dicken Unterrock hier aushalten konnte.

Nur an den Donnerstagen, an denen sich die Gemeinschaft ankündigte, brodelte das Wasser im Schiffchen, das Feuer knisterte, der Kachelofen wurde angeschürt. Genug, dass die Wärme sogar das obere Stockwerk erreichte. Das Kondenswasser tropfte von den Dachziegeln herab auf den Schlafzimmerboden.

Draußen türmte sich der Misthaufen bis zur Dachrinne der angrenzenden Scheune. Der Stall war bis auf den letzten Platz belegt. Wieder zwei Kühe waren mit Zeus' Hilfe besamt worden und Heiner hoffte auf weiblichen Nachwuchs. Zeus war mittlerweile bei den Bauern genauso begehrt wie Elvis Presley bei den jungen

Leuten im Dorf. Die Milch brachte ordentlich Geld ein und Zeus'
Nachkommen gaben nach wie vor mehr davon als die anderen.

Genauso lieb wie das Stallvieh waren Heiner die Vögel. Den
Meisen, den Bachstelzen, Rotschwänzchen und Amseln hatte er
ein Häuschen gebaut, so groß wie ein kleiner Koffer mit einem
Spitzdach, ohne Seitenwände. Am unteren Ast des Nussbaums
hing es, hoch genug, dass die Katze weiter auf Mäusejagd gehen
musste. Und jedesmal wenn er an seinem Vogelhaus vorbeiging,
um es mit Weizenkörnern oder getrockneten Speckschwarten zu
füllen, jagte er die Spatzenschar fort, die sich mit viel Lärm und
Gepiepse um die auf den Boden gefallenen Krümel balgte.

Nach jeder klirrenden Nacht, die der Hochwinter bescherte,
glaubte Heiner, kamen mehr Gäste in seine Herberge. Als ihn die
Bäuerin ermahnte, sparsam mit dem Getreide umzugehen, ver-
wies Heiner auf die Armenspeisung am See Genezareth und darauf, dass der Herrgott auf all seine Geschöpfe achte, egal ob
Mensch oder Tier.

Und die Spatzen?, fragte die Bäuerin.

Heiner entgegnete, Spatzen seien wie Menschen. Sie kämen in
Massen und brächten nur Unruhe, genau wie die Gemeinschaft,
wenn sie sich in seiner guten Stube breit machte.

Die Bäuerin beließ es dabei und Heiner brachte es sogar fertig,
dass ihm einige besonders kühne Meisen aus der Hand fraßen.

Er fütterte auch noch, als im Februar der geschmolzene Schnee
Grassamen und Körnchen für das Gefieder freigab. Das Schönste
aber für ihn war, wenn sich im April, wie jedes Frühjahr, die erste
Schwalbe durch das gekippte Stallfenster wagte, um das vor einem
halben Jahr verlassene Nest zu inspizieren. Und er wusste, waren
die Schwalben erst mal da, fing die Uhr am Bauernhof an, sich
wieder schneller zu drehen.

An einem strahlend blauen Montag im Juni standen die Bauern
am Milchhaus zusammen und diskutierten über Fahrsilos und

Güllegruben, über Klauenpflegestände und Gitterroste, auf denen die Kühe ohne Stroh gehalten wurden. Die Moderne war Heiner längst nicht mehr so wichtig, lieber holte er zeitig das Futter für das Vieh, denn die Frühlingssonne trocknete den Tau rasch von der Luzerne und ließ sie welken. Mit dem Bulldog und dem angehängten Leiterwagen tuckerte er den schmalen Weg vor zur Dorfstraße, während in den Ställen im Ort rege Betriebsamkeit herrschte.

Körber war der Erste gewesen, der sich eine Güllegrube gebaut hatte. Ein Teil seiner Kühe stand bereits auf Beton mit durchlässigen Gittern hinter der Standfläche. Er sparte sich das Stroh und brachte mehr Tiere auf eine Reihe.

Melkmaschinen brummten in den Höfen, Kühe brüllten. Der Bauer am Ortseingang hatte sich den ersten Ladewagen im Dorf angeschafft, einen blau lackierten Dechentreiter mit weißen Aufstellbrettern. Stolz fuhr er aus seiner Hofeinfahrt den Dorfberg hinauf. Ein paar Mal drehte er sich um und hob die Hand zum Gruß, als er Heiners Gespann hinter sich bemerkte. Dabei lächelte er und schwenkte zuletzt sogar seinen Tirolerhut mit der aufgestellten Fasanenfeder hin und her.

Heiner drehte sich niemals um, wenn er am Steuer saß, weder im Goggo noch auf dem Bulldog. Den Gefahren im Straßenverkehr wollte er geradeaus ins Auge sehen. Er dachte an die Geschichte von Loths Frau, deren Neugierde sie einst Kopf und Kragen gekostet hatte.

An seinem Acker stieg er ab und ging ein paar Schritte in seinen Bestand. Trotz des schweren Bodens stand die Luzerne gut im Saft. Die Stängel reichten Heiner bis zum Nabel, starker Wind und heftiger Regen waren ausgeblieben. Das Futter stand fest, es würde sich gut abmähen lassen. Heiner trug das Schutzblech an den Ackerrand, dann strich er mit dem Daumen über die scharfen Klingen. Er öffnete die Halterung und legte den Messerbalken waagrecht auf den Boden. Leichtfüßig stieg er wieder auf seinen

Bulldog, hakte den Gang ein, klinkte das Steuergerät in die richtige Stellung und fuhr los.

Knirschend bewegte sich das Schneidemesser hin und her und legte einen schmalen Schwad gleichmäßig auf dem Boden ab. Er fuhr langsam, damit die Rebhühner, Fasanenhennen und Feldhasen genügend Zeit hatten zu flüchten, und seine Augen beobachteten wachsam zusammengedrückte Büschel, in denen er ein Rehkitz vermutete.

Der Acker war so groß, wie drei seiner höchsten Bäume im Wald lang waren. Ein Futterrangen reichte bis zum nächsten Tag. Heute musste Heiner zwei Rangen mähen, weil morgen Sonntag war, denn der Sonntag war der Tag des Herrn. Die Kühe zu füttern, sie zu melken, gestattete die Bäuerin. Alles andere zählte als Sünde, selbst das Ernten von Heu, wenn eine Gewitterfront nahte. In solchen Fällen aber machte Heiner eine Ausnahme, wenngleich die Bäuerin sich weigerte zu helfen.

Mit der Gabel belud er seinen Wagen. Er stapelte das Futter so gewissenhaft wie seinen Misthaufen. Fünfzehn Minuten dauerte die einfache Fahrt, unter keinen Umständen wollte er zweimal fahren.

Am frühen Vormittag kehrte er zurück, stellte den Traktor an der Straße ab und öffnete das Tor zur Futterkammer.

Aus dem Garten hörte er Kinderstimmen. Im Näherkommen erkannte er einige Dorfburschen im Laubwerk seines Kirschbaums, dessen Früchte sich heuer schon ungewöhnlich früh färbten. Die größeren und kleineren Buben in Knickerbockern kümmerte es wenig, als er breitbeinig, mit den Armen in die Hüfte verkeilt, unter ihnen stand, wie der Kreisleiter damals in Heinersdorf vor dem Krieg, während seiner Kirchweihrede. Sie saßen auf den Ästen, schlugen sich den Magen voll und bewarfen sich mit den süßen Früchten. »Donnerwetter«, fluchte er.

Mit hochrotem Kopf schnappte er sich eine Dachlatte vom Stapel und schlug auf alles Fleischliche, was er erwischen konnte.

Körbers Bengel traf er kräftig am Hinterteil und am Rücken. Der Balg jaulte auf und versuchte, höher zu klettern, aber Heiner ließ nicht locker. Ein Bursche mit abstehenden Ohren und Sommersprossen im Gesicht, den er nicht kannte, hatte es auf die oberen Äste geschafft. Von dort bewarf er Heiner mit Kirschen, was diesen noch wütender machte. Heiner hüpfte und schlug zu, traf aber nur den Ast. Die Latte brach auseinander, das eine Teil fiel ihm auf den Schädel.

Der Bursche hoch oben lachte laut auf, während Heiner zum Stapel rannte und eine neue Dachlatte holte. Blitzschnell nutzten die Lausbuben die Gelegenheit, hangelten sich herab, sprangen vom Baum und liefen um ihr Leben. Heiner rannte ihnen mit der Latte in den Händen nach, bis ihm die Luft ausging.

Keuchend, die Arme auf die Knie gestützt, dachte er an Schadenersatz. Dann ging er zurück, betrachtete seinen Baum und versuchte, die fehlenden Kirschen zu zählen. Unzählige hingen vorher an den Ästen, Unzählige hingen nachher dran. Er dachte an seine Jugendzeit. Mutter hatte ihm einst das Hinterteil grün und blau geschlagen, weil auch er sich beim Nachbarn bedient hatte.

Beim Aufräumen der Dachlatte war seine Wut verraucht. Was länger schmerzte, war die Schmach, dass sie ihn ausgelacht hatten.

Am nächsten Montag wollte er eine Fuhre Klee im weit entfernten Feld holen. Vorher stellte er Bulldog und Wagen auf der Straße ab, um der Bäuerin beim Misten zu helfen. Schon länger klagte sie über Schmerzen im Rücken, die schnell kamen und langsam vergingen. Heiner schob die Ursache auf die Bibel. Immer die gleiche Lehne der Holzbank im Kreuz und das immer gleiche Buch in der Hand, das konnte kein normaler Rücken auf Dauer aushalten.

Mit einer Scheibe Butterbrot in der Hand tuckerte er anschließend zufrieden den Dorfberg hinunter. An der Hofeinfahrt zum

Körber standen die Kirschendiebe mit ihren Schulranzen auf dem Rücken. Sie drehten sich weg, als sie ihn sahen, steckten die Köpfe zusammen und schäkerten. Lautes Gelächter schallte ihm nach, aber Heiner drehte sich nicht um. Auch nicht, als die Stimmen wieder leiser wurden.

Der Ärger über die unerzogenen Lauser war bald vergessen. Heiner spürte die Sonne im Nacken, er ließ das Lenkrad los und zog seinen blauen Kittel aus. Vorbei ging es an Pappeln und Erlen, an grünen Wiesen und wogenden Getreidefeldern. Auf seinen Bulldog war er stolz. Er sprang leicht an, brauchte wenig Diesel und leistete mehr als Körbers lahme Ente. Heute war sein Schlüter besonders fleißig. Den Berg hoch auf die Kreisstraße nach Stinzendorf tuckerte er mühelos, die Drehzahl fiel kaum ab. Am liebsten wollte Heiner anhalten und seinem treuen Kameraden über die Motorhaube streicheln, aber er wusste um die Kraft der Sonne, die den Klee schneller welken ließ, als ihm lieb sein konnte.

Als er den Messerbalken von der Halterung löste, erschrak er. Der Wagen fehlte, er hatte ihn verloren, mitsamt dem Anhängebolzen. Eilig fuhr er zurück, die Augenbrauen tief herabgezogen, keinen Blick für die Natur, für die Felder am Wegrand. Er suchte Spuren, die in die abschüssigen Äcker führten, in den Bachgrund. Im Dorf spitzte er in die Hofeinfahrten, in die offenen Scheunentore. Nichts. Das Herz schlug ihm bis zum Hals, als er in die enge Gasse zu seinem Gehöft abbog.

Vor dem Haus stand er da, abgehängt, der Bolzen lag achtlos am Boden.

Heiner musste nicht lange überlegen. Die Lausbuben, die verdammten, die nichtsnutzigen. Diese Faulbrut, fluchte er. Deshalb hatten sie so gelacht.

Der klare Verstand kam diesmal nur langsam zurück. Mit schnellen Schritten ging er den Feldweg hoch zu seinem Acker, obwohl die Kühe brüllten und die Bäuerin nach ihm rief. Es war ihm egal, sie brauchte nicht zu sehen, dass er weinte.

Wann hatte er zum letzten Mal geweint? An der Beerdigung seiner Mutter, fiel ihm ein, obwohl sie ihm schon lange fremd geworden war. Überhaupt war ihm alles fremd geworden. Sein Bruder, sein Elternhaus. Wie gern war er früher daheim gewesen, hatte gesungen, die Lippen gespreizt und gepfiffen wie ein Vogel an der Hochzeit. Dann dachte er an seine Hochzeit. Damals hätte er weinen müssen, literweise hätte es ihm den Saft aus den Augäpfeln pressen sollen. Er erinnerte sich an Willi. Bräute und Schwiegermütter würden an diesem Tag auch weinen, hatte der Freund damals an der Heinersdorfer Kirchweih gesagt. Als hätte Willi gewusst, was auf Heiner zukäme. Und nun musste er sich von diesem Lausbubenpack aus dem Dorf veralbern lassen wie eine Schießbudenfigur.

Waren das noch Zeiten, sinnierte er, als er sich mit den anderen Knechten und Mägden an den schönsten Tagen im Jahr getroffen hatte, als sie beim Huttanz unter einen übergroßen Zylinder gesteckt wurden, als Annas Brillengläser zerbrochen am Boden lagen.

Heiner saß im hohen Gras am Rangen neben seinem Acker, bar jeglicher Lebensfreude.

Er sei so froh, redete er sich ein, dass er keine Kinder habe, die ihn nur ärgerten und auf dem Kopf herumtanzten. Er danke dem Herrgott dafür, dass der richtige Zeitpunkt nie gekommen war. Dass er sich bei den Nachbarn nie habe rechtfertigen müssen für irgendwelche Kinderstreiche. So dringend freute er sich gerade über die Enthaltsamkeit der Bäuerin, dass sich eine Perle nach der anderen aus den schon rot angelaufenen Tränensäcken stahl, an den Wangen herunterlief, wie ein plötzlicher Regen in einem ausgetrockneten Bachbett, um schließlich auf den staubigen Boden zu tropfen.

Er beugte den Kopf nach vorn und zielte. Eine Träne verfing sich im eingerollten Blatt eines Weidelgrases. Langsam schälte sie sich an der Blattspreite entlang nach unten. Dorthin, wo sie gebraucht wurde, zu den Wurzeln. Genauso geschah es mit dem Tau und dem Nieselregen. Heiner nickte. Die Natur wusste sich zu helfen, wenn sie dürstete.

Das Gleiche wollte er an einem Weizenblatt ausprobieren, nun aber waren die Tränen versiegt.

Auch Pastor Schmaußer entdeckte den Kirschbaum, als sich die Glaubensgemeinschaft das nächste Mal in der Wohnstube versammelt hatte und er noch ein wenig Luft schnappen wollte, wie er sagte. Sein Blick wanderte neugierig hin und her, auf und ab. Er besah sich die alte Scheune, den großen Garten, den angrenzenden Acker und den Kuhstall mit anderen Augen als sonst.

Der nächste Gottesdienst würde hier im Freien gut passen, sagte er zu Heiner, der gerade die Stalltür zum Hof verriegelte.

Heiner senkte den Kopf und schwieg.

Unter diesem Blätterdach mit seinen wohlschmeckenden Früchten, freute sich der Pastor, wolle er dem Herrgott ganz nahe sein.

Bis dahin wären die Kirschen runzlig und faul, brummte Heiner.

»Ungenießbar?« Der Pastor verzog das Gesicht.

Heiner schüttelte den Kopf. Der Wurm fresse sie dann ja auch noch, sagte er. Den könne man aber mitessen, nur die Kerne seien ungesund.

Als die beiden zum Haus zurückgingen, kam ihnen die Bäuerin entgegen. »Bruder Schmaußer, die Gemeinde wartet.« Ungeduldig hielt sie den Männern die Tür auf.

»Lass nur, Schwester Tina.« Der Pastor blickte auf seine Uhr. »Die Zeit des Herrn ist zwar kostbar, aber es gibt Wichtiges zu besprechen.«

Schmaußer lehnte sich nachdenklich an die Sandsteinwand. Er überlegte eine Weile, richtete seine Krawatte und fasste sich kurz an die Nase. »Bruder Heinrich«, sagte er schließlich.

Die Bäuerin hörte aufmerksam zu.

Heiner schwante Schlimmes.

Die Jugend brauche eine Heimat, in der sie dem Herrgott nah sein könne. Der Standort hier wäre bestens geeignet. Die Bäuerin blickte auf den Boden.

Heiner guckte in die Luft.

Jesus habe sich mit seinen Aposteln auch in einer Herberge getroffen, fuhr er fort. Dann hob er mahnend den Zeigefinger und zitierte: »Denn ich bin hungrig gewesen und ihr habt mich gespeist, ich bin Gast gewesen und ihr habt mich beherbergt …«

Die Bäuerin unterbrach ihn: »Und der König wird antworten und sagen zu ihnen. Wahrlich, ich sage euch: Was ihr getan habt einem unter diesen geringsten Brüdern, das habt ihr mir getan.« Ihre gefalteten Hände lösten sich. Mit dem Zeigefinger kratzte sie sich am Hals. »Heiner, was sagst du?«

Er zuckte mit der Schulter. So höflich hatte ihn die Bäuerin noch nie gefragt.

Müsse ja nicht sofort entschieden werden, sagte der Pastor. Der Herr habe den beiden verwehrt, eine kleine Familie zu gründen. Ihre Aufgabe sei nun die Errichtung einer biblischen Familie, die Errichtung einer Herberge für die Jünger Gottes.

Schmaußer zwinkerte mit den Augen. Der Herrgott werde dann auch besonders gnädig sein, betonte er. Ein Ehrenplatz im Paradies sei eine Selbstverständlichkeit.

Das Ehepaar schwieg.

Während der Predigt in der Stube waren beide nicht bei der Sache. Sie waren froh, als die Brüder und Schwestern endlich in ihre Fahrzeuge stiegen, danach gingen sie gleich ins Bett.

Mitten in der Nacht suchte plötzlich der rechte Fuß der Bäuerin Kontakt zu Heiners linkem Knöchel. Das Aneinanderreiben von männlichen und weiblichen Körperteilen war ihm nicht fremd, auch wenn die letzten Bemühungen um den richtigen Zeitpunkt lange zurücklagen. Aber die Zehennägel der Bäuerin waren lang und scharf. Heiner dachte an die dünne Haut, die seinen Knöchel überspannte, und an die Schweinshaxe, die Nachbars Hund neulich abgenagt hatte, bis der Knochen glänzte. Heiner bewegte sich keinen Millimeter und wartete ab.

Er verzieh ihr ihre Nägel. Die Kreuzschmerzen, die sie schon lange plagten, machten sie steif und ungelenk. Sie konnte die Nägel nur abschneiden, wenn sie mit der Schere halbwegs hinunterkam. Die Hilfe des Gatten blieb ihr versagt. Heiner vertrat den Standpunkt, das Schneiden fremder Zehennägel gehöre nicht zu seinem Aufgabenbereich.

Die heutige Jugend sei vielen Verlockungen ausgesetzt, meinte die Bäuerin in die Stille hinein. An jeder Hausecke stehe ein Zigarettenautomat. In der Faschingszeit würden sich sogar Kinder verkleiden und der Herr könne sie dann nicht mehr erkennen, wenn er das tausendjährige Friedensreich ausrufe. Der Teufel treibe überall sein Unwesen – dabei stupste sie ihren Ellbogen in Heiners Hüfte. Pastor Schmaußer, meinte sie nun frei heraus, brauche dringend Räumlichkeiten, um die Jugend wieder auf den Pfad der Tugend bringen zu können.

Heiner schwieg, er durchschaute, was die Bäuerin im Schilde führte. Er hauchte ein paar Schnarcher aus, zog sein Bein zurück und ließ sie reden. Nach einer Weile war es in der Kammer so still wie immer, nur die Wanduhr tickte ungerührt.

Schmaußer plauderte beim nächsten Gottesdienst nur mit der Bäuerin. Sie hatte nichts dagegen, dass an einem Samstag, bevor sich das Frühjahr verabschiedete, die Brüder und Schwestern auf der Wiese ein Kinderfest veranstalten wollten.

Als der festgesetzte Tag gekommen war, bastelte sie zusammen mit einigen Schwestern kleine Geschenke für die Kinder der Gemeinschaft und für die neugierige Dorfjugend, die sich an den Wettbewerben beteiligte. Die Kinder kamen zum Sackhüpfen, zum Ballweitwurf, zum Apostelraten, und Heiner wollte seinen

Frieden mit den Lausbuben schließen. Es gehe schließlich um das Seelenheil der ungezogenen Burschen. In der Vergebung der Sünden liege der Schlüssel zum Paradies, sagte er sich.

Als dann die ersten Lümmel ums Eck kamen und er die Sommersprossen und die abstehenden Ohren ihres vermeintlichen Anführers musterte, warf Heiner einen kurzen Blick auf seinen Stapel mit den Dachlatten und die Versuchung war größer als gedacht.

Abends saßen sie am Lagerfeuer zusammen, ein paar Brüder hatten Gitarren dabei. Sie sangen und waren guter Dinge. Die Jugend übernachtete in Indianerzelten, während Heiner in der Nacht ein paar Mal aufstand, im Dunkeln die knarzende Treppe hinunterging und bei den Kühen und in den anderen Gebäuden nach dem Rechten sah.

Früh am Morgen stand Pastor Schmaußer mit den Händen in der Hosentasche neben dem ersten Zelt und musterte das Anwesen um ihn herum. Als der kleine Körberbub durch die Öffnung schlüpfte, lud er ihn ein, zum Gottesdienst unterm Kirschbaum zu bleiben. Gern könne er seine Mama und seinen Papa holen, es sei ja nur ein Katzensprung.

In der Frühe hätten die Eltern keine Zeit wegen dem Stall, meinte der Bursche, und er selbst auch nicht, weil er nun heim müsse zum Ausschlafen.

Schmaußer fragte, ob er denn schon wisse, dass das Paradies nur denjenigen offen stehe, die am Sonntag nicht ausschliefen.

Seine Eltern kämen dann sowieso hinein, weil sie ja nie ausschlafen würden, wegen dem Stall, war die Antwort.

Das stimme so nicht ganz, sagte der freundliche Pastor. Der Wunsch, ins Paradies zu kommen, sei immer vorrangig, meinte er. Die Arbeit im Stall könne auch so gelegt werden, dass sie nicht am Besuch des Gottesdienstes hindere. Ob er sich denn vorstellen könne, seine Eltern für alle Zeiten im ewigen Feuer schmoren zu sehen?

Der Bursche zuckte mit der Schulter und zupfte an seinem Ohr. Er wisse das nicht so genau, sagte er, weil er da noch nicht war, und jetzt müsse er schleunigst in sein Bett.

ENZENSBERGERWEG

Der Tag der großen Reise mit dem Rinderzuchtverband rückte näher. Schon Wochen vorher ordnete Heiner sein Gepäck. Eine Sonntagshose, ein Hemd, ein Handtuch, ein Stück Seife, Pullover, Halbschuhe, seine alte Leinenhose. Die schweren Schnürschuhe, die über die Knöchel reichten, brauchte er noch zur Arbeit.

Einen langen Brief hatte er an Willi geschrieben und ihm mitgeteilt, dass nun alles in trockenen Tüchern sei. Er komme am siebzehnten Juni des Jahres neunzehnhundertvierundsechzig mit dem Zuchtverband nach Österreich und würde sich freuen, wenn sie eine gemeinsame Bergfahrt unternehmen könnten. Mit dem Vorsitzenden habe er alles abgesprochen und dieser sei einverstanden, dass Heiner für einige Zeit die Gruppe verlasse. Er nehme dafür seine festen Schuhe mit und lege ihm das Programm des Zuchtverbands bei, worauf alles beschrieben sei. Und Willi solle sich nicht ärgern, dass die Bäuerin daheim bleiben wolle, obwohl es anfangs nicht so gut ausgesehen habe.

Mit seinem Koffer stand er schließlich in Roßendorf vor der Wirtschaft, eine Stunde vor der verabredeten Zeit. Noch ehe die Hähne schrien, waren die Kühe versorgt gewesen. Er hatte einen halben Laib Brot in den Koffer gepackt, aus der Speisekammer hatte er sich ein Glas Marmelade und eine kleine Dose mit Butter dazu geholt. Die Bäuerin hatte nicht geschimpft beim Abschied. Sie hatte einfach gar nichts gesagt. Aber das war ihm längst egal, denn nacheinander trudelten die Bauern ein und begrüßten sich.

Als der Bus rumpelnd neben der Gruppe hielt, als die Türen aufgingen und der Fahrer die Gepäckklappen öffnete, zwängte sich Heiner auf den Sitz schräg hinter dem Busfahrer. Den Koffer stellte er sich zwischen die Beine.

»Entweder kommt der Kasten unten rein oder sein Besitzer«, brummte der Chauffeur.

Heiner wählte für sich die obere Hälfte des Busses mit den großen Glasscheiben und für den Koffer den Gepäckraum.

Neben ihn setzte sich ein stiller, groß gewachsener Mann aus dem Nachbarort mit einem Haarkranz wie ein Mönch oder gar wie Göttervater Zeus. Der stille Mann gab Heiner die Hand und meinte, dass der Wetterbericht Sonne und warme Temperaturen melden würde. Heiner sagte, das habe er auch gehört.

Nach dem Gespräch konzentrierten sich beide auf die Fahrt. Heiners Sitznachbar schlief rasch ein und begann zu schnarchen. Eine schöne Melodie hatte er aufgelegt, dachte sich Heiner, ruhig und gleichmäßig. Wie ein Fluss, der sich in einer Auenlandschaft ausbreitete, wogegen die Bäuerin manchmal schnarchte wie ein im Sturm knarzender Kiefernwald.

Es war heiß im Bus, der Platz beschränkt. Zigarettenqualm hing unter der Decke, ähnlich verstaubten Spinnennetzen, die sich im Heuboden von Balken zu Balken spannten. Der Busfahrer war zufrieden. Die durstigen Bauern kauften Bierflaschen in rauen Mengen, schon an einem der ersten Rastplätze musste er halten. In Reih und Glied standen die Männer hinter der Hecke, um sich zu erleichtern.

»Sind das schon die Berge?«, fragte Heiner den Busfahrer, als sie das Altmühltal erreicht hatten.

Der sah ihn im Rückspiegel an und gluckste ein paar Mal. »Bei dir geht es aber schnell mit dem Rausch«, sagte der Mann, dessen dicker Bauch bis ans Lenkrad reichte.

Würde die Autobahn kerzengerade durch die abgeholzten Wälder und betonierten Äcker führen, dachte sich Heiner, bräuchte der Kerl die Hände nur zum Schalten und zum Nasenbohren.

Der Bus hatte München passiert. Der Vorstand des Rinderzuchtverbands in der Sitzreihe nebenan öffnete seine Aktentasche und zog ein in Stanniol gehülltes Päckchen heraus. Im Fond des Busses roch es nach Leberwurst. Nun raschelten Plastiktüten, Brotzeitpapiere knisterten, die Rauchschwaden unter der Decke verzogen sich für eine Weile. Heiners Mahlzeit befand sich im Koffer, einen Stock tiefer.

Bald hielt der Fahrer wieder an, die Blasen drückten. Heiner stieg aus. Eine warme Brise wehte ihm entgegen. Der Himmel war wolkenlos, aber milchig grau. Daheim würde er mit einem Gewitter rechnen, hier jedoch, am anderen Ende der Welt, war alles anders. Er blickte auf die Fahrbahn. Autos rauschten vorbei, Motoren von Lastkraftwagen dröhnten.

»Daheim ist es schon schöner«, sagte Körber hinter ihm. »Aber wenn man nur einen Kilometer von dem Beton als Acker hätte, tät es gut reichen.« Dabei funkelten seine Augen, als hätte er den Pachtvertrag längst unterschrieben.

Heiner suchte nach den richtigen Worten, er kratzte sich an der Wange. »Ein nobler Zug von dir, dass dein großer Bub mein Futter holt«, sagte er.

Körber lächelte. »Das Leben ist ein ständiges Geben und Nehmen. Meinem Großen schadet es nicht, wenn er ein paar Tage über den Tellerrand schauen muss.«

»Mit dem Schlüter wird er schon klarkommen, oder?«

Körber zuckte mit der Schulter. »Unseren Mistwagen hat er letzte Woche umgeschmissen. Die Deichsel hat ausgeschaut wie die Kurvenbahn von einem Kinderkarussell. Unsere Väter hätten uns früher für so was grün und blau geschlagen.«

Heiner schluckte, sorgenvoll dachte er an seinen Bulldog.

Dann stiegen die Bauern wieder in den Bus. Die Unterhaltung wurde lustiger, Gelächter, laute Diskussionen, Sprachfetzen drangen von den hinteren Reihen nach vorn. Den Namen Zeus hörte Heiner ein paar Mal. Bierflaschen krachten aneinander, eine Flasche zerbrach. Der Busfahrer bremste und fuhr auf den Standstreifen. Der Vorstand ermahnte die Bauern, sich zusammenzunehmen. Er wolle bei den österreichischen Freunden einen guten Eindruck hinterlassen, dazu gehöre auch gutes Benehmen.

Eine Weile wurde es ruhiger, dann fing der Mann neben Heiner wieder an zu schnarchen.

Auf einmal waren sie da. Neben dem großen Waldstück, direkt vor ihm, sah Heiner zuerst eine sanfte Hügelkette. Dann schraubte sie sich hoch zum Horizont und er wusste gar nicht, wohin er zuerst schauen sollte. Die Berge, die Alpen.

Links kam bald der Chiemsee, dahinter die Chiemgauer Berge, die Kampenwand, sagte der Busfahrer. Wände, zehn Mal so hoch wie das Walberla, hundert Mal so breit, und die grünen Almen davor tausend Mal so schön wie die Wiesen daheim.

Der Mann neben ihm hatte aufgehört zu schnarchen und schlief nun so fest, dass Heiner sich fragte, ob er überhaupt noch lebte. Er kramte hektisch die Kennkarte aus seiner Hosentasche, als der Busfahrer den Grenzübergang ankündigte. Der Vorstand beugte sich herüber und fragte, ob alles in Ordnung sei.

Heiner sagte, es gebe viel Neues für ihn zu sehen. Er wolle nur wissen, ob die Abmachung, die sie beide letzthin getroffen hatten, noch gelte.

Der Vorstand nickte. Wichtig sei das Treffen am morgigen Tag mit den österreichischen Kollegen. Alles andere ergebe sich von selbst.

Nach einigen engen Serpentinen zur Griesner Alm parkte der Bus auf einem geschotterten Parkplatz. Mit lautem Getöse stürzte nebenan das Wasser eines Bergbachs das steile Gelände hinab, eingeengt von abgeschliffenen, mit Moos überzogenen Felsblöcken. Mächtige Gipfel erhoben sich majestätisch über Fichtenhänge, darunter entdeckte Heiner Almen mit Kühen. Sein Atem ging schneller. Die richtige Natur hier unten war noch schöner als die Natur auf dem Bild in seinem Elternhaus, das er so oft angesehen hatte.

Vier Herren in Lederhosen und eine korpulente weibliche Erscheinung in einem schmucken Sommerkleid und mit hochgesteckten Haaren begrüßten die Gäste aus Franken auf der großen Terrasse. Der Vorstand richtete ein paar Worte des Dankes an ihre Gastgeber. Die Frau zog eine Liste aus einer Aktenmappe und gab die Schlüssel für die Zimmer aus. Heiner bezog ein Doppelzimmer mit dem stillen Mann, der nun die Hände in den Hosentaschen vergraben hatte und schon wieder gähnte.

Am Abend kamen die Österreicher mit fünf Mann Blaskapelle, dazu einer Trachtengruppe. Kräftige Mannsbilder mit dichten Bärten, Tirolerhüten auf den Köpfen, Lederhosen und Waden so dick wie halbwüchsige Kiefernstämme. Die Mädchen in ihren farbigen Dirndln kreisten auf dem Parkett wie Englein durch den Saal, während die Männer sich begeistert auf die Oberschenkel klatschten.

Heiner zuckte zusammen. Pastor Schmaußer kam ihm in den Sinn. Das zehnte Gebot: Du sollst nicht begehren deines Nächsten Weib. Heiner schloss die Augen, um nicht zu sündigen, doch immer wieder gingen sie ihm auf.

Ein paar Österreicher setzten sich zu ihnen an den Tisch, Heiner hatte den Platz an der Stirnseite. Die Bauern freuten sich, weil er sich freute, kam er doch sonst nie ins Wirtshaus. Und nun lachte und scherzte er mit den anderen wie am Stammtisch.

Mit einem der Musikanten kam er ins Gespräch. Ein untersetzter, kantiger Bursche, dessen Vollbart den Mund nur erkennen ließ, wenn dieser sich öffnete. Er hatte eine Alm mit zehn Kühen, dazu eine kleine Käserei, erzählte er.

»Sind deine Kühe auch vom Zeus?«, fragte Heiner neugierig.

»Vom Hinterberger Loisl«, sagte der Musikant verwundert. »Und eine Kuh hab ich vom Reiter Jockl gekauft.«

»Vom Rinderzuchtverband hast nichts?«

»Rinderzuchtverband!« Er verzog das Gesicht. »Mit so was spekulieren die Großen. Hab meinen eigenen Stier im Stall.« Der

Österreicher lehnte sich zur Seite und holte eine Schnupftabaksdose aus dem Wams. Zielsicher bugsierte er eine auf dem Handrücken aufgehäufte Ladung in die Nase. »Willst auch?«, fragte er.

Heiner schüttelte energisch den Kopf. »Kommst in die Hölle mit dem Zeug.«

Der Musikant verschluckte sich. »In welche Hölle?«

Heiner blickte ernst. »Alle Lust, die der Teufel den Menschen aufbürdet, schließt den Eingang zum tausendjährigen Friedensreich.«

Der Österreicher brummte etwas Unverständliches in seinen Bart, dann zog er seine Dose abermals heraus und schnupfte ein zweites Mal.

Heiner trank genüsslich von seiner Maß Bier und als er sie ausgetrunken hatte, bestellte er sich eine zweite. Als er erfuhr, dass der österreichische Rinderzuchtverband die Gäste freihielt, stand rasch eine dritte vor ihm auf dem Tisch. Die Einheimischen fingen an zu jodeln und zu singen. Dabei hielten sie sich nicht an den Händen fest, wie die Brüder und Schwestern, und sie schlossen nicht die Augen. Sie lachten, scherzten, tändelten mit den Mädchen, so wie es die Burschen einst in den Rockenstuben gehalten hatten. Heiner dachte nicht mehr an Hölle, Lust und Friedensreich, sondern fand zu der sicheren Erkenntnis, nicht alles Weltliche müsse schlecht sein.

Der nächste Tag gehörte der Bildung. Soweit die Straßen es erlaubten, fuhren die Bauern in aller Frühe mit dem Bus, ein paar Stunden quälten sie sich zu Fuß hinauf zur Hochalm. Nur langsam wurden die kleinen Augen größer und die Ringe um sie herum kleiner. Das Leben kehrte in die Mannsbilder zurück und damit auch das Interesse und die Neugierde.

Die Kühe standen gut im Futter. Die Österreicher hatten eine Delegation mitgeschickt, die den Franken alles Wichtige erklärte. Die Bauern plauderten mit dem Senner, aber noch lieber mit der Sennerin.

Auf dem Programm stand eine Brotzeit auf der Alm. Milch und Käse wurden serviert, frisches Brot und frische Butter. Die Bauern saßen auf Bänken und hatten einen wunderbaren Ausblick auf Lärcheck, Predigtstuhl und Fleischbank. Heiner wähnte sich im Paradies. Da konnte ihm Pastor Schmaußer erzählen, was er wollte.

Viel Neues lernten die Ausflügler nicht, dazu waren die Bedingungen für ihre Arbeit zu verschieden von denen auf einer Alm, das hatte auch Heiner schnell gemerkt. Aber er wusste nun, dass woanders auch nur mit Wasser gekocht wurde und dass die Milchproduktion eine Herzensangelegenheit war, nicht nur eine Frage des Geldes, das man mit ihr verdiente. Die Liebe zu den Tieren sicherte hier wie dort den Betriebserfolg und diejenigen, die bei der Milch nur die Rendite im Auge hatten, denen war kein Glück beschieden. Diese Erkenntnis machte Heiner zufrieden und die anderen dachten ähnlich.

Heiner streckte die Füße weit von sich, die harte Lehne der Bank drückte im Rücken. Wenn die Bäuerin das sehen könnte, die Berge und die Almen, überlegte er – entschied aber, dass sie das alles gar nicht sehen wollte. Weil sie lieber in ihrer Bibel blätterte.

Anna jedoch würde dahinschmelzen wie der herrliche Käse, den er sich gerade auf der Zunge zergehen ließ. Dann fiel ihm ein, dass sie es auch nicht sehen könnte, weil sie gewiss längst blind war.

Und Annelie? Die wäre den steilen Hang gar nicht erst heraufgekommen. Die hätte man tragen müssen.

Körber setzte sich zu ihm, er breitete den rechten Arm auf der Lehne aus. »Hättest alles verpasst, wenn du daheim geblieben wärst«, sagte er.

»Da hätte ich was angestellt.« Heiner hielt die Hand über die Augen, die Sonne blendete ihn.

Körber lächelte. »Morgen bist dann nicht dabei?«

Heiner setzte sich auf. »Willi geht morgen mit mir auf den Berg. Hast vom Buhl schon was gehört?«

»Österreichischer Samen?«

Heiner winkte ab. Er deutete zur Fleischbank hinüber. »Berühmter Bergsteiger. Ist bestimmt auch dort drüben herumgekraxelt.«

Körber nickte anerkennend, dabei spitzte er die Lippen. »Schimpft die Bäuerin nicht?«

Heiner hielt die Hand an die Ohrmuschel und grinste. »Höre nichts.«

Nun kratzte sich Körber in den grau gewordenen Haaren. »Pass nur gut auf«, warnte er. »Raufgeflogen ist noch keiner, aber ganz viele runter.«

Heiner winkte ab. »Eine mittelschwere Kletterei, hat Willi geschrieben. Er macht so was hin und wieder und kennt sich mit Seil und Haken gut aus.«

»Ist er ein Bergführer geworden?«, fragte der Nachbar. »Kann ihn mir schon noch denken. Hat gern einen über den Durst getrunken und war auf jeder Kirchweih der Letzte beim Heimgehen.« Er kratzte sich hinterm Ohr. »Aber das haben sie ja alle gemacht. Und jetzt gibt's bald keine Kirchweih mehr in den Dörfern«, meinte er wehmütig. »Hat sich viel verändert.«

Körber hielt sich nun auch die Hand über die Augen. Eine Weile schwiegen beide und guckten hinüber in die Bergwelt.

»Weiß eh nicht, wie das weitergehen soll.« Körber wurde ernst. »Mein Bub geht im Herbst in die Landwirtschaftsschule. Aber mit unseren fünfzehn Kühen kannst keinen Staat mehr machen.«

»Hab nur sechs«, sagte Heiner.

»Aber keinen Jungen, der weitermachen will.«

Sie schwiegen wieder und schauten sich satt.

Nach der Brotzeit zeigte die Sennerin ihren Betrieb. Die resolute Fünfzigjährige mit dem dicken geflochtenen Zopf erklärte den Bauern, wie sie Käse herstellte.

Wo denn gemolken werde, fragte einer. Er sehe keine Melkkammer.

»Auf der Wiese«, sagte die Sennerin. Sie zeigte ihm ihre mobile Melkanlage.

»Und im Winter?«

»Sind die Kühe im Tal.«

Heiner fragte den Senner, wie hoch die Milchleistung sei.

Der Mann zuckte mit der Schulter, schaute schief auf Heiner herunter. »Was der Herrgott gibt, wird genommen, was er nicht gibt, ist nicht da.«

Ob er auch den Samen vom Zeus habe, fragte Körber.

Nein, aber vom Zeus habe er schon gehört.

Als die anderen schon weg waren, fragte Heiner ihn noch, ob er von der Pfingstgemeinde etwas wisse.

Der Senner lachte. Von Pfingsten habe er schon gehört und von der Gemeinde auch, da sitze er sogar im Rat, aber von beiden zusammen …?

Dann war die Führung vorbei. Die Bauern wanderten zurück zum Bus, die beiden Vorstände reichten sich die Hand und ein Fotograf schoss ein paar Bilder für die Zeitung.

Ein gemeinsames Abendessen rundete den offiziellen Teil ab. Für den nächsten Morgen planten die Bauern einen Ausflug nach Kitzbühel und auf die Wochenbrunner Alm, am Sonntag würden sie Ellmau und den Hintersteiner See besuchen und dann heimwärts fahren.

Heiner ging früh ins Bett. Vorher stellte er seine Schnürschuhe neben die Tür und steckte seine Brotzeit in eine Plastiktüte. Um zwei Uhr in der Nacht wollte Willi ihn abholen.

Heiner fand keinen Schlaf, unruhig wälzte er sich hin und her. Er dachte er an die Eiche, auf die er wegen Annelie geklettert war. Er erinnerte sich ans Walberla und an Willis zitternde Waden. Auch der Verrückte kam ihm in den Sinn, der ihm und Peter ganz früher im Stadtwald von den Helden erzählt hatte. Und nun, da er endlich einen richtigen Berg besteigen konnte, verließ ihn der Mut.

Dann aber dachte er sich, er pfeife auf seine sechzig und mehr Jahre. Er war gestählt durch die viele Arbeit und gesegnet mit einem eisernen Willen.

Als er sich nach durchwachter Nacht durch den dunklen Flur ins Freie schlich, saßen noch einige Bauern in der Wirtsstube.

Ein Auto fuhr auf den Parkplatz, eine Tür fiel ins Schloss, ein schriller Pfiff. Willi kam herübergeschlendert und reichte Heiner die Hand. »Bist nicht viel gewachsen«, sagte er.

»Und du bist kleiner geworden.«

Willis Händedruck war kräftig wie einst, aber Geheimratsecken zierten den Schädel, das Licht aus dem Fenster fiel auf die von Falten zerfurchte Stirn.

»Und bei dir passt alles?«, fragte Heiner.

Willi gefror das Lächeln, aber er nickte. »Wir müssen uns beeilen«, meinte er. »Ist ein großes Ding, was wir vor uns haben.« Er ging ans Fenster und blickte in die Gaststube. »Da sind ja noch ein paar drinnen. Muss schnell Grüß Gott sagen.«

Sechs Bauern saßen auf einer Eckbank, der Wirt stand gähnend am Tresen und spülte Krüge.

Freudig winkten die Bauern Willi zu sich an den Tisch. Willi bestellte sich eine Halbe und weil er so durstig war, gleich noch mal eine.

»Hat ein bisschen gedauert«, entschuldigte er sich bei Heiner, als er wieder herauskam.

Willi öffnete seinen Rucksack, zog einen zweiten heraus. »Wirst brauchen«, sagte er. »Wärst der Erste mit einer Plastiktüte in der Wand.« Er reichte Heiner ein schmutzig-weißes Seil. »Steck es rein. Hab Karabiner und Zwischensicherungen bei mir im Sack. Hast genug zu trinken dabei, gescheite Schuhe?«

»Die Festesten«, sagte Heiner.

»Zeig.«

Heiner hob das rechte Bein.

»Auweia.« Willi lachte laut. »Da hängt ja noch der Mist dran.«

Heiner schämte sich.

Willi zeigte ihm seine Lederschuhe mit einer griffigen Sohle. »Sind neu«, meinte er stolz. »Extra für die Kletterei.« Er blickte auf die Armbanduhr. Erschrocken warf er sich seinen Rucksack über. »Wird allerhöchste Zeit. Bis Sonnenaufgang sollten wir am Einstieg sein«, drängte er, dann gingen sie los.

Gespenstisch ragten die Fichten in die Höhe, Moos und Flechten säumten den ausgetretenen Pfad. Sie überquerten ein Bächlein, langsam wurde es steiler.

Auf einer Lichtung teilte sich der Weg. »Da geht's rüber zum Ellmauer Tor«, sagte Willi. »Hast schon davon gehört?«

Heiner schüttelte den Kopf.

»Musst durch eine riesige Schlucht und neben dir bäumen sich die Felswände senkrecht bis zum Himmel auf.«

»Dort ist wohl auch der Buhl geklettert?«

»Kann schon sein.« Willi lächelte. »Jetzt darfst dich entscheiden«, sagte er zu Heiner. »Entweder wir gehen über den Nordgrat auf die Hintere Goinger Halt oder wir machen was Gescheites.«

»Was Gescheites?« Heiner sah ihn fragend an.

»Was Gescheites!«, wiederholte Willi.

Heiner gab sich einen Ruck. »Willi, wir machen was Gescheites.«

Der Freund deutete schräg nach oben. »Die Stripsenjochhütte, siehst das Lichtlein? Da müssen wir zuerst rauf.«

Heiner erkannte die Umrisse eines Gebäudes. Er stülpte die Ärmel seines dicken Baumwollhemds auf, dazu tropfte ihm der Schweiß von der Stirn.

Willi stapfte voraus. Die Luft war dämpfig, kein Windhauch rührte sich. Im Osten färbte sich der wolkenlose Himmel vom Schwarzen ins Dunkelblaue, das spärliche Licht spendete noch immer der Mond.

Die Hütte, die vorher so klein gewirkt hatte, war ein stattliches Haus mit einer großen Veranda voller Tische und Bänke. Dahinter schlossen sich einige Nebengebäude an. Die beiden setzten sich auf eine Bierbank und starrten hinüber zu den Gipfeln, die sich in die Morgendämmerung reckten.

Willi deutete zum Totenkirchl. »Auf der Westwand hat Hans Dülfer den ersten Seilquergang gemacht. Ein paar Hundert Meter über dem Boden.«

»Schwindelfrei?«

Willi zuckte mit der Schulter. »Vielleicht hat er nicht runtergeschaut.« Er zeigte nach links. »Dort ist die Fleischbank, daneben der Predigtstuhl.«

»Und wo gehen wir rauf?«

Willi zeigte nach Südwesten. »Siehst die dunkle Wand?«

Heiner nickte ehrfürchtig.

»Neunhundert Meter hoch«, prahlte Willi. »Ist schon ein Kaliber, die Kleine Halt, Nordwestwand.«

Willi hatte es nun eilig. Zügig gingen die beiden die engen Serpentinen hinunter Richtung Hans-Berger-Haus. Im Osten spitzte die Sonne heraus, heute war Sonnwende, also der längste Tag im Jahr. Nach eineinhalb Stunden erreichten sie die Hütte.

Einige andere Wanderer machten sich gerade abmarschbereit. Der Wirt, ein etwa Vierzigjähriger mit breitem Schnurrbart, stand mit einem Weidenkorb voller Holz neben der Eingangstür. Willi hielt sie ihm auf. Der Mann musterte die beiden Neuankömmlige, stellte den Korb in den Gang und kam wieder heraus. »Wo geht's hin?«, fragte er mit besorgter Miene.

»Den Enzensberger«, sagte Willi.

»Müsst ihr da rüber.« Er lächelte mitleidig. »Habt ja einiges vor.«

Willi zuckte unsicher mit der Schulter.

Der Wirt zog die Nase hoch. »Kommen Gewitter heute«, sagte er. »Bis Mittag müsst ihr oben sein.«

»Schaffen wir locker«, sagte Willi optimistisch. »Bringst uns schnell noch eine Radlermaß.«

Der Wirt biss die Zähne zusammen. »Bist ja schon am Einstieg besoffen«, sagte er. Aber er holte den Krug und stellte ihn auf den Zaunpfosten neben der Bretterwand. Willi trank die Hälfte, den Rest gab er Heiner.

Als sie schon ein Stück gegangen waren, drehte Heiner sich um. Unten an der Hütte stand der Wirt und sah ihnen nach.

Durch dichten Wald führte ein Steig zuerst flach, dann im Zickzack nach oben. Nach einer Stunde erreichten sie ein steiles Kar, bedeckt mit tischgroßen Steinblöcken, die weiter hinauf immer kleiner wurden. Ab und zu wiesen ihnen Steinmännchen den Weg. Keine Menschenseele war zu sehen. Die Westwand vom Totenkirchl spitzte herüber, unnahbar. Feines Geröll erschwerte jeden Schritt. Heiner fand kaum Halt. Er dachte an daheim, an seinen Acker, und hier musste er sich plagen wie ein Arbeiter im Steinbruch. »Wann kommt denn nun der Berg?«, fragte er schnaufend.

»Halbe Stunde noch.« Willi deutete zu einem markanten Felsblock. »Dort oben kann's losgehen.«

Als sie den Einstieg erreicht hatten, legte Willi seinen Rucksack auf einen Stein, setzte sich, schnürte den rechten Schuh auf und zog ihn vom Fuß mitsamt dem wollenen Strumpf. Ein Zeh blutete. »Donnerwetter«, schimpfte er. »Diese verdammten neuen Schuhe. Wie schaut's bei dir aus?«

Heiner nickte. »Meine Schuhe sind die Arbeit gewohnt.«

Willi wickelte eine Scheibe Brot aus dem Papier, dazu eine geräucherte Bratwurst. Heiner ließ sich sein Leberwurstbrot schmecken. Willi hatte eine Kanne Tee dabei, Heiner eine Flasche mit Wasser aus dem Bach.

Plötzlich hörten sie Stimmen, die näher kamen. Ein junges Paar, beide einen weißen Helm auf dem Kopf, sie grüßten höflich, gingen an ihnen vorbei und seilten sich ein Stück weiter oben an. Der Mann kletterte die Rinne hoch, die Frau folgte ihm. Rasch wurden die Stimmen leiser.

»Frauen machen so was auch?«, staunte Heiner.

»Musst nur die Richtige erwischen«, belehrte ihn der Freund und machte sich bereit zum Weitergehen. Er nahm noch einen kräftigen Schluck, dann ließ er sich von Heiner das Seil aus dem Rucksack geben und band es sich mit dem Bulinknoten um, er knotete Heiner ans andere Ende, legte eine Schlinge um einen Felsblock, hakte einen Karabiner ein und machte am Anfang des Seils einen Halbmastwurf.

»Locker durchlaufen lassen«, gab er an.

Heiner nickte.

Willi stieg los, das Seil flutschte durch den Karabiner. Aber schon nach wenigen Metern hatte es sich verknotet. Willi kam aufgeregt zurück. »So geht das nicht«, schimpfte er. »Jetzt haben wir einen richtigen Seilsalat beieinander.«

Heiner kannte das Problem von der Dreschmaschine. Die Schnüre verhedderten sich zu einem Knäuel, immer neue Knoten bildeten sich, die die Bauern zur Verzweiflung trieben.

Willi fluchte, dabei zerrten und rüttelten sie gemeinsam am Strick, bis der Freund endlich steigen konnte. Nach vierzig Metern holte er Heiner nach. Dabei gab er Kommandos, die Heiner noch nie gehört hatte. Stand, Seil, gut sichern, Seil lassen, nachkommen.

Heiner zog sich an den scharfkantigen Blöcken hoch. Mit der glatten Sohle seiner Schuhe fand er wenig Halt an den kleinen Tritten, die aber rasch größer wurden.

Er wurde immer sicherer, selbst an der zunehmenden Höhe fand er Vergnügen. Genau so hatte er sich das Bergsteigen vorgestellt und seine Begeisterung stieg auch, so wie damals neunzehnhundertsiebenundvierzig, als im Herbst nach monatelanger Trockenheit die ersten Regentropfen auf das ausgemerkelte Erdreich geplatscht waren und er vor Freude Sprünge gemacht hatte wie Strattners Ziegenbock nach einem langen Winter im Stall – der Bock konnte sich jedes Frühjahr übers frische Gras auf der

Weide so sehr freuen wie Heiner sonst nur über Eier mit Speck. Hier am Berg ließ er das Hüpfen lieber bleiben und konzentrierte sich auf seine Aufgabe.

Der Vorbau der Wand versperrte den Blick in die Tiefe, Felsformationen schichteten sich ineinander, dazwischen Rinnen mit feinem Geröll, durchsetzt mit braunen Grasbüscheln. Nun dachte Heiner an die saftigen Wiesen zu Hause, an seine Luzerne.

»Stand. Nachkommen.« Willi zerrte am Seil.

Heiner löste die Schlingen vom Fels, hakte die Karabiner aus und stieg hoch.

Die Sonnenstrahlen heizten die Wand auf. Rasch wurde es heiß wie in einem Backofen. Vom Gipfel noch keine Spur. Das voraus gestiegene Paar war längst weg.

Willi riss einige lose Steine aus, polternd krachten sie in die Schlucht. Ängstlich kauerte sich Heiner an die Wand, beim nächsten Mal nahm er die Flugbahn der Geschosse scharf ins Auge und duckte sich gezielt.

»Musst besser aufpassen«, mahnte Heiner.

Willi wischte sich den Schweiß von der Stirn. »Kannst ja selber vorsteigen«, meinte er beleidigt.

»Ich weiß den Weg nicht.«

»Ich auch nicht«, sagte Willi.

Heiner sah ihn entsetzt an. »Dreißig Jahre bist schon in Österreich und kennst dich nicht aus?«

»Du hast gesagt, dass du was Gescheites machen willst. Jetzt hast du was Gescheites.«

Heiner schwieg.

Die Sonne brannte nun schlimmer als bei der Heuernte. Willi kam nur langsam voran. Er fand keinen Standplatz, kletterte immer wieder ein Stück zurück, um Heiner nachzuholen. Die durstigen Kehlen lechzten nach Flüssigkeit.

Am frühen Nachmittag erreichten sie den Sattel. Eine schwere Stelle noch, dann wäre die Hälfte geschafft. Willi kam nicht hoch.

»Willst du?«, fragte er mit bebender Stimme. »Kleine haben es leichter.«

Heiner sah nach unten, dann schüttelte er den Kopf. »Große können weiter hinauflangen.«

Willis verzweifelter Blick überzeugte ihn. Er entdeckte einen rostigen Haken, griff hinein, ein kurzer Schwung, schon war er in leichtem Gelände.

Der Freund staunte, nachdem er sich am Seil nachgezogen hatte. »Hast immer noch so viel Kraft in den Armen.«

Auf einem schmalen Schotterband holte Willi die zweite Bratwurst aus dem Rucksack, Heiner das zweite Leberwurstbrot. Die letzten Tropfen Tee und Brunnenwasser schmeckten so gut, als wäre es Most von den süßesten Äpfeln.

»Ist ja nicht mehr weit«, meinte Willi. Er nahm seinen Kaiserführer und las murmelnd die Beschreibung. »Die richtige Wand fängt dort drüben an«, sagte er.

Bergdohlen kreisten um die beiden wie Geier um das Aas, dabei stritten sie sich um die heruntergefallenen Krümel der Brote.

Halb vier am Nachmittag zeigte Heiners Uhr an. Der Durst wurde unerträglich.

Endlich fand Willi den Einstieg in die Wand, kreidebleich kam er zurück.

»Da geh ich nicht hoch«, sagte er.

Heiner spähte lange hinauf, dann wagte er einen Blick in die Tiefe. »Ich auch nicht.«

»Dann müssen wir eben dableiben.«

»Der Bus wird schon warten.«

»Ich hab viel Zeit«, sagte Willi mit gespielter Gelassenheit.

Dichtes Gewölk zog auf. Die Hitze ließ etwas nach, dafür wurde es umso schwüler.

»Hab gedacht, du machst so was öfter«, sagte Heiner.

Willi schüttelte den Kopf. »Eher nicht so oft. Hab dir nur eine Freude machen wollen.« Wie ein Häufchen Elend kauerte er sich neben den Felsblock. »Wenn du als Erster gehst, schenk ich dir meinen Blasebalg«, sagte er mit zittriger Stimme.

»Kann immer noch nicht darauf spielen«, antwortete Heiner.

»Hier oben wirst es auch nie lernen.«

Beide wurden nun so wütend, dass sie fast aufeinander losgegangen wären, aber Heiner hatte noch nie gerauft.

Er seufzte und wagte sich Fußlänge um Fußlänge an den seitlichen Einstieg in die Nordostwand, blickte hinab, ging wieder zurück.

»Geht nicht«, sagte er, nun ebenfalls kreidebleich. »Meine Schuhe sind zu glatt.«

Willi sprang auf. »Kriegst meine. Kann eh nicht mehr gescheit laufen.«

Sie tauschten ihr Schuhwerk und seilten sich an. Heiner machte den ersten Schritt.

Schmutziggraue Platten, jede einzelne so groß wie Körbers Scheune, fügten sich ineinander. Glatt wie ein Betonboden und beinahe senkrecht bildeten sie eine riesige Mauer, Hunderte Meter hinunter bis zum Kar. Die Bäume da unten glichen Streichhölzern, das Hans-Berger-Haus war wie die Schachtel dazu, und die Dohlen flogen umher und krächzten, als lachten sie die beiden aus.

»Nein und noch mal nein«, sagte Heiner mit bebender Stimme und rührte sich keinen Millimeter. »Herrgott, nein, nein, nein.«

Willi weinte nun wie ein kleines Kind.

»Herrgott, dann eben doch.« Heiner schnaufte tief durch, hielt sich an einem herausstehenden Felsblock fest, spreizte die kurzen Beine in die glatte Wand. Mit Schwung zog er sich in eine schmale Rinne und kämpfte sich Meter für Meter nach oben, immer die Augen auf den nächsten Griff gerichtet. Nach unten blickte er nicht, sonst hätten die Waden rebelliert wie die Schüttellager von Körbers Kartoffelroder.

Das Seil war zu Ende. Heiner rief nach Willi.

Es dauerte eine halbe Ewigkeit, dann entspannte sich der Strick wieder. Willi kam wirklich nach. Nun standen auch Heiner Tränen in den Augen – vor Rührung.

Er zeigte dem verängstigten Freund, wo er sich hinstellen konnte – und schon war Heiner die nächste Seillänge voraus unterwegs. Die Griffe wurden feingliedriger. Er achtete darauf, dass er nicht auf lockere Steine stieg und die Finger festen Halt fanden. Mit Willis Knoten kam er nicht zurecht, stattdessen hängte er sich mit seinem Dreschmaschinenknoten an den Haken, Willi zog er mit den Händen nach. Getreidesäcke in den Spitzboden ziehen konnte er wie kein Zweiter.

Als die Anspannung etwas nachließ, dachte er an die Kuh bei ihm daheim im Stall, die letztes Jahr gebrüllt hatte, weil ihre Tränke nicht funktionierte und er es erst nach zwei Tagen bemerkt hatte. Jetzt wusste er selbst, was es bedeutete, wenn der Durst erbarmungslos die Kehle austrocknete. Mit letzter Kraft zwängte er sich einen Kamin hoch, spreizte die Schulter gegen die eine Wand und die Füße gegen die andere. Langsam kam er voran, dann aber ging es nicht mehr. Die Griffe waren zu weit entfernt, keinen einzigen konnte er erreichen.

Unweigerlich blickte er in die Tiefe. Ihm wurde schlecht. Er hangelte sich auf eine kleine Waagrechte direkt neben ihm und übergab sich. Fahrig strich er sich mit der Hand über den Mund und blieb lange sitzen. Willis Rufen ignorierte er.

Erst ein leichtes Donnergrollen schreckte Heiner auf. Er musste weiter. Zwei Meter zu seiner Rechten entdeckte er einen rostigen Haken. Das war der richtige Weg. Er atmete durch, stieg die Platten hoch. Schwer schnaufend erreichte er eine kleine Scharte. Das Gewitter grummelte nun über dem Scheffauer, kam aber nicht näher.

Willi brauchte ewig für die Seillänge. Wie der leibhaftige Tod sah er aus, als er in Sichtweite kam. Sein Blick streifte Heiner, nachdem er zu ihm aufgeschlossen hatte, aber die Augen waren leer. Stocksteif lehnte er in einem Spalt zwischen zwei Platten, während Heiner nach den nächsten Griffen suchte, dabei glitt das Seil durch seine Hand wie Tinas Faden durch die Nähmaschine.

Wenige Minuten später entfuhr Heiner ein tiefer Seufzer – der Berg wurde flacher, die Wand war bezwungen.

Am liebsten wollte er sich hinknien und dem Schöpfer danken für die Armee von Schutzengeln, die ihn begleitet hatten. Und gleichzeitig mit dem Herrgott hadern, weil er ihn hierhergeführt hatte.

Es dämmerte, Nebel zog auf. Plötzlich ein gewaltiger Donnerschlag, lauter als alles, was Heiner je gehört hatte.

Er sah sich um. Weit unter ihnen hatte es eingeschlagen. Das Gipfelkreuz war in der anderen Richtung zu erkennen, aber weiterzugehen kam nicht infrage. Die Luft war elektrisch geladen wie das Innere des Transformatorhäuschens hinter Körbers Scheune.

Heiner und Willi suchten den Abstieg, während der Nebel immer dichter wurde. Eine Nische unter einem Überhang bot Schutz, sie retteten sich auf ein schmales Felsband, ohne jede Sicht auf das, was vor ihnen lag, und harrten aus.

Nachdem das Gewitter abgezogen war, meldete sich der Durst zurück. Aus einer Spalte kam ein vertrautes Geräusch. *Ping, ping, ping …* tröpfte es auf den Fels.

Willi platzierte den Deckel seiner Kanne darunter und in einer halben Stunde hatte sich ein Schnapsglas voll Wasser angesammelt. Die beiden teilten es sich brüderlich und stellten fest, dass Durst schlimmer war als Liebesweh.

Die letzten Wolken verzogen sich, die Sterne kamen heraus. Tief unten lagen die Wälder als dunkle Einheit, darüber glänzten gräulich die Felsen im Mondlicht.

Dann geschah ein Wunder, so glaubte Heiner zumindest. An den verschiedensten Stellen vor und unter ihnen flackerten kleine Lichter auf und leuchteten hell in der Nacht.

»Sonnwendfeuer«, erklärte Willi.

Heiner atmete tief durch. »Sind wir doch nicht ganz allein.«

Willi nickte, trank einen winzigen Schluck und reichte Heiner das Gefäß. »Allein war ich schon immer«, meinte er.

»Wegen den Weibern?«

Der Freund druckste herum. »Hat halt nicht alles so funktioniert.«

»Aber du warst doch auch mal verheiratet, oder?«

»Nein. War nur der Knecht.«

Heiner fragte nicht weiter. Er spürte, dass Willi unglücklich war, aber wenn er von sich reden wollte, musste er das schon selbst machen. Wieder teilten sie sich das Wasser und plauderten von früher.

Doch dann wollte Willi alles auf einmal loswerden. Eine Witwe habe er kennengelernt und nachdem er jahrelang für sie geschuftet habe, sei er vom Hof geflogen. Ein Einheimischer habe ihr schöne Augen gemacht. Dieses Land sei ihm nicht zur Heimat geworden, dabei habe er doch immer von einer eigenen Alm geträumt.

Mit Träumen kenne er sich auch gut aus, sagte Heiner. Zwei seien zerplatzt, zwei hätten sich erfüllt. Aber der eine davon wäre jetzt fast zum Albtraum geworden.

Willi nickte. »Wie geht's dem Leikauf Georg«, fragte er, »hat er die Babet geheiratet?«

Heiner nickte. »Ist im Krieg gefallen.«

Willi schwieg. Nach einer Weile erzählte er von seiner Arbeit als Seilbahnwärter. Im Winter helfe er den Touristen in den Sessellift. »Und wie geht's dir?«, fragte er schließlich.

»Na ja«, sagte Heiner – und damit war alles gesagt.

Sie lauschten den Tropfen an der Ecke, *ping, ping, ping*, bis sie wieder von ihrem Gefäß nippen konnten. Die Luft war noch immer schwül, kein Windhauch zu spüren. Die beiden standen eng beieinander und rührten sich nicht vom Fleck.

Ob er mit seinem Blasebalg noch spiele, fragte Heiner.

Willi schüttelte den Kopf. »Seit damals nicht mehr.«

»Seit Wilhermsdorf?«

Willi nickte. »Hab keine Freude mehr dran.«

»Was wohl aus den beiden Michelsohn-Frauen geworden ist …« Heiner kratzte sich am Kinn.

»Mit der Hedwig und der Jenny von der Pinselfabrik?«

Heiner nickte.

»Eine war zwischen den Kriegen mit einem Einheimischen befreundet.«

»Die waren doch auch einheimisch.«

»Aber halt Juden«, sagte Willi.

Sie teilten sich den nächsten Schluck Wasser.

»Millionen haben sie angeblich weggeschafft. Von den Juden.«

»Woher willst das wissen?« Willis Stimme wurde lauter.

»Die Körberin hat's gesagt, die hat's in der Zeitung gelesen.«

»Hmm.«

»Meinst, dass die Michelsohn-Frauen und die Neuburger Christine und ihre Eltern auch nach Auschwitz gekommen sind?«

Willi schnaufte tief durch. »Stehen mitten in der Nacht in der Scheiße, sind fast am Austrocknen, und du kommst mit dem alten Zeug daher. Hast keine anderen Sorgen?«

Ein Donnerschlag krachte, neues Unwetter war herangezogen. Fast sofort zerrissen Blitze den Himmel, begleitet von weiterem Krachen und Knallen, dann folgten Regen und Wind. Unter dem Felsüberhang wähnten sich die beiden sicher, bis ein entferntes Rauschen näher kam und sich das in den Rinnen gesammelte Wasser wie ein Sturzbach über sie ergoss.

Rasch hörte der Regen auf, die Donnerschläge flachten wieder ab. Der Durst war nun gelöscht, aber alles an ihnen triefte vor Nässe und der frische Wind peitschte eine fürchterliche Kälte in die Glieder. Heiner fing an zu beten und er hörte sogar Willi das Vaterunser murmeln.

Eine halbe Ewigkeit verging, bis der erste Hauch der Dämmerung durch die Schwärze drang. Als sich die Umrisse der Berge abzeichneten, konnte Heiner die Ziffern auf seiner Armbanduhr erkennen.

Um halb fünf meldete sich das Leben zurück, auch die Starre der beiden Männer löste sich, die Rucksäcke wanderten auf die Schultern, aber der Blick nach unten raubte Heiner und Willi erneut den Schneid. Steil fiel die Wand vor ihnen ab in ein auslaufendes Kar.

Notgedrungen kletterten sie ein Stück aufwärts. Und dann sahen sie ihn, den Pfad, der sich hinunterschlängelte an der Rückseite des bezwungenen Bergs. Mit jedem Schritt tauten die steifen Knochen, die eiskalten Muskeln weiter auf und als die Sonne ihre wärmenden Strahlen schickte, waren sie schon weit unten zwischen Latschenkiefern und den ersten verkrüppelten Fichten.

Vor der Hütte wurden sie empfangen wie Helden. Wanderer in rot-weiß karierten Hemden mit roten Strümpfen und schwarzen Bundhosen schossen Fotos. Ein paar Bergsteiger aber, die zu ihrer Tour aufbrachen, lächelten hochnäsig und der Wirt sagte, er habe die Bergwacht nur deswegen nicht alarmiert, weil er sie unter dem Gipfel noch mit dem Fernglas entdeckt habe. Er sagte auch, der Schuster sei noch immer am besten beraten, wenn er bei seinen Leisten bleibe.

Heiner widersprach. Es hätte überhaupt nichts passieren können, meinte er, denn er sei in ständigem Kontakt mit dem Herrgott gewesen. Und jetzt müsse er sich beeilen, der Rinderzuchtverband erwarte ihn schon.

Noch am Vormittag saßen die beiden wieder im Kadett und fuhren die Serpentinen entlang ins Tal. Willi ließ Heiner in Ellmau aussteigen.

Die Bauern aus Franken inspizierten in dem noblen Städtchen die Schaufenster und Läden, um für ihre Liebsten daheim die schönsten Mitbringsel zu finden. Körber wagte sich gerade in eine Boutique, wo er für seine Frau eine bestickte Bluse kaufen wollte.

Sogar der stille Mann aus dem Nachbardorf erwarb ein goldenes Kettchen. Stolz steckte er das Futteral in die Brusttasche seiner Jacke.

Auch Heiner, der sich der Gruppe geräuschlos angeschlossen hatte, suchte nach einem Geschenk für die Bäuerin. Er hatte etwas im Sinn, worüber sie sich gewiss freuen würde. Aber er fand leider kein Geschäft, das eine Mistgabel im Sortiment hatte. Also sparte er sich sein Geld, das er lieber spenden wollte für die Kirche, zum Ausgleich für den versäumten Gottesdienst.

Wieder daheim inspizierte Heiner zuallererst seinen Bulldog, konnte aber keine Delle und keinen Kratzer entdecken. Einen leisen Fluch stieß er aus, weil ihm Körber mit den Fahrkünsten seines Buben so einen Schrecken eingejagt hatte. Dann lockte ihn die Neugierde auf den Acker, um zu prüfen, was die Natur in seiner Abwesenheit angerichtet hatte. Er stellte sich zwischen die Kartoffelreihen und sog den Duft der Erde in seine Nase. Die Blicke schweiften über den Zaun zum Garten der Körberin. Aber keine Menschenseele war zu sehen. Enttäuscht ging er zurück und sagte den Kühen, Schweinen und Hühnern Grüß Gott. Zuletzt schlich er sich in die Küche.

Die Bäuerin saß in ihrem Stuhl und las in einem Buch, das Heiner nicht kannte. Sie war bereits umgezogen für die Nacht. Kurz blickte sie auf und grüßte ihn. Ein flüchtiger Blick streifte Willis Bergschuhe, den Tausch zurück hatten die Männer versäumt. Dann vertiefte sie sich wieder in ihr Buch.

Heiner aß ein paar Brocken, trank einen Becher Milch. Zügig ging er die Stiege hinauf in die Schlafkammer, hob die Diele, holte das Bündel heraus, hielt Annas Brief in den Händen und erzählte ihr von der großen Reise, von den Almen und von Willi, der sich überhaupt nicht verändert hatte. Dann schwärmte er vom Enzensbergerweg, den sie beide wie geübte Alpinisten bezwungen hätten. Stolz berichtete er ihr von seinem Todesmut und der Heimsuchung durch die Gewitter. Und er sagte ihr auch, dass sich zwei seiner vier Träume nun erfüllt hätten und es keinen Grund gebe, unzufrieden zu sein.

Am nächsten Morgen war Heiner schon unterwegs zu seinem Weizenfeld. Da entdeckte er die Körberin in ihrem Garten, drehte um und sah lieber nach seinen Kartoffeln.

»Meine Mannsbilder kriegen heute den neuen Ladewagen«, erzählte sie ihm freudig.

»Kostet viel Geld«, sagte Heiner, dabei warf er einen kurzen Blick zum Himmel. »Und ich mähe heute den Klee im Klaushofer Acker.«

»Das tust«, bestärkte ihn die Frau. Sie zog aus dem Mistbeet zwei Rettiche heraus und legte sie zu den Radieschen in den Korb. Neben der Gartentür schob sie sich einige Erdbeeren in den Mund, dann stapfte sie durch die Wiese zurück in den Hof.

In Heiners Acker hinter dem Wald hatte das eigene Gewicht den Klee auf den Boden gedrückt. Ständig verstopfte der Messerbalken. Dreimal fuhr Heiner auf und ab, dann nahm er den Rechen und wendete die Rangen, denn die Sonne brannte auf das Feld, aber längst nicht so stark wie neulich in der Wand.

Am dritten Tag war der Klee dürr wie Stroh und Heiner freute sich. Getrockneten Klee mochten die Kühe besonders gern, im Winter war er eine willkommene Abwechslung für das Vieh.

Am späten Vormittag rechte er mit der Bäuerin das Futter auf Rangen zusammen, nach dem Mittagessen standen Wagen und Bulldog bereit. Heiner hatte es nicht eilig. Erst als ein Gewitter über Langenzenn hinweggezogen war und der auffrischende Wind einen Ableger herüber zum Dillenberg schickte, ließ er alles stehen und liegen und fuhr über den holprigen Feldweg zu seinem Acker.

Am Feld angekommen, als die ersten Tropfen auf die Motorhaube platschten, traute er seinen Augen nicht. Der Klee war fort, nur ein paar verlorene Büschel lagen noch herum.

Ein Dieb!

Heiner riss die Hände nach oben. Blinde Wut überkam ihn. Mit weit aufgerissenen Augen blickte er nach allen Seiten.

Weit vorn auf dem Weg sah er ein Fahrzeug voll bis zum Umkippen hinterm Wald verschwinden. Über die Teerstraße würde er ihn einholen, Heiner drückte auf das Gaspedal. Hunderte Meter vor ihm bog das Gespann auf die Straße.

Er hatte gerade ein wenig aufgeholt, da gab der Vordermann Gas. »Haltet ihn«, rief Heiner. »Haltet ihn!« Mit den Armen ruderte er wie ein Nichtschwimmer kurz vor dem Ersaufen.

»Donnerwetter«, schrie er, als das Gespann weit vor ihm nach Gonnersdorf abbog. Dicke Tropfen schlugen ihm ins Gesicht.

Die Leute reckten die Köpfe, Kinder rannten auf die Straße, als sie Heiner rufen hörten. »Haltet den Dieb, der stiehlt mein Heu!«, schrie er nun aus Leibeskräften.

Als er sah, wie das Gespann in die Seitenstraße zu seinem Anwesen einbog und ein junger Bursche vom Traktor sprang, um das geschlossene Scheunentor aufzuschieben, wurde Heiner plötzlich still.

Geschickt rangierte der junge Körber den Ladewagen in die Scheune.

Heiner stellte den Traktor neben die Straße, stieg ab und näherte sich seinem Stadel mit kurzen Schritten, obwohl der Regen seine Kleider schon durchweicht hatte. Trotz der Kühle fühlte er, wie ihm das heiße Blut in den Kopf stieg. Mit verschränkten Armen sah er zu, wie der Kratzboden das trockene Futter auf den Lehmboden transportierte. Über die neue Technik staunte Heiner.

»Hat viel gekostet?«, sagte er kleinlaut.

»Gescheit viel«, antwortete der Bub. Mit einem geschickten Ruck verschloss er die Rückwand, schon bog er wieder auf die Straße ab.

Heiner rief ihm ein Dankeschön hinterher, dann freute er sich wie ein Kind, während die Donnerschläge krachten und eine kleine Sintflut die Schottersteinchen auf dem Weg zu seinem Garten mit sich riss, der Klee aber im Trockenen lag und der Dieb gar keiner war.

DER BLASEBALG

An einem kühlen Donnerstag im September kehrte die Bäuerin den schmalen Hof, die Scheune und den Zwischenbau mit dem Reisigbesen zusammen. Heiner fand das ungewöhnlich, denn die Bäuerin kehrte sonst nur in der Stube und im Stall. Im Außenbereich verließ sie sich auf den Wind.

Zu Mittag war die Frau ungewöhnlich redselig und Heiner musste sich anstrengen, damit er nichts überhörte. Am Abend drängte sie zeitig zur Stallarbeit und er wunderte sich. Es war ja nicht das erste Mal, dass die Brüder und Schwestern zum Gottesdienst kamen.

Pastor Schmaußer traf etwas früher ein, mit einem besonderen Bruder, den er der Bauersfamilie vorstellen wollte, einem groß gewachsenen Mann mit Aktentasche in der Hand. Heiner kannte ihn von der Kirche.

Er wolle nicht um den heißen Brei herumreden, sagte Schmaußer, nachdem sie am Stubentisch Platz genommen hatten. Sein Blick wurde ernst. Er meinte, die Kirche habe einen missionarischen Auftrag. Den gelte es zu erfüllen. Die Jugend müsse für die richtige Lehre gewonnen werden, dafür brauche sie Räumlichkeiten.

Der Mann mit der Aktentasche stellte sich kurz vor. Sein Architekturbüro sei weltweit anerkannt, sagte er. Er könne sich vor Aufträgen kaum retten, aber die Belange des Glaubens hätten für ihn Vorrang. Er öffnete die Tasche, holte eine Mappe heraus, schlug sie auf. Zum Vorschein kamen Skizzen, mit Bleistift gezeichnet, in verschiedenen Perspektiven, von Wohnhaus, Kuhstall und Scheune. Die Werkstatt habe er ausgespart, sagte er. Der

Komplex müsse schließlich verwaltet werden und da bedürfe es entsprechender Räume.

Die Skizze des Kuhstalls stand zur Diskussion. Heiner traute seinen Augen nicht. In die Fassade zum Hof war eine riesige Scheibe eingezeichnet. Auch die Stallfenster waren durch offene Fensterfronten ersetzt.

Ob er wisse, fragte Heiner erregt, dass Kühe manchmal ihre Ketten abrissen und durch die Scheiben rennen würden und dass die Schwalben im Sommer sich das Genick brächen, wenn sie dagegen flögen?

»Bruder Heinrich«, sagte Schmaußer. Kühe wären doch dann keine mehr da. Anstatt sich mit dem Vieh zu plagen, würde er die Gebäude verwalten, mit einer modernen Wohnung im Erdgeschoss. Der Architekt legte den zugehörigen Plan auf.

Das komme überhaupt nicht infrage, sagte Bruder Heinrich aufgebracht. Die Kühe hätten das gleiche Recht wie er und die Bäuerin, in diesen Gemäuern zu wohnen.

Seine Frau warf ihm einen bösen Blick zu. Von ihrer Seite aus gebe es keine Schwierigkeiten, sagte sie. Ihr Rücken sei für die schwere Stallarbeit nicht mehr zu gebrauchen und die schmerzenden Zehen raubten ihr ohnehin die Freude am Leben.

Pastor Schmaußer ging mit dem Architekten kurz hinaus, um etwas frische Luft zu schnappen.

Es gäbe eine Lösung, sagte der Architekt, als sie zurückkamen. Er legte eine weitere Zeichnung auf. Der Stall könne bleiben, quasi als Vorzeigeobjekt für die Verbundenheit der Gemeinschaft mit der Schöpfung. Mit dem Kugelschreiber malte er ein paar Striche auf das Blatt. Dann wäre eben der Schulungsraum im angrenzenden Gebäude untergebracht.

»Donnerwetter«, fluchte Heiner. Wo solle er dann das Heu abladen?

Die Bäuerin schreckte auf. »Heiner, reiß dich zusammen«, ermahnte sie ihn, dann rieb sie sich die trockenen Augen.

Aber Heiner wollte sich nicht mehr zusammenreißen, für einen Moment stellte er das Seelenheil seiner Tiere über das eigene.

Schmaußer versuchte, Heiner zu beruhigen. Für ihn und Schwester Tina würde es einen ruhigen Lebensabend bedeuten, meinte er. Das Geld für die verkauften Äcker, Wiesen und Wälder müsste zum Lebensunterhalt und zum Umbau des gesamten Gehöfts reichen.

»Verkaufte Äcker?« Heiner verschränkte die Arme und biss die Zähne aufeinander. »Da müsst ihr mich zuerst eingraben«, polterte er mit zittrigen Händen und so hitzigem Schädel, dass ihn selbst die Bäuerin besorgt ansah.

Die Herren redeten noch eine Weile auf ihn ein.

Heiner beschloss, gar nichts mehr zu sagen.

Dann vertagten sie das Gespräch. Sie kündigten an, der Herr Architekt werde sich noch einmal Gedanken machen, in welcher Form die Tiere auf dem Anwesen bleiben könnten, und ob es eine Möglichkeit gebe, die Grundstücke erst dann zu veräußern, wenn der Herr die Seele des werten Bruder Heinrichs zu sich geholt habe.

Mit der Bäuerin redete Heiner ab sofort keine Silbe mehr. Er wünschte keinen Guten Morgen und keine Gute Nacht. Kam sie in seine Nähe, blickte er weg, und wenn er nicht wegblicken konnte, sah er durch sie hindurch, als bestünde ihre Hülle aus stinkendem Schwefel.

Sein Zorn war wie ein erwachender Vulkan, der nun Feuer spie und die ganzen glühenden Steinbrocken ausspuckte, die sich unter gewaltigem Druck in den letzten Jahrzehnten in seinem Innersten angesammelt hatten. So spie er die Stille hinaus, die Sprachlosigkeit, das ganze kirchliche Gerede von Heil und Nächstenliebe. Er spie den unrichtigen Zeitpunkt hinaus, dieses keusche Konstrukt, das ihm Lust und Nachwuchs gestohlen hatte. »Pfui Teufel, pfui Teufel«, fluchte er bei jedem Gedanken daran. »Pfui Teufel.«

Das Ventil, das sich in ihm aufgetan hatte, ließ sich nicht mehr schließen. Er war dermaßen verzweifelt, dass er weder mit dem Ochsen reden wollte noch mit den Bienen oder den Regenwürmern. Er arbeitete nur das Nötigste, versorgte das Vieh, brachte die Milch ans Milchhaus, und den restlichen Tag legte er sich auf den Rain seines Ackers und brütete dumpf vor sich hin.

Nach dem zweiten Tag der brodelnden Stille, als sich der Hunger meldete, setzte er sich wieder zum Essen an den Tisch und die Bäuerin war erleichtert, dass er wenigstens ein paar Brocken aß.

Nach dem vierten Tag hatte sie genug auf ihn eingeredet, dass er sie im Goggomobil in die Kirche fuhr, stumm. Er wartete im Auto, bis der Gottesdienst zu Ende war.

Dann kam der Pastor mit der Bäuerin heraus, um mit ihm zu reden. Aber Heiner hielt beide Türen verschlossen und öffnete erst wieder, nachdem Schmaußer gegangen war.

Die Kartoffeln klaubten beide getrennt an den entgegengesetzten Winkeln des Ackers ein.

Und die Bäuerin begann, unter der Sprachlosigkeit und der Stille zu leiden. Sie war sogar ein wenig verzweifelt. Auch sie hing an den Kühen, an den Kälbern, die sie so gern streichelte. Die Hühner und Gänse fraßen ihr aus der Hand, sie hießen Petrus, Lazarus, Paulus, Esther, Loth und Sarah.

Im Grunde konnte sie Heiner verstehen. Kein Bauer mehr zu sein wäre für ihn eine Erniedrigung, noch niedriger als auf den Stand von Gewürm. Aber sie spürte, dass sie alt und gebrechlich wurde. Da kam das Angebot der Gemeinschaft wie gerufen. Sie bräuchte sich nicht mehr plagen, hätte Essen und Pflege und wäre immer umgeben von gläubigen Menschen. Vor allem aber hätte sie einen Ehrenplatz im Paradies, mit allen Annehmlichkeiten, wie Pastor Schmaußer ihr versicherte.

Das Klopfen des Postboten am Nachmittag bemerkte sie gar nicht. Später fand sie ein Paket, adressiert an den »werten Freund Heiner« vor der Tür.

Als Heiner zurückkam vom Feld, öffnete er es noch auf der Hausstaffel und fand zwischen unzähligen Styroporkugeln Willis Blasebalg. Er riss den beiliegenden Brief auf und las.

Mein lieber Freund Heiner

Zum Dank für Deinen großen Mut neulich in der dunklen Felsen-wand will ich das Versprechen halten und dir zur Anerkennung mei-nen geliebten Blasebalg schenken. Ich hab keine Muse mehr für das, was aus ihm rauskommt. Ich denke, das Getriebe ist kaputt. Du brauchst es nur richten lassen, vielleicht vom Uhrmacher. Der müsste sich da innen drinnen auskennen. Dann müsste er wieder blasen wie zu alten Zeiten.

Wenn Du nächstes Jahr wieder magst und Dich die Bäuerin lässt, würde ich mir ein neues Seil kaufen. Weil wir beide jetzt ja viel Er-fahrung haben, könnten wir zusammen wieder auf einen großen Berg raufsteigen. Ein Freund hat mir von der Predigtstuhl-Nordkante er-zählt. Das wär doch was.

Gib mir bald Bescheid, damit ich einstweilen zu planen anfangen kann.

Auf ein Berg Heil
Dein Freund Willi

Noch am selben Abend wartete Heiner in der Stube, bis sich die Bäuerin am Treppengeländer in ihre Schlafkammer hochgezo-gen hatte. Dann holte er Papier und Federhalter aus dem Schrank und schrieb zurück.

Mein lieber Freund Willi

Ich danke Dir von Herzen für das große Geschenk. Ich weiß nicht, ob der Uhrmacher mit dem Getriebe vom Blasebalg zurechtkommt. Ich will ihn zum Landhändler Schöner tun. Der kennt sich mit Getrieben aus. Er hat mir neulich den Schlüter zu meiner großen Zufriedenheit repariert, weil der Rückwärtsgang immer herausgehüpft ist.

Endlich habe ich die Alpen sehen dürfen. Mein ganzes Leben habe ich mich darauf gefreut, Gottes herrliche Schöpfung ganz nahe am Auge haben zu können. Jetzt weiß ich auch, dass der Durst schlimmer ist als unerfüllte Liebesmüh und dass ein Gewitter, je näher es dem Herrgott ist, gewaltige Donnerschläge krachen lässt und einen ganz schön erschrecken kann.

Die Bäuerin tät das gar nicht mitbekommen, wenn ich die Alpen noch mal anschauen tät, weil sie, wenn sie nicht arbeitet, nur noch schläft. Ich glaub aber nicht, dass der Rinderzuchtverband nächstes Jahr noch mal runterfahren will, weil er ja heuer schon drunten war.

Ich glaub auch nicht, dass der Predigtstuhl auf uns wartet. Kauf Dir lieber kein Seil, nicht dass Du einen Haufen Geld ausgibst, das Du doch woanders viel notwendiger brauchst, weil Dich ja Deine Witwe rausgeschmissen hat. Und grüß mir den Musikanten, mit dem ich mich im Wirtshaus so schön unterhalten habe.

Dein werter Kamerad Heiner Scherzer

Am nächsten Morgen hatte die Bäuerin ihre Farbe verloren. Selbst Heiner fiel ihr bleiches Gesicht auf, die hängenden Arme, der schlaffe Körper, der kraftlos dahinschlurfte.

Die vordere Kuh schmiss ihr den Milcheimer um und sie verrenkte sich elendig, als sie den Henkel fassen wollte.

Heiner sah ihr eine Weile zu, dann bückte er sich, hob den Eimer auf und die Bäuerin sagte Danke.

Fast wäre er erschrocken. Dieses Wort aus ihrem Mund kannte er noch nicht.

Von nun an sagte er wieder Guten Morgen und Guten Abend. Ein paar Tage später plauderte er ein paar Sätze und am Sonntag ging er mit hinein in die Kirche. Von Schmaußer hielt er sich fern.

Das Gesicht der Bäuerin blieb bleich.

Nur der eiserne Wille trieb sie an zur Arbeit im Stall und im Haus. Der Rücken und die Füße schmerzten, das Zittern der Hände wurde schlimmer, die Arbeit aber nicht weniger.

IM HÜHNERSTALL

Das Milchhaus wurde im Winter aufgelöst. Der Milchfahrer saugte jetzt mit einem Rohr die Milch direkt aus den Kannen und Kübeln. Jeder Bauer hatte eine Nummer bekommen, die Menge wurde über das Zählwerk gewogen und notiert. Der Milchhauswart hatte ausgedient, ihn brauchte auch niemand mehr.

Den blauen Brief, der auf dem Deckel einer seiner Milchkannen lag, öffnete Heiner erst nach dem Mittagessen. Blaue Briefe brachten kein Glück, sie kamen von Ämtern, von offiziellen Stellen.

Die Milch sei verschmutzt, schrieb die Molkerei. Sie habe zu viele Keime und sei zu warm, sagte Heiner zur Bäuerin. Um zehn Pfennig am Liter solle gekürzt werden. Träte keine Besserung ein, wären es zwanzig.

Milch komme halt einmal warm aus dem Euter, sie kenne es nicht anders, rechtfertigte sie sich.

Heiner kratzte sich an der Wange. Körber habe sich eine Kühlung gekauft, sagte er.

Wo liege der Sinn?, meinte die Bäuerin. Die Kühe gäben warme Milch, Körber mache sie kalt. Die Leute in der Stadt machten sie dann wieder warm, wenn sie sich ihre Milchsuppe kochten.

Die blauen Briefe kamen nun unregelmäßig alle paar Wochen, aber die Molkerei war gnädig und nahm ihre wenigen Liter mit, die immer weniger wurden.

Als der Viehhändler die ersten Kühe aus dem Stall führte, die Schwänze verdreckt und die Klauen noch ungepflegter als der Bäuerin ihre Zehennägel, weinten sie alle beide. Jeder in einer anderen Ecke und keiner wollte es dem anderen zeigen.

Ein Ochse, zwei Kälber und zwei Kühe blieben ihnen. Die Arbeit, glaubte Heiner, schaffe er allein, doch die blauen Briefe häuften sich und das Milchgeld wurde immer weniger, denn die Bäuerin kümmerte sich nur noch um den Hühnerstall, den Haushalt und um ihre Bücher. Auch den Kirchgang versäumte sie nicht, obwohl sie die meiste Zeit mit halb geöffnetem Mund schlief.

An einem schwülen Morgen im Hochsommer, als die Sonne nicht wusste, sollte sie die dichten Schleierwolken verschlucken oder sich hinter ihnen verstecken, stachen die Bremsen schon in aller Frühe. Sie waren überall, im Hof, im Kuhstall, sogar in der Wohnstube.

Heiner brachte die beiden Milchkannen in die Futterkammer, damit er sie später mit einem Eimer warmen Wassers sauber machen konnte.

Das Wasser im Schifflein blubberte, als er in der Küche nach der Bäuerin schaute. Noch immer hatte jeder seine Aufgaben und seinen Bereich, noch immer war das Ehepaar aufeinander eingespielt wie die Zahnräder der Wanduhr oder das Getriebe des Blasebalgs, den Heiner im Spitzboden des Hauses versteckte. Landhändler Schöner hatte den Schaden nicht beheben können. Es sei eine andere Materie, hatte er Heiner erklärt, nur entfernt vergleichbar mit dem Schaltsystem eines Bulldogs.

Die Pfanne stand neben der Platte. Zwei Scheiben Brot lagen auf einem Brettchen, dazu Messer und Gabel. Eine Zwiebel hatte die Bäuerin zerteilt, eine Scheibe Schinken in kleine Stücke geschnitten.

Heiner überlegte. Sein Geburtstag war längst vorbei. Heute war kein Festtag. Es gab also keinen Grund, seine Leibspeise zu machen. Zu der fehlten nur die Eier – und die Bäuerin.

Er ging hinüber in den Hühnerstall, eine Bremse stach ihn in den Hals, zu spät hatte er das Insekt bemerkt. Die Katze lief ihm nach. Er bückte sich, streichelte ihr über das Fell. Das Tier stellte den Schwanz auf und machte einen Buckel.

Die Tür zum Hühnerstall war offen, das Federvieh scharrte im Sand unter dem Kirschbaum. Im Kuhstall rasselten die Ketten, eine Amsel saß auf dem höchsten Ast und trillerte, während die Schwalben durch die geöffneten Stallfenster flogen, elegant auf den Rändern ihrer Nester landeten und den Jungvögeln die Mücken in die weit aufgesperrten Mäuler steckten.

Heiner ging durch die Tür zum Federvieh. Er bückte sich, schon zweimal hatte er sich den Schädel am niedrigen Betonsockel geprellt. Schwere Luft schlug ihm entgegen, ein Huhn suchte den Ausgang, panisch flatterte es zwischen seinen Beinen hindurch.

»Bäuerin«, rief er.

Keine Antwort. Er blickte zu dem zweistöckigen Lattengestell, über das die Hühner zu ihren Nestern gelangten, zehn Stück hatten Platz. Die Bäuerin lehnte daran, ihm den Rücken zugewandt.

»Kommst nicht auf wegen deinem Kreuz?«

Keine Antwort.

Heiner machte ein paar Schritte in den Raum. »Findest keine Eier?«, fragte er leise. »In der Hitze legen sie nicht gern.«

Ihn fröstelte.

Er ging weiter. Dann kniete er sich neben sie und strich ihr mit den Fingern über die furchigen Wangen. »Hast dich viel plagen müssen«, sagte er voller Demut. »Und manchmal hab ich dir Unrecht getan. Aber dass du heute meine Leibspeise machen hast wollen, das rechne ich dir hoch an.«

Er löste ihre Hand, die das Gestell umklammert hielt, dann hievte er ihren Körper auf seine Arme und trug sie hinaus. Sie war leicht.

Heiner schaffte sie die Stufen hoch in die Schlafkammer, legte sie ins Bett und deckte sie zu bis zum Hals. Leise schloss er die Tür. Den Kühen gab er ein paar Gabeln frisches Futter, dann ging er zu seinem Acker und hoffte, dass er die Körberin in ihrem Garten antraf. Er wartete eine geschlagene Stunde, bis sie endlich kam, ihren selbst geflochtenen Weidenkorb in der Hand. »Heiner«, rief sie von Weitem. »Ist was passiert?«

»Die Bäuerin ist zum Herrgott gegangen.«

Die Frau stellte den Korb auf den Boden. »Sie war halt schon lange krank«, versuchte sie zu trösten.

»Gearbeitet hat sie bis heute«, sagte Heiner.

Die Körberin sah ihm in die Augen. »Brauchst Hilfe?«

Heiner zuckte mit der Schulter. »Was muss man da alles machen?«

»Ich ruf jetzt erst einmal den Doktor an«, sagte sie, aber Heiner hatte Zweifel.

»Glaub nicht, dass er sie wieder lebendig machen kann.«

Die Körberin schüttelte den Kopf. Dem Totengräber wollte sie auch Bescheid geben und dem Pastor von der Pfingstgemeinde, wenn Heiner ihr die Nummer aufschreiben würde. Dann bückte sie sich nach ihrem Korb und eilte zurück zum Haus.

Noch am selben Tag wurde die Bäuerin abgeholt. Vier Tage später war die Beerdigung auf dem Friedhof in Cadolzburg.

Einige Leute vom Dorf meinten, der Pastor habe eine schöne Rede gehalten, andere lästerten über den Witwer. Einen Leichtrunk, sagten sie, hätte der alte Geizkragen schon halten können.

Im Dorf war die Frau schnell vergessen.

Die Brüder und Schwestern der Pfingstgemeinde aber waren traurig. Schwester Tina war ein Leuchtturm der Gemeinschaft gewesen, jedem Sturm trotzend, ein Bollwerk gegen alles Böse und Verderbte, wie es Schmaußer am Grab so treffend formuliert hatte.

Am Abend saß Heiner am Küchentisch. Der Postbote hatte Briefe gebracht. Manches Kuvert enthielt eine Karte. Ein paar Verwandte hatten geschrieben, auch Peter. Seinen Brief öffnete er gar nicht.

Die Karte einer gewissen Anna Gruber hielt er in der Hand. Wer war Anna Gruber?, fragte er sich.

»Herzliches Beileid«, stand auf der Vorderseite, in Sütterlinschrift fein säuberlich notiert. Heiner kannte diese Buchstaben, so schrieb nur eine – seine Anna.

Nachdenklich faltete er die Hände und ließ die Daumen kreisen. Sein Blick wanderte zum Schürherd. Holz wollte er nachfüllen, den Ofen anschüren. Gestern hatte die Körberin eine Kartoffelsuppe gebracht. Die schmeckte besser als die der Bäuerin. Enthielt mehr Fleisch und mehr Kartoffeln.

Sie hatte ihn gefragt, ob er zurechtkomme. Heiner hatte gesagt, er werde sich heute seine Leibspeise machen, nämlich Eier.

Die Daumen kreisten weiter. Er blickte auf Annas Karte mit dem goldenen Schriftzug. Sie war bestimmt wertvoll. Die handschriftliche Zeile darunter verlief kerzengerade, wie mit dem Lineal gezogen, dabei fragte er sich, wie eine blinde Person so schön schreiben konnte. Aber Anna war ja schon immer etwas Besonderes gewesen.

Um Eier zu kochen, hatte die Bäuerin kochendes Wasser verwendet. Das hatte er oft genug beobachtet. Zum Wasserkochen brauchte man Feuer und zum Anschüren des Feuers wiederum Holz. Das Holz in der Küche aber war aufgebraucht, neues Holz lagerte in der Scheune, dahin war es ein weiter Weg und neues Holz war klobig und schwer.

Also ging Heiner zum Küchenschrank, hobelte sich eine Scheibe Brot vom Laib, beschmierte sie mit Butter und streute eine kräftige Prise Salz darüber. Einen Bissen nach dem anderen schob er sich in den Mund, während die Uhr unablässig tickte. Dabei war es genauso still im Raum, als säße die Bäuerin noch mit am Tisch.

DER UNFALL

Der Bäcker lieferte jede Woche frisches Brot und der Metzger versorgte Heiner mit frischer Stadtwurst und Bratwürsten. Limonade brachte der Bierfahrer und außerdem Bier, das er sich von nun an gönnte. Obst hatte er selbst. Eine neue Hose kaufte er vom Besenmacher, der auch Arbeitskleidung vertrieb. Der Scherenschleifer machte ihm das Werkzeug scharf und der Hutmacher kam einmal im Jahr mit den verschiedensten Modellen.

Eine Kuh hatte Heiner behalten. Die Milch brauchte er für sich und die Katze. Die anderen Tiere hatte er an Körber verkauft und das Geld ordentlich angelegt. Fürs Alter, wie er sagte. Aber er war ja bereits alt.

Die Zähne hatte ihm der Doktor gezogen, da lebte die Bäuerin noch, ansonsten brauchte er keinen Arzt. Zum Essen nahm er das Gebiss heraus und legte es neben dem Teller auf den Tisch. Er hasste es, wenn sich Essensreste hinter die Zähne schoben. Plauderte er mit anderen Menschen, blieb es im Mund. Ein Quäntchen Eitelkeit würde ihm der Herrgott schon verzeihen.

Auf seinen abgetragenen Anzug achtete er gut, der musste bis zur eigenen Beerdigung halten. War die Arbeitsmontur zerrissen, half die Körberin weiter. Sie setzte neue Knöpfe ein und flickte die zerrissene Naht am Hinterteil. Sie wusste auch in den wenigen Haushaltsdingen, zu denen Heiner sie fragte, meist Rat und wenn sie zu Hause geschlachtet hatten, brachte sie Metzelsuppe vorbei, ab und zu ein paar Blutwürste und zu besonderen Anlässen, nämlich seinem Geburtstag, eine gekochte Bratwurst.

In einem Eimer mit heißem Wasser wusch Heiner seine lange Unterhose und die wollenen Strümpfe, dabei richtete er sich nach seiner Nase. Roch die Wäsche strenger als die Luft im Stall, zögerte er nicht, die Garnitur zu wechseln. Kernseife löste den Schmutz, die braune Brühe leerte er von der obersten Treppenstufe in den Hof. Gefror es, streute Heiner eine Handvoll Sand über die Eisfläche. Die mit Fußschweiß getränkten Strümpfe trocknete er täglich auf der Wäscheleine, die sich in der Stube von der Schrankwand bis zum Türstock spannte. Dort hingen auch die gewaschene Unterhose, Manchesterhose, Schürze und der blaue Kittel.

Längst hätte er stolzer Empfänger der Bauernrente sein können. Dazu aber hätte er seine Äcker verpachten müssen und das kam überhaupt nicht infrage. Ein Bauer ohne Äcker war wie eine Schwalbe ohne Luft.

So gingen die Monate dahin. Die Traktoren, die an seinem Haus vorbeidröhnten, wurden immer größer und schwerer. Sie hatten eigene Hütten über dem Fahrersitz mit Scheiben, in denen sich die Sonne spiegelte, und er konnte nicht mehr erkennen, ob ihn der Fahrer grüßte oder nicht.

Ab und zu nahm Heiner ein Buch der Bäuerin aus dem Schrank, setzte sich damit auf ihre Bank unter dem Baum. Dabei stellte er fest, dass auf den dünnen Seiten immer das Gleiche stand und dass das Kreuz weniger schmerzte, wenn er das Buch in den Schrank zurücklegte und stattdessen auf dem Rangen hinter dem Haus im Gras döste. Und im Winter lehnte er am liebsten am warmen Kachelofen.

Nach der Stallarbeit schlenderte Heiner gerade über seinen gefrorenen Acker zum Garten der Körberin. Er hatte sie von der Straße aus gesehen, als sie eine Schubkarre Mist neben das Beet kippte.

»Der Heiner ist da«, grüßte ihn die Frau.

Heiner steckte die Hände mitsamt den wollenen Handschuhen tief in die Hosentasche. »Kalt heute«, sagte er.

»Wie geht's bei dir daheim?«, fragte die Körberin. »Kommst zurecht?«

Er zog die Handschuhe aus und machte den obersten Knopf seines blauen Kittels zu. »Passt schon.« Er deutete zum Himmel. »Die Bäuerin melkt ja jetzt dort droben die Kühe.«

»Mit der Hand oder haben die schon eine Melkmaschine?«

Nun lachte Heiner laut auf. »Die melkt mit der Hand. Hab noch keine Stromleitung gesehen, die zum Himmel führt.«

»Du bist mir einer«, sagte die Körberin, den Griff der Schubkarre hielt sie fest umschlossen, und Heiner wunderte sich, dass er wieder lachen konnte.

»Gehst zur Kirche auch noch?«, fragte sie.

Heiner nickte. »Am Donnerstag kommt sie wieder mal, die ganze Bagage«, sagte er augenzwinkernd. »War lang nicht mehr da.« Dann zog er die Handschuhe wieder an und schlenderte zurück zum Hof. Dabei pfiff er den Radetzkymarsch und danach die Melodie vom schönen Wiesengrunde.

Am besagten Donnerstag, als die Brüder und Schwestern in der Stube Gottesdienst hielten, war den Gläubigen wegen der Wäsche auf der Leine die Sicht auf den Pastor versperrt. Es gab keine Milch, keine Wärme, denn der Ofen war nicht angeschürt. An jenem Tag hatte keiner gemolken oder Holz hereingetragen. Für was auch. Die Katze hatte ein dickes Fell und Heiner besaß eine zweite lange Unterhose.

Zwischen den schmutzigen Tellern auf dem Tisch huschte eine Maus umher, gejagt von der Katze. Die Brüder und Schwestern waren ratlos. Mit dem Tod der Bäuerin war offenbar auch das Paradies am Land verschwunden.

Das Versprechen beim Abschied, am nächsten Tag des Herrn nach Nürnberg in die Kirche zu kommen, wollte Heiner halten.

Am Sonntagmorgen holte er seinen Anzug aus der Kiste, zog sich den dicken Mantel über und startete den Goggo. Die Scheiben waren überfroren, das Wetter war neblig und trüb. Mit der Hand rubbelte er ein kreisrundes Guckloch frei. Seine Blicke klebten an der Scheibe und der Motor heulte auf, als er in die Hauptstraße einbog. Die Leute im Dorf drehten sich nicht mehr um, die Kinder spielten weiter. Sie kannten das Geräusch, die Abgaswolke. Sie wussten genau, wann Heiner auf den zweiten Gang hochschalten würde und irgendwann, weit entfernt, auf den dritten.

Schob Heiner das Fenster ein Stück auf, wurde es kalt, also ließ er es zu. Immer wieder rieb er mit dem Taschentuch das Sichtfeld frei.

An der Einfahrt zur Kreisstraße nach Seukendorf spürte Heiner einen Ruck, dann hörte er einen dumpfen Schlag. Mit dem Schädel knallte er an die Scheibe, das Glas zerbarst, es wurde finster.

Fremde Leute zogen ihn aus dem Fahrzeug. Er wankte, seine Hand war blutig. Er wischte sie am Hosenbein ab. Dann spürte er, wie ihm das Blut über die Stirn floss. Am Straßenrand entdeckte er eine Wasserlache. Er bückte sich, tauchte die hohle Hand in die trübe Flüssigkeit und wusch sich die Wunde aus. Kräftige Arme vereitelten einen zweiten Versuch.

»Sind Sie verrückt?«, schimpfte der Sanitäter, der zusammen mit zwei Polizisten angerannt kam. »Sie holen sich doch den Tod.«

Der Mann und ein zweiter Helfer führten ihn zu einem Fahrzeug mit Blinklicht, legten ihn auf die Trage, fragten, wie es ihm gehe, ob ihm schwindlig sei. Eine fremde Hand fühlte seinen Puls.

»Wahrscheinlich eine Gehirnerschütterung«, hörte er jemanden sagen. Das Sanitätsauto fuhr los.

Irgendwann gingen die Türen wieder auf, dann schoben sie Heiner in einen gefliesten Raum, voll mit blinkenden und piepsenden Apparaturen, behangen mit Schläuchen und unzähligen Schaltern an Plastikkonsolen.

»Ist das die Hölle?«, fragte Heiner mit bebender Stimme.

»Nein«, beruhigte ihn eine junge Frau in einem weißen Hosenanzug. »Ich möchte nicht hier arbeiten, wenn das die Hölle wär.«

»Das tausendjährige Friedensreich?«

»Schön ruhig bleiben, Sie stehen unter Schock.« Die Schwester tätschelte seine Hand. »Sie sind im Krankenhaus«, sagte sie. »Ich gebe Ihnen erst mal eine Tetanusinjektion, dann wird alles wieder gut.« Die Frau füllte eine Spritze aus einem kleinen Fläschchen. »Es tut nicht weh«, sagte sie lächelnd. »Nur ein kleiner Pikser in den Po.«

Heiner sah sie entgeistert an. »Da oben«, er deutete auf seine Stirn, »da oben ist die Delle. Nicht da hinten.«

Die Schwester erklärte ihm daraufhin, dass ein Waldbrand nicht nur dort gelöscht werden müsse, wo er entstanden sei, sondern überall. Sie könne ihm aber auch die Spritze ins Hirn geben, wenn ihm das lieber wäre.

Heiner fügte sich, dann schlief er ein.

Als er aufwachte und die Gedanken wieder klar wurden, trennte er sich von den Schläuchen am Arm und kroch aus dem Bett. Sofort kam eine andere Frau in einem weißen Hosenanzug angerannt und führte ihn zurück. »Sie dürfen das nicht«, schimpfte sie.

Heiner wehrte sich, stampfte auf den Boden. »Muss heim zum Füttern«, rief er. »Die Kuh wartet. Die Hühner haben keinen Weizen und die Kätzlein brauchen ihre Milch.«

Die Schwester blieb ruhig. »Eine Nacht müssen Sie schon noch bleiben«, sagte sie. »Wir haben alles veranlasst. Ein Herr Körber hat sich bei uns gemeldet. Er hat Ihr Auto abgeschleppt und er kümmert sich um Ihre Tiere.«

Heiner fuhr sich mit der Zunge über die Zähne. »Ganz sicher?«, fragte er ungläubig.

»Sicher!«

Am nächsten Morgen kamen zwei Polizisten ins Krankenzimmer. Sie reichten ihm die Hand und fragten höflich, ob er in der Lage sei, den Tathergang zu schildern.

Heiner erklärte den beiden, die Fenster seines Goggos seien so stark angelaufen gewesen, dass er auf der anderen Seite gar nichts mehr sehen konnte. Außerdem habe er keine Zeit gehabt zu schauen, weil er sich das kleine Guckloch habe freihalten müssen, sonst hätte er ja überhaupt nichts mehr gesehen.

Der junge Polizist notierte alles, was Heiner sagte. Er belehrte ihn, dass er hätte anhalten und warten müssen, der andere Unfall-beteiligte habe sich schließlich auf der Vorfahrtsstraße befunden. Ob ihm das klar sei?

Heiner schüttelte den Kopf. Der Gegner, so sagte er, habe ge-sehen, dass der Goggo in die Straße einbog, also hätte er halten müssen. Er selbst habe ja den Gegner nicht sehen können, weil die Scheiben angelaufen waren. Für ihn sei die Schuldfrage eindeutig.

Der andere Unfallbeteiligte wolle klagen, sagte der ältere Polizist.

Der Gegner solle lieber den Goggo wieder herrichten, sagte Heiner.

Als es keine weiteren Fragen gab, bat der ältere Beamte um Heiners Führerschein. Er müsse klären, ob alles seine Ordnung habe. Das brauche seine Zeit.

Heiner sagte, es reiche, wenn er das Dokument zurückbe-komme, nachdem das Fahrzeug repariert sei. Vorher könne er so-wieso nicht damit fahren.

Die beiden Polizisten lächelten freundlich und schlossen leise hinter sich die Tür.

Körber holte ihn am nächsten Tag ab. Ein dickes Pflaster klebte auf Heiners Stirn, am rechten Hosenbein klebte trockenes Blut.

»Hast Glück gehabt«, sagte Körber. »Hätte auch anders ausge-hen können.«

Er sehe das genauso, sagte Heiner. Der Gegner hätte eben besser aufpassen müssen.

Vor seinem Haus ließ ihn Körber aussteigen.

Heiner hatte es eilig, sofort ging er in den Stall, er zählte seine Hühner, rief nach der Katze und als er festgestellt hatte, dass alles passte, dass sogar die Stube herausgewischt war und das Geschirr sauber im Schrank stand, kniete er sich auf den Boden und dankte dem Herrn für die große Gnade.

Bevor die Dämmerung einsetzte, ging er hinauf zu seinem Acker, lief ein paar Schritte über den gefrorenen Boden, blieb stehen, schaute sich um und freute sich. Nach der Stallarbeit ging er früh ins Bett.

Er hatte Gesellschaft bekommen. Seine Katze machte es sich auf dem Kopfkissen bequem.

Heiner wechselte auf die andere Seite, dorthin, wo er früher so gern gelegen hätte.

Es dauerte bis zum nächsten Sommer, bis das Gericht dem Gegner recht gab, und Heiners Versicherung musste für dessen Schaden aufkommen.

Wegen dem Goggo hatte Heiner keine Eile. Solange er keinen Führerschein besaß, brauchte er kein Geld auszugeben für eine teure Reparatur. Und solange der Goggo nicht repariert war, brauchte er nicht Kopf und Kragen zu riskieren auf dem gefährlichen Weg zur Kirche. Der Herrgott werde es schon recht machen, dachte er sich. Geduld brauchte eben Weile und ein zufriedenes Leben war allemal besser als ein unzufriedenes Sterben.

Ein letztes Mal kamen der Pastor und der Architekt und legten ein verbessertes Angebot vor. Sie würden sich mit dem Anwesen zufriedengeben, sagten sie. Äcker und Wiesen blieben beim Eigentümer, dem zu Lebzeiten Speise und Pflege zugesichert sei.

Das alles sei dem alten Heller auch schon geschrieben gewesen, meinte Heiner, und trotzdem habe er sich aufgehängt.

Als Schmaußer mit der Hölle und dem ewigen Feuer drohte, verschränkte Heiner die Arme und schwieg. Damit hatte er gute Erfahrungen gemacht.

Während sie auf ihn einredeten, überlegte er, wie viele Liter Milch die Katze im Jahr verbrauchte. Er machte die Aufgabe schwieriger, weil er von drei oder vier Jungen ausging und auch die Nachbarskatze miteinbezog, die sich gelegentlich im Trog bediente.

Bald gaben die beiden auf, fuhren weg und ließen nie wieder etwas von sich hören.

ALLEIN

In Heiners Stube war es so heiß, dass sogar die Katze in die milde Frühlingsluft flüchtete, während er am Kachelofen lehnte und schlief.

Sein ganzes Leben lang hatte er in allen Stuben gefroren, und die eigene war die kälteste gewesen, obwohl sich das Holz oben am Stadel jedes Jahr höher gestapelt hatte. Seit aber die Bäuerin die Verantwortung für die Temperatur abgegeben hatte und ihre Hülle in einer noch kälteren Behausung weilte – und seit Heiner sich mit dem Alleinsein arrangiert hatte –, brannte das Feuer im Kachelofen vom Herbst bis zum Frühjahr.

In der Wohnstube hatte eine Henne in die Holzkiste Eier gesetzt und brütete bereits seit mehreren Tagen. Daneben war ein zweiter Holzstoß, ein Scheit klemmte zwischen Tür und Rahmen, damit das Federvieh sich frei bewegen konnte.

Viele Hühner hatten ihr Nest ins Haus verlagert. Heiner fand das praktisch. Er wünschte sich, dass sie die Eier am besten gleich in die Bratpfanne legen würden. Ein wenig Schmalz dazu, schon stand das Essen am Herd. Mittlerweile waren ihm viele Rezepte geläufig. Er kochte Eier fünf Minuten, sieben Minuten, neun Minuten. Er klopfte die Schale auf und ließ den Inhalt in die Pfanne gleiten, das gab Spiegeleier, und am Sonntag machte er Schinkeneier nach Art der Bäuerin, die beste Speise, die der Herrgott den Menschen geschenkt hatte. In mancher Woche war bei Heiner jeden Tag Sonntag.

Nachmittags ging er zu seinen Feldern und schaute nach der Saat. Unkraut überwucherte die Kultur. Klettenlabkraut und Ackerwinde drückten die Halme zu Boden. Disteln zierten das

Feld. Überall schwirrten Bienen und Hummeln umher, Junikäfer und Bockkäfer krabbelten die Halme hoch.

Nur die Kartoffeln hegte und pflegte er. Er verkaufte sie an den Landhändler, das war sein Taschengeld.

Mit der Zeit spürte Heiner, dass der Rücken nicht mehr so wollte, wie er sollte. Die Knochen schmerzten, die Hüfte zog, die Augen ließen nach und die Beine wurden manchmal schwer wie Blei. Vor allem aber spürte er, dass die Gespräche in der Stube und im Stall mit den Hühnern, den Katzen und der Kuh einseitig waren. Heiner erzählte und plauderte, zuweilen fragte er auch. Aber er bekam nie eine Antwort, nie suchten die Tiere von selbst das Gespräch und immer öfter glaubte er, sie würden ihm nicht mal zuhören.

Anstatt der alten Körberin schaffte seit Längerem die junge Bäuerin im Nachbarsgarten, die ihm lieber aus dem Weg ging.

Nur Annas Briefe sprachen mit ihm. Die Buchstaben wurden lebendig, wenn er sie las. Die Zeilen auf dem vergilbten Papier verflossen zu einem Bildnis, das ihn mitnahm in eine Welt der Farben, der Laute und der Sehnsüchte. In ihrem letzten Brief hatte sie über saumäßigen Ärger geklagt. Da dachte er an die Sau, die er als Bub zu Hause mit der Mutter und dem Metzger abstechen musste.

Und nun wähnte er sich plötzlich selbst im Brühtrog, in den Anna einen Eimer heißen Ärger nach dem anderen kippte, und als seine Haut weich gekocht war, wurden ihm von Marie, Annelie und Kunni mit der Glocke die Haare abgeschält. Dazu tanzten die Schwarzen aus Afrika im Kreis und die Lehrer aus der Landwirtschaftsschule notierten mit stumpfen Bleistiften die Zeit, bis Annas Ärger erst richtig kochte. Zuerst schoren sie ihn an der Brust, dann an den Beinen, dann rings ums Gemächt. Ständig kippte Anna neuen heißen Ärger in den Bottich und Heiner konnte sich nicht wehren, weil ihn die Bäuerin und Priester

Schmaußer mit Kuhketten festgebunden hatten und ihn zappeln ließen, bis das Fleisch rosa glänzte wie Maries geschundene Gesichtshälfte. Dabei zerrte er und wand sich nach Leibeskräften, bis der Trog kippte und Annas Ärger herausschwappte und sich auf einer Fläche so groß wie sein Acker verteilte. Die Ketten aber hielten ihn weiter fest. Dann kam Willi daher mit seinem Bergseil und zog das Gefäß hinein in die steile Wand. Er ließ los, der Karabiner sprengte auseinander, der Knoten löste sich und der Trog schwebte sanft wie eine Feder hinab zum Lindenbaum. Dort saß Anna auf der Bank und sagte zu ihm: »In meinem Kindbettlein tät nur was drinnen liegen, wenn vorher der Herrgott dafür gesorgt hätte, dass es mit Anstand und Liebe gemacht worden wäre.« Und die Schlafkammer war gesättigt vom süßlichen Duft der Lindenblüten, bis die Katze die Amsel fraß und Heiner zwischen den Zeilen die Bäuerin erkannte, die mit der Bibel, an einem langen Stiel befestigt, die Erde seines Ackers neben dem Garten der Körberin zu Staub drosch, den Staub in die Luft katapultierte, wo der Wind ihn zum Lindenbaum wehte und alles zudeckte, was weiß war und rein. »Das Geld für zwei Tagwerk Ackerland wäre drunter«, sagte Anna und Heiner grub im Erdreich verzweifelt nach ihrem Geld. Aber alles, was er fand, war ein braunes Brillengestell, auf das zwei blutverschmierte jüdische Frauen deuteten, und dann herrschte überall Finsternis.

Als er wieder zur Besinnung kam, schnaufte er tief durch, seine Hände zitterten. Eine Weile schüttelte es ihn und er war froh, dass die Katze in seinem Bett lag und er nicht allein war – denn die Briefe machten ihm von nun an Angst.

DER BESUCH

Nachdem der heftige Schauer, der das Wasser an die Fensterscheibe peitschte, aufgehört hatte und die aufgestellten Gefäße in der Schlafkammer randvoll waren, ging er hinaus zu seinem Acker und sah nach den Kartoffeln. Zwischen meterhohen Unkrautstängeln fand er seine Beete. Mit der Hand räumte er die durchweichte Erde zur Seite. Schöne große Knollen lagen vor ihm. Er lächelte. Eine gute Ernte.

Der Alte ging in die Scheune zu seinem Bulldog. Mit den Händen zerrte er am Hosenbein, aber sein Fuß erreichte das Trittbrett nicht. Schweißtropfen standen ihm auf der Stirn, eine unbändige Wut packte ihn.

Der Kartoffelroder war nicht gewartet, Säcke konnte er keine finden, keine Körbe. Er holte einen Holzklotz vom Stoß, ging noch einmal zum Bulldog, stellte den Klotz unter das Trittbrett und hangelte sich auf den Sitz. Er drückte die Kupplung und startete den Motor. Der Anlasser streikte. Mühsam kletterte er vom Schlüter, der Klotz kippte um, hart schlug der alte Mann am Boden auf.

Eine Weile blieb er liegen. Der süßliche Geruch des Lehmbodens stieg ihm die Nase. Er rappelte sich hoch, klopfte sich die Hosenbeine aus, dann hielt er inne und blickte sich um. In jedem Eck, in jedem dunklen Winkel vermutete er den Tod, mit der Sense in der Hand. Gleich würde er sich ihm zeigen, ein Gerüst aus bloßen Knochen, mit strengem Blick aus den schwarzen Höhlen des kalkweißen Schädels.

Panisch eilte er ins Freie, schloss den eisernen Riegel, setzte sich auf den Sandstein am Weg zum Hühnerstall und wartete, ob sich das Tor zur Scheune von selbst öffnen würde, quietschend und knarzend, Zentimeter für Zentimeter.

Ein großer grüner Traktor mit einem vierschaarigen Pflug am Heck donnerte die Straße hoch auf die Felder. Heiner sah ihm nach, dann setzte er sich auf die Haustreppe und streichelte die Katze, die sich ihm auf den Schoß gesetzt hatte. Das Tier schnurrte so laut, dass es ihm ganz warm ums Herz wurde. Während er über das weiche Fell strich, kamen die schönen Gedanken zurück, und er beschloss, dass es noch nicht Zeit war zu sterben.

Den ganzen Abend haderte er mit sich. Sollte er oder sollte er nicht? Sein Bruder hatte ihn damals betrogen. Bestimmt war der Hof längst verkauft und Peter schwamm im Geld.

Kurz bevor er ins Bett ging, kramte er Peters Beileidskarte zum Tod der Bäuerin aus dem Bündel und übertrug die Adresse auf eine Postkarte mit Briefmarke. Er schrieb:

Liebe Anverwandten

Ich denke oft an Euch und möchte gern wissen, ob Ihr gewillt seid, Verbindung aufzunehmen. Kommt mal. Oder wenn das Wetter Samstag schön ist, helft mal Kartoffelroden.

Es grüßt Euch Onkel Heiner Gonnersdorf

Ein paar Tage später saß er auf der Ofenbank, die Katze lag neben ihm. Ein Huhn mit Küken im Gefolge pickte Brotkrümel auf, die er zwischen Daumen und Zeigefinger zerrieb und auf den Boden streute.

Erst beim zweiten Mal hörte er das Klopfen an der Haustür. Heiner schaute aus dem Fenster, bevor er öffnete. Vor ihm stand ein Mann mit kurzen blonden Haaren und einer runden Brille. Er steckte in einer blauen Latzhose. Sein Gesicht hatte sanfte

Züge, die Hand, die er Heiner reichte, war groß und kräftig. »Grüß Gott«, sagte er. »Kennst mich noch?«

Heiner schüttelte den Kopf.

Der Mann zog Heiners Postkarte aus der Brusttasche. »Bin der Siegfried.«

Heiner spürte die Wärme in seinen Backen. Sein Blick streifte die junge Frau mit den gelockten Haaren neben Siegfried. Sie war etwas kleiner als die Bäuerin gewesen war und etwas kräftiger. Sie lächelte, als Heiner sie anstarrte.

»Das ist meine Tochter«, sagte Siegfried. »Würden gern bei der Kartoffelernte helfen.«

»Hat sie denn flinke Hände?«

»Ihre Mutter ist eine Fleißige«, sagte Siegfried.

Die junge Frau streckte ihm die Hand hin. »Bin die Jette.«

»Na ja«, sagte Heiner. Dann eilte er mit Siegfried hinüber in den Stadel.

»Ich mach dann solange die Stube sauber«, rief ihnen Jette hinterher.

»Gern«, antwortete Heiner. »Aber nichts wegschmeißen.«

Jette ging zum Auto und holte Schaufel und Besen, dazu einen Eimer und eine Flasche Putzmittel. Als sie die Tür zur Stube öffnete, kam ihr ein Schwall übel riechender, verbrauchter Luft entgegen. Mit angehaltenem Atem öffnete sie alle Fenster, trieb die Hühner aus dem Zimmer, entsorgte die Nester in den Schrankfächern, auf der Kommode. Sie kehrte den Sand vom Bretterboden und rieb sich immer wieder die Augen, gereizt vom feinen Staub, während Siegfried den Bulldog in der Scheune mit seiner Autobatterie gestartet hatte und nun auf die Straße tuckerte, im Schlepptau den Hänger, mit Säcken und Weidenkörben auf der Pritsche. Kurz darauf kam Jettes Vater zurück und hängte den Kartoffelroder an die Hydraulik, während Heiner die kurze Strecke zu seinem Acker gelaufen war und am Feldrand auf ihn wartete.

Die junge Frau band sich ein Tuch vor die Nase, der Gestank war noch immer unerträglich. Sie suchte am Abfluss, am Abwasserkanal. Dann entdeckte sie einen Topf in der Küche, gefüllt mit Wasser, auf dem Federn schwammen, darunter ein sich auflösendes Huhn. Jette biss die Zähne zusammen. Mit weit von sich gestreckten Armen trug sie das Gefäß hinaus und leerte den Kadaver auf den Misthaufen. Den Topf stellte sie in die Scheune, dabei schüttelte sie sich wie ein nasser Hund.

Als die beiden Männer vom Feld kamen, war das Geschirr aufgeräumt, Küche und Stube befanden sich im gleichen einwandfreien Zustand wie zu Lebzeiten der Bäuerin.

Heiner bezweifelte, dass sie wiederkommen würden. Sie hatten ihre Pflicht getan, die Kartoffeln lagen in Säcken auf dem Wagen in der Scheune, geschützt vor dem Regen. Mehr hatte er nicht verlangt.

Aber schon am nächsten Wochenende rückten sie wieder an und brachten die Ordnung zurück auf den Hof.

Siegfried machte die Arbeit auf dem Feld sichtlich Freude. Er pflügte die Äcker, obwohl der Boden schwer, bisweilen steinig war.

Vom Feldrand aus beobachtete Heiner ihn, wie er vom Bulldog stieg und mit der alten Nachbarin plauderte, die in ihrem Garten die letzten Tomaten abzupfte.

»Beim Heiner weht ein neuer Wind«, sagte die Körberin.

Siegfried steckte die Hände in die Hosentaschen, den rechten Fuß stellte er auf den Sockel mit dem Eckpfosten des Maschendrahtzauns. Er erzählte, dass er am Flughafen arbeitete und dass es hier auf dem Hof allerhand zum Richten gebe.

»Der Heiner hatte halt schon immer seine eigene Philosophie«, meinte die Körberin.

Siegfried nickte, dann stieg er wieder auf den Bulldog, denn es war alles gesagt.

Er kam jetzt täglich nach der Arbeit und brachte Heiner Essen von zu Hause mit. Die dreckige Wäsche stopfte er in einen Leinensack und lud ihn in den Kofferraum seines Autos.

Wenn Jette dabei war, freute sich Heiner besonders. Aber er passte genau auf, dass sie seine Welt nicht zu sehr durcheinander brachte.

Bald wusste Jette mehr von dem sonderbaren alten Mann. Er hatte einen Stapel Briefe auf seinem Kopfkissen liegen lassen, bevor er mit ihrem Vater aufs Feld gefahren war.

Vorsichtig setzte sich Jette aufs Bett.

Obenauf lag eine Trauerkarte einer gewissen Anna, gleich darunter einige Liebesbriefe der gleichen Person.

Jette brauchte lange, bis sie die Schrift halbwegs entziffern konnte. Erst als sie den Traktor hörte, legte sie die Blätter zurück an ihren Platz.

Es dauerte bis zum nächsten Frühjahr, da fragte Heiner sie eines Samstagabends, ob sie morgen Zeit für ihn hätte.

Jette nickte.

Es gebe ein paar Dinge zu ordnen, die ihm sehr wichtig seien, sagte er. Aber er bräuchte dazu ein Automobil, denn sein Goggo sei ja noch immer kaputt.

Am nächsten Morgen wartete er bereits im Hof. Jette parkte ihren Käfer neben dem Haus und ließ ihn einsteigen. Heiner trug seinen braunen Anzug. An den Nähten hatte die Körberin vor Jahren schon einiges ausgebessert, aber der Zweiteiler passte gut zu dem kleinen Mann mit den roten Wangen.

»Du weißt, wo wir hinmüssen?«, fragte er aufgeregt.

Jette nickte.

Der Herrgott hatte die Welt gut eingerichtet, dachte Heiner, als er sich von ihr durch den Bibertgrund die Straße hoch nach Ansbach kutschieren ließ. Er dachte an Heinersdorf und daran, wie sie nach der Überschwemmung das zu Mist gewordene Gras wegschafften und er sich wegen der Stechmücken mit Riemenöl eingeschmiert hatte, sodass Anna eine ganze Woche lang die Nase rümpfte, wenn er ihr zu nahe kam.

Jette überholte einen Ladewagen mit Tandemachse. Ein Bauer mähte mit einem Allradtraktor die Wiese. Heiner staunte, wie schnell sich die Zeit auch auf der anderen Seite des Dillenbergs geändert hatte. Er blickte kurz zu Jette, sie schaute durch ihre Brille mit dem goldglänzenden Rahmen und den kleinen Gläsern auf die Straße. Sie brauche sie nur zum Autofahren, hatte sie gesagt.

Jette setzte den Blinker und bog links ab. Eine schmale Straße führte sie zu einem Dorf mit einigen stattlichen Bauernhöfen. Adelmannsitz, stand auf dem Ortsschild.

Komischer Name, dachte sich Heiner, der während der Fahrt kein Wort geredet hatte. Ständig rutschte er hin und her und zog die gespannte Hose vom Hinterteil. Seine Augen waren hellwach, sie taxierten jedes Haus und jeden Garten davor.

Jette fuhr nun an einem Bach entlang, vorbei an aufgestapelten Brettern und Balken.

Sie hatten ihr Ziel erreicht.

Die Sandsteinfassade des Wohnhauses war verziert, über der Haustür stand eine Jahreszahl. Gegenüber befand sich der Stall, oberhalb ragte eine Bretterwand aus dem Hang, dahinter lagen zahlreiche Stämme. Das Gatter eines Sägewerks ratterte, zwei Arbeiter rollten die Stämme auf den Bock. Sie blickten auf, als sie das Auto bemerkten, dann schafften sie weiter.

Heiner stieg aus und sah sich um. Er lugte durch die offene Tür in den Kuhstall, betrachtete den Mistkran davor. Dann ging er zur Haustür und klopfte.

Ein schlaksiger Mann öffnete, sauber angezogen mit einem blauen Kittel und Arbeitshose, aus deren Seitentasche ein Metermaß herausspitzte. Sie wechselten ein paar Worte, dann führte der Mann Heiner ins Haus.

Jette hatte gewartet. Nun nickte sie, startete den Motor und fuhr davon. Sie wollte in der nahen Stadt einige Läden nach Babysachen abklappern und in der Buchhandlung stöbern.

Als sie zwei Stunden später zurückkam, schob der Mann mit dem Metermaß einen Schubkarren über den Hof. Er blieb stehen und die junge Frau kurbelte die Scheibe herunter.

»Sie sind die Nichte, stimmt's?«

Jette nickte.

»Wollen Sie mit rein auf eine Tasse Kaffee?«, fragte er.

»Nicht nötig, danke.«

Der Mann stellte die Schubkarre ab und verschränkte die Arme. »Ihr Fahrgast wird sowieso gleich kommen.«

Jette stieg aus und lehnte sich ans Auto. »Ihre Mutter heißt doch Anna, oder?«

Der Mann nickte. »Eine Weile sind sie nur dagesessen und haben gar nichts gesagt.« Er zog den Meter aus der Tasche und kratzte sich am Rücken.

»Rüstig ist sie noch?«, fragte Jette.

Der Mann lachte laut auf. »Unausstehlich ist sie, seit sie letztens hingefallen ist, aber nächste Woche kommt der Gips runter.« Er klappte den Meter auf und formte ihn zu einer Ziehharmonika. »Sie schont sich halt gar nicht«, schimpfte er. »Den ganzen Tag näht sie an irgendwelchen Kleidern herum.« Der Mann faltete den Meter wieder zusammen und steckte ihn zurück in die Seitentasche. »Nähen ist nicht gesund mit nur einem Auge. Aber sie hat sich noch nie was sagen lassen.«

Dann fiel die Haustür ins Schloss.

Leicht vornübergebeugt schlenderte Heiner über das unebene Pflaster, gab dem Mann die Hand und setzte sich in den Käfer.

Während der Heimfahrt fragte ihn Jette ein paar Mal nach Anna. Er aber wich aus und redete wirres Zeug.

Stundenlang saß er nun auf der Bank, die ihm Siegfried neben die Haustür gestellt hatte, und sinnierte. Dabei lauschte er dem Schnurren der Katze, die eingerollt wie ein Igel neben ihm auf einem alten Getreidesack lag.

Siegfried hatte mit Heiners Einverständnis das letzte Stück Vieh verkauft. Ein paar Hühner blieben am Hof, sie durften aber nicht mehr in die Stube. Zuerst war Heiner deshalb böse gewesen. Als Jette an seinen Geburtstag dachte und ihm in der Pfanne Schinkeneier mit Zwiebeln brutzelte, verzieh er ihr. Sie hatte letzthin geheiratet und anscheinend den richtigen Zeitpunkt erwischt, weil ihr Bauch ständig größer wurde.

An warmen Tagen lag er wieder hinter dem Haus unter dem Nussbaum im Gras und döste vor sich hin. Ab und zu ging er zu seinen Äckern und besuchte die Schmetterlinge und die Bienen, die Käfer und die Lerchen, die über ihm in der Luft zu stehen schienen und trillerten wie einst. Nur die Schwalben waren rar geworden, seit sich im Stall kein Schwanz mehr rührte. Auf das einzige Nest, das unter dem Firstbalken am Hühnerstall hing, achtete er besonders. Wagten sich die Katzen nur in seine Nähe, scheuchte er sie fort. Auch wachte er wie ein Hund darüber, dass Siegfried kein Gift auf seine Äcker spritzte.

Im August brachte Jette ein Töchterchen zur Welt. Als sie den Korb mit dem Kind zum ersten Mal neben ihn ins Gras stellte, erwachte er aus seinem Nickerchen. Heiner kratzte sich an der Schläfe, sein Blick wanderte zu der jungen Frau, die sich leise neben ihn gesetzt hatte. Dann sah er den Korb und darin ein schwarzhaariges Köpfchen mit geschlossenen Augen. An den Wangen entdeckte Heiner Grübchen, wie er sie einst von sich selbst gekannt hatte.

Ein feines Lächeln schlich sich in sein Gesicht und die Wärme kroch ihm in die Wangen. Der Gedanke, es könnte doch etwas bleiben, wenn er nicht mehr war, machte ihn für einen Moment zufrieden. Aber bald schon kam die Unruhe zurück.

HEDWIG UND JENNY

Siegfried lehnte eine lange Leiter an die Westseite des Hauses und zurrte sie mit zwei Stricken an der Dachrinne fest. Heiner hielt den Atem an, als er, im Gras sitzend, Siegfried beobachtete, wie er sich mit einem Eimer voller Ziegel in der einen Hand die Sprossen hochplagte. Das Dach sei noch immer undicht, aber jetzt habe er endlich die Leckstelle entdeckt, hatte er Heiner beim Mittagessen erzählt.

Heiner behauptete, es könne überhaupt keine Leckstelle geben, sonst würden doch irgendwann seine Gefäße überlaufen. Siegfried hatte ihm nicht geglaubt.

Heiner legte sich zurück ins Gras, drehte sich auf die Seite und beobachtete eine Ameise, die einen Grashalm hochkletterte, ohne Leiter, ohne Eimer in der Hand, auf der Unterseite des gebeugten Halms, und er fragte sich, warum die Ameise nicht den bequemeren Weg auf der Oberseite gewählt hatte. Ebenso fragte er sich, warum Siegfried umständlich die Ziegel austauschte, wo es doch viel einfacher sei, nach dem Regen die paar Kannen, Vasen und Eimer auszuleeren. Aber er wollte ihm keine guten Ratschläge geben. Die jungen Leute mussten selber draufkommen, was nützlich für sie war und was nicht.

Im Grunde wollte Heiner am liebsten schlafen von früh bis abends und vom Abend bis in die Frühe und an nichts denken, denn die Gedanken waren ihm eine ständige Last. Er fand, dass es für ihn langsam Zeit wurde zu gehen, aber über den richtigen Zeitpunkt würde auch diesmal nicht er entscheiden, sondern der Herrgott, der ihn in seinem langen Leben oft genug auf die Probe gestellt hatte.

Als das kleine Mädchen im Korb neben ihm zu weinen anfing, wachte er auf. Jette hatte im Garten Unkraut gejätet. Nun setzte sie sich neben Heiner ins Gras, nahm die Kleine heraus und wiegte sie hin und her. Ein kurzer Blick ging hinauf aufs Dach zum Vater, dann strich sie dem Kind zärtlich über das schwarze Haar und summte leise eine Melodie.

»Im schönsten Wiesengrunde?«, fragte Heiner.

»We will rock you«, sagte sie, ohne aufzusehen.

Heiner nickte.

»Bist recht still geworden in letzter Zeit«, sagte Jette.

Heiner zuckte mit der Schulter.

»Seit wir bei der Anna waren«, hakte Jette nach.

Heiner senkte den Kopf. Er suchte lange nach einer Antwort. »Ist jetzt halt eine alte Frau«, sagte er mit einem bitteren Lächeln.

»Die hätt dir schon gepasst, oder?«

»Woher willst das wissen?«

Jette schwieg.

Das Kind war wieder eingeschlafen. Behutsam legte sie die Kleine zurück in den Korb. Dann zog sie die Knie an, umklammerte sie mit den Armen, legte das Kinn obendrauf und schnaufte tief durch. »Es riecht so gut hier draußen«, sagte sie.

Heiner räusperte sich. »Der Herrgott ist halt ein Künstler.«

»Glaubst, dass es ihn gibt?«, fragte Jette.

»Freilich. Und bald weiß ich's gewiss.« Er zögerte, dann fragte er: »Magst mir noch mal einen Gefallen tun?«

Die junge Frau nickte. »Wenn es sich machen lässt.«

Heiner überlegte, dann gab er sich einen Ruck. »In Wilhermsdorf hat es vor dem Krieg zwei Frauen gegeben.« Er holte tief Luft. »Die Hedwig und die Jenny.«

»Ja?«

»Die gehörten zum Michelsohn, zu dem jüdischen Pinselfabrikanten. Magst bitte mal nachfragen, was aus denen geworden ist?«

Plötzlich fiel ein Ziegel auf die Straße und zerbarst.

Siegfried fluchte, löste die Stricke und kletterte die Leiter herunter. Mit den beiden Daumen griff er unter die Träger der Latzhose, dann wischte er sich den Schweiß von der Stirn. »Bin fertig«, meinte er nun seelenruhig und deutete auf die Scherben. »Kannst zusammenkehren«, sagte er zu seiner Tochter. »War nur ein alter Ziegel.«

Schon ging er in die Werkstatt, suchte die Fettpresse und schmierte die Vorderachse des alten Schlüters. Danach fuhren Siegfried und seine Tochter zurück in die Stadt.

Als sie am übernächsten Tag wiederkamen, passte Heiner Jette an der Haustür ab.

»Ist was, Heiner?«, fragte sie.

Er wartete einen Moment, bis Siegfried in der Scheune verschwunden war. »Hast schon was rausfinden können?«

»Was rausfinden?«

»Wegen den beiden Frauen.«

Jette fasste ihn am Ärmel. »Du redest dich leicht«, sagte sie. »Wie will ich was rausfinden, wenn du mir kaum was erzählst?«

»Du weißt doch, wie sie heißen. Hedwig und Jenny Michelsohn.«

»Ich muss schon ein bisschen mehr wissen, Heiner. Vor allem was du mit ihnen zu tun hast.«

Er schüttelte den Kopf und verschränkte die Arme. »Eigentlich gar nichts«, sagte er. »Hab nur zugeschaut.«

»Bei was?« Jette wurde ungeduldig. Sie blickte aus dem Fenster. Ihr Vater war nicht zu sehen. Dann hörten sie den Traktor laufen.

Jette zog Heiner zum Küchentisch, sie setzten sich und Heiner begann zu erzählen. Zuerst stockend, dann leise und bedächtig, denn er wollte nichts Falsches sagen. Er kehrte zu jenem neunzehnten Oktober neunzehnhundertachtunddreißig zurück, an dem er mit den Dorfburschen nach Wilhermsdorf gelaufen war. Alles stand ihm deutlich vor Augen, als wäre es gestern passiert, und genau so beschrieb er Jette jede Einzelheit, auch wie die beiden Frauen verprügelt worden waren und er tatenlos zugesehen hatte.

»Droben im Dachboden steht Willis Blasebalg«, schloss er, »mit dem hat er die Juden am andern Tag aus Wilhermsdorf hinausgespielt.«

Jette griff nach Heiners Hand. »Ich werde mich erkundigen«, versprach sie ihm.

Jette rief bei der Gemeindeverwaltung in Wilhermsdorf an und die Frau am Telefon gab ihr die Nummer von Robert Hollenbacher, einem Heimatforscher, der sich mit dem Schicksal der Juden in seinem Heimatort beschäftigte. Schon am nächsten Tag traf sie sich mit dem Mann, er zeigte ihr bereitwillig die ehemalige Synagoge, die Pinselfabrik, die mit einem neuen Besitzer weiter produzierte. Das sogenannte Judentor war abgerissen worden, weil die großen Fahrzeuge nicht mehr durchgepasst hatten. Aber die Umrisse von Neuburgers Stoffladen waren noch da. Ebenso die vom Haus des Schmierjuden.

Jette erfuhr, dass in Wilhermsdorf vor dem Krieg zwanzig Prozent der Bevölkerung jüdisch gewesen waren, die Familien im Dorf angesehen, und dass alle friedlich zusammengelebt hatten, bis dreiunddreißig die Nazis die Macht übernahmen. »Im Dezember achtunddreißig musste der letzte Jude den Ort verlassen«, erzählte Hollenbacher. »Vierundvierzig Wilhermsdorfer jüdischen Glaubens starben im Konzentrationslager.«

»Und die beiden Michelsohn-Frauen?«

»Hedwig und Jenny? Ihre Eltern wurden ermordet«, sagte Hollenbacher. »Die Töchter schafften es nach Amerika.«

»Waren sie je wieder hier?«, fragte Jette.

»Nein, sie wollten das nie«, sagte Hollenbacher. »Auch die Nachkommen verweigern den Kontakt.«

»Das verstehe ich«, meinte die junge Frau.

»Auch die Tochter vom Neuburger, dem Stoffladenbesitzer, hat überlebt, sie konnte nach England emigrieren. Das haben wir über viele Umwege herausgefunden.«

Hollenbacher erzählte und erzählte, dann unterbrach er sich: »So, jetzt reicht es fürs Erste.« Er bot Jette an, wenn sie noch etwas brauche, solle sie ihn einfach anrufen.

Jette fuhr sofort nach Gonnersdorf und berichtete Heiner von dem Gespräch. Aufmerksam hörte er zu, den Blick hielt er gesenkt. Ein paar Mal meinte sie fast, er wäre eingeschlafen.

Heiner aber war hellwach, und als sie geendet hatte, nickte er, verzog jedoch keine Miene.

Jette richtete ihm noch das Abendessen und spülte das Geschirr ab. Mit zwiespältigen Gefühlen fuhr sie nach Hause.

Der Himmel färbte sich zu einem kräftigen Abendrot und die untergehende Sonne verschwendete ihr schwächer werdendes Licht an die kommende Nacht. Heiner spazierte mit dem Stock in der Hand am Nachbaranwesen vorbei zu seinem Acker. Der Weizen stand mager, dafür sprießten die Unkräuter üppig, an denen sich die Käfer und Schmetterlinge laben konnten. Siegfried hatte sein Versprechen gehalten und nicht gespritzt. Heiner war zufrieden.

Dann plagte er sich den Rain hinunter zum Garten der Körberin, konnte sie aber nicht finden, weil sie gestorben war. Heiner seufzte. Gerne hatte er mit ihr geplaudert, wenn sie am Morgen Rettiche und Tomaten holte oder sich am Abend frische Erdbeeren in den Mund schob.

Sein Blick suchte die Pappeln und Erlen im Wiesengrund, er freute sich über die knorrigen Zwetschgen- und Birnbäume an der Feldgrenze zum Nachbarn. Er glaubte, die Erde riechen zu können, die ihm so viel bedeutete. Er betrachtete die Schäfchenwolken am Himmel, die ihm stets eine Richtschnur waren, wenn er sein Heu mähte, und er lauschte den Vögeln, die eine schönere Musik machten als jede Blaskapelle.

Beim Gehen durch das hohe Gras wurden die Beine immer schwerer, die Luft wollte kaum reichen für die Lunge und Heiner wunderte sich. Es war doch so viel davon da. Überall, wo er hinguckte, war Luft.

Schwer atmend quälte er sich die Steigung hoch zum Hühnerstall, streichelte Chantal, seiner Lieblingshenne, über das flauschige Federkleid. Dann zählte er die Eier in den Nestern. Er fand aber nur welche aus Gips, die echten hatte Jette längst abgenommen.

Die Katze vermisste er, aber die ließ sich sowieso nichts vorschreiben.

Nach dem Abendbrot blätterte er in der Zeitung und dankte dem Herrgott für den guten Tag. Dann legte er sich in seine Bettstatt, zog das Zudeck hoch bis zum Hals, schlief ein, und der Schlummer war so tief und fest, dass es nichts mehr gab auf der ganzen Welt, was ihn hätte stören können.

NACHWORT

Heiners Briefe wurden beim Hausumbau entdeckt, die verschiedenen Stationen seiner Knechtschaft hatte er in seinem Arbeitsbuch dokumentiert.

Ortsnamen und Personen sind teilweise erfunden, die Namen und Schicksale der jüdischen Mitbürger entsprechen den Fakten, genau wie die Geschehnisse in Wilhermsdorf am 19. Oktober 1938. Ob sich an der vorgezogenen Pogromnacht Personen aus Nachbarorten beteiligten, ist nicht überliefert.

Für Heiners Rolle während der Zeit des Nationalsozialismus gibt es keine Zeitzeugenberichte. Sein Verhalten im Roman steht für das Schweigen und Wegsehen der Menschen in einer von Not, Verbrechen und Propaganda geprägten Zeit.

Sein einfaches, der Natur und dem Leben zugewandtes Weltbild jedoch machte ihn zu einem jener Originale, die den kleinen Dörfern das Leben einhauchten und an die *Heiner* erinnern soll.

DANKE

An meine Familie, an Marion Voigt, Jette Schmidt, Helmut Krämer, Robert Hollenbacher, Siegfried Böhm, Martina Dolhaniuk, Matthias Schäfer, Alexander Gösselein, Sabine Rempe

Heiner und Tina Scherzer,
Hochzeitsbild